唐　浩　明　全　集

冷月孤灯

精装典藏版

唐浩明 著

SPM 南方传媒 | 广东人民出版社
·广州·

图书在版编目（CIP）数据

冷月孤灯 / 唐浩明著. —广州：广东人民出版社，2024.4
（唐浩明全集）
ISBN 978-7-218-16751-0

Ⅰ.①冷… Ⅱ.①唐… Ⅲ.①中国历史—文集 Ⅳ.①K207-53

中国国家版本馆CIP数据核字（2023）第159226号

LENGYUE GUDENG
冷月孤灯

唐浩明 著

出 版 人：肖风华

策　　划：肖风华　向继东
责任编辑：钱飞遥
责任技编：吴彦斌　马　健

出版发行：广东人民出版社
地　　址：广州市越秀区大沙头四马路10号（邮政编码：510199）
电　　话：（020）85716809（总编室）
传　　真：（020）83289585
网　　址：http://www.gdpph.com
印　　刷：北京通州皇家印刷厂
开　　本：960 毫米 × 650 毫米　1/16
印　　张：23.5　　字　　数：316千
版　　次：2024年4月第1版
印　　次：2024年4月第1次印刷
定　　价：1680.00元（全17册）

如发现印装质量问题，影响阅读，请与出版社（020-87712513）联系调换。
售书热线：（020）87717307

作者近影

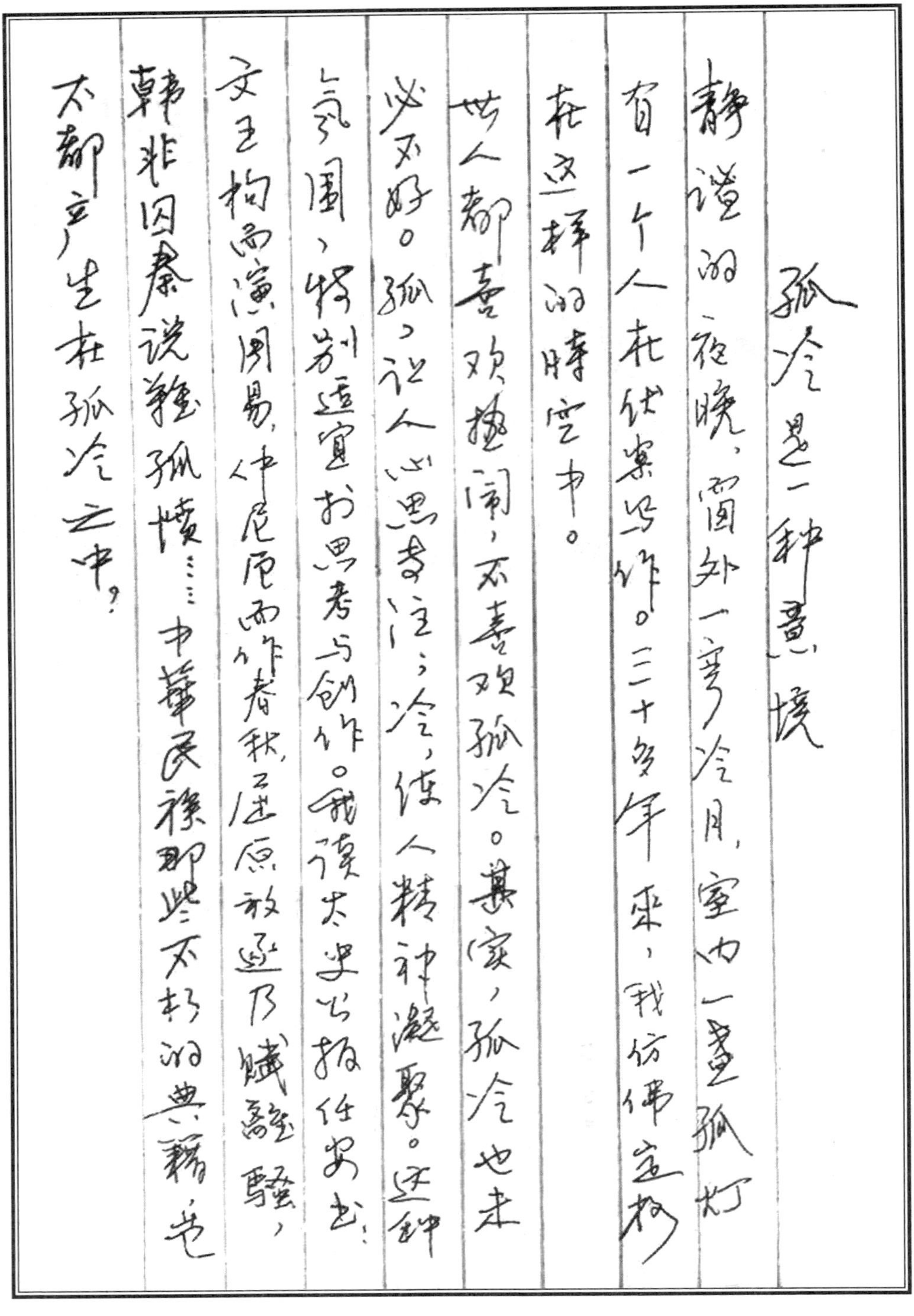

孤冷是一种意境

静谧的夜晚，窗外一弯冷月，室内一盏孤灯，有一个人在伏案写作。二十多年来，我仿佛定格在这样的时空中。

世人都喜欢热闹，不喜欢孤冷。其实，孤冷也未必不好。孤，让人心思专注；冷，使人精神凝聚。这种氛围，特别适宜于思考与创作。我读太史公报任安书：文王拘而演周易，仲尼厄而作春秋，屈原放逐乃赋离骚，韩非囚秦说难孤愤……中华民族那些不朽的典籍，也不都产生在孤冷之中？

作者手迹

总　序

二十世纪八十年代中期，我开始动笔创作历史小说。从那以后，写作便成为我生活中一个极为重要的内容，几乎占据业余时间的全部。不知不觉间，三十年就这么过去了，真有点杜甫所说的“丹青不知老将至”的味道。偶尔回头一望，过去的岁月，如同逝水飘烟，一片迷离，幸而有这些文字，仿佛能告诉自己这一路是如何走过来的。

三十年来，我的写作主要在两个领域：一是长篇历史小说，一是“评点曾国藩”系列。

三部历史长篇《曾国藩》《杨度》《张之洞》花费了整整十五年的时间。为什么要写历史小说？若要找源头，可以追溯到酷爱读书的少年时代，先是在书摊边租看《三国演义》连环画，后来是去图书馆借阅原著。在一段很长的时间里，我认为那是天底下最好的书。若干年后，当我无意间走进晚清，走进那个三千年一大变局中，内心有许多冲动，有许多话要说。当思考采用何种方式来表达时，便自然而然地想到《三国演义》，三部历史小说就这样产生了。历史有许多种表述方式，用文学方式来述说历史，依旧为今天的中国人所喜爱。这三部历史长篇多年来不断重印，说明的正是这个事实。

时光到了二十一世纪。伴随着新世纪的到来，中国文化界有一个很突出的亮点，那就是勃兴于民间的国学热。曾国藩被公认为中国传统文化的最后一位代表，他在新世纪被重视，应该是国学热中的必然现象。小说《曾国藩》得到持续的关注，曾氏这个人物，也引起全社会的浓厚兴趣。国内书店书摊上充斥着各色各样的关于曾氏的书籍。这些书良莠不齐。书越多，历史上的那个曾国藩反而变得越模糊。作为当代重提曾氏的“始作俑者”，我有一种正本清源的义务感。我决定放下历史小说的创作，一心研究曾国藩。值得庆幸的是，曾氏给后人留下一千多万文字，为今人深入研究他提供了丰富的第一手资料。我熟悉这些资料，想借助对这些资料的研究，让世人了解一个真实的曾国藩，也希望借助对这个传统文化标本的解剖，来帮助寻常百姓形象地感知我们的国学，于是就有了“评点曾国藩”系列。这件事情做下来，便又耗去十五年光阴。

从二〇一五年下半年起，我开始修订我的历史小说。现在交给广东人民出版社的《曾国藩》，便是这个修订本。这是该书问世二十多年来的第一次修订。这次修订主要在三个方面。一是在评点的过程中，我对这个历史人物有了更深刻的认识。基于这种认识，我对小说某些章节做了相应修改。二是增加了一些能生动体现曾氏性格的真实故事。三是文字上的提炼、加工与修缮等。受时间的限制，另外两部长篇这次来不及修订，仍以原貌再版。

在写历史小说与评点的空隙中，我也写过一些散文随笔，一部分是应报刊之约而写，一部分则是关于我的小说主人公的专题演讲稿。这次结集为《冷月孤灯·静远楼读史》，也是这些文章第一次结集出版。

感谢广东人民出版社，感谢老朋友向继东兄，没有他们的盛情，就不会有这套作品集，也不会有散篇文章的汇编成书。

是为序。

唐浩明

二〇一六年七月

于长沙静远楼

目　录

辑一　解读曾国藩

辑二　时势造豪杰

辑三　小楼碎片

辑一

解读曾国藩

为什么不做皇帝

自从小说《曾国藩》问世以来，十多年间，常有热心读者问我：曾国藩为什么不自己做皇帝，甘心充当清王朝的铁杆保皇派呢？也有读者为曾国藩惋惜，认为他放弃称帝，是他一生最大的遗憾。甚至有人据此批评曾氏，说他太自私，因为自私而给中国带来巨大的损失。这的确是一个很有趣的问题，我也很有兴趣跟大家一起来探索。

一、曾氏有过四次被人劝做皇帝的经历

咸丰三年八月，曾氏由长沙迁往衡州府。这次南迁，名义上是“就近搜捕”湘南土匪，实际上是他在长沙城里待不下去了。曾氏奉旨在长沙办团练搜查土匪安定地方，本是地方文武的帮同者，即协助者，但曾氏一则出于高度的责任心，二则仗着多年侍郎的资历和眼下钦差大臣的身份，反客为主，变帮办为主办，又奉行法家宗旨，以重典治乱世，以霹雳手段显菩萨心肠。他所制定的“就地正法政策”，侵犯了地方政府的职权，强迫绿营与团练一道严格训练、参劾长沙协

副将清德、严办与湘勇械斗的绿营兵，又因而与军方结怨。文武两方都讨厌曾氏。曾氏不得已，退出长沙，将衙门搬到衡州府。趁着战局紧急、朝廷命他救援湖北的机会，招兵买马，扩大湘勇，来衡州不满四个月，便将湘勇迅速扩大，组建陆师十营、水师十营共一万人，加上近八千辅助人员，号称二万，曾氏成了名副其实的三军统帅。这时有一个名叫王闿运的湘潭秀才，正在衡州东洲书院求学。此人虽习孔孟之道，心中向往的却是战国纵横家们的帝王之学。他那时刚二十出头，很有胆量，居然敢于一个人闯曾氏设在衡州城里的湘勇指挥部，面见曾氏。劝曾氏既不助朝廷，也不助太平军，拥兵自重，蓄势自立，要以韩信为前车之覆，莫使悲剧再次重演。王闿运实际上是在充当第二个蒯通。当年蒯通劝韩信背叛刘邦，自立为刘、项之外的第三方。所谓“三分天下，鼎足而立”。韩信未听，结果被吕后所杀。曾氏未采纳，但也未斥责他，留他在营中。大军北上时，王借口身为独子，不能长住军营，于是离曾氏而去。这应该是曾氏所遭遇的第一次劝进。

咸丰十年四月，曾氏被任命为两江总督，当即整军东进；六月，将两江总督衙门驻扎在安徽祁门。就在这时，王闿运又来到曾氏军营。这几年，王闿运积极推行他的纵横之术。他做的最大一件事是来到肃顺家做家庭教师，与肃顺关系密切。但不久，他又离开北京，在山东巡抚文煜衙门过完年后又转回北京，听说曾氏放了江督，遂南下特为拜访。王这次在祁门住了两个多月。此时，曾氏的军威与声望远远超过当年在衡州府初建湘军时。王再次兜售他的蒯通之计。野史上说，曾氏听王滔滔不绝的议论，微笑不语，只用手指蘸茶水不停地在桌面上写字。待曾氏有事暂时离开时，王走近桌面，见上面写着一连串的“狂妄、狂妄”。王只得快快离开祁门，临行赋诗二十二首，感叹此次祁门之行是“独惭携短剑，真为看山来”。

关于王闿运两次劝曾氏自立的事，可从他的真传弟子杨度的诗中觅到蛛丝马迹。杨度在他的长诗《湖南少年歌》中写道：“更有湘潭王先生，少年击剑学纵横。游说诸侯成割据，东南带甲为连衡。曾胡相顾咸相谢，先生笑起披衣下。”

咸丰十一年八月初一日，湘军吉字营打下安庆。这是湘军的一个大胜利。初八日，曾氏将两江总督衙门由东流县移到安庆府。从祁门到东流，曾氏的江督衙门一直处于流亡状态，进了安庆城，算是有了一个体面的办公场所。不料十天后，曾氏忽接咸丰皇帝驾崩的哀诏。咸丰帝才三十一岁，他的去世，是曾氏及所有湘军高级领导层所不曾料及的。继位的载淳才六岁，由咸丰临终所托的以肃顺为首的八个顾命大臣辅佐政务，这八个人中却没有小皇帝的亲叔父且在朝廷有很高威望的恭亲王奕䜣。这正是史书上所说的“主少国疑”的非常时期，不测风云随时都有可能发生。就在这个时候，不少野史都记载，当时湘军集团高层，曾有过一次酝酿推曾氏为头自立东南的过程。

先是胡林翼打发人送来一封信，信中说左宗棠近日回了一趟湘阴老家，游境内神鼎山时，做了一副嵌字联，道是：神所依凭，将在德矣；鼎之轻重，似可问焉。胡在信中问曾氏，左的这副联语做得如何？显然，左的这副联语化自《左传·宣公三年》中的如下这段话：“楚子伐陆浑之戎，遂至于雒，观兵于周疆。定王使王孙满劳楚子。楚子问鼎之大小轻重焉。对曰：在德不在鼎……周德虽衰，天命未改，鼎之轻重，未可问焉。”这段话也是后世“问鼎”一词的出处。

曾氏明白胡与左的用意，将联语改动一个字后，原信退回。这个改动是将“似”改为“未”。

又，彭玉麟也在这个时候，悄悄递给曾氏一张纸条，上面只写了一句话：“东南半壁无主，涤丈岂有意乎？”野史上说，恰好此时有人进来，曾氏将这张纸条吞进肚子里。

这应是曾氏所遇到的第三次劝进。

同治三年六月十六日，南京被吉字营攻下。湘军与太平军的角逐，至此以前者的全胜而结束。因放走幼天王、李秀成以及抢掠城内金银财货，吉字营受到朝廷的严厉谴责，并责令其统领曾国荃上缴已落入私人腰包的全部金银财货。此令激怒了曾国荃和吉字营的所有官勇。以曾国荃为首的吉字营高官们一齐来到曾氏身边，劝曾氏效法赵匡胤黄袍加身。曾氏一言不发，只写了一副联语送给他的九弟曾国荃：倚天照海花无数，流水高山我自知。曾国荃知乃兄无造反之意，遂作罢。这是第四次，也是最后一次。

二、大家都会问，到底是什么原因，使得曾氏一次又一次毫不犹豫地拒绝劝进，到了最后，他甚至以自剪羽翼即将湘军十裁其九，来表示他对朝廷的忠诚呢？我想，此中原因大概有如下几点：

（一）曾氏是一个家世寒素的农家子弟，他说过他们曾家是“从衡阳至湘乡，五六百载曾无人与于科目秀才之列”（《台洲墓表》），也就是说五六百年来，他们曾家没有人得过秀才以上的功名，当然，也没有人做过官，直到他父亲四十三岁那年经过十七次考试，才得中秀才。可见功名富贵对曾家来说，是多么的艰难。但曾氏却二十三岁为秀才，二十四岁为举人，二十八岁中进士点翰林，三十七岁即为二品大员，其功名富贵之顺，远非常人可比。平心而论，他一个偏远乡村的农家子弟，若不是朝廷所推行的科举考试及破格提拔，怎么会有此等命运！曾氏对朝廷的恩德，真可谓沦肌浃髓，刻骨铭心。从情感上来说，他是决不可能背叛皇家的，更遑论起兵造反，推翻这个于他恩重如山的朝廷！

（二）曾氏是一个理学信徒，不是赵匡胤、袁世凯一类的强权政客。漫长的中国历史舞台的上层，活跃着的几乎是清一色的强权政客，差不多人人都想做黄袍加身的赵匡胤、代清自立的袁世凯，许多人没有做成赵、袁，只不过是缺乏足够的实力与合适的环境罢了。这些人的眼中只有权力与利益，他们也会讲信仰、道德等等，但这些话无非是欺蒙世人，或钳制别人而已，“信仰”“道德”云云，纯为达到其个人目的的工具。但是，世上也有另外一类人，他们是把信仰、道德放在第一位的，权力与利益都要在符合信仰与道德的范围内去考虑。前一类人可称之为豪杰，后一类人的楷模通常被称为圣贤，所以，世上便有豪杰事业与圣贤事业之分。

豪杰事业重在功利，圣贤事业重在德行，两者有着明显的区别，很难统一。立德立功之所以难得兼顾，其原因就在这里。曾氏虽然建立了巨大的事功，但他本质上是一个理学信徒。他的人生榜样是圣贤而不是豪杰。曾氏一向推崇“诚”，他若举兵反朝廷，便是彻底背叛了过去，是最大的不诚，最大的欺人欺世。对于曾氏这种理学家而言，宁愿死，也不会那样去做。所以，要曾氏接受劝进，从根本上说就是不可能的事情。

（三）对于战争所带来的灾难，他有最深切的认识，他不忍心再挑起战争。战争是给人类带来最大摧残最大伤害的活动，它可以在顷刻之间摧毁千辛万苦所获得的成果，毁灭人所最为宝贵的健康与生命，故而从古以来人类都是希望和平，反对战争。

曾氏出身农家，在纯朴的乡村长大，珍惜劳动成果与生命这种农人意识，对他来说可谓与生俱来。他带兵十多年，转战十余省，战争给社会带来的创伤，他的感受自然比别人深刻。同治二年四月二十二日，他在日记中写道：“皖南到处食人。人肉始卖三十文一斤，近闻增至百二十文一斤。句容、二溧八十文一斤。荒乱如此，今年若再凶歉，苍生将无噍类矣。乱世而当大任，岂非人生之至不幸哉！”

这种沉重的感受是发自内心的，它既有一个普通人的心灵上的伤痛，又有一个担当大任者的道义上的愧疚。

同治三年六月，南京城坚固的城墙被湘军炸开。这座被太平天国当作都城的江南名城，重新回复它的两江总督衙门所在地的原身份，战争所摧毁的城墙很快被修复。曾氏为此事立碑铭文：“穷天下力，复此金汤。苦哉将士，来者勿忘！”作为湘军的统帅，这里没有丝毫胜利者的得意与张扬，有的只是对生命和物力在这种一失一复战争中的损耗，所表现出的沉痛的惋惜。我们只要将目光稍稍从功利二字离开一点，便会看到：南京的一失一得，与为此丢失的十余万生命比起来，简直毫无意义可言！正是因为对战争残酷性的认识太深切，所以他多次对两个儿子说打仗是造孽的事，要他们今后绝对不要从军。倘若曾氏造反，带来的后果必定是战争的危害面更扩大，战乱的时间再延长。一个认为打仗是造孽事的人，能会由自己的手去挑动新的战争吗？

（四）受道家功成身退思想的影响，胜利后的曾氏也不可能会去再举反旗。

曾氏的好友欧阳兆熊，曾经以“一生三变”来总结曾氏一生的成功要诀。所谓的“三变”，指的是，早年从词赋之学一变为程朱之学，中年从程朱之学二变为申韩之学，晚年从申韩之学三变为黄老之学。程朱之学即儒家，申韩之学即法家，黄老之学即道家。道家学说同样博大精深，然其要义一在顺其自然，二在以柔克刚。正是基于这些理念，老子说：“功成名遂身退，天之道。”又说：“圣人为而不恃，成功而不居。”曾氏在咸丰七年守父丧期间，认真地总结出山五年来所经历的一切，痛定思痛，决心改弦更辙，以道家的学理作为思想和行为的指导方针。果然，周边环境大为改善，军事也逐渐进入坦途。欧阳兆熊说曾氏即便面临收复南京这样的天下第一大功，也无一点沾沾自喜之色。我们看他此时送给其九弟曾国荃的四十一岁生日贺诗，十一首诗几乎都贯穿着这种“功成身退”“成功而不居”的道家思想：

“低头一拜屠羊说，万事浮云过太虚。”

“已寿斯民复寿身，拂衣归钓五湖春。”

“与君同讲长生诀，且学婴儿中酒时。”

显然，一个想“拂衣归钓”的功臣，怎么可能又会去想黄袍加身呢？

三、假若曾氏真的造起反来，他能不能成功呢？我个人认为，他多半不会成功。其原因主要有三点。

（一）曾氏没有夺取皇位的足够实力。

湘军是当时湖南军事团队的总称。曾氏虽然名义上是湘军的最高首领，但实际上却不能像赵匡胤指挥北周的禁军、袁世凯指挥晚清的北洋军那样，具有指挥整个湘军的权力。湘军中的每一支人马，都是其统领自行招募的，该统领便是这支人马的指挥者，各营各队皆听他的调遣，别人调遣不动。如果该统领死去，这支人马就自行解散了。人们称这种现象叫做“将存军完，将死军散”。一支人马其实就是一个独立的山头。湘军集团内部的山头很多，到南京打下时，有这样几个主要山头：曾国荃的吉字营、彭玉麟与杨载福的长江水师、左宗棠的楚军，还有刘长佑、刘坤一、刘岳昭即三刘的三支人马，另外还加上李鸿章的淮军。淮军虽然是安徽人的军队，但因是奉曾氏命令所组建，其建制一本湘军，故当时它还属于湘军集团。

基本上能完全听从曾氏指挥的人马，也就是他的嫡系，只有两支，一是吉字营，一是水师。但是，那时的吉字营已严重腐败，几乎失去了战斗力。吉字营的战斗力是被南京城里的金银财货瓦解的。打下南京那一刻，吉字营积聚已久的腐败来了一个彻底的大爆发。整个吉字营从上到下，从将领到勇丁，全都毫无忌惮地大肆抢掠各大王府中的金银财宝，最后干脆焚烧王宫，毁灭罪证。那几天的吉字营，简直成了无恶不作的强盗。这群人的典型代表，便是第一个冲进城内被清朝廷封为子爵的李臣典。李进城后，还没有来得及接到朝廷的封册，便突然死了。李当时只有二十七岁，强壮如牛，为什么会猝死？据野史记载，此人死于荒淫。六月盛暑天，他将七八个女人关在屋子里，日夜纵欲无度，靠大吃春药来刺激，终于力尽精竭，横尸床头。这批大发横财的湘军将士，急着要将财宝运回湖南享福做土财主，再不想提着脑袋冲锋陷阵了。这样的军队岂能再用？两年后，曾国荃做湖北巡抚，招募六千新湘军，该军的统领彭毓橘、郭松林以及重要将官都是吉字营旧人，结果在与捻军交锋的战场上一败涂地，军威几乎完全没有振起过。这一事实，充分证明曾氏对大胜后的吉字营战斗力评估的正确。

曾氏的另一支嫡系是水师。水师一共有三支：长江水师、太湖水师、淮扬水师，后两支是从长江水师分出去的。曾氏对水师很重视，早期他的指挥部就设在水师。水师统领彭玉麟、杨载福对他也很忠诚。水师在打南京时立下了汗马功劳。南京是长江下游的码头，封锁长江，便封锁了南京城与外界联系的一条最重要的运输线，切断了救援人力、物力的最主要的来路。湘军水师担负的便是这个任务。但是，若要北上攻打北京，水师则全然派不上用场，因为北京周围无大江大河。湘军水师到了此地，好比旱路行船，无功可建。

由此可见，曾氏不具有夺取帝位的实力。

另外，有一点，虽不能作为一条理由来推断，却也不能无视。曾氏本人并不擅长临阵指挥，真要挥师北上，一切还得要仰仗他的九弟曾国荃。相应地，在北进的战争中，老九的实力将更增强，羽翼将更丰满。老九是个英雄豪杰式的人物，与其大哥的人生追求并不完全一致，到时，他愿不愿将自己一手夺得的皇位送给大哥还不一定。黄袍加身的赵匡胤临终前不得不把位子让给弟弟赵匡义，而接下来的是老弟的子孙做大宋朝的君王。谙熟历史的前翰林院侍讲学士对这段历史、对“烛光斧影”的传说应该是知道的。自己背骂名，而让老九的子孙坐现成的江山，这种事情，曾氏也是不会干的。

（二）湘军内部存有强大的反对力量。

历代帝王都会玩弄制衡术，咸丰帝、慈禧也不例外。何况他们身为满人，对执掌军权的汉人更是时刻提防着。他们不得不用湘军，却又害怕湘军势力过大，而在与太平军的角逐中，湘军势力逐渐壮大，这又是不可改变的趋势，其控制的办法只能是让他们内部互相制约，不能造成一支独大的局面。咸丰帝之所以迟迟不给曾氏地方实权，而又陆续任命江忠源、胡林翼、刘长佑为巡抚，其用意就在这里。咸丰十年四月在四顾无人的情况下，授曾氏以江督之职，接下来在两三年的时间里，就把左宗棠由一布衣迅速提拔为闽浙总督。左的军功固然是他火箭上升的重要原因，而左的楚军足以与老九的吉字营分庭抗礼以及左长期不买曾氏的账，则是其实质性的深层原因。

曾左之间存有芥蒂，这一点朝廷早已知道。朝廷迅速提拔左，其用意在于让湘军内部双峰并峙。当年，曾氏丢下江西军务回籍奔丧，遭到左的带头斥责；后来南京城内逃走了洪天贵福与李秀成，又被左报告朝廷。这两桩事并不算太严重，左都持与曾氏对立的态度，倘若曾氏胆敢造反，左还能容得下他吗？左的地位及其实力，都会促使他公开向曾氏宣战，与曾氏先在江南摆开阵势，然后冠冕堂皇地鸣鼓以击之。到时，朝廷根本不用担心，曾氏的军队未过淮河，湘军集团便会先闹起内讧来。

（三）朝廷的防患部署。

前面说过，朝廷对湘军是既用又疑，疑则有防。我们看到，在湘军的旁边，一直有两支由满人做统领的绿营在协同作战，即多隆阿与都兴阿所统率两支军队。多军与都军当然是湘军的友军，但也不能忽视，这两支军队也负有监视湘军的责任。

南京打下的第二天，江宁将军富明阿，就以查看城内满人营房破损情况为名进了城。满人在全国一些重要城市所设的将军衙门，本就负有监督辖区内行政官员的职责，富明阿作为朝廷最为信任的江宁将军，这样快地进城，毫无疑问是充当朝廷监视大胜后的湘军之耳目。

与南京相隔百里之距的镇江城，驻扎着冯子材的军队。冯子材是晚清绿营中仅有的几个骁勇善战的将官之一。冯子材一直驻扎在镇江未动，应是朝廷的有意安排。此外，有铁骑之称的僧格林沁的蒙古马队，也以剿捻为名南下山东、苏北一带。僧格林沁是咸丰帝的表兄，是忠诚朝廷的国戚，他的马队南下，显然也有针对南京城内的湘军的战略目的。

倘若曾氏兄弟稍有点异常举动，身在城里的富明阿便会以最快的速度报告朝廷，冯子材、多隆阿、都兴阿的军队便会在第一时间里兵临城下，僧格林沁的马队也会在两三天内赶到南京，再加上左宗棠的高举义旗讨伐叛乱，远在直隶、广西、云南的三刘必定会与左遥相呼应，一向善观形势的李鸿章，在这种气候下，也一定会站在朝廷一边。到那时，曾氏不但不会成功，还会落得个身败名裂乃至毁家灭族的下场。老到谨慎的曾氏，怎么可能不会想到这一幕呢？所以，曾国藩不想做皇帝；所以，世人会有极大的兴趣来谈论这个功德圆满全身而退的曾文正公；所以，我们认定他是一个有大智慧的历史人物。

忠而不愚与用而有疑

——曾国藩与朝廷之间关系的探索

曾国藩与清朝廷，彼此之间打了三十年的交道。对曾国藩来说，历经他的中年、晚年，对清朝廷而言，历经道光、咸丰、同治三个朝代，这三个朝代的代表人物分别为道光皇帝旻宁、咸丰皇帝奕詝、慈禧太后那拉氏。探索他们之间的相处，是一个颇为有趣的历史话题，既可以增加一点近代史上君臣关系的知识，又可对今天的读者有某些当下启示。

一、道光帝赏识提拔曾国藩，曾国藩对朝廷感恩戴德

嘉庆十六年，曾国藩出生在湖南偏僻山乡中的一个普通耕读之家。他五岁时在做塾师的父亲手下发蒙，二十三岁中秀才，二十四岁中举人，二十八岁中进士，随即顺利通过朝考，考取翰林院庶吉士。一个五六百年间未与闻科目功名之列的农家子弟，就这样，与当时的国家最高权力机构即朝廷搭上了关系。在那个时代，曾国藩已是万万千千农家子弟中的非常幸运儿了，但幸运对于他来说，还仅仅只

是开始。

两年后，即曾氏三十岁时，他顺利通过翰林院的散馆考试，留在翰苑。他所获得的官职为翰林院检讨，品级为从七品，乃翰林院里的一个低级官员。在北京城里，他只算是小京官。这个小京官官运亨通。进京第二年，他便充任国史馆协修官。第四年通过翰詹大考，他以二等第一名即总名次第六名的成绩升翰林院侍讲，品级为从五品。两年之间，他升了四级，进入中级官员的行列。这一年，他在差试中又交好运，被派往四川任乡试正主考。翰苑清贫，他因这趟差使收获两千多两银子，一举脱贫，并一次寄银一千两回老家。家中老少第一次得到他的实惠。

道光二十四年，他转补翰林院侍读，品级未动。次年五月，升詹事府右春坊右庶子，所做的事情没有变，品级升了一级，即为正五品。六月，转补左庶子。九月，升翰林院侍讲学士，品级为从四品。这一年年底，他又补日讲起居注官，充文渊阁直阁事。虽未升官，所兼差使多，表明他受到的重视程度加重，在同级京官中的分量也跟着加重。

道光二十七年，三十七岁的曾国藩迎来他官宦生涯中最得意的一次迁升。这年四月，朝廷再次翰詹大考，曾氏名列二等第四，总名次第九。六月，升授内阁学士，兼礼部侍郎衔。一夜之间，由从四品的中级官员，骤升为从二品的高级官员，连升四级。这次越级升擢，大出曾氏意外，令他感激莫名。这种心情，充分流露在他此时给祖父、叔父母、诸弟的家信中。他对祖父说："孙荷蒙皇上破格天恩，升授内阁学士兼礼部侍郎衔。由从四品骤升二品，超越四级，迁擢不次，惶悚实深。"他对叔父母说："本月大考，复荷皇上天恩，越四级而超升。侄何德何能堪此殊荣！"对诸弟说："蒙皇上天恩及祖父德泽，予得超升内阁学士。顾影扪心，实深渐悚。湖南三十七岁至二品者，本朝尚无一人。予以德薄才劣，何以堪此！近来中进士十年得阁学者，惟壬辰季仙九师、乙未张小浦及予三人。而予之才地，实不及彼二人远甚，以是尤深愧仄。”

一次升四级，本已非常罕见，且年仅三十七岁，中进士刚十年，怪不得曾氏是喜极而悚！

一年半后，即道光二十九年正月，曾氏正式补礼部右侍郎缺，离开翰林院，做起礼部堂官来。不久，又兼兵部右侍郎。次年正月，道光皇帝去世。曾氏与道光朝的相处，至此结束。那时，曾氏尚不满四十岁。

这是曾氏人生中一段极为重要的时期。身处京师，视野、胸襟和学问都得到最好的拓展和提升，他也因此而有可能广为结识那个时代各个领域中的拔尖人物。更为重要的是，他不到四十岁便成为国家高级官员，为日后的大事业打下了足够的位望基础。

人们会问，曾国藩的官运为什么会这么好呢？他凭什么一路顺风，甚至可以说是飞黄腾达呢？这是一个很难说得清楚的问题，大致说来，可能有如下几个原因。

一是他的考运好。翰林院、詹事府的官员实事不多，政绩的依据主要在于考试，其中最主要的考试是翰詹大考，由皇室亲自主持。翰詹大考六年一次，曾氏有幸参加两次，更有幸的是这两次都考得很好。第一次一百二十四人进正大光明殿应考，曾氏的成绩排名第六，算是名列前茅。第二次应考人数与前次差不多，曾氏的成绩排名第九，也算是名列前茅。

二是曾国藩进京不久，就进入了当时京师一个颇有名望的理学研习群体。这个群体的首领是太常寺卿唐鉴。唐鉴乃理学大师，道德学问为众所钦佩，颇有点首都精神领袖的味道。围绕他身旁的人，有许多是著名的学者、文化人，如倭仁、何绍基、吴廷栋、何桂珍、邵懿辰、陈源兖等。他们在一起探索理学精义，并身体力行，在京师官场中很有名气。曾国藩在道光二十一年七月拜唐鉴为师，正式进入这个圈子，并很快成为其中重要一员。他以自己实实在在的修身养德而不是博取时誉的真诚，得到老师的信任和同伴的尊敬。持续五六年的研习活动，在提高他的精神境界的同时，也为他在京师官场赢得良好的口碑。

三是他的诗文好。曾国藩留在近代史册上的东西，除开事功之外，就是他的诗文创作成就。他所开创的湘乡文派，在文学史上有着一席地位。他在京师为官期间，文名即已远播。曾氏进京后不久，多次在家书中提到翰林院同事称赞他的诗文好。道光二十五年，著名学者邵蕙西鉴于元明两朝的古文无选本，他自己选元文，劝曾氏选明文。道光二十四年，他在给诸弟的信中说：“余于诗亦有工夫，恨当世无韩昌黎及苏、黄一辈人可与发狂言者。”又说：“惟古文各体诗，自觉有进境，将来此事当有成就，恨当世无韩愈、王安石一流人与我相质证耳。”除诗文外，曾氏还擅长制联语。据野史记载，当时流传两句话，道是“包写挽联曾涤生，包送灵柩江岷樵”。这些都表明，曾氏是道光朝后期京城一位著名的为文高手。曾氏供职翰林院，其身份为皇帝的文学侍从，且那又是一个崇尚诗文的时代，曾氏在这方面的出类拔萃，自然很受人尊敬。那时几乎没有媒体，一个人的名声传扬主要依仗其诗文上的优势，正如曹丕《典论》中所说的：“不假良史之辞，不托飞驰之势，而声名自传于后。”

于是，善于为文吟诗的曾氏，便因此成为京城内外官场士林中一位知名度很高的人物。

四是身为穆彰阿的学生。穆彰阿是道光朝的大红人，道光初年便是内务府大臣，历任兵部户部尚书、上书房总师傅、大学士，多次主持会试、殿试、朝考、翰詹大考。门生故吏遍及朝野。整个道光一朝，穆彰阿都是一个举足轻重的人物，深得皇帝的信任。曾氏在道光十八年中进士，这一科会试的大总裁正是穆彰阿，曾氏也便因此成为穆的学生。从曾氏保存下来的早期日记（道光十九年至道光二十五年）中，可以看到曾氏多次拜访穆的记载。同治七年冬天，曾氏在离开京城十七年后重返京师，在繁忙至极的公私应酬活动中，曾氏还挤出半天时间去凭吊已经衰落的穆府，看望穆所留下的两个儿子，留下

“不胜盛衰今昔”的叹喟。可见曾氏与穆的关系较为密切。有一则野史，说是曾氏道光二十七年那次连升四级，是得力于穆彰阿的帮助。虽是野史，但事必有因。毫无疑问，穆彰阿的推举，应是曾氏步步高升的一个重要原因。

五是曾氏是四世同堂的全福之人。以儒家学说为主体的中国传统文化，是建立在血缘基础上的亲亲文化，十分看重家庭和家庭伦理。曾氏有着一个很完美的家庭。他三十六岁那年身为四品京官，而老家中还有健在的祖父祖母、父母，外加八个弟弟姐妹，京师家中妻儿子女俱全。曾氏说，像他这样的家庭情况，“京师无比美者”。这一点，也给他的形象加了不少分。

六是道光皇帝的特别眷顾。除开上面所说的五点外，还有一个最重要的原因，那就是从他踏入京师官场的第一天起，就非常幸运地成为道光帝特别眷顾的人。

黎庶昌编的《曾国藩年谱》在“道光十八年”一节中这样写道：“朝考一等第三名，进呈宣宗，拔置第二名。五月初二日引见，改翰林院庶吉士。”宣宗即道光皇帝。主考将曾国藩的名次列在一等第三名，道光帝则将他的名字前挪一位，变为第二名。道光帝为什么做一个这样的改变，《年谱》中没有说明。笔者揣测，可能是道光帝读了他的考卷，欣赏他的文笔好；也可能没有读考卷，纯粹是一时兴起，提起硃笔随便勾了勾，以示帝王的不测之威；也有可能，道光帝有意动用皇权，为自己培植一个私人。这种由第三名改为第二名，眼下虽没有实质性的好处，但绝不可因此而淡看。因为一则他从此进入道光帝的视野，受到道光帝的特别关注；二则京师官员们会因为此事而格外看重他，曾氏的知名度也便随之而在京城大幅度提升。

这种际遇所带来的好处，介于有形与无形之间。在笔者看来，曾氏在道光朝的十一二年期间，之所以连年迁升，大红大紫，说不定其中最为关键的原因就在这里。

曾氏因此铭心刻骨地感激朝廷的恩德，感激道光皇帝对他的优渥圣眷。

二、危急时期，咸丰皇帝不得不起用能打仗的湘军统领曾国藩，但同时采取以湘制湘的制衡手腕

就是怀着这颗对皇家的感恩之心，在咸丰皇帝继位之初，曾氏应诏陈言，反映民生疾苦，甚至直率地批评新皇帝身上的三个缺点：抓小失大、表里不一、自以为是。曾氏原以为咸丰帝会体谅他一片爱护的苦心而虚心接受，不料龙颜大怒。野史上记载，咸丰皇帝气得要撤掉曾氏的官职，幸而大学士祁隽藻与左都御史季芝昌为他求情，以“君圣臣直”的话来恭维皇帝，咸丰帝才撤销对曾氏的处分。但还是亲自写了一段长长的批文，申明自己并无曾氏所指的缺点，并指责曾氏“迂腐欠通”。

经此打击，曾氏从此不再直陈君上的过错，而接受他父亲的劝告：“不以直言显，以善辅君德为要。”这是曾氏与咸丰帝的最初交道。曾氏的刚直，使得平庸而多疑的咸丰帝心存芥蒂，埋下日后彼此不能合作协调共图大事的种子。

咸丰二年八月，曾氏回家守母丧。此时太平军已声势浩大，正在大张旗鼓围攻长沙。不久，太平军又一举打下武汉三镇，浩浩荡荡沿江东下，一路攻城夺隘，势如破竹。咸丰四年二月，太平军顺利拿下南京，在此建都立国，与清朝廷分庭抗礼。东南半壁河山，已不再在爱新觉罗氏的掌控中。手忙脚乱的咸丰帝在一个多月里，为混乱的东南各省匆忙任命四十三个团练大臣，前礼部侍郎曾国藩是第一个被任命的人。

曾氏借办团练的机会拉起一支名曰湘军的军队。这支军队连辅助人员在内有一万七八千人。经过几次败仗的锻炼后，湘军迅速成长为一支能打硬仗的劲旅。咸丰四年八月二十三日，湘军为朝廷收复武昌、汉阳。捷报传到京师，咸丰帝喜出望外，对身边的大臣说：“不

意曾国藩一书生，竟能建此奇功。”高兴之余，立即任命曾氏为代理湖北巡抚。几天后，某大学士得此消息，对咸丰帝说：“曾国藩乃在籍侍郎，犹匹夫耳。匹夫居闾里，一呼蹶起，从之者万余人，非朝廷之福。”咸丰帝听了这句话后，黯然变色良久，随即再下旨，撤销曾氏的署理湖北巡抚之职，以兵部侍郎的虚衔领兵东下。前后两道圣旨，相隔仅仅七天。从那以后，到咸丰十年四月，六七年之间，不管曾国藩立了多大的功劳，为朝廷收回多少重要的城镇，咸丰皇帝始终未给曾氏升一次官，晋一级品。

咸丰七年六月，在家守父丧的曾氏回应再次出山的诏命时，向朝廷明确表示办事艰难，若无督抚实权则不能带兵。这是公然向朝廷要巡抚、总督的职务。面对曾氏的伸手要官，咸丰帝宁愿放弃前命，也不答应。即便是咸丰十年四月，对曾氏两江总督的任命，咸丰帝也是不爽快的。薛福成在《庸庵笔记》中说，撤掉丢城逃命的两江总督何桂清之后，咸丰皇帝本来是任命胡林翼来接替的，胡林翼所留下的湖北巡抚的空缺则交给曾国藩。肃顺对咸丰帝说：“胡林翼在湖北措注尽善，未可挪动，不如用曾国藩督两江，则上下游俱得人矣。”咸丰帝接受了肃顺的这个建议，才有曾氏的江督之命。后来，曾氏的心腹幕僚赵烈文将曾氏带兵以来所遭遇的种种不顺，说得更加直白。他说曾氏：“自咸丰二年奉命团练，以及用兵江右，七八年间坎坷备尝，疑谤丛集。迨文宗末造，江左覆亡，始有督帅之授，受任危难之间。盖朝廷四顾无人，不得已而用之，非户扆真能简畀，当轴真能推举也。”按赵的说法，咸丰帝任命曾氏为两江总督，实在是四顾无人，才不得不让他顶替，并非真心相信他。

一个受老皇帝特别恩宠的能干大员，却在小皇帝手下如此窝囊，这到底是什么原因呢?

我想，其间的缘故大约有以下几点：

首先，是出于咸丰帝对曾氏个人的不信任，甚至猜疑。使得这种猜疑产生，除开上述曾氏的直率批评，让咸丰帝不愉快外，还有三点。

一是曾氏乃穆彰阿的门生。咸丰帝做阿哥时便深恶穆彰阿，讨厌穆党。刚一上台，便将穆彰阿彻底革职，永不叙用。咸丰帝斥责穆是“保位贪荣，妨贤病国。小忠小信，阴柔以售其奸；伪学伪才，揣摩以逢主意”。穆的党羽遍于朝中，咸丰帝不可能对他们都采取行动。曾氏也不能算是穆党中的重要分子。正因为这样，曾氏依旧做他的礼部侍郎，并在以后还兼过工部、刑部、吏部侍郎，但再也不可能像过去那样受到特别的眷顾了。

二是曾氏办湘军，打的旗号是捍卫孔孟之道，而不是把保卫朝廷放在第一位上。曾氏这个思想体现在他的《讨粤匪檄》一文中。檄文说，太平军“举中国数千年礼义人伦、诗书典则，一旦扫地荡尽。此岂独我大清之变，乃开辟以来名教之奇变，我孔子孟子之所痛哭于九泉。凡读书识字者，又乌可袖手安坐，不思一为也”。于是，朝廷上有曾氏兴兵究竟是“勤王”还是“卫道”之议。这种议论不能不让咸丰帝和满洲皇室有所戒备。

三是曾氏能力强号召力大，即薛福成所说的“匹夫居闾里，一呼蹶起，从之者万余人”。而办团练初期的曾氏又纯用法家手腕，敢作敢为，独断专行，且连连参劾文武大员。这些表现，换一个角度来看，也许就是大胆与跋扈。大胆与跋扈是可以直接导致妄为的。联系到他敢于逆披龙鳞，咸丰帝不能不加以提防。

当然，最重要的原因，还得从军权、体制与种族等方面来寻找根源。从军权方面来说，自古军权必须高度集中。拥有重兵的地方大员遭遇防范，于情于理都不奇怪。从体制方面来说，湖南出现的湘军不是朝廷的经制之师，而是体制外的武装力量。它好比一条河流，能载舟也能覆舟，朝廷不能不高度警惕。从民族来说，皇室是外来的少数民族。满汉畛界，在有清一代都是清清楚楚的。满人对汉人一向存着戒惧之心。现在有一股完全由汉人组成由汉人统率的强大军队，活跃在东南半壁山河上，这怎能让满洲权贵的代表咸丰帝放得下心？

怎么办？湘军不能解散，还得重用大用，唯一的办法就是又使用又制约，而最有力的措施便是以一支湘军来制约另一支湘军，即湘军内部的互相制约，也就是以湘制湘。在这种思想的指导下，咸丰帝一面压住地位最高、影响最大、实力最强的曾国藩，一面又大力扶持湘军中的另外几支主要人马。在曾国藩授两江总督之前，咸丰帝便已将资历、地位、功劳远不及曾氏的江忠源、胡林翼、刘长佑，先后越级提拔为安徽巡抚、湖北巡抚、广西巡抚。不得不授曾氏为江督后，又急忙命左宗棠组建楚军，在短短两年多的时间里，火箭般地将左从一个布衣提拔为闽浙总督。

又用又疑，以湘制湘，这就是咸丰帝对待曾国藩的态度。咸丰帝所玩弄的这套把戏，当然逃不脱精明老到的曾国藩的眼睛。他自有他的一套办法来对付。朝廷用他，他也要用朝廷。他要借朝廷之力，来实现自己建功立业的人生抱负。曾氏的态度可以用四个字来概括，叫做忠而不愚。“忠”是他对待朝廷的基本态度，也是他的底线。无论是出于对传统君臣之义的信守，还是出于对道光皇帝以及对爱新觉罗氏皇家的感激，曾氏都不会放弃忠于朝廷的根本立场。但曾氏又不是岳飞，他不愿意像岳飞那样以愚忠来对待朝廷。曾氏在创建湘军以及带领这支军队与太平军、捻军交手的十多年的战争年月里，他有不少独立于朝廷外的自我思考和行动，最为明显的是他曾有过两次抗旨行为。

咸丰三年九月至十二月这段期间，曾氏接连四次奉到朝廷命他迅速带勇援救湖北、安徽的旨令。曾氏那时正在衡州府操练湘军，屡次以船炮未齐而推辞。曾氏的态度，令朝廷很恼火。十二月十六日，曾氏收到咸丰帝的亲笔硃批。硃批的语气严厉而刻薄：“现在安徽待援甚急，若必偏执己见，则太觉迟缓。朕知汝尚能激发天良，故特命汝赴援以济燃眉。今观汝奏，直以数省军务一身克当。试问汝之才力，能乎否乎？平时漫自矜诩，以为无出己之右者。及至临事，果能尽符其言甚好；若稍涉张皇，岂不贻笑于天下？若设法赶紧赴援，能早一步，即得一步之益。汝能自担重任，迥非畏葸者比。言既出诸汝口，必须尽如所言，办与朕看。”

即便面对这样的谕旨，曾氏仍然不改变自己的态度。他平心静气地一条条陈述为何不能立即出兵的道理，最后以不可商量的决断语气回复皇上：“与其将来毫无功绩，受大言欺君之罪，不如此时据实陈明，受畏葸不前之罪。”咸丰帝看到这个奏折后，也无话可说，只得勉强同意。

咸丰十年春天，太平军在李秀成的统率下，一举踏平清军驻扎在南京城外孝陵卫长达六七年的江南大营，其统领张国梁、和春，或淹死或自杀。两江总督何桂清弃城逃命。江苏巡抚徐有壬、浙江巡抚罗殿遵先后死于苏州、杭州。江南重镇丹阳、常州、无锡、苏州、江阴、嘉兴、昆山等全部落入太平军手里。

江浙两省一片混乱，朝野震惊。匆忙之间，咸丰帝任命曾氏为两江总督，并一而再、再而三地严命他火速带兵救援江苏、浙江。但曾国藩面临此一变局和朝廷的殷切期盼，异常地从容镇定。他不以圣旨为然，却提出一个三路进兵稳扎稳打步步为营的统筹全局的作战方案。曾国藩的临乱不惧，与朝廷的惊慌失措形成鲜明的对照。自古“将在外，君命有所不受”，曾国藩以他的成竹在胸，迫使朝廷不得不接受他的安排。

还有一件事情，也很充分地体现曾氏不愚忠朝廷的态度。

咸丰十年八月，英法联军攻占北京城，咸丰皇帝仓皇逃离北京。在逃亡途中，给曾国藩下了一道令鲍超率军北上勤王的命令。鲍超的霆军是曾国藩手下一支最能打仗的军队，他不愿霆军离开江南战场，更担心被别人夺走。这道圣旨他不想接受。但皇帝正在危难之际，他又不能明白表示拒绝。于是他采取拖延的办法。他上奏朝廷，说鲍超级别不够，北上勤王只能在他和胡林翼两人选一个。当时安庆北京之间文报往返一次得一个月，曾氏估计这一个月之内京师局面必定有大变化，北上勤王之事很有可能不必要。事情果如曾氏所料，最后此议取消。不过，曾氏不愚忠的态度，也从此一事件中清楚表现出来了。

一年后，三十一岁的咸丰帝，病死热河行宫。曾国藩与咸丰朝相处的时期结束。经过一番流血的宫廷政变，慈禧太后上台执政。曾氏与朝廷的交道又进入了一个新时期。

三、高度信任曾国藩的慈禧太后，仍不忘时时提防曾国藩手下的虎狼之师

慈禧上台以后，一反丈夫对曾氏又用又压的做法，而以高度信任的姿态对待曾氏。她先是命曾氏统辖江苏、安徽、江西、浙江四省军务，所有四省巡抚提镇以下各官悉归曾氏节制；接着又封曾氏为太子少保、协办大学士，同时批准曾氏所拟的浙、皖、苏三省巡抚名单。就这样，慈禧太后把整个东南战场都交给了曾国藩，让他拥有军政人财全面权力。打拼十个年头，曾氏真正赢来了属于他的时代。

慈禧太后为何如此相信曾国藩。我想，这第一是因为慈禧和她的重要助手恭亲王奕䜣，在处理军国大事上，其胆识和能力都要胜过咸丰帝。第二，由于安徽省城安庆恰在此时收复，湘军的名声再一次提高，慈禧急于依靠这支军队平定内乱，为她自己赢得政治资本，巩固她垂帘听政的地位。第三，据说她在查抄肃顺家时，发现唯独没有曾氏跟肃顺有私人往来，由此确信曾氏是个可以信任的正派人。慈禧即便如此信任曾国藩，也没有改变满洲皇室防范汉人的根本立场，她同样对曾氏及其手下的虎狼之师严加戒备。这一点突出表现在同治三年夏秋南京刚收回的那段时期。

同治三年六月十六日，由曾国荃统率的湘军吉字营轰开南京城墙，进入城内。太平军与湘军的角逐，最后以湘军的胜利而结束。朝廷在接到捷报的当天，就给予参战的立功人员以隆重的褒奖：曾国藩封一等侯，曾国荃、官文、李鸿章封一等伯，李臣典封一等子，萧孚洲封一等男，此外还有多人受封骑都尉世职、一等轻车都尉等，圣旨中直接点名受赏的人多达百余名。据曾国藩说，朝廷的这次奖赏，超

过平三藩与平准噶儿回部战役，真可谓皇恩浩荡。但与此同时，一系列负面的动作也在相继进行中。

一是借南京城破当夜李秀成率一千余人保护幼天王逃出城外一事，严厉谴责曾国荃失职。

二是严旨追查南京城内金银财货的下落，责令曾国藩迅速查清报明户部。

三是用毫不客气的语言教训曾国藩，“所部诸将，自曾国荃以下均应由该大臣随时申儆，勿使骤胜而骄，庶可长承恩眷”。

四是命曾国藩立即将湘军成军以来历年往来账目造册上报。此举实为清查湘军的经济。

五是曾国藩后续的保举单一连七次被部议打回。曾氏说，这在过去是从来没有的事。

这一系列动作的目的，都在于打压大胜后的曾氏兄弟及其部属，警告他们不能得意忘形，朝廷随时都可以制裁他们。

朝廷更担心湘军会有图谋不轨之举，采取多种军事措施预为防范。先是南京甫一易帜，便派江宁将军富明阿以查看满营为由进城，实际上是作为朝廷耳目就近观察。接着又命令镇江城里的绿营将领冯子材密切监视南京城内的湘军动向。僧格林沁的蒙古马队，也奉命移营南下，驻扎在安徽、湖北一带，瞪大眼睛盯着南京。

这种种迹象，曾氏兄弟都看到或觉察到了，知道有一股巨大的压力正在向着他们兄弟和整个吉字营压过来。正因为此，取得所谓天下第一功的曾氏兄弟，并不是人们所想象的那样志得意满，喜气洋洋。他们一个是心存忧惧，一个是中怀抑郁，日子过得一点都不舒心。用曾氏的话来说，即“建非常之功勋，而疑谤交集，虽贤哲处此，亦不免于抑郁牢骚”（同治四年六月初五日家书）。

至于曾国藩，他对待以慈禧为首的新朝廷，仍然是其一贯的忠而不愚的态度。从心里来说，他感激慈禧对他的大为超过咸丰时期的信任，尽心尽力地为新主办事。他对新朝廷的忠，突出表现在他对节制四省一事的态度上。节制四省军政，这是新朝廷对曾氏的最大信任，也是东南战场正需要的一种权力运作形式。对这项任命，曾氏应该是求之不得，但他还是在两次推辞后才接受。曾氏为什么要推辞？是谦虚吗？是借此表明自己无权力野心吗？这些原因也许都有，但最主要的还不是这些。他是真心实意深谋远虑地为朝廷着想。在第一次辞谢折里，他提出的理由是“在朝廷不必轻假非常之权，在微臣亦得少安愚拙之分”。在朝廷坚持成命之后，他又上了一道辞谢折，话说得更加明白：“所以不愿节制四省再三渎陈者，实因大乱未平，用兵至十余省之多，诸道出师，将帅联翩，臣一人权位太重，恐开斯世争权竞势之风，兼防他日外重内轻之渐。机括甚微，关系甚大。”这番话真是说得推心置腹而又意味深长。曾氏已经看出这场战争对朝廷而言，最大的后遗症便是权力下移，其后果将不堪设想。他希望朝廷看到这一现象，不要在他身上开这个口子，免得日后被人援为前例，从而名正言顺地向中央要权、分权。以慈禧太后为首的新朝廷自然能体会曾氏的这番苦心，但时势所驱，他们也只能这样做。

打下南京后，曾氏功成身退自剪羽翼，更是体现他对朝廷的最大的忠。南京硝烟未尽，他便劝弟弟曾国荃离开军营，解甲归田。他本人则是决不以功臣自居，从各个方面尽量淡化头上的光环。更重要的是他立即着手部署裁撤湘军，在很短的时间内将南京城内城外的湘军裁撤十分之九。他用实际行动，表示绝对不会用手中的军队作为要挟朝廷的工具，甚或是造反的力量。

当然，因湘军的成功，清王朝实行了两百多年的世兵制，从此被募兵制所取代。军权政权高度集中于朝廷的制度也遭到毁灭性的打击，一批握有军政实力的地方军阀开始出现，外重内轻的局面逐渐形成。五十年后，清王朝最终因此而丢掉了政权。追根溯源，皆要算到曾国藩的头上。这些自是受历史规律所制约，并非曾国藩本人的意图。

同样，对慈禧新朝廷，他也不愚忠。

李秀成逃出南京后，没过几天，就被乡民抓获，押送到曾国荃的大营。朝廷得知后，命曾氏将李秀成“槛送京师，讯明后尽法处治”。但曾氏却在李秀成写完自述的当天夜里就将他杀死，公然违背朝廷的命令。曾氏在给朝廷的奏折中，申明之所以这样做，是鉴于李秀成威望高，怕出意外，故而“力主速杀，免致疏虞，以贻后患”。曾氏为什么要在南京处置李秀成，而不愿将他押送北京呢？据野史记载，其真正的原因有两个。一则怕李说出南京城内所藏金银的实际情况。社会上传言南京城内是“金银如海，财货如山”，而曾氏的奏折却说打下南京后并未发现金银。事实上，南京城的金银都落到吉字营的腰包里了。二则李表示愿招纳旧部投降曾氏，供曾氏驱使，并有劝曾氏反叛朝廷等话语。曾氏不愿意李在朝廷审讯时说出这些东西，免得授人以柄。

可见，在关系到自身及湘军集团重大利益等事上，曾氏的头脑很清醒，他不想因愚忠而招祸。

四、晚年曾国藩受到朝廷的特殊尊崇，但他却因此深感痛苦与无奈

经过十多年与太平军及捻军作战的严酷考验，以慈禧为首的朝廷知道曾国藩是个可以信赖的忠臣干吏。同治六年春，曾氏彻底离开军营，来到南京做一个名副其实的两江总督。这年五月，朝廷授曾国藩大学士。年底捻军平定，朝廷又给曾氏加赏一云骑尉世职。次年四月，朝廷授曾氏为武英殿大学士。七月，调曾氏为直隶总督。同治八年正月十六，同治小皇帝在乾清宫宴请廷臣，曾氏以武英殿大学士身份领汉大臣之首。这是曾国藩一生最为荣耀的一刻。第二年夏天，他抱重病赴天津，不惜以毁掉自己的名声来实现朝廷所期望的和局，使得慈禧感叹，称赞他公忠体国。这年十月，他晋六十大寿，小皇帝亲笔书写“勋高柱石”匾额，表达朝廷特别尊崇之意。不久他便离开京师，重返两江总督之任。同治十一年二月初四，曾氏以脑中风病逝于

两江总督衙门。曾氏的生命结束了，他与朝廷打交道的政治生涯也便随之结束。

在生命的最后几年，他远离战火，处人臣之极的地位，又受到朝廷的特殊礼遇，照理说，他应该高兴、舒畅才是，然而曾氏却是在忧郁甚至可以说是在痛苦中度过。他多次对家人说“乱世处大位乃人生之不幸”。得大学士之职时，他又对家人说：“人以极品为荣，吾今实以为苦恼之境。然时势所处，万不能置身事外，亦惟有做一日和尚撞一日钟而已。”他甚至说死要比活着快乐。他在京师，自亲王以下文武百官，对他恭敬不已，天天请他赴宴看戏，他却视为畏途。他以江南最高统帅的身份巡视各地，军营将士们直以天神待他，放炮鸣鞭，列队恭迎，他却毫无欣慰之感。为什么这样？其中一个主要原因是他晚年身体状况非常糟糕。他患有癣疾、眩晕、双目基本失明，心悸舌蹇足麻等多种疾病，身体虚弱得几乎不能自持，但如此病躯却要承受着各种重大国事公务以及繁琐的日常政事。他渴望罢官回乡，在林泉之间过几天清闲日子，但朝廷始终不答应。他也自觉一身为天下表率，不敢过于坚持。朝廷的崇尊与重用，对他来说完全是一种无可奈何的痛苦。

曾国藩与道光、咸丰、同治三朝共处了三十多年。三十多年间，朝廷给了曾氏以地位与荣誉，帮助他实现了自己的人生抱负，同时也给他带来难以言状的压力与劳累、痛苦与无奈，直到榨干他身上的最后一滴血，让他活活地累死在第一线上。曾氏对朝廷，既感激忠诚、鞠躬尽瘁，又有自己的原则底线。在他三十余年的宦海生涯中，可以隐隐约约地看出他始终与朝廷保持着一段距离。他深知古往今来，凡高位大功都不易居。他早年对弟弟说过的一番话，最能道出他与朝廷相处的秘诀：“见可而留，知难而退，但不得罪东家，好去好来。”曾氏之所以大功高位而能持盈保泰寿终正寝，其奥妙大概就在于他做好了“留”与“退”这两篇大文章。

强者性格与求阙心态

曾国藩人生的偶像是他的祖父星冈公，即曾玉屏。一直到他的晚年，处于封侯拜相位极人臣的位置，他仍然认为自己不及祖父。考查曾氏一生，其祖父给他的影响最大者，主要在两个方面：一为治家。曾氏说他的治家八字诀，即“考、宝、早、扫、书、蔬、书、猪”，完全是秉承星冈公的遗教。二是做人。关于星冈公的做人，我们可以从曾氏所写的《大界墓表》《台洲墓表》，以及平时他写给诸弟子侄的信中略见大概：此人早年行为近于浮荡，中年幡然改过，讲求农事，家道因此中兴；治家有方，且乐于为乡邻排难解纷，颇具领袖气质；平时神情威严，不可侵犯，一家人都怕他。长孙点翰林，他对家人说过这样的话：我们家仍然靠种田吃饭。看来，这是一个强悍的人。曾氏引用其祖父所说话中最多的一句是：“男儿以懦弱无刚为耻。”正是受强悍祖父的影响，曾氏从小便具有强者性格。从遗传的角度来看，曾氏的强者性格源于其母江氏。曾氏说过他的母亲“每好作自强之言”，他与他的九弟都“秉母德”。“强”，可谓曾氏性格中的主导方面，贯穿他的一辈子。解剖曾氏性格中“强”，可以看到其中包括自强、好强、刚强、明强等多方面的内容。下面，我略为展开来说说。

一、自强是曾氏得以出类拔萃的首要原因

曾氏的家乡位于丘陵重叠交通不便的偏僻山冲，曾氏的家庭是一个“五六百载无与科目功名”的普通农家。这样一个人家的子弟，要想有所出息，没有别的指望，一切都要靠自己。而当时的出息也只有一条路，即借科举考试来进入仕途。曾氏所要走的正是这条艰难的羊肠小道。他父亲虽说是个读书人，但一连考了十七次，才在四十三岁那年中秀才。天赋如何且不论，至少在猜题这点上是个低能儿，对于儿子的科考，他可谓一点忙也帮不上。就连考试，曾氏也得靠自己去琢磨。曾氏五岁发蒙，从小便发愤苦读，诗文集中收有《小池》一首，传说是他十四岁时的作品：“屋后一枯池，夜雨生波澜。勿言一勺水，会有蛟龙蟠。物理无定势，须臾变众窍。男儿未盖棺，进取谁能料？”一个自强进取的少年形象跃然纸上。靠着这股成蛟成龙的志向，曾氏凭一己之力，顺利通过层层考试，由秀才而举人而进士而翰林，终于走出穷山陋壤，来到京师帝都，做了皇上的文学侍从。

除了家世寒素外，曾氏还是一个资质并不特别颖异的人，他经常说自己鲁钝，梁启超也说他“在并时诸贤中称最钝拙”。他二十三岁才中秀才，会试三次才中三甲，都是他非特别聪明的证据。一个资质一般的人，其成果的获得，所付出的辛劳，毫无疑问要比别人更多。况且，曾氏的体质也不强健，甚至可以说是一个病号。他三十岁时大吐血，几乎不治。三十五岁时开始得皮肤病，此病后来伴随着他的后半生，而且有时非常严重。咸丰九、十年时期，他的日记中常有被此病折磨得痛苦难受的记载，他说此病令他“无生人之乐”。四十七八岁时，他得了严重的忡忧之症。这种忧郁症害得他经常失眠，心中恐悸，两眼昏花，甚至寸大的毛笔字都不能辨认，自己觉得随时都有死

的可能。到了五十五六岁以后，更是各种疾病都来了。眩晕、心悸舌蹇、不能多说话、右眼失明、左目微光、多次出现手脚麻木、失语的现象，终于在六十岁另三个月时死于脑中风，刚过下寿的底线。

资质上并非天才，身体上又属于病号，却有如许业绩，靠什么？他在给其九弟的信中说：“身体虽弱却不宜过于爱惜，精神愈用则愈出，阳气愈提则愈盛，每日作事愈多，则夜间临睡愈快活。若存一爱惜精神的意思，将前将却，奄奄无气，决难成事。”正是仗着这种湖南人特有的霸蛮，曾氏硬是战胜了自己的一些先天性不足，令许多天才和壮健者自愧不如。

二、好强是曾氏人生的一个重要推动力

好强即争强好胜。这一点，曾氏晚年与他的心腹幕僚赵烈文很坦率地谈过。同治六年八月二十一日，赵烈文在日记中写道：“涤师复来久谭，自言：初服官京师，与诸名士接游，时梅伯言以古文、何子员以学问书法皆负重名。吾时时察其造诣，心独不肯下之。顾自视无所蓄积，思多读书，以为异日若辈不足相伯仲。”又说：“起兵亦有激而成。初得旨为团练大臣，借居抚署，欲诛梗令数卒，全军鼓噪，入署几为所戕，因是发愤募勇万人，浸以成军，其时亦好胜而已。不意遂至今日，可为一笑。”这两段话，活脱脱地勾画出一个好胜者的形象。早年，曾氏在京师做翰林，学问、文章、书法都是他的主业，对于这些领域中当时领京师风骚的梅曾亮、何绍基，曾氏并不服气。这种心情，他在给诸弟的信中也透露过：“惟古文各体诗，自觉有进境，将来此事当有成就；恨当世无韩愈、王安石一流人与我相质证耳。”这一段话说得更直白，在他的眼里并无梅、何等人的地位，能与他谈诗论文的只有韩愈、王安石这些人。好胜之心，何等强烈！好在曾氏虽好胜，却不狂妄，他知道取胜之道在自己的努力：“多读书。”最后仍落在自强这一点上。

中年奉旨出山办团练，原本是做个全省民兵头，结果后来成了一个兵符其实的三军统帅，曾氏对赵说，这是因为“有激而成”。当然，这里面原因很复杂，绝不仅仅只是“激”的问题，但无疑，“激”是其中原因之一。

曾氏办团练时受过什么刺激呢？这段话说得很简单，王闿运在《湘军志》中道出其中的详情：“长沙协副将清德，自以为将官不统于文吏，虽巡抚，例不问营操，而塔齐布谄曾国藩，坏营制。提督鲍起豹昏庸自喜，闻清德言，则扬言盛暑操兵虐军士，且提督现驻省城，我不传操，敢再妄为者，军棍从事。塔齐布沮惧不敢出，司道群官皆窃喜，以为可惩多事矣。提标兵固轻侮练勇，倚提督益骄。适湘勇试火枪伤营兵长夫，因发怒，吹角执旗，列队攻湘勇。城上军皆逾堞出，城中惊哗。国藩为鞭试枪者以谢，乃已。俄而辰勇与永顺兵私斗。辰勇者，塔齐布所教练也。提标兵益傲怒，复吹角列队讨辰勇。于是，国藩念内斗无已时，且不治军，即吏民益轻朝使，无以治奸宄，移牒提督，名捕主者。提督亦怒，谩曰：‘今如命，缚诣辕门。’标兵汹汹满街。国藩欲斩所缚者以徇，虑变，犹豫未有所决。营兵既日夜游聚城中，文武官闭门不肯谁何，乃猖狂围国藩公馆门。公馆者，巡抚射圃也，巡抚以为不与己公事。国藩度营兵不敢决入，方治事，刀矛竟入，刺钦差随丁，几伤国藩。乃叩巡抚垣门，巡抚阳惊，反谢，遣所缚者，纵诸乱兵不问。司道以下公言曾公操切，以有此变。”

王闿运这段话说得很清楚，“全军鼓噪”只是事情的表面，背面的原因是湖南文武官场都不把曾氏看在眼里，因为此时的曾氏，只是一个在籍侍郎，并没有实权。曾氏对人说，他当时在长沙所受到的待遇是别人的“白眼相看”，即王所说的“轻朝使”。于是，曾氏要为自己的待遇而争斗。好在曾氏明智，他走的也不是如某些人的做法——直接与长沙官场文武论道理，而是离开长沙去衡州府。短短的四个多月，便招募水陆一万人，再加上随军长夫七八千人，号称二万，一支真正的军队就这样建立了。曾氏曾经对儿子说过：“天下事无所为而成者极少，有所贪有所利而成者居其半，有所激有所逼而成者居其半。”看来，招募湘军这件事，是曾氏心中激逼而成的一桩事例。

三、刚强是曾氏出任艰巨时性格中的重要表征

咸丰二年底，曾氏奉旨出山办团练。他所面对的是混乱的社会秩序和因动乱而沉渣泛起的各色不法分子，这就是所谓的乱世。乱世当用重典。一个程朱理学信徒就这样被迫地接受法家理论，与之相应的则是刚强的外在表现。刚者，硬也，即处世待物，态度强硬。初办团练时的曾氏，其刚强一面得到淋漓展示。他在给朝廷的奏折里这样写道：“今乡里无赖之民，嚣然而不靖，彼见夫往年命案盗案首犯逍遥于法外，又见夫近年粤匪土匪之肆行皆猖獗而莫制，遂以为法律不足凭，官长不足畏也。平居造作谣言，煽惑人心。白日抢劫，毫无忌惮。若非严刑峻法，痛加诛戮，必无以折其不逞之志，而销其逆乱之萌。臣之愚见，欲纯用重典以锄强暴，但愿良民有安生之日，即臣身得残忍严酷之名亦不敢辞；但愿通省无不破之案，即剿办有棘手万难之处亦不敢辞。”他在湖南公然推行“就地正法”的政策：若查明有不法情事，重者杀头，次者杖毙。行刑方式虽有不同，但都是一死，因此得“曾剃头”之恶名，但他不在乎。

对犯事者是这样，对同一个营垒的人也这样：若不合作，则严厉参劾，毫不讲情面。

咸丰三年六月，他特参与他对着干的长沙协副将清德。这份参劾奏折用词尖利，比如“庸劣武员”，“操演之期，该将从不一至，在署偷闲”，“一切营务武备茫然不知，形同木偶”，“该将疲玩如此，何以督率士卒”。正折之后，又附一片，更揭发清德在太平军攻打长沙时，居然“自行摘去顶戴，藏匿民房”。对于这种临阵脱逃的

将领，曾氏建议朝廷“革职，解交刑部，从重治罪”。清德的仕途，便到此了结。

咸丰五年六月，他又严参对他阳奉阴违的江西巡抚陈启迈。他在历数陈的桩桩劣迹之后，写下这样一段文字：“臣与陈启迈同乡同年同官翰林，向无嫌隙，在京师时见其供职勤慎，自共事数月，观其颠倒错谬，迥改平日之常度，以致军务纷乱，物论沸腾，实非微臣意料之所及。臣既确有所见，深恐贻误大局，不敢不琐叙诸事，渎陈于圣主之前。”若不是深恐贻误大局，何至于参劾同乡同年同官翰林者？咸丰帝也不能不俯于所请，下达圣旨：“陈启迈着即革职。”

同治元年正月，身为两江总督的曾氏参劾前安徽巡抚翁同书的一折，更被奉为参折的典范：因为深得参折的“辣”字要诀，令朝廷不得不接受。翁同书作为巡抚，却临阵逃遁，又养痈遗患，本该严惩，但翁父为帝师宰相，慈禧有意循情。曾氏深知此中原委，干脆在奏折中先点明这一点：“臣职分所在，例应纠参，不敢因翁同书之门第鼎盛瞻顾迁就。”慈禧这下没法子了，只得从重处罚翁。

所有这些，都见曾氏的刚强一面：强硬刚烈，决不妥协！对于所遭遇的挫折和拂逆，曾氏同样也以强硬的态度对待。同治五六年间，复出任湖北巡抚的曾国荃，无论在人际关系和战争中都屡屡不顺，曾氏劝告乃弟：“弟当此百端拂逆之时，亦只有逆来顺受之法，仍不外悔字诀，硬字诀而已。”这里所说的硬，就是硬着头皮挺住的意思。曾氏曾对李鸿章等幕僚讲过一个故事，说有两个都挑着担子的人，在狭窄的田埂上相遇，彼此都不让路，从中午一直到傍晚，两个人就这么耗着，结果是其中一人的老爹出面圆场才了结。曾氏说这就是他的《挺经》，共有十八条，此为其中一条。硬字诀大概是《挺经》中的另一条。

四、在与太平军的角逐中，顽强是其制胜的关键之一

从咸丰二年底出山办团练，到同治三年六月吉字营攻下南京，曾氏为了这个胜利，整整用了十一年半的时间，而洪秀全从广西金田村起义，到夺取南京，只用了两年两个月。时间相差的悬殊，说明湘军与太平军之间角逐的艰难，其艰难主要体现在军事上。在一段很长的时间里湘军与太平军打仗，都是败多胜少，他本人就有过两次兵败投水自杀的经历。尤其在咸丰五、六年间，身在江西前线的曾氏，常常处于太平军的四面围困中。太平军的浩大声势，令曾氏多次发出过“不可平定”的叹息。咸丰五年二月，他在奏折中对自己当时的心情有过生动的描述：“闻春风之怒号，则寸心欲碎；见贼船之上驶，则绕屋彷徨。”后来王闿运读到这篇折子，感叹：“夜览涤公奏，其在江西时实悲苦，令人泣下……《出师表》无此沉痛。”

心情虽沉痛，间或也有绝望感，但他始终没有放弃，特别是经过一年多的家居反省后，心志更加坚定，处事也日趋圆融。他将幕僚的“屡战屡败”改为“屡败屡战”，常常以“好汉打脱牙和血吞”来勉励部属，以及调侃自己是“文韧公”等等，都说明他的坚忍顽强、百折不回的性格。终于，他等到天时，迎来转机，走上节节胜利的军事坦途。

五、强者性格的最高境界：明强

咸丰七年二月至八年六月，曾氏在家为父亲守了一年多的丧。在这段丧期里，他反反复复将出山五年来的所作所为，作了一番锥心刺骨的反思。经过这样一番痛定思痛的自我冶炼，曾氏在思想境界上有了一个质的飞跃，促使这个飞跃的是道家学说的精髓：顺其自然、以柔克刚。自那以后，曾氏不再那么一味“功可强成，名可强立”了，待人处事也不再像先前那样刚烈硬倔了。当然，强是他的性格使然，

他也不可能完全抛弃，只是他讲得更多的是明强；而恰恰就是这个明强，让他的强者性格走进炉火纯青的境界。

曾氏的九弟国荃与他一样，也是一个好强的人。老九的强有点过分，带有强梁、强横的味道。他出任鄂抚不久，就严参湖广总督官文，给他罗列一大堆罪状。官文固然不是一个干事的人，但说他是肃顺党羽，不仅证据不足，且有置人于死地之嫌；何况官文身为满人，乃朝廷亲信，如此一参，将给朝廷难堪。于公于私，老九此举，都太不明智！曾氏深为老九的莽撞而痛心。但对于这个被他视为给他以及整个曾氏家族带来巨大荣耀的弟弟，他又不好过多指责。于是，在那段时期里，曾氏反复给九弟讲明强："担当大事，全在明与强两个字上。《中庸》中的学、问、思、辩、行五个方面，其重要之处归结在虽愚必明、虽柔必强这句话上。""强字原是美德，余前寄信，亦谓明强二字断不可少。但强字须从明字做出，然后始终不可屈挠。若全不明白，一味横蛮，待他人析之以至理，证之以后效，又复俯首输服，则前强后弱，京师所谓瞎闹者也。"

所谓明强，即明智的强，不是横蛮的强、瞎胡闹的强。明强中的一个最主要的内容，便是在自胜处求强，而不在胜人处求强。曾氏这样规劝其弟："吾辈在自修处求强则可，在胜人处求强则不可。若专在胜人处求强，其能强到底与否尚未可知，即使终身强横安稳，亦君子所不屑道也。"通过自身的努力，来修炼优良的人格，壮大自己的实力，这就是我们通常所说的自强；企图以打压别人来增强自己的作法，这就是我们常说的豪强。豪强不可能长久，因为它必将激起打压者的反抗与仇恨，如同坐在随时都可能爆发的火山口上。建筑在洞悉世事人情基础上的明强，才算是真正进入化境的强大；无疑，自强是明强中的重要成分。

古往今来，在军政舞台上活跃着的人物，几乎都是清一色的强者性格，而且这些强悍者又大多是强到底硬到头的角色。但同样身为军政首领，曾国藩却既具强悍气势，又藏求阙心态。在这个舞台上，如曾氏者并不多见。求阙心态同样是曾氏性情中的一个重要部分，研究曾氏，决不能忽视这一点。

早在道光二十四年三月，他在给诸弟的信中就讲到了求阙（阙者，空缺、亏损也）：“兄尝观《易》之道，察盈虚消息之理，而知人不可无缺陷也。日中则昃，月盈则亏，天有孤虚，地阙东南，未有常全而不缺者。众人常缺，而一人常全，天道屈伸之故，岂若是不公乎？今吾家椿萱重庆，兄弟无故，京师无比美者，亦可谓至万全者矣。故兄但求缺陷，名所居曰求缺斋。盖求缺于他事，而求全于堂上。”

第二年，他又专门写了一篇文章，题为《求阙斋记》，说明为什么要将居室命名曰求阙斋：“国藩读《易》，至《临》而喟然叹曰：天地之气，阳至矣，则退而生阴；阴至矣，则进而生阳。一损一益者，自然之理也。”“物生而有嗜欲，好盈而忘阙……若国藩者，无为无猷，而多罹于咎，而或锡之福，所谓不称其服者欤？于是名其所居曰求阙斋。凡外至之荣、耳目百体之嗜，皆使留其缺陷。”

从这两段话看来，曾氏的求阙观念源于《易经》。从《易经》的《丰卦》所说的“日中则昃，月盈则食。天地盈虚，与时消息”这些话中，他明白了盈虚消息的道理。所谓盈虚消息，就是说天地之间的充实与空虚，是随着时间的变化或生长或消落的。从《易经》的《临卦》中，他明了宇宙间阳至生阴、阴至生阳的道理。

《易经》这部儒家经典揭示了宇宙自然中一个很重要的现象，即万事万物随时都处在变化之中。这种变化的特点是盈、虚、消、息互相转化，没有久盈久息，也不会久虚久亏；盈到一定时候就会变为虚，息到一定时候也会变为消，反之亦然。《易经》将宇宙自然这两种互相对立又互相依存的现象以阳和阴两个符号来代表，于是可以简化而以阳至生阴、阴至生阳来概括。这就是《易经·系辞》所说的“一阴一阳谓之道”。这种变化的另一特点是：盈满是短暂的，一旦到了这种时刻，便会立即向亏缺方向转化，反之，亏缺却是长期的；而盈满又是少见的，亏缺则是普遍存在的，如天有孤虚、地缺东南等等。

这一特点，彰显的才是宇宙自然的真相。老子说："人法地，地法天，天法道，道法自然。"人归根结底得效法自然，如此才能生存得好。既然亏缺是自然的常态，那么，有缺陷也便是人的常态，真正得道之君子，要安于有缺陷的生存状态。北宋大书法家蔡襄有一首诗，道是："花未全开月未圆，看花得月思依然。明知花月无情物，若使多情更可怜。"（《十三日吉祥院探花》）曾氏同治二年正月给其九弟信中说："平日最好昔人'花未全开月未圆'七字，以为惜福之道、保泰之法莫精于此。"

"花未全开月未圆"是一种状态，"花好月圆"也是一种状态，前者有所欠缺，但是常态；后者看似圆满，却很短暂。前者处在一种上升态势，接着来的将会更好；后者却因处极点，接踵而至的将是凋谢的恐惧与亏虚的沮丧。故而，曾氏认为前者好。

咸丰七年后，曾氏的思想行为更加倾向于道家学说。道家学说的核心是以自然为法，故而曾氏求阙心态也便更加浓烈，不但不作盈满之想，他甚至还提出"天道恶盈"的观点。恶者，厌恶、憎恨也，比之于'不求"又更进一步了。他为此特别看重管子所说的"斗斛满则人概之，人满则天概之"这些话。他对这两句话加以阐述："余谓天之概无形，仍假手于人以概之。霍氏盈满，魏相概之，宣帝概之；诸葛恪盈满，孙峻概之，吴主概之。待他人之来概而后悔之，则已晚矣。吾家方丰盈之际，不待天之来概，吾与诸弟当设法先自概之。自概之道云何？亦不外清、慎、勤三字而已。吾近将清字改为廉字，慎字改为谦字，勤字改为劳字，尤为明浅，确有可下手之处。"

曾氏关于求阙、花未全开月未圆、天道恶盈这些说法，都表明从中年开始到晚年时期更强烈的不追求圆满、经常保持某些欠缺的心态。我个人认为，这种心态是一种好的心态。其好处在于：

（一）不追求完美。

常人都追求齐全，追求完美。“求阙”的心态则不主张这样，倒是希望常常有点不足，有点遗憾。到底是完美好呢？还是有点缺憾好呢？这中间没有孰是孰非的问题，而是取决于一种处世态度。比来比去，可能还是以存阙为好。因为“完美”很难达到。“完美”是没有固定标准的，为着一个虚幻的目标去拼死拼活地追求，人很累，而意义却不大。正因为此，“断臂维纳斯”才格外受到人们的欣赏，“月儿船”比“满轮月”更令人想象无穷。

（二）注意自律。

既然有欠缺是正常的，过于盈满则有可能带来灾难，那么，正处于盈满状态的人们，则需要时时保持警觉意识，要有不待“天概”先设法“自概”的想法。自概即自律。曾氏的自律手段是清、慎、勤、廉、谦、劳，即谦虚、谨慎、清廉、勤劳。除这几点外，手握重权誉满天下的曾氏，还常常向朝廷表示要分权让赏，即辞掉一部分职位，推让一些奖赏。其治家之道的核心，也是“虽鼎盛，不可忘寒士家风味”。

这种种“自概”之道，能帮助盈满者保持清醒冷静的头脑，不至于因位崇权重势大名高而自我膨胀，骄纵放肆，从而招致怨恨而遭天概即人概：别人起来除掉你。

细细揣摩曾氏的求阙心态，其主要目的是针对“贪欲”而来的。人性有许多缺点，“贪欲”应是普遍而又为害最大的缺点。佛家要戒“贪”“嗔”“痴”，儒家提倡“不忮不求”，道家主张“清心寡欲”，其矛头所指都是人性中的“贪欲”。

“贪欲”或许也可以成为人类进取的一个推动力，但纵观人类文明发展史，它给人所带来的祸患要更多些。古话说“欲壑难填”，人一旦沉入“贪欲”之中，则永远没有快乐感，幸福感。反之，“求阙”则能使人涌出满足之感，满足之感则可以生发惜福之心，惜福之心则将萌动感恩情怀，感恩情怀则将导致幸福感觉。故而，求阙心态有可能将人引进幸福之中。

缺乏幸福感，影响的只是个人情绪，更可怕的是，“贪欲”有可能使人丧失理智，作出昏乱的判断，甚至做出伤天害理、违反国法的事情来，到那时，则后果不堪设想。

既自强又求阙，既懂得“天行健”之宇宙精神又明乎“盈虚消息”之自然法则，这是曾氏以其一生的复杂经历，为后人留下的一笔文化遗产。

一生三变

一

国学即中国传统学问博大精深，在先秦至汉初这段时期，便有诸子百家之说。《汉书·艺文志》中说：“凡诸子百八十九家，四千三百二十四篇。”其中主要者有十家，即儒、墨、道、法、兵、纵横、农、名、杂、小说。这十家中影响最大的有三家，即儒、法、道。到汉武帝时期官方实行罢黜百家、独尊儒术的政策，儒家学说被抬到至尊地位。但是，这种政策也只是体现在国家层面上，如国家政策制定的理论基础，国家官员选择的考核标准（后来实行科举考试，便硬性规定儒家的经典四书五经为唯一的考试内容），以及社会的道德观、价值观的取向等等，至于其他学说尤其是法家、道家等学说，因其不可忽视的思想价值，依旧被社会所看重。记载这些学说的书籍，两千余年来也流传不衰，世世代代培育着中华民族的精神品格，滋润着中华儿女的心灵智慧。许多有成就的政治家、有见识的士人，在治理国家政务上，在打造自己的精神世界上，都并非纯守儒家理念，而是兼用法家、道家学说。

近世有一个著名的政治家、学者，在这个方面表现得极为突出，也因此而取得事业与人生的巨大成功。这个人便是曾国藩。

二

曾国藩去世不久，他生前的一位至交欧阳兆熊说过一段这样的话："文正一生凡三变……其学问初为翰林词赋，既与唐镜海太常游，究心儒先语录，后又为六书之学，博览乾嘉训诂诸书，要不以宋人注经为然。在京官时，以程朱为依归，至出而办理团练军务，又变而申韩。尝自称欲著挺经，言其刚也。咸丰七年，在江西军中丁外艰，闻讣奏报后，即奔丧回籍，朝议颇不为然。左恪靖在骆文忠幕中，肆口诋毁，一时哗然和之，文正亦内疚于心，得不寐之疾。予荐曹镜初诊之，言其岐黄可医身病，黄老可医心病，盖欲以黄老讽之也……此次出山后，一以柔道行之，以至成此巨功，毫无沾沾自喜之色。"这是一段研究曾氏很重要的文字，值得细细解读。

欧阳说，曾氏的学问，最先是用功于诗词歌赋上，这是翰林院的职业所要求的，后来他跟唐鉴交往，便转向儒家学说，其后又研读汉学，博览乾嘉时代汉学大家的著作，不以宋代注经者的观点为然。在朝廷上做官时，以程朱之学为依归。出京后办理团练和军营事务，又改变而转向申韩法家之学。曾经说过要写一部名曰"挺经"的书，意思是表明他的刚毅顽强。咸丰七年二月，他的父亲病故，他向朝廷呈递请假折后不待批准，便奔回原籍。朝廷上的议论对此颇为不满。左宗棠那时在骆秉章幕府，对曾氏此举大加批评，一时间官场皆附和，曾氏也感到内疚，于是得了严重的神经官能症，睡不着觉。欧阳遂推荐曹镜初为他治病。曹说他的医术只能医治身体上的毛病，至于心里的病得靠黄老之学来医治。曹镜初是想以黄老之道来暗示他，希望他能按黄老的学说办事。曾氏由此醒悟过来，复出后，一律以柔的原则来行事，以至于成就了这样大的功业，而毫无沾沾自喜的表现。

欧阳在这里为我们清晰地勾画了曾氏在学理修持上的三次大变化：早期在京师，从词赋之学一变为儒家之学；离开北京到了地方办团练，则从儒家之学二变为申韩之学；咸丰八年复出之后则从申韩之学三变为黄老之学。儒、法、道三家，分别成了曾氏三个不同时期的思想和行为的主导学说。

三

现在来具体说说他的这个“三变”。

道光十八年，二十八岁的曾国藩中进士点翰林院。二十多年的寒窗苦读，终于取得了最为理想的成绩，尽管有过三次会试的经历，但曾氏的科举之道，总的来说走得非常顺利。五六百年未与科目功名之列的乡村曾家，骤然间出了一个翰林，这真是破天荒的大事。做一个好翰林，那时自然是性格稳重的曾氏心中最大的愿望。翰林院的职责有以下几个主要方面：充当皇帝的学术、文学顾问；参与各种敕撰书籍的纂修，草拟朝廷文告；会试期间充当考官。显然，翰林院是一个文化部门，读书作诗文即积累学问经营文字，是做好本职工作的重要基础。初进翰苑的曾氏，致力于词赋之学是理所当然的，何况吟诗作文，也是他所喜爱并擅长的事情。翰林院除开是文化部门之外，它还是一个出干部的部门，即所谓的储才养望之地。中央各部的堂官、地方各省的督抚，不少是从翰林院里走出去的。正因为此，当道光二十一年，唐鉴告诉曾氏为学应当以朱熹之书为宗师的时候，他欣然接受，并在此后很长一段时间里严格按朱熹的所说身体力行。唐鉴字镜海，湖南善化人，以研究理学享誉于世，当时刚从江宁布政使职位上调任太常寺卿。唐鉴对曾氏说，学问有三门，即义理、考核、文章。义理这方面程朱的学问最好，考核之学多求粗遗精，琐碎而不得大义，不必致力，至于文章之学，则以精于义理为基础。文章也不必多用功，用功应在义理上。唐鉴还具体为曾氏指出：检摄于外，在“整齐严肃”四字上，持守于内，在“主一无适”四字上。唐鉴教曾氏从词赋诗文之学中走出来，认真研读义理之学，其实质是要曾氏将功夫从技能的提高转向心性的修炼上。

心性修炼就是人格的打造，用我们今天的语言来说，即人的综合素质的培养，这是最为根本的事情。今后能不能担负起国家的重任，能不能成就一番大的事业，第一等重要的并不在能力上，而是在素质上。假若时运不济，不能成大事而只能做一个平民百姓，素质也是决定他在人群中所处状况的重要条件。

按照唐鉴的指引，曾氏为自己的心性修炼列出五门功课，即修诚、居敬、主静、谨言、有恒。

诚是理学中最重要的理念。《中庸》说：“诚者，物之始终，不诚无物。”理学的开创者周敦颐说：“诚者，圣人之本。”

曾氏将诚作为修身的基础，要求自己“开口必诚”，做到不自欺即以诚对己，不欺人即以诚待人，将“诚”作为处世的根本。

曾氏在道光二十四年三月的一封家书中专门谈到他近日所作的五箴。其中《居敬箴》中说：“谁人可慢？何日可弛？弛事者无成，慢人者反尔。”由此可知所谓居敬，就是指对人对事的一种恭肃心态。怀着恭肃的心态，才会有谦抑待人勤勉办事的行为。

其《主静箴》中说：“神定不慑，谁敢余侮？”“我虑则一，彼纷不纷。”说的是心神的宁静专一，这是应对忙乱甚至危急的最好心理状态。其《谨言箴》告诫自己不巧语、不闲言、不讲道听途说的话、不作夸夸之谈，所说的都应该谨慎实在。其《有恒箴》中警示自己办任何事都得持之以恒：“黍黍之增，久乃盈斗。”

曾氏以日记为督促手段，要求自己做到能慎独，即在没有任何外在监督和约束的情况下，也能按照圣人所教诲的那样去做。他早年的日记，基本上就是这种自我监督、自我约束的记录。

在此期间，他立下两个志向。一为不以做官发财为目的。道光二十九年三月给诸弟信上说："予自三十岁以来，即以做官发财为可耻，以宦囊积金遗子孙为可羞可恨。故私心立誓，总不靠做官发财以遗后人。神明鉴临，予不食言。"二为效法前贤澄清天下。道光二十二年十月，给诸弟信中说："君子之立志也，有民胞物与之量，有内圣外王之业，而后不忝于父母之生，不愧为天地之完人。"黎庶昌所作的《年谱》中说："公少时器宇卓荦，不随流俗，既入词垣，遂毅然有澄清天下之志。"

程朱之学是当时的显学，也是当政者所竭力倡导的学说。读程朱的书，听程朱的话，按程朱的思想办事，是朝廷对它的官员以及一切巴望进入官场的读书人的要求。曾氏拜极有声望的理学大师又是朝中九卿之一的唐鉴为师，一起求学的又有像倭仁这样有名气的高级官员（倭仁时为詹事府詹事），这本身就是有很大影响的事情，加之曾氏是真诚的，而不是借此作为谋迁升的手段，他将修身的成果应用到为人办事的实践中去：对同寅对朋友恭敬谦抑，对职守对差事勤勉端谨。曾氏因此获得了很好的官声，于是有了他的十年七迁的红翰林经历，年仅三十七岁便跻身二品大员。这在当时是罕见的事。他自已曾说过：中进士十年入阁者，全国范围内包括他只有三人，至于湖南则本朝无先例。程朱之学对他心性的修炼、仕途的腾达所起的作用，是很明显的。三十九岁时他正式出任礼部侍郎，然后在短短的三年之内，先后兼任过兵、工、刑、吏四个部的侍郎，官运亨通。从道光二十年到咸丰二年，曾氏在京师做了十二年的太平京官。这十二年，不仅为他日后办大事准备了足够的位望资历，也让他的人格境界有了质的变化。这些，都不是当时其他杰出人物，如左宗棠、罗泽南、李鸿章等人所能比拟的。

咸丰二年，他在家守母丧期间，正值太平军在两湖地区燃起战火之际，他接到命他担任湖南省团练大臣的谕旨。曾氏向朝廷拟了一道恳请在家终制折，请求让他在家守完三年丧期，不出山办事。这道奏折以母丧期间不宜办公事为理由，至于其他的原因，他没有也用不着在奏折中提到。那么，其他的原因有哪些呢？据笔者猜测，大约会有以下几点：

其一，本人不擅长军务，也无心于此。

曾氏典型书生出身，体质与胆气都属薄弱型，对于亲历戎伍，他可能过去从未想过，且太平军声势浩大，对于能否胜任此职，也绝对是毫无把握。

其二，湖南社会混乱，民心浮动。

湖南历来贫穷落后，且民风强悍蛮横，近年来因时局动荡，作奸犯科甚至暴动频发。新宁县的雷再浩在道光二十七年率众起义，声势浩大。经江忠源平定后，又有李沅发继起，直到道光三十年才将李捉住，而巡抚冯德馨因剿扑不力遭逮捕遣戍。道光三十年九月，酃县、安仁、茶陵又拿获谭叙亨等二十多名企图造反者。受拜上帝会影响，湖南民间会党很多，也颇有势力，是社会不安定的重要原因。曾氏稍后在给朝廷的奏折中说："湖南会匪之多，人所共知。"除天地会外，"又有所谓串子会，红黑会，半边钱会，一股香会，名目繁多，往往成群结党，啸聚山林"。要想安定这样的社会，是极其艰难的。

其三，湖南官场腐败，办事难。

近几年，湖南巡抚一直是陆费瑔，此人与布政使万贡珍、辰永沅靖道吕恩湛等人相互勾结，结成一伙贪污集团，民愤极大。朝廷对湖南的吏治也很痛恨，多次下旨痛加指责。眼下，这些人虽然都已不在湖南了，但他们所留下的贪腐风气未变。接替的冯德馨也跟陆是一路货色，原先的人事关系仍然盘根错节。在这样的官场中，要想办成事情是很难的。

基于这些思考，曾氏开始时并未接旨，但不久，武昌失守，湖北巡抚常大淳殉职，新任巡抚张亮基专人来函告知这一情况，并请求曾氏出山。好友翰林郭嵩焘亦为此专程来湘乡劝说他出来保卫桑梓。所有这些，便容不得曾氏不出山了。因为若再不接旨，对于朝廷，对于家乡的官场和父老乡亲都无法交待，这个时候他的一切理由都将不成理由，人们只会视他为自私、胆小的人。于是，曾氏焚烧已经拟好的辞命折，咸丰二年十二月十七日由家乡启程，二十一到长沙，正式做起团练大臣来。

曾氏是个很有责任心、很爱惜自己名望的人，且他的性格中本有刚强的一面，面对着这样一个局面，不办事则已，要办事便只能按古训："乱世当用重典。"曾氏于是从程朱转向申（不害）韩（非子），开始他人生的第二次大转变。究其实，这也是不得已的事。申韩之学的特点是：为达目的，不计手段。其惯用的手段则是严刑峻法、严格管理、严厉处罚等等，用今天的话来说就是一切从严，不讲情面。身为钦差大臣及湘军统领，曾氏来到地方后从严的办事风格是全方位的。

首先是惩治匪乱安定地方一事，其实行的政策是从严的。在咸丰二年二月十二日《严办土匪以靖他方折》中，曾氏很明确地向朝廷表明："臣之愚见，欲纯用重典以锄强暴，但愿良民有安生之日，即臣身得残忍严酷之名亦不敢辞，但愿通省无不破之案，即剿办有棘手万难之处亦不敢辞。"他甚至命令做几十个站笼，将所抓的匪首关在其中，令他们一天到晚站在街头示众，不到几天便活活地死在笼中。他还命令他的部下有就地正法之权，即若审明会匪身份属实，则就地杖毙。

其次，他对驻守在长沙城里的绿营要求也是从严的。他在咸丰三年六月十二日《特参长沙协副将清德折》里说："臣等惩前毖后，今年以来，谆饬各营将弁认真操练，三、八则臣等亲往校阅，余日则将弁自行操阅。"这几句话清楚地说明，曾氏是以朝廷下来的钦差身份，对长沙城内绿营实行严格管理的。

此外，他对地方文武官员的态度也是从严的。因为地方文武的不合作，咸丰三年他参劾长沙协副将清德，咸丰五年六月，又参劾江西巡抚陈启迈、按察使恽光宸。对于陈启迈，曾氏自己说："臣与陈启迈同乡同年同官翰林，向无嫌隙。"曾氏的不讲情面，于此可见。曾氏这样做，招来的是社会恨他，骂他是曾剃头。绿营恨他，永顺协的兵士冲进曾氏的衙门，扬言要杀他。湖南与江西官场也讨厌他。靖港之役失败后，长沙各道城门紧闭，不让湘军进城。在江西，更是处处掣肘，官场上下都与他为难。加之战事不利，朝廷也对他不满，曾氏终于陷入荆天棘地之中。他曾经悲哀地对别人说，他是一个“通国不容”的人。

咸丰七年二月，他在江西前线接到父亲病逝的讣告。此时正是军事困难时期，他上了一道请求回籍奔丧的折子，不等朝廷批复，便匆匆带着弟弟国华离开军营回家。身为前线军事统帅，当此非常时期，不待朝廷批复，便擅自离开职守，曾氏此举是有悖常理的。况且，鉴于军情紧急，朝廷也有可能不同意他离开军营。这种“夺情”之事过去是常有的。湘军在江西打仗，不与江西巡抚等地方政府要员见见面就撒手而去，也不合情理。曾氏是个为官多年的人，也是一个组织纪律性强的人，为什么这次如此反常？没有别的解释，只有一个原因，那就是他实在混不下去了，巴不得早一天扔掉这个烂摊子。父亲去世这件事，似乎是上天在危难时期有意送给他一根救命稻草似的。于是便有了欧阳兆熊所说的“朝议颇不为然”，左宗棠的“肆口诋毁”，湘赣官场的“哗然和之”。曾国藩也知道自己这种做法不妥，对于外界的指摘，他不能辩解，只能“内疚于心”，终于病倒了。

欧阳兆熊知道他的病不在身体上而是在精神上，所以托名医曹镜初说出那句名言，即岐黄可医身病，黄老可医心病。精神上的毛病，心灵上的毛病，得靠黄老之学即道家学说来医治。

道家学说也是一个广博深刻的学问。西汉初期，它曾是治理国家的指导思想。司马迁甚至认为道家在阴阳、儒、墨、名、法各家之上。他在《史记·太史公自序》中说，道家“因阴阳之大顺，采儒墨之善，撮名法之要，与时迁移，应物变化，立俗施事，无所不宜，指约而易操，事少而功多”。

道家学说有两条重要观点：一是道法自然，一是柔弱胜刚强。曾氏办团练办军务这些年来所行的法家手法，其主要之点一是强逼二是严厉，这两点行之过头，带来的结果必定是怨恨四起众叛亲离。曾氏眼下的情形，就颇为近似，必须予以纠正。道家的顺其自然、以柔克刚，便恰恰是对症之药，这就是“岐黄可医心病”。

曾氏经此点拨，立刻醒悟过来。咸丰八年六月复出后，其为人处世的作风有很大的改变，此一改变的要点便是以道家思想为主旨。同治元年四月十一日日记中的一段话，很准确地记录他的这一段心路历程：“静中细思古今亿万年无有穷期，人生其间数十寒暑，仅须臾耳。大地数万里不可纪极，人于其中寝处游息，昼仅一室耳，夜仅一榻耳。古人书籍、近人著述浩如烟海，人生目光之所能及者，不过九牛一毛耳。事变万端，美名百途，人生才力之所办者，不过太仓一粒耳。知天之长而吾所历者短，则遇忧患横逆之来，当少忍以待其定。知地之大而吾所居者小，则遇荣利争夺之境，当忍让以守其雌。知书籍之多而吾所见者寡，则不以一得自喜，而当思择善而约守之；知事变之多而吾所办者少，则不敢以功名自矜，而当思举贤而图之。”

这一年的二月十七日的另一段日记，将这一思想转变也表示得很清晰：“因九弟有事求可、功求成之急，不免代天主张，与之言老庄自然之趣，嘱其游心虚静之域。”

正因为曾氏后期行事，以老庄思想为主旨，故在同治三年南京收复、立天下第一功，面临朝廷嘉奖四海恭维、九弟及吉字营将领对朝廷不满甚至有造反想法的时候，曾氏却采取大功不居、功成身退的做法。我们看他给老九四十一岁的祝寿诗，最后的落脚点正是落在“退”字上：“低头一拜屠羊说，万事浮云过太虚。”“已寿斯民复寿身，拂衣归钓五湖春。”“与君同讲长生诀，且学婴儿中酒时。”

打下南京后的情形，对于曾氏和湘军集团来说，表面风光无限，其实背后险象环生。曾氏在那时若居功自傲，甚或听信妄言，起兵造反的话，史册上便将会多一个韩信或吴三桂式的人物，少一个文正公，对他的整个人生来说，便谈不上真正的成功。

正如屈原的《卜居》中所说的“尺有所短，寸有所长”，各家学说，无论是主流学说还是非主流学说，无论是显学还是非显学，都各自有其立论的基础，有其可取之处与不足之处。如儒家学说，以仁养心，以礼治国，以中庸为原则，的确有其正大恒远的一面，立其为主流学说是很有道理的；但规矩太多，约束太多，对人的心灵有压抑，办起事来也显得拘谨迂缓。法家以利为驱使，以法治国，以严酷为手段，成事快，收效速，但刻薄寡情，易伤人心，难于持久。道家以逍遥为怀，以无为治国，以顺其自然为方式，人的灵府的确是无拘无束，能与天地精神往来，但难于合众人之力以成大事。所以，对于各家学说在通晓的基础上，取其精华去其糟粕，依时顺势而用其长，则有可能于世有补，于事有益。

治军方略

一、以戚家军为借鉴，建立最有效的崭新营制

晚清绿营没有战斗力，除开官兵腐败外，最主要的原因还是在制度上。绿营的建制采取军区制。军区以镇为单位，全国设十一个军区、六十六个镇。绿营按所担负的职责分为三大系统，即标兵、协兵、营兵。标兵为作战部队，协兵为防守要地的部队，营兵为守卫一城一邑的部队。以湖南为例。湖南属湖广军区，军区的最高首长为总督。湖广总督驻武昌，他直接掌管三个营，约一千四百人。湖南巡抚直接掌管两个营约一千二百人。湖南还有湖广水陆提督衙门，驻扎常德，直接掌管四个营约两千八百人。湖广军区有四个镇，其中在湖南两个镇，即镇筸镇、永州镇。镇的最高长官称为总兵。镇筸镇驻凤凰附近，直接掌管四个营约三千人。永州镇驻永州府，直接掌管三个营，约一千八百人。总督、巡抚、提督、总兵直接掌管的兵员称作标兵，系作战部队。湖南有作战部队八千八百人。

湖南还有五个协：即驻扎长沙府的长沙协掌管两个营，一在长

沙，一在湘潭，约一千人；驻扎辰州府的辰州协，掌管两个营，约九百人；驻扎靖州的靖州协，约七百人；驻扎沅洲的沅洲协，约八百人；驻扎吉首城的永绥协，掌管两个营，约一千六百人。这五个协共约五千人，称为协兵。它的任务是防守长沙、湘潭及湘西。另外，湖南还有绥宁营、长安左右营、晃州营、保靖营、宜章营、临武营、桂阳营共八个营，分别防守黄伞坪、长安、镇彝哨、晃州、保靖、宜章、临武、桂阳州，称之为营兵，共约四千人。按照正常情况，湖南省共有绿营兵约一万八千人。全国兵力约六十万，湖南的驻兵不算多。

这些兵平时分属各个不同系统，遇到战事，则此地调一部分，彼地调一部分，再任命一个将官统领，于是造成“将不知兵，兵不知将”的现象，打起仗来就出现“胜则争功，败则不救”的局面。太平军面对的就是这样的对手，怪不得早期是攻城略地势如破竹。曾国藩深知绿营弊病，所以他要“赤地新立”“另起炉灶”，以新的营制来组建一支新的军队，他所借鉴的制度便是明朝戚继光的戚家军营制。湘军的营制是：一营设若干个哨，哨下设队。营设营官，哨设哨官，队设什长。一个营设五哨：前、后、左、右再加上亲兵哨。一个哨设八个队，一个营约五百人。仗时以营为单位。为了提高战斗力，曾国藩有意强化地缘、业缘、血缘关系，以此作为纽带，把一个队、一个哨、一个营的人员紧紧地联结在一起。当时，湘军的情况通常是一个著名将军领若干个营，这种将领称为统领。曾国藩负责选择任命统领，统领再去选择营官，营官选择哨官，哨官选择什长，什长选择勇丁。层层负责，如同大脑指挥手臂，效率极高。湘军之所以战斗力强，营制是其基础。

二、最看重的两个军人品质：血性与朴实

鉴于当时国家正规军队八旗、绿营官兵的素质低劣，曾国藩在

“别树一帜”即组建新的军队湘军时，特别注重军人的素质。为此，他制定不少关于将官和普通勇丁的选择标准。譬如他对将官的要求有四点：第一要才堪治民，第二要不怕死，第三要不急急名利，第四要耐受辛苦。有时，他还会加上几条，如知人善任、善觇敌情、临阵有胆识、营务整齐等等。对普通勇丁的挑选，他也有要求，如不收绿营的逃兵、散兵，不收城市里的油滑之徒。其中，他最看重的军人品质有两点，一为血性。他说：“有忠义血性，则四者相从以俱至。”四者，即前面所说的才堪治民、不怕死、不急于名利、不怕苦。曾氏认为，一个带兵的将官，若具有忠义血性的话，则这四个方面都可具备。所以，血性是基础，最为重要。什么是血性？用曾氏的话来说，即“攘利不先，赴义恐后，忠愤耿耿”，翻译成现代语言，即把好处让给别人，将死亡留给自己，对事业对信仰忠心耿耿。用更通俗的话来说，就是有献身精神。这是军人最宝贵的品质。当时，具有献身精神的旧将官非常稀少，于是曾氏提出：以书生出任将官，因为刚走出书斋的书生多血性。

军人的另一宝贵品质是朴实。他说：“观人之道，以朴实廉介为质。有其质而更傅以他长，斯为可贵；无其质，则长处亦不足恃。”这话说的是，识人的办法，以朴实廉洁耿介为本质。有这个本质，再加上其他长处，这就可贵；若没有这个本质，则长处也不足以依恃。可见，在曾氏看来，朴实也是军人的基础。有了朴实，才可以去谈别的；若不朴实，则用不着去谈别的。曾氏挑选勇丁，不选逃兵散兵，不选城市油滑人，就是因为这些人不朴实。他选勇丁，选农村人，尤其是选山冲里人，选三代务农人家的人，看重的就是这些人的朴实。

血性与朴实，是曾氏最看重的军人两大品质。相对来说，对将官更偏重血性之气，对勇丁则更偏重朴实之质。正因为如此，当时的湘军，其最突出的特点便是书生为将、农夫为兵。

三、培植扎硬寨、打死仗的作风

湖南人向来有霸蛮、不怕死的强悍性格，曾氏将这种湖湘性格移进军营，由此打造出一支最能打仗的军队，同时也将这种性格的优势发挥到极致，成为最具湖南人特点的品牌。

曾氏最看重王璞山带兵的两个特点，并大力在湘军军营中提倡。这两个特点，一是扎硬寨，二是打死仗。所谓扎硬寨，就是扎下敌人攻不破的营垒。湘军驻扎的营地，规定要有三道壕沟，即前壕、中壕、后壕三道大沟，用以阻止敌人的进攻或偷袭。三壕尤以中壕最为重要，壕宽七八丈，深一丈，壕底插满竹签。人固然是无法逾越，连马也过不了。一旦掉进壕中，不被湘军杀死，也会被竹签戳死。曾氏对营官们说，挖壕沟一事很要紧，不能偷懒，不能敷衍，不能侥幸，即便只住一夜，也要这样挖三道沟。

所谓打死仗，就是抱着死的决心上战场。一个人连死都不怕，自然勇气倍增。古人说，两军相遇，勇者胜。不怕死的人，往往难得死，怕死的人在战场上往往容易死。一硬一死，打造了湘军的死硬作风。这种作风不仅成就了湘军的战功，也变成了湖南精神的代表。陈独秀就这样说过：“湖南人的精神是什么？几十年前的曾国藩、罗泽南等一般人，是何等扎硬寨打死仗的书生！”

四、打造收敛、忧危、勤奋的军营气氛

曾氏经常说：军事以气为主。军事之气即军营之气，指的是军队中的氛围、气象、表现等等，也就是人们常说的军人的精神状态。曾氏认为，一支军队的战斗力如何，首先取决于它的精神状态。那么，曾氏在湘军内部营造的是什么样的精神状态呢？

曾氏最看重的军气，一是收敛。军队的收敛，指的是军营人员精干、制度严密、作风严谨、调动得力。他认为“气敛局紧”才是军营

的最好气象。与之相反的是人马众多却散漫，排场阔绰而无斗志。这样的军队看起来吓人，实际上是纸老虎。气敛局紧的队伍则可以一当十，以少胜多。

曾氏常说：“兵者，阴事也。”这句话的意思是：打仗这种事，属于恐怖阴森的事情，因为它跟死亡连在一起。仗打败了，其惨状固然不用说，即便打胜了，面对着战场上遍地断头穿胸、折腿失手、血肉模糊的尸体，悲哀尚来不及，有什么值得高兴的呢？所以，军营之中不能有过于欢乐过于安逸过于喜悦的气象，要时常保持一种忧虑感、危机意识和警觉心态。他多次举历史上一个有名的故事教育部属。战国时，齐国名将田单曾用火牛阵打破燕国，收复齐国七十二城。后来率兵打狄国，却打了三个月都打不下。田单为此请教名士鲁仲连。鲁仲连说，我早就知道您不能获胜。田单问何故。鲁仲连说，当初在即墨时，将军有死之心，士卒无生之气，于是全军团结一致，故能破燕。而现在，将军腰横黄金带，寻欢作乐于临淄渑池之间，您有生之乐，士卒则无死之心，所以军心涣散，不能攻下狄国。曾国藩说得很坚定：“兵事之宜惨戚，不宜欢欣。”老子说：“抗兵相加，哀者胜矣。”这话即人们所熟知的哀兵必胜，其道理也在这里。这种忧危之气，也是曾氏最看重的军营气象。

除收敛、忧危外，曾氏着重打造的是军营的勤奋之气。曾氏一生勤奋。他治家教人，总不离开一个“勤”字。他说：“家勤则兴，人勤则健。能勤能俭，永不贫贱。”治军也一样，他对朝廷说：“臣素性愚拙，本无长驾远驭之才，力所能勉者，惟思勤恳以收得尺得寸之功。”勤者勤奋，恳者忠恳。他认为自己是个笨拙的人，只有靠勤奋和忠诚才能担当起大任。勤能救拙，这的确是至理名言。湘军是临时拉起的编外之师，将官多为书生，勇丁则全是农夫，相对于打仗来说，都可谓愚拙，唯有靠勤奋才能弥补这支军队的先天不足。

除勤奋操练军事外，湘军还勤奋于文化学习。这种现象在中国历代军队中，是从来没有过的。湘军建军之初，每个月逢三逢八，曾氏便亲自给军营勇丁上课。他上的不是军事课，而是讲忠义，讲血性，讲军纪军风，讲军营制度，有时讲到动情处，他甚至声泪俱下。从这个角度来看，他有点像近现代军队中的政委角色。湘军中的高级将领胡林翼、罗泽南、王鑫等人在他们所统领的军营中也极为注重这一点。胡林翼的军队驻扎一地，则请当地有名的塾师给勇丁讲《论语》《孟子》，他自己带头坐在下面听讲。罗泽南则是亲自登台讲宋明理学。至于王鑫则更是对此要求严格。他的官勇，晚上一律不许外出，在营房里读《孝经》，读《四书》，以至于形成刁斗声与诵书声相混杂的奇特军营现象。时人评议湘军这种重视文化教育的军营气象，说是有“父兄期望之意，师徒督课之风”。著名外交家、学者蒋廷黻因此说湘军是一支有文化的军队，有主义的军队。

五、最为重要的治军思想：军民一家

军队骚扰民间，欺负百姓，这几乎是过去时代所有军队的通病，故而凡有见识想有所作为的带兵统帅，都会对其部属在这方面加以约束，也会常常讲爱民护民的道理。曾国藩也是深知这一点的。他反反复复地告诫部属要爱民。他编军歌，开头便说：“三军个个仔细听，行军先要爱百姓。”他训责部下：“吾辈带兵，若不从‘爱民’二字上用功，则造孽大矣。千万懔懔！”他著名的“八本”中就有“行军以不扰民为本”。

若说“爱民”还只是曾氏对传统的继承的话，那么“军民一家”观点的提出，则是曾氏对中国军事史的一大创新，一大贡献。曾氏在咸丰八年所作的《爱民歌》中，列举不少军队在爱民这方面所要做的具体事：如不取百姓家的门板，不拆百姓的房屋，不踩坏百姓的田禾，不拿百姓的鸡鸭锅碗，不要强拉百姓做事，筑墙不要拦路，砍树不能砍坟上的树，挑水不要挑鱼塘水，不许讹诈别人的钱财，不许调戏妇女等等。最后，曾氏说：“军士与民如一家，千记不可欺负他。”在这里，曾氏已经将现在人们所熟知的“军民一家”，用准确的文字表达出来了。应该说，这是曾氏治理湘军的最重要的思想，至于湘军中的各个军营对这一思想重视得怎样，贯彻得如何，则又是另一回事了。

不是汉奸卖国贼

在一段相当长的时期里，曾国藩被戴上汉奸卖国贼刽子手的帽子，为时论所唾弃。曾国藩以一在籍侍郎的身份，创建湘军，统率数十余万兵勇，在湖南、湖北、江西、安徽、江苏等省，与太平军决战十二年之久，杀人自然很多。他甚至对俘虏也不宽容，实施剜目凌迟的残酷手段，并告诫其弟“不以杀人多为悔”。说曾国藩是残杀农民起义军的刽子手，并不过分，但称曾国藩是汉奸卖国贼，笔者不敢苟同，试为辨之。

一

何谓汉奸？何谓卖国贼？所谓汉奸，其本来意义是指以出卖汉族利益来为异族服务的人。中国从来就是一个以汉族为主体的多民族国家，因而确切地说，一般所谓“汉奸”是指投降外族或外国侵略者，甘心受其驱使，出卖中华民族利益的叛徒。事实上，出卖中华民族的利益，也就是出卖国家的利益。在这一意义上，汉奸即为卖国贼。

因此，听谓“汉奸”，简而言之，含义有二：一是指出卖汉族利益的人，二是指出卖中华民族利益、出卖国家利益的。在第二个意义上，“汉奸”与“卖国贼”同义。人们骂曾国藩是汉奸卖国贼，也是从这两个含义出发而言的。其主要依据有两点：一是指曾国藩为满人效命而镇压汉人起义；二是指曾国藩处理天津教案，为外国人卖力，而没有站在中国的立场上。

先来看看第一点。

满族人当皇帝的清王朝，在嘉庆之后逐渐走下坡路，政治腐败，经济衰疲，国势孱弱，进入衰朽末世。特别是鸦片战争之后，清王朝的落后、反动更加暴露无遗。现实教育人们：必须彻底推翻这个腐朽的政权。同时，世界发展的趋势，也使先进的中国人认识到，只有完全结束封建君主专制制度，建立民主共和国，中国才有前途。一个旨在推翻以满洲权贵为首的清王朝的革命运动，就在以早期革命派为代表的全中国人民中酝酿、形成。但是，早期革命派中的大部分人，反满的思想中包含着浓厚的狭隘民族主义。他们完全不承认从唐代起就列入中国版图的满族是中华民族大家庭中的一员，把满洲权贵统治中国的二百六十余年，看成是中国的沦陷。在闻名中外影响巨大的《革命军》一文的末尾，邹容号召全国人民，与“世仇满洲人”血战，并高呼“皇汉人种革命独立万岁”。落款日期为“皇汉民族亡国后之二百六十年”。另一著名革命家刘道一认为“乱中国者满人，亡中国者非满人也，汉人也。盖汉奸者，满人之媒介也”。因此，他提出“驱满酋必先杀汉奸”的口号。而凡是为清王朝出谋献策、奔走效力的人都属汉奸之列，故“杀汉奸必杀康有为、梁启超”，“杀汉奸必杀张之洞”，自然，“反噬祖族，挈东南半壁奉之满洲”的曾国藩，更是罪大恶极、死有余辜的大汉奸。

这些早期革命者企图利用千百年来汉族人民的民族意识来推翻清王朝的用意，是我们能够理解的；事实上，这种汉民族意识对辛亥革命的成功也起了很大的积极作用。但我们并不能就因此而肯定那种把满族排除在中华民族大家庭之外的观点是正确的，也不能就因此而肯定那种把满族少数贵族和广大满族人民混为一谈的观点是正确的。他们狭隘的民族意识不是我们今天所要赞许的思想，而是我们应当批判的错误观念。用狭隘的民族意识作反满的宣传，只能说明早期革命者的幼稚、片面、偏激，它在短期内虽然可以起到某些作用，但终归不会得到中华民族绝大多数同胞的赞同。所以，基于狭隘民族主义的观念，把曾国藩看作汉奸卖国贼，显然是不对的。如果说替满人出力，镇压汉人起义的人是汉奸卖国贼的话，那么清代所有汉族大大小小的官员都是汉奸卖国贼，不顾重病在身、受命即赴任，最终死在镇压农民起义途中的林则徐更是汉奸卖国贼。这无疑是人们所不能接受的。

曾国藩镇压太平天国，就如同历史上岳飞镇压杨幺起义、卢象升镇压李自成起义一样，只能从他们既得利益集团的立场上去找原因，从他们忠君敬上的伦理道德观上去找原因。曾国藩的立场及其道德观决定了他只能成为农民起义的对立面，绝不可能是农民起义的拥护者。被历史学界所公认的爱国将领左宗棠，在镇压太平天国的凶残、坚决方面，是一点也不比曾国藩逊色的。既忠君爱国，又镇压农民起义，在封建社会的官吏们看来，不仅不矛盾，而且应该如此，它本身就是一件事情的两个方面。因此，说曾国藩镇压农民起义是刽子手则可，说曾国藩镇压农民起义是汉奸卖国贼则不可。

曾国藩被称为汉奸卖国贼的另一条主要罪伏，是对天津教案的处理。下面，我们再来谈谈这件事。

从十九世纪四十年代开始，清政府允许外国传教士在中国自由传教、建教堂。很快，中国土地上到处建造了外国教堂，城乡各地都可以看到外国传教士和皈依洋教的中国教民。

这个新起的事物，一开始便和中国社会产生了不可调和的矛盾，西方教义和中国传统的文化心理大异其趣。统治集团中无论顽固守旧派、洋务派都对之讨厌，咸称为“邪教”。如顽固守旧派首领醇郡王奕譞，公然鼓励乡绅民众焚教堂、掳洋货、杀洋商、沉洋船；洋务派头头李鸿章也说从各省毁堂阻教事件中，可见民心可恃，邪教不能惑众。地方官与教会也多龃龉，如贵州巡抚何冠英、提督田兴恕曾向全省官员发出公函，号召驱逐外来传教之人；老百姓更是对那些凌虐乡里、欺压平民的不良教民怨怒至极。

这样，随着传教的扩展，反教会的案件也在全国各地不断发生。比较大的教案有：江西南昌教案，湖南湘潭、衡阳教案，贵州遵义教案，四川酆都、彭水、酉阳、大足教案，台湾台南教案，福建延平教案，安徽芜湖教案，江苏丹阳、金匮、无锡、阳湖、江阴、如皋等地的教案，热河东部朝阳、平泉、赤峰教案。影响最大的则是曾国藩等人办理的天津教案。

当时，遍布中国各地的教案，从总体来说，无疑是近代史上，中国人民反对外国侵略者瓜分灭亡中国的正义斗争中的一个组成部分。但各地教案的发生，有其不同的复杂原因，对这些教案要作具体分析：有的出于义愤，有的则是地方官吏绅士在暗中操纵，有意把事态扩大，有的则纯出于仇教的心理。因此，不能毫无分析地笼统把一切教案都称之为爱国行动。

同治九年入夏以来，天津亢旱异常，人心不定，民间谣言甚多，传说有人用药迷拐幼孩，又义塚内小孩尸体有暴露出来的，而暴露之尸系教堂所丢弃，并有教堂挖眼剖心之说。五月二十日，有人捉拿用药迷拐幼孩的罪犯武兰珍至官府，审讯时牵涉到已入法国教会的教民王三，于是民情汹汹。二十三日，法国领事丰大业、传教士谢福音面见武兰珍，但武不能指出王三其人，且所供与教堂实际不合。教堂外面，围观津民与教堂之人发生口角、殴打，此时丰大业持枪进入三口通商衙门，并在衙门内放枪。教堂外已聚民众数千人。丰大业愤而外出，路遇天津知县刘杰，丰向刘开枪未中，而伤到刘之仆人。于是百姓愤怒至极，遂将丰大业打死。这时，群情激愤，扯毁法国国旗，打死法国人九名、俄国人三名、比利时人两名，美国英国人各一名，另有无名尸十具，毁坏法国公馆一处、仁慈堂一处、洋行一处、英国讲书堂四处、美国讲书堂两处，造成了震惊中外的天津教案。天津教案打死了外国领事、撕毁外国国旗、打死外国人及教民二十多人，这些都是从前历次教案中所没有的。法国为此提出强烈抗议，并有调集兵船的威胁，英俄意比等国亦纷纷抗议。事态严重，清廷焦虑，急速派遣正在保定养病的直隶总督曾国藩前往天津处理此案。

在派遣曾国藩处理津案的命令中，以慈禧为首的清朝廷强调："匪徒迷拐人口，挖眼剖心，实属罪无可逭。既据供称牵连教堂之人，如查有实据，自应与洋人指证明确，将匪犯按律惩办，以除地方之害。至百姓聚众将该领事殴死，并焚毁教堂，拆毁仁慈堂等处，此风亦不可长。着将为首滋事之人，查拿惩办，俾昭公允。地方官如有办理未协之处，亦应一并查明，毋稍回护。"在曾国藩未到天津之前，负责处理津案的三口通商大臣崇厚向朝廷报告了此事情的起因是"愚民无知，莠民趁势为乱"。朝廷在接到崇厚报告后再次令曾国藩前赴天津，并严令他查明案情，缉拿凶手，弹压滋事人员。五月三十日，朝廷在看到奕䜣"宣布中外""以安人心"的报告后，谕内阁严惩"影射教民，作奸犯科"的"匪徒"。接着又据崇厚所请，将天津道府县官员周家勋、张光藻、刘杰先行交部，分别议处。随后，派崇厚为出使法国钦差大臣，向法国说明真相，赔礼道歉。

这样，在曾国藩未到天津之前，以慈禧为首的清中央政府已为处理津案定下基调，画出框框。简单地说，即如下几条：一，如教堂有人迷拐人口，挖眼剖心，则按律惩办；二，严惩为首滋事人员；三，处理办事不力的地方官；四，保护教民；五，向法国政府认错。

清中央政府处理津案的基调，出于它在外国侵略者面前一贯软弱屈服的路线。在津案发生前一年的四川、贵州教案尚未了，法国公使罗淑亚乘坐兵船，耀武扬威地巡视江苏、安徽、江西、湖北等地，威胁当地官员处理积压案件。清廷对此十分害怕。余波未息，津案又起，自然如惊弓之鸟，竭力压抑本国百姓而讨好外国。

很明显，这时不管处理津案的任务交给谁，他都只能在政府划定的框框里办事，是不敢也不能另出一套点子，以破坏所谓“中外相安”的大局的。历史就这样决定了曾国藩在处理天津教案中，必然成为清廷软弱屈服路线的执行者。

曾国藩接到命令后，一面着手了解案情经过，一面力疾启程。六月初十日到达天津。曾国藩认为津案的真正起因，乃是由于津民对法国教堂的残忍行为的仇恨，丰大业开枪伤人只不过是导火线而已。因此，必须首先弄清传闻中法国教堂迷拐小孩、挖眼剖心之类的罪行是否确实。他向朝廷汇报了这个想法：“武兰珍果否为王三所使，王三果否为教堂所养；挖眼剖心之说，是否凭空谣传，抑系确有证据。此两者为案中最要之关键，审虚则洋人理直，审实则洋人理曲。”在得到朝廷认可之后，曾国藩通过审讯调查，结合过去湖南、江西、江苏、安徽等省也出现过“挖眼剖心”等类似传闻而最终并无确证的事实，再加上自己的分析，确认挖眼剖心、杀孩坏尸、采生配药等，“以理决之，必无是事”。此时，在曾国藩的心目中，已觉得津民理曲而洋人理直。这是曾国藩处理天津教案的立足点。他希望朝廷将此“布告天下，咸使闻知，一以雪洋人之冤，一以解士民之惑”。同时坚决表示：“其行凶首要各犯及乘机抢夺之徒，自当捕拿严惩，以儆将来。在中国戕官毙命，尚当按名拟抵，况伤害外国多命，几开边衅，刁风尤不可长。”

但此案使曾国藩很感棘手。因为当时是群众性的暴动，拿犯虽多，而确证不易获得，难以定罪。曾国藩根据确凿证据，认为可以正法者七八人，清廷认为杀七八人少了。在朝廷“不得稍涉宽纵”和“迅速了结”“愈早愈妙”的方针指导及法国公使罗淑亚的要挟下，曾国藩不得不变通办理，有的证据不足也匆匆定案。经过三个月，在崇厚、丁日昌、毛旭熙、李鸿章等人配合下，天津教案最后以地方官员充军黑龙江，杀津民十六人、军徒二十五人，赔偿法俄等损失抚恤费五十万两白银了结。

在曾国藩办理津案期间，以醇郡王奕譞、内阁学士宋晋、翰林院侍讲学士袁保恒、内阁中书李如松为代表的朝臣向朝廷上奏，以杨岘、仓植为代表的曾氏僚属友朋向曾氏上书，他们一致认为津案乃义举，洋人是犬羊，不能喻之以理，应对他们采取强硬态度，有的甚至主张即使不能乘此机会杀尽在京洋人，烧尽其房屋，也要与法国绝交，“略示薄惩”。

对于这些清议，曾国藩一律视之为谬论，他不为“浮言所摇”。于是，清议讥责，士民愤恨，汉奸卖国贼的呼声由此而起。

今天，天津教案已过去一百余年了，当我们以历史眼光重审这一事件时，应该可以比当年的清议派更为客观些。因天津教案而加在曾国藩头上的汉奸卖国贼的帽子，无论从津案的本身来看，还是从津案处理的大计来看，都是不恰当的。

天津教案由无稽的传闻而引起，并因此“把群众的行动引入歧途”。此案中打死二十多名外国人和教民，而多数又是与本案毫不相关的无辜受害者，且津民中又确实混入了少数歹徒，他们趁乱杀洋人而越洋货，从而使事件变得很复杂。我们可以冷静地想想，这样的群众运动，究竟对处理“挖眼剖心”能起什么作用？外国教堂（包括法国教堂在内）确实在中国干了很多坏事，理应受到中国人民的严正制裁，但由“挖眼剖心”而酿成如此巨案，却正好给外国教会攻击中国人民提供了口实，从而堂皇地为自己的罪行作辩护。关于毁堂杀洋一事，曾国藩的儿子曾纪泽后来曾当面对慈禧作过理智的分析：“办洋务难处，在外国人不讲理，中国人不明事势。中国臣民当恨洋人，这不消说了，但需徐图自强，乃能有济，断非毁一教堂杀一洋人，便算报仇雪恨。”当然，曾纪泽的话无疑有为其父辨白的成分，但这番话毕竟还是说到点子上了。笔者认为，天津教案是一批有着爱国情绪的民众，在不了解真相的情况下，所采取的一桩盲目行动，动机虽好，效果不佳。它的愚昧性超过进步性，破坏性大于积极性。天津教案从总体上不能说是一个爱国的反帝行动。

既然事件的直接起因在于误会，而外国人的确在冲突中损失很大，其间又有坏人浑水摸鱼，那么，曾国藩奉命处理此案所采取的几项主要措施，即官员革职、凶手正法、赔偿损失等，从原则上说，就并非是汉奸卖国贼的行为。据天津教案的处理来判定曾国藩是汉奸卖国贼，也不恰当。在津案处理的后期，为防意外，曾国藩在京津一带布置重兵。如果真的要当汉奸去卖国，他大可不必如此。这样说，并非要抹掉曾国藩在处理津案中所要承担的责任。天津教案的处理，既然是整个清廷软弱屈服的外交路线的产物，它本身也必然是软弱屈服的。曾国藩本人在津案处理中的表现，虽不能说是汉奸卖国贼，但他在整个事件处理过程中，所扮演的却是一个不光彩的角色。

一、清廷所定下的处理津案的软弱屈服的基调，曾国藩是出自内心拥护的，与清中央政府决策者的态度一样，他也是一心以压抑本国来讨好外国，“保全和局”。在惩办凶手时，他甚至要奕䜣去问法国人，中国应当杀多少人。“如数办到后，和局便可定否”？他所杀的十六名津民中，自知有的证据不足，也在“不得不变通办理”的幌子下将他们判决了。

二、因为怕得罪法国，激起兵端，对于津案导火线——丰大业开枪伤人一事，明明曲在洋人，作为中国致府的代表，曾国藩不敢义正辞严地向法国指出，向全世界昭布，反而一再强调教堂蒙受了不白之冤。

三、王三、安三、王三纪、刘金玉的供词都牵涉到教堂，在在可疑，本应穷追不舍，但曾国藩怕罗淑亚又兴波助澜，结果“浑含出之”，不加追究。

四、教民王三，因迷拐一事被获，谳词未定，罗淑亚坚决要求释放，屈于压力，曾国藩亦暂时释放。

以上四条，如果曾国藩态度强硬，据理力争，中国方面在处理津案中完全可以在政治、经济上少一些损失。至于被处决的津民中的爱国者冤魂，则更是千秋万载之后都不会瞑目。

因害怕引起战争而在洋人面前如此委曲求全，不管曾国藩事后多次忏悔的“外惭清议，内疚神明”是如何地发自内心，一百余年来，他还是不断地受到世人的谴责。

二

以上，我们从为清王朝出力镇压汉人起义及对天津教案的处理两个方面，分析了曾国藩汉奸卖国贼的罪名不能成立。下面，我们再来剖析曾国藩一生的政治思想，看他是不是汉奸卖国贼。

道光十八年，曾国藩中进士入翰林院。一直到咸丰二年，这段时期，也虽说受到朝廷的特别重视，迁升极快，但毕竟没有进入政府决策者的行列。对待外国人，他所持的是儒家传统的“华夷之别”“尊王攘夷”的观点。他在家书中多次谈到鸦片战争时期，英国侵略者在中国沿海一带的骚扰及清政府的处置。在谈到这些时事时，曾国藩明白地表示了他的对外态度。这种态度一是担忧，既担心国家领土会被外人侵占，也对战事和赔款所费忧心忡忡。二是痛恨，既痛恨英国强盗的暴行，又痛恨政府军队的腐败，更痛恨勾结英国、出卖祖国利益的汉奸。出于对英国侵略者的民族义愤，他对政府在对外战争中的获胜特别高兴。姚莹率兵沉重打击英国侵略者，生擒一百三十三名，斩首三十二名，他感到“大快人心”。三元里人民抗英，他很支持，并由此看到“官畏鬼而民不甚畏鬼”的事实。金竺虔将到福建为官，他作诗鼓励：“海隅氛正恶，看汝斫长鲸。”希望金竺虔与侵略者作战，守卫海疆。

作为清政府一名高级官员，一个时时思念如何报答朝廷“格外之恩”“非常之荣”的臣子，曾国藩又是政府软弱屈服外交路线的支持者。他为政府辩护：“不得不权为和戎之策”的目的是“安民而息兵”。这种“权为和戎之策”是建立在“将不知兵，兵不用命”的残酷现实基础上，“实出于不得已”。如果能用“去银二千一百万两，又各处让他码头五处”的高昂代价换来“夷人从此永不犯边，四海晏然安堵”，虽然是“以大事小”，也仍然是“上策”。

如上所述，曾国藩痛恨夷狄，痛骂汉奸，担忧国事，不管是出自盲目自大也罢，出于民族大义也罢，哪怕是出于保护自己的乌纱帽也罢，总之，其思想基础绝不是卖国的。但是，也可以看出，早期曾国藩的对外思想中，已有一种对洋人的自卑畏惧心理。这种软弱的心理，贯串着曾国藩一生的对外交往，尤以天津教案的处理表现得最为充分。不过，软弱毕竟不是卖国，“和戎”也绝非就是汉奸。这在咸丰二年之后，曾国藩渐渐成为国家举足轻重的人物、直接影响政府内外政策的年代，更能清楚地看出。

曾国藩以自己的实力地位和识见，从两个方面影响当时朝廷的决策，即一为防夷，一为自强。

咸丰十年十一月，俄国法国向清政府提出派兵船配合清军，共同镇压太平天国。咸丰帝就此事要曾国藩发表自己的看法。曾国藩认为当时长江两岸千余里水路，有湘军水师控制，太平军在水上不是湘军的对手，用不着外国出兵船帮助。他特别提醒咸丰帝：“自古外夷之助中国，成功之后，每多意外要求。”因此建议：“奖其效顺之忱，缓其会师之期。”实际上要朝廷婉言谢绝。因为咸丰帝亦不太赞成“借师助剿”，俄法此次计划告吹。

同治元年正月，慈禧就江苏士绅请借洋兵一事询问曾国藩。曾国藩认为借洋兵以助守上海，共保华洋人之财则可，“借洋兵以助剿苏州，代复中国疆土则不可”。三月，江浙绅士再次向朝廷请洋兵“规复苏常各属城池”。慈禧以为“该绅士等情殷桑梓，或非无见”，表示可以考虑接受这个请求。同时，他也想听听曾国藩对此事的看法。曾国藩回奏，再次坚持自己的一贯主张：“助守上海则可，动剿苏常则不可。”并援引唐代回纥协助郭、李收复西京的故事，申明因目前无得力军队与洋人共同作战，担心客兵优于主兵，今后难以挟制。鉴于慈禧“借师助剿”的既定方针，曾国藩不能过分违背，只得建议采取“不干求，亦不禁阻”的策略。

同治元年六月，朝廷明知“借兵助剿之议，迭经曾国藩等先后复奏，佥称有害无利”，但鉴于曾氏当时以一身系天下安危的地位，仍然就崇厚提出的调印度兵助剿一事征求他的意见。这次曾国藩不但明确表示不赞成，并且希望朝廷“申大义以谢之”：“中国之寇盗，其初本中国之赤子。中国之精兵，自足平中国之小丑……中华之难，中国当之。在皇上有自强之道，不因艰虞而求助于海邦；在臣等有当尽之职，岂轻借兵而贻机于后世。”

从曾国藩就“借师助剿”四次向朝廷的献策来看，他对外国人出兵协助攻打太平军之事，并不是有些人所说的比他的满洲主子更为踊跃，相反地，曾氏对此事一贯是不热心的。这种不热心，既有出自对国家利益的考虑，担心洋人有“意外要求”；同时，也有出自对湘军集团利益的考虑。他要让湘军独占镇压太平天国的全功，不使外人分润。因此，当同治二年四月，英国侵略军头领士迪佛立特意赶到裕溪口见曾国藩，要求建一支一万余人的洋枪队，用英国人做头目，包打天京及江浙各城时，曾国藩十分冷淡。他借“须函商总理衙门定夺”为词推托过去，实际上是拒绝了，此后也不再提起这事。

洋人“助剿”太平天国，毕竟是因为曾氏自己兵力不敷，且在他看来，此举乃是为挽救大清帝国于灭亡之中，因此可以勉强接受；而阿思本舰队一事，明显地侵犯了中国主权，则遭到了他的断然拒绝。

同治二年元月，正在英国养病的清海关正税务司李泰国，擅自与英海军上校阿思本签订为期四年的合同。合同规定清政府委托他代买的七艘兵船所组成的舰队，由阿思本完全指挥，只服从李泰国传达的中国皇帝行得通的命令，别人不得干涉。这实际上是英国通过李泰国、阿思本来控制中国的海军大权。清政府开头拒绝，后在阿思本的要挟下，企图向阿思本妥协，同意由阿思本独领舰队。曾国藩知道后，坚决反对这个妥协。他给奕䜣写信，严词谴责总理衙门的出尔反尔，说中国水师“将引为大耻”。最后坚决表示：宁愿白白扔掉二百万白银的购船费用，也不要由英国人控制的舰队。最后，由于曾国藩的强硬态度，使得清廷不再向阿思本妥协，维护了中国的海军主权。

在时时提防外国人企图强占中国领土、侵犯中国主权这方面，曾国藩是清醒的，“防夷”这根弦在他的头脑里是绷得紧紧的。他在与外国人的交道中，并没有什么汉奸卖国的行为。

在防夷的同时，曾国藩比清朝当时一般廷臣疆吏的眼光显得更为远大，为“大清帝国”的筹谋显得更为深长，这突出表现在咸丰十年十一月初八日给朝廷的奏折中。他一方面表示可以审慎地答应美商、俄商海运粮食的要求，另一方面指出，“目前资夷力以助剿济运”只是“得纾一时之忧”，而长远的方针应是“师夷智以造炮制船”，则“可期永远之利”。

第一次鸦片战争刚结束，有感于中国的被欺侮，魏源愤而著《海国图志》，提出“师夷长技以制夷”的主张，喊出近代中国向西方学习的第一声响亮的口号，石破天惊，振聋发聩。但可惜魏源的政治地位实在太低了，人微言轻，他的这个主张既不能打动政府决策者的心，自己又无力付诸实践。曾国藩“师夷智以造炮制船”的思想，无疑是受魏源的启迪，并由于自己的亲临军事前线而体会更深。由于曾国藩在政界的地位，更由于此时咸丰帝正蒙受着英法联军占领北京、自己仓皇逃避热河的奇耻大辱，一经曾国藩提出，“师夷制夷”的主张，便立即得到了最高统治阶层的赞同。接下来，奕䜣、桂良、文祥联合提出包括设总理各国事务衙门、南北通商大臣及收集外国新闻等六条章程，奕䜣向咸丰帝提出购买、制造洋枪洋炮，并雇法国匠人传授制造技术的建议。随即，咸丰帝发出了清代向西方学习先进技术的第一道命令，并“着曾国藩、薛焕酌量办理”。从此，为中国跟上时代步伐、迈进世界潮流，并为中国近代化奠定基础的洋务运动开始了。曾国藩是这场运动的发起者之一。他办洋务，目的是明确的：一剿发逆，二勤远略。剿发逆，即镇压太平天国，是当务之急；勤远略，即使中国“徐图自强”，则是长远之策。所以，在太平天国被镇压之后，曾国藩仍以极大的精力兴办洋务。

同治四年，受曾国藩委托在美国购买机器的容闳，在上海创办了中国第一所机器制造局。同治七年，曾国藩亲至上海，驻铁厂检查洋炮轮船工程。曾国藩对南京、上海的机器局、铁厂、船厂的工作很满意，称赞这些工厂“为中国自强之本”。同年，上海船厂第一号大轮船驶至南京，曾国藩亲自命名为“恬吉”，并登船试行至采石矶。他由此而联想到“中国自强之道或基于此”。同治九年七月，曾国藩鉴于闽沪两船厂建立之时，向朝廷建议慎择船主，出洋操练，以“捍御外侮，徐图自强”，勉励内外臣工“卧薪尝胆”。九月，因“沿海防务，亟宜筹备，闽沪两处铁厂成船渐多，而未尝议及海上操兵事宜”，他又向朝廷推荐吴大廷，“请将吴大廷调至江南，综理轮船操练事宜”，将“于整顿海防，实有裨益”。这月十六日，又奏调陈兰彬来江南主持轮船操练事宜，并提出派遣幼童出国学习，“精通其法，仿效其意，使西人擅长之事，中国皆能究知，然后可以徐图自强”。同治十年七月，又会同李鸿章再次奏请遣派幼童出国留学，并拟定留学章程。这年十一月，曾国藩再次到上海巡视铁厂、轮船局、机器局，为江南铁厂新造的四轮船分别命名为“恬吉”“威靖”“操江”“测海”，将原“恬吉”改名为“惠吉”。

同治十一年正月，曾国藩致函总理衙门，认为轮船局不宜停止，逝世前三天，曾国藩还在综理江南轮船操练事宜。

为使“大清帝国”自强，曾国藩可谓“鞠躬尽瘁，死而后已”。至于“大清帝国”能不能因此而自强，这条路走不走得通，那是另外一个问题，但曾国藩希望它自强，并为它的自强而努力不息，总不能说，他的这些想法和实践是卖国的吧！

三

曾国藩的政治思想是复杂的，但复杂的思想中有一根主干，把握住这根主干，就能比较清楚地看出他的全部政治思想。

曾国藩出生于湖南一个偏僻的山乡，他家世代以耕读为生，政治地位低下，经济状况也并不好，用曾国藩自己的话来说，即“出身寒素”。他二十八岁中进士，十年七迁，三十七岁便成为二品大员。如此年纪，便跻身卿贰，是清代湖南空前绝后之人。由荆楚下士，迅速成为内阁大员，对朝廷的恩德，曾国藩自然感戴万分，报恩尽忠之念，铭心刻骨；而程朱之学的束缚，又使他的这种思想更加稳固。

在与太平天国作战的年代，他被任命为两江总督，并节制四省军务，是清朝立国来最受信任的汉员。攻下南京以后，兄弟同日封爵，真所谓“殊恩异数，萃于一门”。以后又拜大学士，成为朝廷宴会时汉员大臣的领班。所有这些，把曾国藩与“大清帝国”的命运紧密联系在一起，是“大清帝国”给了他的权力地位、荣华富贵，他要为“大清帝国”的长治久安竭尽全力、奋斗终生。这就是曾国藩政治思想的主干，他的一生活动都受其支配。

曾国藩镇压农民起义，是为了保卫清政府，使这个政权不被农民推翻。外国人愿意帮助他镇压农民起义，他原则上不反对，但对其用心时刻提防。他看到当时国势衰弱，因而力办洋务，企图利用西方先进科学技术使中国自强。他在外国侵略者的坚船利炮面前胆怯软弱，认为中国绝不是他们的对手，一旦开战，只有失败。因而在处理天津教案时，委曲求全，为保和局而不惜受辱。他认为这样做是为国家全局着想，是“拚却声名，以顾大局”。

把住“忠君”这根主干，我们可以清晰地看出，曾国藩是“大清帝国”才干卓著、富有远见的忠臣，他想的做的都是对国家，对爱新觉罗王朝的忠诚尽责。正因如此，在曾国藩死后，以皇帝名义颁赐的祭文称赞他“忠诚体国，节劲凌霜”。爱国将领左宗棠也在挽联中表示“谋国之忠”“自愧不如”。

总之，笔者认为，对于曾国藩，可以说他是一个镇压农民起义的刽子手，一个腐朽的封建王朝的铁杆维护者，也可以说他是一个在外国强权面前的怯弱者，但他不是汉奸卖国贼。

家教家风

人的成长不能离开教育。教育主要包括社会教育和家庭教育两个方面。在现代，虽然教育更多地由社会来承担，但家庭教育仍然有着不可替代的作用。中华民族是一个重视教育的民族。在漫长的封建时代，建立在亲亲文化基础上的儒家学说一直占据着主导地位，故而家庭教育也便在教育中得到很高的重视。以《颜氏家训》《治家格言》为代表的家庭教材，历朝历代，在许多家庭中都以不同的形式出现过，它们在传承文化、培养人才、造就中华民族的民族精神民族品格等方面发挥过重大的作用。比如大家所熟知的一些格言："莫以恶小而为之，莫以善小而不为""非淡泊无以明志，非宁静无以致远"等，便是出于刘备、诸葛亮对子侄辈的家教中。在近代，有一个人物在这方面所做出的贡献，尤为受到后世的广泛赞誉，此人便是曾国藩。

一、优秀的家长

对于曾国藩，大家并不陌生，他是中国近代历史上的一个著名人物。他有着传奇性的人生：他是一个地地道道的农家子弟，没有任何的依傍与靠山，靠着自己的努力，走进最高权力圈。他是一个纯粹的书生，却白手起家组建了一支军队，仗着这支军队平定内乱，改写历史，也让自己封侯拜相，实现封建时代男儿的最高理想。此人持身严谨：身为军事统帅，却自奉如同穷书生；手握生杀大权，却谦退自抑；一生供职官场，却平实拙诚。此人思维独特：三十多岁一切顺利时，他却提出要“求阙不求全”。辉煌荣耀无人可及之时，他却主张人生的最好境界是“花未全开月未圆”。此人见识卓越：在面对着国家因贫弱受欺侮、举国上下苦无对策的时候，他力主学习洋人造炮制船的科学技术。他的建议终于化为国策，由此揭开洋务运动的序幕，为中国走出封闭、徐图自强指出一条光明之路。他因而赢得人们对他的尊重，尤其是近代中国的政治家们更是对他敬仰有加。蒋介石以他为偶像；毛泽东说：“余于近人，独服曾文正。”

除开大政治家、大学者外，曾国藩还有一个当之无愧的头衔，即优秀家长。

之所以把曾氏称之为优秀的家长，主要有两个方面的原因。一是他编写了一部极好的家庭教育教科书。曾氏的一生，给他的家人写了一千多封家书。他的家书内容丰富，涉及面广。尤其可贵的是，他在给子弟的大量书信中，结合自己艰难探索而得来的切身体验，耐心细致地向他们传递中华民族的优秀文化。

因为此，近世中国有识之家，莫不把曾氏的家书奉为治家的规范。蒋介石给儿子写信，常常会说，我近来很忙，没有时间写字，《曾文正公家书》中的第几封，即我此刻要对你说的话。毛泽东故居至今仍保存着封面上写有“润之珍藏”的四册线装本曾氏家书。这两个例子极具代表性地说明曾氏家书在近世中国人心目中的地位和影响。

二是他的家庭教育的成果特别显著。他的四个弟弟（分别比他小九岁、十一岁、十三岁、十七岁）、两个儿子，都是在他的教育下成长的。四个弟弟中后来有三个走上前线，带兵打仗，成为他事业上的得力助手，尤其是打下南京的九弟贡献最大。他的大儿子曾纪泽是近代著名的爱国外交家，在沙俄虎口中夺回四百平方里的土地，是近代中国在谈判桌上为国家争得利益的唯一外交官员。他的小儿子曾纪鸿是一个数学家，致力于圆周率的研究，曾把圆周率推算到小数点后的一百位，属于那个时代世界领先的地位。他的家族后代人才辈出。他的直系后人，有第三代的著名诗人曾广钧、外交家曾广铨、实业家外孙聂云台，第四代的著名教育家曾宝荪、曾约农、做过台湾高级官员的外孙俞大维。他弟弟的后人中有第四代的著名化学家曾昭抡、著名考古学家曾昭燏，第五代的著名革命家曾宪植、著名画家曾厚熙。有人作过统计：曾氏家族从他的父亲以下到科举制度废除七十余年间，共出秀才、举人、进士、翰林二十多个。实行新式教育制度后，他的子孙大都大学毕业，留学外国。古人说“君子之泽五世而斩”，曾氏家族却五世不斩。这种家族福泽长久绵延的奇迹令人敬仰。

曾氏家族为何能创造出这样的奇迹呢？有人可能会说这是基因。一代两代，或许是基因的影响，三代四代后，基因基本上不会起作用。这种奇迹的创造，应该归之于家风。什么是家风？家风就是一个家庭中的文化氛围。这种文化氛围是可以代代传递下去的。曾氏家族的家风是曾国藩开创的。我们来看看他所培植的家风有哪些主要内容。

二、家风八个字

孝友

曾氏在家书中说过这样的话：“吾细思天下官宦之家，多只一代享用便尽，其子孙始而骄佚，继而流荡，终而沟壑，能庆延一二代者鲜矣。商贾之家，勤俭者能延三四代；耕读之家，能延五六代；孝友之家，则可以绵延十代八代。”

这段话的意思是说，他曾经仔细思考过，天下做官的人家，荣华富贵大多只维持一代，官家子弟刚开始是骄奢淫逸，接下来是行为放荡，最后死无葬身之地，能再绵延一两代的很少。做生意的人家，勤劳俭朴者，则财富能绵延三四代。既种田又读书的人家，好的景况可以绵延五六代。若是孝友之家，则良好的家风，可以绵延十代八代。

什么是孝友？孝，是对长辈的态度：恭敬顺从。友，是对平辈的态度：善意仁爱。一家人若以孝友态度相处，则家庭的兴旺可持续到十代八代。

从曾氏这段话里可以看出，在他的心目中，无形的良好家风要胜过有形的权势财富；辛辛苦苦挣来的家业要胜过从官场商场中得来的富贵。当然，官宦之家、商贾之家也可以造就孝友家风，只是权和钱最是容易腐蚀人的两样东西，孝友要在这样的家庭中扎下根来很不容易。身为大官的曾氏，所以要处心积虑，时时刻刻谈家风，其原因就在这里。他在一封给守家的四弟的信中说：现在我给老弟谈艰难等话题，老弟能够有同感。这是因为你也曾经有过艰难的岁月，但是如果跟子侄辈谈这个话题，他们会听不进，因为他们从小就生活在富裕之中，只做过大，没有做过小。曾氏这段话说得很准确。对于"富二代""官二代"所进行的教育之所以难，其深处的根子就在这里：没有经过艰难。

勤俭

曾氏家书中出现得最多的两个字，即勤与俭。

他说："身勤则强，家勤则兴，国勤则治，军勤则胜。"又说："勤则兴，懒则败。""千古之圣贤豪杰……不外一勤字。"还说："天下古今之庸人，皆以惰字毁。""历览有国有家之兴，皆由克勤克俭所致。其衰也，则反是。"

他给家里定下规矩："吾家子侄，人人须以勤俭二字自勉。"

他甚至规定：吾家男子，要勤于看（浏览翻阅）、读（认真仔细阅读）、写、作四字，即勤于读书写文章。吾家女子，要勤于做家务，做女红，做小菜等等。他为两个媳妇一个未出嫁的女儿定一个指标：每个月寄点小菜到军营给他吃，还要求她们每个月做一双鞋。

作为一个农家子弟，作为生活在物产维艰的农业社会的一个团队领袖，曾氏深知，勤劳是一切财富、成就获得的根本手段，也是最稳妥可行的正途。他要将自己的这个体验不厌其烦、切切实实地传递给他的家人和子孙后代。至于俭朴，既是对物产的珍惜，也是一种人生态度。物质的追求是没有穷尽的，物质欲望的满足也是难以达到的，这就是人们常说的“欲壑难填”。即便是在物质产品已经很丰富的今天中国，仍然需要提倡俭朴，提倡节约，反对浪费。浪费将导致资源的过度挥霍。英国物理学家霍金这样说过：地球进化史持续五十亿年，而人类文明从开始到现在顶多二十万年，可是这二十万年已将五十亿年积攒的资源消耗一半。也就是说再过二十万年，人类如果没有找到别的可供居住的星球，人类就要灭亡。再则，过分的物质享受其实是没有必要的。古人说：巢林不过一枝，饮河止于满腹。俭朴的生活方式其实是智慧的选择。我们看，历史上那些穷奢极欲者，没有几个长寿的，如中国历代帝王，活过八十岁的，只有几个人。近代如一妻九妾的袁世凯，有“谭厨子”之称的谭延闿，都没有活过六十岁。而生活俭朴者往往高寿。三十多年的改革开放，我们国家出现一批各个领域里的成功者，以及一个中产社会阶层。大家有没有注意到，大部分高素质的成功者和中产阶层的代表人物，在谈到自身生活要求时，都有一个共同的表述，即生活简单，有的甚至长年吃素，定期禁食。这说明在物质日益充裕的今天，许多智商很高的人更懂得简朴的生活才是人生的真谛。

读书

古往今来，读书应是接受教育的最为主要的途径。无论是做人的道理，还是谋生的手段，无论是过往的历史，还是身外的世界，最为便捷的获得，只有读书。舍读书之外，似乎找不到更好的方式。由读书而改变命运的曾国藩，自然比别人更懂得这个道理，因此他也更加重视子弟的读书。

自从他做官之后，他的四个弟弟的学杂费都由他提供，他先后接过三个弟弟进京读书。每次家信，都是长篇大论不厌其烦地与四个弟弟谈读书，谈治学，谈为人。诸弟做的诗文，大多随信寄到京师，由他改定后再寄回来。他常说，父亲就是这样教他读书的，他有责任指导诸弟读书。

对于读书求学，曾氏还有高人一筹的认识，即认为读书可以改变气质。人们通常把气质视为与生俱来的本性，难以改变。其实，一个人的气质本来就是先天与后天的共同产物；即便是本性，也是可以改变的。改变的关键在于学习修炼。读书是学习中的一个重要环节。咸丰十一年年底，曾氏得到一架洋人造的望远镜。他发现能看到很远之外物体的望远镜，其实就是用几块打磨而成的镜片组合而成的。他想到洋人造的轮船枪炮，也无非是将铜铁、树木琢磨成器而已。于是，他明白了一个大道理。他将这番感悟写在当天的日记中：“因思天下凡物加倍磨治，皆能变换本质，别生精彩，何况人之于学？但能日新又新，百倍其功，一何患不变化气质，超凡入圣？”

曾氏认为，人之读书求学，每日自新，就好比物体之受磨砺陶铸，既然磨砺陶铸可以使物体的本性得到改变，那么人经过日新又新的读书求学，天生的气质也可望得到改变。

同治元年，他在给儿子纪泽的信中说：“人之气质，由于天生，本难改变，惟读书可变化气质。古之精相法者，并言读书可以变换骨相。”读书甚至可以改变有形的骨相，这是古之精于相法者说的。曾氏写出这句话，至少表示他认为可以聊备一说。对于纪泽禀气太清的毛病，曾氏一方面对儿子指出：“清则易柔，惟志趣高坚，则可变柔为刚；清者易刻，惟襟怀淡远，则可化刻为厚。”从而一再要求儿子读李、杜、韩、白、苏、黄、陆、元八大家的诗，这些人的诗可“开拓心胸，扩充气魄”。又关照儿子要读陶渊明的五古、杜甫的五律、陆游的七绝，因为这些诗可使襟怀淡远。他甚至说“人生具此高淡胸襟，虽南面王不以易其乐也”。这句话的意思是，人生若具备这种高远淡泊的胸襟，就可以很快乐。这种快乐，即使是做皇帝、做国王也不可取代。

曾氏说过，人生办事，全仗胸襟。一个人若具有开阔的心胸，淡远的襟怀，则既可以享受富贵，又可以安于贫贱，既可以创大业，也可以乐于做小事。他的人生一定会是快乐的。我们看到现代社会有不少有钱人，他们中的很多人并不快乐。我们也看到有不少有权的人，他们中的很多人也并不快乐。可见，钱和权不是快乐的最重要的因素。对于一个做事业的人来说，快乐不快乐，与胸襟有很大的关系。

睦邻

一个家庭不是孤单地存在于社会上的，它与社会打交道最多最经常最直接的莫过于邻里。与邻居和睦不和睦，的确是居家过日子的一件重要事情。

曾氏的祖父很重视和睦邻里，常说“人待人无价宝”。这六个字说的是，人与人之间友好相处的这种情谊，是无比珍贵的宝贝。幕僚李申夫之母有两句老话：“有钱有酒款远亲，火烧盗抢喊四邻。”意思是说富贵人家，平日忽视邻里，只看重远方来的亲戚，但遇到火灾抢劫这些突发事件，所能赶来帮忙的还只有四邻八舍。曾氏称赞这位四川老太太有见识，他常援引这两句话来警戒在家的子弟们。

针对世上不少富贵人家在与人打交道时，只重钱物而轻情感的现象，曾氏告诫儿子，对于邻里之间的庆贺吊唁等事，不能只打发下人送钱送物而已，要亲自上门，这样方显得诚恳。

我们知道，曾氏家族可不是一般的家庭。四个兄弟长年在外领兵打仗，掌握着生杀予夺之权，到了同治三年南京打下后，被国人目为“天下第一家”。一个这等家族，能如此善待邻里，多么不容易！

孝友、勤俭、读书、睦邻，这是曾氏家风中的四个突出内容。曾氏家庭教育里还有一个极为重要的内容，那就是教育孩子。

三、教子四要求

曾氏的长子纪泽三十岁时步入仕途，做过朝廷派驻英法公使、太常寺及大理寺少卿、使俄大臣、兵部侍郎、总署大臣等。次子纪鸿终生未仕，潜心数学研究。两兄弟均性情纯良，品行端方，从未有过纨绔子弟的恶行恶习。于此可见曾氏教子有方。我们来看看，曾氏究竟是如何教子的，他对儿子的期待在哪些方面。

做读书明理之君子

咸丰六年，已为湘军统帅的曾国藩认认真真地给年仅九岁的次子纪鸿写了一封信。信中说："凡人多望子孙为大官，余不愿为大官，但愿为读书明理之君子。"那么，什么是君子呢？曾氏接着说："勤俭自持，习劳习苦，可以处乐，可以处约。此君子也。"意谓勤劳俭朴，能依靠自己的力量生存，不怕劳苦，可以过好日子，也能过苦日子，这就是君子。在别的场合，曾氏多次说到他心目中的君子。如他说君子有八德：勤、俭、刚、明、忠、恕、谦、浑。曾氏给儿子写过两次遗嘱。在遗嘱里他希望儿子要不忮不求，即不嫉妒不贪婪，要儿子慎独、主敬、求仁、习劳。这些都是他心中的君子形象。总之，君子是具有好品性的人，与财富、地位、权力无关。

这就是说，曾氏不期望子孙做大官，做出人头地者，他只希望子孙能通过读书明理这个途径做品性良好的人。

我们中国父母都有望子成龙的习惯，就是希望子女长大后做大事、做大官、做大老板、做大名人。当然，能够做到这种地步也是好事，但这种人毕竟少。为什么少？因为不容易做到。做到这一步，除开自己的努力外，还得要有许多因素的配合。曾氏对这点看得很透。他常说，成大事者半由人力半由天命。什么是天命？天命就是那些不由我们自己掌控的因素。正因为有一半的因素我们不能自我掌控，所以，我们不能把所有的希望都押在这点上。我们要做实实在在的可以通过努力实现的事，那就是做一个读书懂道理的好人。对儿女的这个期待，既不会增加儿女的压力，也不会给做父母的带来很大的失落感。

与学业相比，心灵的活泼与身体的健康更为重要

曾氏看重读书，看重学业，但他深知读书治学是一种艰苦繁重的脑力劳动，极容易使心灵遭受堵压，身体遭受戕害。所以，曾氏在指导儿子求学的时候，总是强调一定要以轻松的心情读书，从读书中求得快乐。他对儿子说："要养得胸次博大活泼"，"胸中不宜太苦，须活泼泼地，养得一段生机"。

因此，曾氏不主张读书太刻苦，不要死记呆背，实在背不出就算了。要多散步，多亲近大自然，看花，看竹，看山水。要注重养生，身心都要放松。要坚持饭后散步，临睡洗脚。他甚至在发自军营的家书中为儿子画出散步的路线。沿着这条路线走，既锻炼了身体，又看望了长辈，两全其美。

显然，在曾氏的心目中，儿子们的心灵活泼、身体健康比学业优异更为重要。现在的学生压力太大，全中国的家长都怕自家的孩子输在起跑线上，于是让孩子在幼儿园时代就开始超负荷地填补知识，学习技艺，使孩子失去了无忧无虑的童年少年。当然，要改变这种现状不容易，因为这是一个全社会的工程。但是，我们的家长一定得心中有数，在尽可能的范围内，减轻孩子的学业负担。

世家子弟要有寒士风

同治元年，他给次子写信说："凡世家子弟衣食起居无一不与寒士相同，庶可成大器，若沾染富贵气息，则难望有成。"后来，他又一再嘱托在家的四弟管好子侄辈："吾家现虽鼎盛，不可忘寒士家风味。"

由贫贱转为富贵的曾氏，对富贵销蚀子弟灵魂之普遍现象看得最为清晰。他深恐家族的富贵将会贻害于他的子孙，故而反复强调子侄们要珍惜幸福，要勤俭朴素，希望家族要有寒士风味。

所谓寒，有两个方面的内容：

一是指寒素，即在社会等级这个层面，与普通平民无异，打掉子侄辈的依恃之心、特权优越感。他叫儿子参加省城乡试时，不可递条子，通关节。家属由湖南去安庆，坐的是湘军战船，他叮嘱因为他不在，不可张挂帅字旗，沿途不要拜客，不要接受宴请。儿子们在家不得摆少爷架子，不得高声呵斥仆人。

二是指贫寒，即在经济上与普通平民无异。他吩咐家中不可买田，子女们穿衣不能太光鲜，媳妇女儿们都得亲自下厨做菜。不要坐轿，尤不可坐四台轿，要多走路。儿子们要自己动手扫地，抹桌子，甚至锄草、拾粪这类事也可做，不是丢脸的事。嫁女则硬性规定，嫁妆不能超过二百两银子。

富贵家庭为什么多纨绔子弟？这是因为这种子弟有恃无恐。他们所依恃的无非就是两个：一权势，二财富。打掉这两个依恃，他们就不敢乱来了。

不留财产给儿子

早在道光二十九年，在京师做礼部侍郎的曾国藩就在给诸弟的信中说：决不留银钱与后人。

咸丰五年给诸弟信里说："仕宦之家，不蓄积银钱，使子弟自觉一无可恃。"

咸丰十年四月初四，他在日记中特意记下左宗棠的话："凡人贵从吃苦中来。又言收积银钱货物，固未益于子孙，即收积古籍字画，亦未必不为子孙之累。"曾氏称赞左宗棠这些话是"见道之言"。这种见道之言，林则徐说得更有趣：子孙若如我，留钱干什么？子孙不如我，留钱干什么？

这种不留钱财的观点，所见之道在哪里呢？

原来，人的本性，是喜荣厌枯、好逸恶劳的。人上进的第一推动力，多来源于对生存环境改变的追求。在这个过程中，赢来环境的改变，也同样赢来事业和成就。如果生存环境很好，对于大多数人来说，上进的推动力便不够强大。正因为如此，"从来纨绔少伟男"，便成为社会的普遍现象。其次，人的才能，人生的事业，有不少是激出来、逼出来的。关于这一点，曾氏自己有很深的体会。他说：“世上之事，有所激有所逼者居其半。”他公开承认，他办湘军这件事就是激逼出来的。是谁激逼了他？是湖南的官场和绿营。一个生活在境遇非常好的家庭中的孩子，受到的激逼很少，于是他身上许多的潜能得不到发挥的机会，慢慢地这些潜能也就消失了。一个本来很出色的人才，就会逐渐变成庸才。第三，人性脆弱，易受诱惑。钱财多了，则诱惑便多，易让人萌生邪念。若涉及坏事，为非作歹，小则害一身，大则害一家一族。曾氏说得好，儿子若有用，没有祖上家产也会自己找饭吃；若无用，家产再多也会败光。这种不留钱财给子孙的观点，实在是大智慧。它既不会消磨子孙创业自立的志气，也对自己是一个保护：为官则保廉，为商则保身。我们试看，多少官员为给子孙积攒钱财而身败名裂，多少商人为给子孙积累财富而过劳致死！

还是老话说得好：儿孙自有儿孙福，莫为儿孙做牛马！

四、家教特点

温情

家庭应该是人生中一道最为平静的港湾，一处最为温馨的后院。充满骨肉真情，是它与别的场所在本质上的最大区别；温情脉脉，是它与别的场所在表现方式上的最大不同。曾氏说，有三者可以导致家庭的祥和，即孝致祥，勤致祥，恕致祥。其中的恕就是指的这层意思。

身为大哥，他在家庭中丝毫不摆京官的架子，给诸弟的信里流露的全是长兄的友爱、宽容，甚至是退让。先后寄居在他京师家中的三个弟弟，多有令他不满意处：九弟不合作，六弟讥讽大嫂，四弟不愿意送诰命。他都以自己的退抑来解决问题，融洽兄弟的感情。即便在儿子面前，他也不摆老子的谱，甚至对儿子说自己平生有三耻：不识天文算学，做事有始无终，写字速度慢。

曾氏对老九所说的家人骨肉之间“不可说利害话”这句话十分赞同，并检讨自己在这方面做得不够。所谓利害话，就是伤感情的话。这一点，值得我们每个家庭记取。有些家人骨肉，不但说伤感情的话，还做伤感情的事。比如常见兄弟叔侄之间为了财产上的事对簿公堂，恶言相加，最后法院可能会将财产理清楚了，但亲情也随之一笔勾销。这究竟值不值呢？

注重小事

与历史上的其他大人物相比，曾氏的显著特点是关注小事，看重小事。其实，家庭中的日常事，几乎都是小事。注重小事，既是治家的主要内容，也是培植良好家风的起点。曾氏常对诸弟说：绝大学问皆在家庭日用之间。意思是说，不要轻看了家庭中的日常琐碎，这中间便包含着待人处世的绝大学问。

我们打开一部曾氏家书，扑面而来的都是曾氏在告诉子弟从小事做起：诚实，从不说假话做起；勤快，从不睡懒觉做起；戒骄，从不训斥仆人做起；戒奢，从不坐轿做起；端庄，从步伐稳重做起；打掉特权，从扫地抹桌椅做起。其实，一件件、一桩桩小事做好了，大事也就慢慢做成了。这正是老话所说的：滴水成河，粒米成箩。千里之行，始于足下。

制定大规划

身为父兄，有责任为子弟的人生大规划提出建议，甚至做出安排。在四个弟弟的人生大事上，曾氏为他们做出的大规划是不要陷入科举中太深。当诸弟科考数度不利时，曾氏果断地对他们说：科举之事误人太多，年岁不小了，不要再一天到晚在为考试读书，要专心读那些有用的先辈大家之文。他告诉诸弟，千万不要以为人生只有做官才是正途，才能光宗耀祖，做一个好人远比做一个大官强。

对于两个儿子，曾氏也不要他们从科考中求出路。在儿子们成年之后，他请了两个英国传教士来家教他们学英文。这在当时，极为罕见。正是曾氏这种大规划，他的子弟才没有把太多的宝贵光阴浪费在八股文、试帖诗中，从而求得真才实学。这才有后来得力的军事帮手和能够说洋话识洋文的外交家的出现。

盛时当作衰时想

在曾氏的心目中，他始终把做官看作是暂时的。他说“做官不过是偶然之事，居家乃是长久之计”。他始终不把富贵当作一回事，而时时不忘过去的贫贱。直到晚年，老兄弟间对话，他还对四弟说：“吾则不忘蒋市街卖菜篮子情景，弟则不忘竹山坳拖碑车风景。昔日苦况，安知异日不再尝之！”

他常对家人说：盛时当作衰时想。这话的意思是说：兴旺的时候，要想到也可能有衰败的一天。

正是因为常存这种想法，所以他凡事谨慎，位高权重而不敢自我膨胀，有福不可享尽，有势不可使尽。后世有人据此看出曾氏家族长盛不衰的冥冥天意，说这个家族的开创者，自己没有把福禄寿禧这些好处用尽，为子孙预留充分的饭田，于是才有绵绵余庆，长保兴旺。

五、启示

曾氏的家庭教育，至少可以给我们如下几点启示。

家庭教育可以弥补学校教育的不足

当前的学校教育普遍存在着三重三轻的现象：一重知识轻素质，即看重知识的传授，轻视人格健全的培植；二重功利轻德性，即看重就业谋生的训练，轻视道德品性的培育；三重形式轻内容，即看重高分数高学位以及各种各样的奖状，轻视真才实学。

受此影响，许多家长在对子女的教育上也出现与之相应的三重三轻，即重成龙轻成人、重言教轻身教、重物资激励轻精神引导。其实，一个爱子女的家长应多为子女的立身之本考虑。什么是立身之本？立身之本一在品质，诚实、善良、勇敢、顽强、上进、有恒心、敬业等等，都是很好的品质；二在习惯，勤奋、俭朴、专一、有规律、爱阅读、好收拾、善于与人沟通等等，都是好习惯。习惯很重要。长久坚持的习惯，就是性格。有两句诗说得好：良好的习惯带来性格的收获，良好的性格带来命运的收获。这就是人们常说的性格来自习惯、性格决定命运。这些品质与习惯，都要靠家长点点滴滴、持久不懈，以慈爱之心与温馨之情去为儿女们培植。

一个良好的家风对家庭的影响是长远的

一个家庭的家长，他的生命总是有限度的，但他营造的文化氛围即家风则可长久地存在，影响子子孙孙。古代人很重视家风，而我们今天的人比较忽视。此事值得我们研究。二〇一四年春节，中央电视台就家风一事采访了许多民众。大家对此很有兴趣。很多人会谈起父母的一两句话、一两件小事影响了自己一辈子。这一两句话、一两件小事彰显的就是家风。

良好家风的树立关键在于家长本人的以身作则

许多家长一天到晚都在教训儿女，许多家长也想建立一个良好的家风，但大多事与愿违。这其间有诸多因素在起作用，而最重要的一点是家长本人没有以身作则，或以身作则的力度不够。如我们的家长都督促孩子读书，但自己却不爱学习；教育孩子要诚实，但自己时常弄虚作假；希望孩子敬业，但自己对待工作马马虎虎等等。

曾氏虽不是圣贤，但他一生总在努力向圣贤靠近。他因此赢得中华文化的尊敬，赢得历史的尊敬。他对家人所提出的一切要求，他自己都做到了，而且做得比别人都好。这种身教的力量、榜样的力量最为巨大，最为深入人心，也就最有成效。《颜氏家训》说："同言而信，信其所亲；同命而行，行其所服。"父母是儿女最亲的人，如果也能成为儿女最为敬服的人，则父母的话就可以有着一言九鼎的力量。

曾氏家教典型地彰显中华文化的优良传统

曾氏所期盼的以孝友、勤俭、读书、睦邻、温柔敦厚等为内容的家庭风气，其源头都要追溯到以儒家学说为主体的中华文化。曾氏心目中的君子形象，是他一辈子苦苦追求的人生最高的精神价值。这些精神价值的理论依据，也完全来源于中华典籍。它由此可以启示我们，必须继承和弘扬中华民族的传统优秀文化。这不仅可以为建设新时代精神文明寻到宝贵的资源，也是今天的中国人，为世界文明所能做出的民族贡献。

拙　诚

曾国藩三十岁时进入官场。京官十二年期间，仕途顺畅，官运亨通，三十七岁便做到二品大员，晚年更是官居武英殿大学士，加太子太保衔，位至人臣之极。官场是个何等钩心斗角、相互倾轧的场所，若不是特别的圆滑世故、机巧虚伪，能混得这样顺利吗？四十二岁到五十六岁长达十四年的时间里曾氏身为军营统帅，带兵打仗，成为最后的胜利者。战场是何等复杂残酷、险危难测，若不是特别的心机重重、诡诈多端，他能驭骄兵悍将、能制凶恶强敌吗？

答案似乎是肯定的：他应该是一个极端圆滑乖巧、八面玲珑、阴险多变、高深莫测的人。其实不然，从主流来看，曾氏是一个平直笃厚、稳重朴实，甚至带有几分迂腐的人。

他将这种为人处世的风格称之为拙诚。在《湘乡昭忠祠记》一文里，他希望湘乡人“能常葆此拙且诚者”，则人才的兴盛将“不可量矣”。

诚是人类社会必须具备的一种品质。如果没有诚，人与人之间便失去信任的基础，人类社会则不可能存在。正是从这个角度出发，儒家学说认为“不诚无物”。自古以来，人们都提倡诚，尊敬诚，说得比较多的是恳诚、笃诚、至诚、忠诚等等，而曾国藩更倡导拙诚。这是他身上很重要的一个特色。他多次以非常清晰的语言表述自己的这种主张：“人以巧来，我以拙应；人以伪来，我以诚应。”他甚至说他相信“惟天下之至拙，可胜天下之至巧；天下之至诚，可胜天下之至伪”。

什么是拙？拙就是笨拙的意思，它的对应面是巧。巧意味着以小的代价换来大的收获，这最让世人所向往。本是好事，但这种好事变为一种普遍的风气后，便会有许多负面的东西夹杂其间，最后将“好”弄成了“坏”。人们常说的机巧、乖巧、取巧、讨巧、巧诈、巧言、巧语等等，便都成了贬义词。其实，世间许多事是不能用巧来做的，尤其是其中的一些过程是不能以巧来替代的。在短期看来或许便捷，但最终误了大事。比如生命的成长、知识的积累，阅历的体验等等，便都不能取巧，否则就是拔苗助长，欲速而不达。孟子说盈科后进，是水流向前的必然方式，人世间长久成就的获得，也是遵循着盈科后进的规律的，故而曾氏常说“天道忌巧”。

该有的过程不跳跃，该下的工夫不省略。如此，成功建筑在牢固的基础上，这种成功就必然会是长久的。这样做，就要求人付出更多。付出的是什么？是人的勤劳、勤奋，甚至是勤苦。勤的重要，便这样凸显出来。以勤补拙，笨鸟先飞，也就成为实在人获取成功所选择的必由之路，故而人们常说天道酬勤。

曾氏非常看重勤。他提出的君子八德，列在第一位的德便是勤。在一篇读书笔记中，他将自己所倡导的拙诚，即以忠勤二字来加以落实。他说：“君子欲有所建树以济世而康屯，则天事居其半，人事居其半。以人事与天争衡，莫大乎忠、勤二字。乱世多尚巧伪，惟忠者可以革其习；末俗多趋偷惰，惟勤者可以遏其流。忠不必有过人之才智，尽吾心而已矣；勤不必有过人之精神，竭吾力而已矣。能剖心肝以奉至尊，忠至而智亦生焉；能苦筋骸以捍大患，勤至而勇亦出焉。

余观近世贤者，得力于此二字者，颇不乏人。余亦忝附诸贤之后，谬窃虚声，而于忠勤二字，自愧十不逮一。吾家子姓，倘将来有出任艰巨者，当励忠勤以补吾之阙憾。”

这段话说得既深刻又恳切，当视为医治世风的药石之言。一个人要做一番大事业，天命起一半的作用，人事起一半的作用，要想从天命那里多分一点力量过来，最重要的手段就是多尽忠与勤。世俗许多人习惯于巧伪与懒惰，唯有忠诚与勤奋可以补救世风。说忠诚，也不是说需要有过人的才智，说勤奋，也不是要有特别的精力，无非是尽己心尽己力而已。十分的忠诚，才智也便跟着出来了；十分的勤奋，勇敢也就跟着产生了。这话说得有多好！这应该是他自己的切身体悟。

论天资，曾氏很难说是上等，一连考了七次才考上秀才，足以证明他不是天资特别聪颖的人。论精力，他也绝不是那种精气神特别旺烈的人。他三十岁时便得了肺病，年轻时即常有精力不支的感觉，后来牛皮癣伴随他一生，五十岁之后就明显地进入老境。事功与诗文两方面的成就的获得，除时代的因素外，完全得之于他过人的忠与勤。

关于这方面的体验，他曾经与老九有过一番掏心窝子的交流：“弟书自谓是笃实一路人，吾自信亦笃实人，只为阅历世途，饱更事变，略参些机权作用，把自家学坏了。实则作用万不如人，徒惹人笑，教人怀恨，何益之有？近日忧居猛省，一味向平实处用心，将自家笃实的本质还我真面，复我固有。贤弟此刻在外，亦急须将笃实复还，万不可走入机巧一路，日趋日下也。纵人以巧诈来，我仍以浑含应之，以诚愚应之；久之，则人之意也消。若勾心斗角，相迎相距，则报复无已时耳。”守父丧时期，曾氏对自己出山五年来的军事生涯作过多方面的反省，恢复笃实本色，坚守拙诚之志，也是自我反省中的一个重要方面。

作为一个军事统帅，拙诚，在曾氏身上所体现的最大成效，莫过于西面进军攻取南京之策的制定与执行上。

咸丰十年春四月，太平军一举踏平江南大营，迅速攻克苏南各大名城，完全打破清朝廷的军事部署。朝廷惊恐不已，立即任命曾氏为两江总督，并令曾氏火速带兵救援苏南。朝廷急如星火，又给了他盼望已久的地方实权，按理，曾氏应遵照朝廷的指令，迅速带兵跨越千里去救江苏，实行朝廷一贯采取的从东南两面围攻南京的作战方针。但对于收复南京一事，曾氏早已成竹在胸，他并不认同朝廷的这种安排。他考察历史，特别关注前代收复南京的两个成功战例。西晋王濬在益州造船训练水师，从上游出兵，顺流而下，取吴都建康。北宋初，曹彬从江陵顺流而下，水陆并进，沿途收复两岸重镇，然后轻取南京。这两个战例有一个共同点，那就是不是从东南而是从西面攻打金陵。他将自己的研究成果上报朝廷："自古平江南之贼，必居上游之势，建瓴而下，乃能成功。"

于是，他按照自己的部署，从上游到下游，即由西而东，采取稳扎稳打、步步为营的方式，最后攻克南京。这个战略决策看起来有点笨拙，费时也较久，但成效显著。拙诚的功用，在这里得到完美的彰显。

作为朝廷重臣，曾氏的拙诚，突出地体现在受命处理天津教案一事上。

同治九年五月，天津发生大教案：津民打死法国领事丰大业及多国洋人十多名，烧毁教堂、育婴堂等多处建筑。教案，是当时朝廷及地方官员们所最害怕发生的事，尤其是对身处一线的地方官员来说，简直令之焦头烂额。若对洋人强硬，洋人会借此威胁朝廷，官员的乌纱帽难保；若对洋人软弱，则会激发民众的愤怒，而清议则往往站在民众一边，官员的头上则会戴上卖国贼的帽子，名声立刻毁灭。曾国藩当时身为直隶总督，是管辖天津的最高行政长官，但曾氏此时正生着重病，奉旨养病。圣旨也明明白白写着"曾国藩病尚未痊，本日已再行赏假一月，惟此案关系紧要，曾国藩如可支持，着前赴天津，与崇厚会商办理"。这是一件明摆着伤神费力，且两头不讨好的事，曾氏完全可借“如可支持”四字，强调自己病情严重，以“不可支持”四字推辞，取巧而不露痕迹。但曾氏秉持拙诚之原则，强打着精神，拖着病躯前往天津，临行前给两个儿子留下遗嘱：“余若长逝，灵柩自以由运河搬回江南归湘为便。”这明确表示，他已抱定死在天津的决心。

曾氏虽因津案一事背负着疾病与精神上的双重压力，耗掉了他生命的最后一点活力，并在死后一段很长的时期里蒙受着耻辱，但朝廷是理解他的。光绪四年八月，他的儿子曾纪泽将赴英国出任公使，陛辞时与慈禧谈及父亲当年“拚却声名以顾大局”话题，慈禧由衷赞道：“曾国藩真是公忠体国之人。”历史也最终理解了他。时至今日，几乎不会有人再因天津教案的处置一事责难他了。

湖南这块地方，既贫困又封闭，自古以来便民风朴实，习于勤苦。湘军这支部队，最大的特点是书生领山农。书生未入官场，官场的浮滑巧诈，他们尚未染上。山农单纯，比起湖畔水边的农民又更苦而倔。于是，拙诚二字，较为容易被湘军军营上下认同。当这支部队最后成了胜利之师的时候，拙诚，便以一种理念被湖湘有识之士加以提炼，并成为近代湖湘文化的一个标记。

怯弱：内心世界的另一面

曾国藩有着波澜壮阔的一生，他的人生内容很复杂。与其外在表现十分匹配的是他幽深辽远的内心世界，而这个世界更复杂。他留下的一千余万言文字，是他留给历史的一笔丰厚的遗产。研读这笔文字遗产，既可看出一个时代弄潮儿不平常的活动轨迹，更可感觉得出一个大人物真实而丰富的精神世界。在这个世人看来豪迈盖世、风光无限的强者的内心深处，我却常常强烈感受到他的怯弱的一面。这个特征，贯穿曾氏的一生。

他二十八岁中进士点翰林，三十岁正式做官，十年七迁，三十七岁官居从二品，仕途之顺利，少有人能与他相比。这种境遇，极容易让处于血气方刚的年轻人志得意满，轻狂傲物。但我们读他写给家人的书信，看到的却是一个战战兢兢、临深履薄者的心态。他生怕祖宗积下的德被他一个人享尽，当心诸弟因此而功名受阻。更令人难以理解的是，春风得意的年轻京官在他的诗句中，经常会流露出恐惧之心。

道光二十四年，他给妹夫写诗："荆楚楩楠夹道栽，于人无忤世无猜。岂知斤斧联翩至，复道牛羊烂漫来。金碧觚棱依日月，峥嵘大栋逼风雷。回头却笑曲辕栎，岁岁偷闲作弃材。”

他当时不过是从五品的中下级文化部门的小京官，有什么“斤斧”“风雷”会伤到他？这种恐惧岂不是莫名其妙！

更不可思议的是，写于同年的秋怀诗：“大叶下如雨，西风吹我衣。天地气一肃，回头万事非。虚舟无抵忤，恩怨召杀机。年年伴物累，俯仰怜诟讥。终然学黄鹄，浩荡沧溟飞。”为逃避诟讥甚或杀机，三十四岁的他，居然欲学黄鹄飞离帝都。这种怪诞从何而来？不只借诗发牢骚，他的确是不想在京师做官了，要回到高楣山去做一个“弃材”。这有他的家信为证。

战火燃烧后，面对强大凶狠的敌手，最初他不敢领旨做团练大臣，后来做了三军统帅，他的怯弱之心也时有生发，他甚至在给朝廷的奏折中也不加掩饰。他对皇上说：“道途阻梗，呼救无从。中宵念此，梦魂屡惊。”“闻春风之怒号则寸心欲碎，见贼船之上驶则绕屋彷徨。”他曾在较长一段时期认为太平军不可制服，对前景极为失望，以至于两次投水自杀，枕头上常压一把短剑，随时准备自裁。

不只面对强敌如此，朝廷的不绝对信任，同一营垒的掣肘猜忌也让他时时心生恐惧，他以“虹贯荆卿之心，见者以为淫氛而薄之；碧化苌弘之血，览者以为顽石而弃之”来比喻自己内心痛苦，并多次说过当年杨震所遭遇的夕阳亭事，会在他的身上重演。一百年后，让后人读之仍有心悸之感。

咸丰十年之后，他做了两江总督，处境大为改善，尤其是慈禧掌权之后，给他以两江总督节制四省的超越常规的权力。而这个权力，正是他眼下所极为需要的。但面对这种罕见的信任，他内心里却是“惶悚莫名”。他希望朝廷不要给他这样大的权：“在朝廷不必轻假非常之权，在微臣亦得少安愚拙之分。”他的推辞是真心的，当朝廷不同意时，他再次表明这个态度：“诸道出师，将帅联翩，臣一人权位太重，恐开斯世争权竞势之风，兼防他日外重内轻之渐。”同治五年，他出任捻战前线统帅，朝廷命他节制直隶、山东、河南三省军务，他同样推辞。

在与太平军决战的年月，千里长江江面，停泊着无以数计的湘军水师战船，每只战船都飘动着斗大的“曾”字帅旗。这样的场面，应是所有带兵统帅所渴望的，但曾氏却在给他的学生李鸿章的信中，表示出对这种局面的深重惶恐。

至于对一样手握重兵身处高位的九弟，曾氏更是把自己的这种心绪不断地传递给他，反反复复地跟他述说重权高位的可怕：“古来成大功大名者，除千载一郭汾阳外，恒有多少风波、多少灾难，谈何容易！”“处大位大权，而兼享大名，自古曾有几人能善其末路者？总须设法将权位推让少许，减少几成，则晚节渐渐可以收场耳。”“自古高位重权，盖无日不在忧患之中，其成败祸福，则天也。”

即便是对在家看屋的四弟，他也多次说过类似的话。他说今后若能好好地退休回家与弟述谈往事，那便是最好的结局。他心中总存有一种莫名的恐惧，他对老四说：“昔日苦况，安知异日不再尝之？”

对于外界的批评，曾氏尤为看重，常怀着一颗忐忑之心去看待人言。同治五年年底，身为捻战统帅的他对友人说：“弟自庚申忝绾兵符以来，夙夜祗惧，最畏人言，迥非昔年直情径引之故态。近有朱、卢、穆等交章弹劾，其未奉发阅者又不复知凡几，尤觉梦魂悚惕，惧罹不测之咎。”

天津教案期间，曾氏秉承朝廷的大计，并依据对实情的调查了解，对教案的处置作出几点决定：严惩凶手，赔偿洋人损失，革职流放地方官员。无论是就当时的情形看，还是依照现时的对涉外大案的处理来说，这些决定并无大的不妥，但当舆论指责他时，他却口口声声地说什么“外惭清议，内疚神明”，对自己的处置作了否定，远不如同办此案的李鸿章、丁日昌的心志坚定。

以上种种，确乎让我们看到另外一个曾国藩，这个曾国藩的内心深处有着明显的怯弱成分。对于此一弱点，曾氏并不否认，他多次说过自己“胆气薄弱”。

若从遗传的角度来看，这个“薄弱”应主要来自他的父亲。我们读曾氏的《台洲墓表》，写他的父亲遭受祖父斥责时的情景：“其责府君也尤峻，往往稠人广坐，壮声诃斥；或有所不快于他人，亦痛绳长子。竟日嗃嗃，诘数愆尤。间作激宕之辞，以为岂少我耶？举家耸惧，府君则起敬起孝，屏气负墙，踧踖徐进，愉色如初。”曾氏的这段话，意在表彰父亲的孝道，但我们看到的却是一个软弱者的形象。老先生有一副传诵很广的联语：“有田园有子孙，家风半耕半读，但将箕裘绍祖泽；无官守无言责，世事不闻不问，且将艰巨付儿曹。”软弱而安守本分，这就是上面两段文字的共同基调。

曾氏的怯弱，也可能与他青少年时代功名不顺的经历有关。曾氏从十四岁开始参加秀才考试，一连考了七次，才在二十三岁那年考上，而且录取的是倒数第二名。长达十年的时间里，父子俩一次次地参考，一次次地铩羽而归。父亲连考十七次，最后在四十三岁那年勉强考取。这段经历对曾氏一生而言，绝对是沉重的阴影。从十四岁到二十三岁，既是人生身体成长的决定阶段，也是人生性格成长的关键阶段。少年早慧，功名早达，极容易助长人的轻狂自傲，反之，则有可能趋于卑弱的走向。对于没有依恃的农家子弟来说，往这一方向走似乎又更容易些。

曾氏的薄弱，还与他的体质不强、生命力不旺盛也有密切的关系。

有确凿的资料记载：曾氏三十岁时肺病严重，几于不治。三十五岁开始患牛皮癣，这个病折磨了他一辈子。战事最困难的时候，也往往是牛皮癣最厉害的时候，痒得他整夜不能入睡，抓得皮破血流：地上尽是白皮屑，床单上满是血渍。他哀叹：“直无生人之乐！”四十七岁时，他得了严重的神经官能症、抑郁症，梦多心悸。五十五岁后，多种老年病都到了他的身上。他常常眩晕，舌头蹇涩，说上二十多句话后便上气不接下气，手脚麻木，后来右眼失明，左眼也只有一线光。他十分注重养生，但他只活了六十年零三个月，实在是身体太差了。一个身体这样孱弱的人，要想气势雄壮，大概也很难。

曾氏的怯弱，应与当时官场生态的险恶关联很大。

曾氏所处的政治环境，一方面是国势越来越颓弱，另一方面是机制越来越僵化、官场越来越腐败。一句话，国运已走到末路。面对着一木独支将倾大厦的局面，曾氏要做如许大的事业，他的困难该有多大！幕僚赵烈文深知他的处境，说他与太平军战所费不过十之三四，与世俗文法战所费十之六七，而与世俗文法的周旋必须得小心翼翼，小心翼翼处便时见怯弱。当时国家管理系统是个什么样子，曾氏在咸丰初年的奏疏中讲得非常直白，内外官场以八个字可概括：退缩，琐屑，敷衍，颟顸，官员的精神状态是“但求苟安无过，不求振作有为”，政局是“十余年间，九卿无一人陈时政之得失，司道无一人言地方之利病，相率缄默”。曾氏出来办事：要钱无钱，要粮无粮，要人无人，要权无权，处境该有多难！

即便是曾氏后来做到两江总督、东南战场上的最高统帅，但就在围攻江宁的关键时刻，江西巡抚沈葆桢居然可以将江西境内的厘金拦截，不听曾氏的安排。沈葆桢是曾氏一手提拔的后辈，且名正言顺是曾氏的部属，他竟然可以与曾氏对着干，令曾氏气愤至极。同治三年时的曾氏，已是一个炉火纯青的政治家，气度与涵养堪称天下第一，但仍然忍不住在至亲好友面前流露出心中的愤懑，且看这年三月二十六日他给郭嵩焘的信：“又适值厘金争论、两院不和之时，又值下游吃紧皖处无兵可援江西之际，江西官绅士商向之讴歌幼丹而怨詈鄙人者，今且日炽而不知所届。事会相薄，变化乘除，吾尝举功业之成败、名誉之优劣、文章之工拙，概以付之运气一囊之中，久而弥自信其说之不可易也。然吾辈自尽之道，则当与彼囊也者赌乾坤于俄顷，校殿最于锱铢，终不令囊独胜而吾独败。”曾氏气极，他决心要赌一把，这就导致后来他所上的辞气亢厉的奏折。但即使这个时候，曾氏也清楚，沈葆桢是有后台的，是得到强有力者的支持的，来读读他接下来的清醒之言：“近来体察物情，大抵以鄙人用事太久、兵柄过重、利权过广，远者震惊，近者疑忌，揆之消息盈虚之常，即合藏热收声、引嫌谢事，拟于近日毅然行之，未审遂如人愿否？”对于那些震惊疑忌者，曾氏其实是无能为力的，因为他们得到世俗文法的支持，曾氏最终也只能走“引嫌谢事”的怯弱之途。

曾氏的怯弱还因为他生在一个满人当家而他是汉人的特殊朝代。曾氏在拥有军权之后，满人朝廷对他的种种防范，笔者在多篇文章里专题对之作了叙说，这里就不再赘述了。满汉之间究竟有多大的隔阂，我们可以从曾氏文字里一个很小的细节中略作窥视。咸丰二年六月，曾氏赴江西主考任，半途中接到母逝讣告，遂改道回家奔丧。这年七月二十五日，他写信给在京师的儿子纪泽，吩咐他各项应办事宜，在谈到发讣告时，这样写道：“六部九卿汉堂官皆甚熟，全散亦可，满堂官必须有往来者。”给六部九卿中部级官员发讣告，凡汉人都可以发，至于满人，没有往来的就不发。由此可以看出，热心交往的曾氏在与满族官员打交道时是谨慎的，其中必有不少满员与他没有交往。手握兵符时期的曾氏，在与满人朝廷周旋的时候，谨慎中的怯弱之态是深入骨髓的。我们来看看他同治五年十二月初五日写给友人黄倬的信：“弟窃观古来臣道，凡臣工皆可匡扶立德、直言极谏，惟将帅不可直言极谏，以其近于鬻拳也；凡臣工皆可弹击权奸，除恶君侧，惟将帅不可除恶君侧，以其近于王敦也；凡臣工皆可壹意孤行，不恤人言，惟将帅不可不恤人言，以其近于诸葛恪也。握兵权者犯此三忌，类皆害于尔国，凶于尔家。”看起来权倾天下、八面威风，实际上曾氏的心是悬在半空中，时时刻刻为安全甚至为身家性命而担忧。他真是古今少有的怯弱的军事统帅。

其实，绝大部分人的内心里都有怯弱的一面。许多人因为这种怯弱而在大事难事面前止步。曾氏以他一生的事功，明白地告诉我们，有几分怯弱的人同样可以做大事难事，大可不必因此而自卑自弃。同时，有怯弱感亦不是坏事，它反倒让我们增加敬畏之心。

就其本质来说，个体的人在人类社会中终归是渺小的。不管他是何等的叱咤风云不可一世，即使活着时别人奈你不何，但到时上天会请你去。你去了之后，人类社会依旧存在，它一定会按照它自身的规律生存发展。所以，我们应当对人民群众怀敬畏之心，对社会规律怀敬畏之心。作为万物之一的人类，在天地宇宙中也是渺小的。苏轼将这种渺小说得很形象：寄蜉蝣于天地，渺沧海之一粟。所谓的“人定胜天”，永远只能是人类宏伟的愿望而已；人类实际上是不能胜天的，只能顺天法天。归根结底，人应该对社会群众、对天地宇宙，也就是古人常说的对“道”心存敬畏之心。把这些视为人的怯弱感，也未尝不可。

有几分怯弱感，并非不好。

含雄奇于淡远之中

曾国藩早在道光年间，便以古文名重京师；中年以后，又因镇压太平天国而被称为清朝的“中兴名将”。烜赫的声势，显贵的地位，再加上诗文创作本身的成就，使得曾国藩成为当时及后世封建文人顶礼膜拜的偶像。

曾国藩的诗文，在过去流传较广。他选编的《经史百家杂钞》，亦被视为最佳的古文选本。他的美学思想，散见于他的全集中，随着全集的流传而在社会上产生了较大的影响。笔者就曾国藩对诗文的阳刚之美与阴柔之美的看法，以及他所提出的“含雄奇于淡远之中”的美学境界，进行探索，并力图实事求是地评判他在中国古代美学思想发展史上的应有地位。

一

清代古文以桐城派为中坚，方苞、刘大櫆、姚鼐，号为桐城三祖。曾国藩治学之始，即入桐城派的藩篱。他早年供职于翰林院，涉猎明清诸大儒著作，而不克辨其得失，后闻京师“有工为古文诗者，就而审之，乃桐城姚郎中鼐之绪论，其言诚有可取”。（《曾国藩全集》、《书札》卷一《致刘孟蓉》）他读了姚鼐的古文，对姚非常崇拜，自称“粗解文章，由姚先生启之”（《曾国藩全集·诗文·圣哲画像记》），并将姚跻于为“圣哲”之列。他的美学思想，深受姚鼐的影响。

姚鼐在中国美学史上，首先楬橥阳刚之美与阴柔之美的概念，用来区分文学作品中两类不同形式和内容的美。在《复鲁絜非书》中，他说：“鼐闻天地之道，阴阳刚柔而已。文者，天地之精英，而阴阳刚柔之发也……其得于阳与刚之美者，则其文如霆，如电，如长风之出谷，如崇山峻崖，如决大川，如奔骐骥……其得于阴与柔之美者，则其文如升初日，如清风，如云，如霞，如烟，如幽林曲涧，如沦，如漾，如珠玉之辉，如鸿鹄之鸣而入寥廓。”

姚鼐对阳刚和阴柔两种美，并没有作什么理论上的阐述，只使用了一系列形象的比喻，便给人以生动的感性认识，造成强烈而深刻的印象。这正是中国古代美学理论表述的一个重要特色。这种表述手法，虽然被叶燮讥之为“泛而不附，缛而不切”（《原诗》外篇），但在中国古代，却是颇受欢迎而广泛使用的。

在姚鼐之前，刘勰、皎然、司空图、严羽等都曾专门研究过诗文的风格，注意到它们之间有雄浑、劲健、豪放、壮丽与冲淡、高远、飘逸、典雅的不同。姚鼐在前人研究的基础上，把雄浑至壮丽几种风格归并为阳刚一类，淡远至典雅几种风格归并为阴柔一类。这虽然是受《易·系辞》阴阳刚柔思想的启发，但仍不失为一个创造性的见解。

曾国藩继承姚鼐的美学观念。他说：“吾尝取姚姬传先生之说，文章之道，分阳刚之美、阴柔之美。”（咸丰十年三月十七日日记）

关于阳刚之美，曾国藩认为主要表现在四个方面，即雄、直、怪、丽。他模仿司空图《二十四诗品》的形式，对这四种体现阳刚美的艺术风格作了说明：

雄：划然轩昂，尽弃故常，跌宕顿挫，扪之有芒。

直：黄河千曲，其体仍直，山势如龙，转换无迹。

怪：奇趣横生，人骇鬼眩，《易》《玄》《山经》，张、韩互见。

俄：青春大泽，万卉初葩，《诗》《骚》之韵，班、扬之华。

我们仔细品味这些话，可以理解曾国藩心目中的阳刚之美，大致包括雄浑、跌宕、大气贯注、瑰伟奇特、辞藻华丽等内容。曾国藩在与子弟谈论诗文时，常常表露出他对阳刚美的这些看法。他在京师寄书给当时尚在家乡攻读的六弟温甫：“弟之天姿不凡，此时作文，当求议论纵横，才气奔放，作为如火如荼之文，将来庶有成就。”（《曾国藩全集·家书》道光二十四年五月十二日致诸弟）他鼓励儿子：“少年文字，总贵气象峥嵘，东坡所谓蓬蓬勃勃如釜上气。”（同上书，同治四年七月三日谕纪泽）他为曾纪泽所作《怀人三首》前二首写了这样的批语：“二首风格似黄山谷，有票姚飞动之气，故可喜。”（《曾纪泽遗集·诗集》）所谓“如火如荼”“才气奔放”“气象峥嵘”“票姚飞动”，都是讲的阳刚之美中的雄直风格。他教曾纪泽读韩愈五言诗时，特别指出要细心领会韩诗中的“怪奇可骇”“诙谐可笑”处，并要纪泽熟读《文选》，分类抄写词藻，以医文笔枯涩之病；并指出韩愈为文，“先贵沉浸酞郁，含英咀华”。这些话，说的则是阳刚之美中的奇丽风格。

曾国藩认为，表现为雄直怪丽各种风格的阳刚美的作品，其创作者胸中必有一种雄奇之气，蓄之既厚，然后发为诗文，则其气奔腾而出，犹如黄河一泻千里，使得诗文瑰伟雄壮。曾国藩说：“奇辞大句，须得瑰伟飞腾之气驱之以行。”（咸丰十一年七月日记）就是表达这个意思。他在长期“虚心涵咏，切己体察”的读书过程中，逐渐悟出“杜诗韩文所以能百世不朽者，彼自有知言养气工夫”，“惟其养气，故无纤薄之响”（道光二十三年二月日记）的道理。因此，他教导儿子作文，应在“气势上用功，无徒在揣摩上用功”（同治四年七月三日家书）；他自己读书，也极注意古人的行气：“温韩文数篇，若有所得。古人之不可及，全在行气，如列子之御风，不在义理字句间也。”（咸丰元年十一月日记）。不仅作文如此，就是写字，也要讲究气势：“凡作字，总须得势，务使一笔可以走千里。”（道光二十三年六月六日家书）

作家的气或气势，历来被认为是作文的关键所在。曹丕说“文以气为主”，韩愈说“气盛则言之短长与声之高下者皆宜”，苏辙认为“文”乃“气之所形”。刘大櫆在前人论“气”的基础上，提出“神气”说，认为“气”应与“神”相结合：“行文之道，神为主，气辅之。曹子桓、苏子由论文，以气为主，是矣。然气随神转：神浑则气灏，神远则气逸，神伟则气高，神变则气奇，神深则气静，故神为气之主。”（《论文偶记》）后姚鼐提出为文之要素在于“神、理、气、味、格、律、声、色”（《古文辞类纂序》）。曾国藩论文，则侧重于气势。在他看来，诗文（特别是文）的雄直怪丽的阳刚风格，是作者雄健之气的体现。这种观点，是值得注意的。

自孟子宣示“吾善养吾浩然之气”以后，后世不少文人，致力于养气工夫。刘勰在《文心雕龙·养气》中所说的“清和其心，调畅其气”，就是强调作家须注重养气。苏辙认为“文不可以学而能，气可以养而致”，善于养气的作者，“其气充乎其中而溢乎其貌，动乎其言而见乎其文，而不自知也”（《上枢密韩太尉书》）。这与韩愈所说的“仁义之人，其言蔼如也”是近似的观点。曾国藩的个人修养，其中重要的一条即为养气。在他看来，气之培养，一靠立志，二靠修德，三靠读书，四靠历练。长年如此，可保胸中有一股浩然之气。

曾国藩认为，立志要以古圣贤为榜样，“明圣贤之理，行圣贤之行”（道光二十二年十月二十六日家书）。他屡屡劝诸弟莫沉溺于科举考试中，而要穷究真学问。修德，指以孔孟程朱所揭示的一套道德观念来约束自己的思想和行动。曾国藩认为读书可以变化人的气质，除必须读圣贤之书外，他还指出："开拓心胸，扩充气魄，穷极变态，则非唐之李杜韩白、宋金之苏黄陆元八家不足以尽天下古今之奇观……不可不将此八人之集悉心研究一番。"（同治元年一月十四日家书）他尤爱读《庄子》韩文。《庄子》汪洋恣肆、淑诡瑰玮；韩文气势磅礴，凌厉无前。读此二书，有利于培养雄奇之气。历练，指通过社会实践来锻炼自己。曾国藩常要他的两个儿子轮流到军营来，以便亲见刀光火影，增强胆魄。在曾国藩看来，通过立志、修德、读书、历练的养气过程，胸中便常有"超群离俗之想"，而执笔作诗文，就"能脱去恒蹊"（同治元年十一月四日家书），在艺术上有所创新。

桐城派之所以能独树一帜并影响久远，是与桐城派的主要作家讲究文章艺术性分不开的。方苞讲"义法"，着重于"言有序"。刘大櫆认为义理、书卷、经济，不过是文人为文之材料，而神气音节，才是文人为文的真正本领。姚鼐强调将"神理气味"寄寓于"格律声色"之中，都是从艺术性着眼的。作为桐城派的振兴者，曾国藩亦十分重视文章的形式美，他曾对理学开山祖师周敦颐把文章比为"虚车"表示不满，谆谆教导诸弟子侄要学习为文的技巧，他认为"不善作，则如人之哑不能言，马之跛不能行"。（同治十年十月二十三日家书）

曾国藩认为具有阳刚风格的古文的形式美，首先表现在段落的起结上。他说："为文全在气盛，欲气盛全在段落清。每段分束之际，似断不断，似咽非咽，似吞非吞，似吐非吐，古人无限妙境，难于领取。每段张起之际似承非承，似提非提，似突非突，似纾非纾，古人无限妙用，亦难领取。"（咸丰元年七月日记）在曾国藩看来，表现为阳刚风格的文章，大气磅礴，有不可遏止之势，故为文须特别注意段落清楚，而在段与段的分束张起之际，要把断咽、吞吐、承提、突纾巧妙地结合起来，使之互相依存和渗透，达到天衣无缝的艺术境界。这种写作技巧，的确不易掌握。

写古文还要重视造句选字，曾国藩在回答儿子问古文雄奇之道时说：“雄奇以行气为上，造句次之，选字又次之。然……未有字不雄奇而句能雄奇，句不雄奇而气能雄奇者。是文章之雄奇，其精处在行气，其粗处全在造句选字也。”（咸丰十一年一月四日家书）精粗，本是庄子论道时使用的概念，曾国藩把它借用过来，分别指文章的虚处和实处。他认为，若能于字、句、段落这些实处做到雄奇，那么文章的气魄声势等虚处也自然雄奇，整个文章便形成阳刚之美。因此曾国藩屡命儿子钻研音韵的训诂之学。他感叹宋以后能文章者不通小学，清代大儒对小学训诂虽超越近古，直逼汉唐，但文章不能追寻古人深处。他立志“欲以戴、钱、段、王之训诂，发为班、张、左、郭之文章”。（同治二年三月四日家书）

对于阴柔之美，曾国藩亦有四个字的概括，即茹、远、洁、适。他这样加以说明：

> 茹：众义辐辏，吞多吐少，幽独咀含，不求共晓。
> 远：九天俯视，下界聚蚊，寤寐周孔，落落寡群。
> 洁：冗意陈言，类字尽芟，慎尔褒贬，神人共监。
> 适：心境两闲，无营无待，柳记欧跋，得大自在。

用比较显豁的话来说，阴柔之美的风格主要表现为：含蓄蕴藉，悠远雅静，简洁隽永，舒缓恬淡。曾国藩把司马迁、刘向、欧阳修、曾巩的文章，韦庄、孟浩然、陶潜、谢朓、白居易的诗，列为最具有茹远洁适风格的阴柔之美的作品。他对阴柔美的诗文很欣赏，针对儿子纪泽的气质兴趣，鼓励他多读陶、谢之诗：“五言诗，若能学到陶潜、谢朓一种冲淡之味，和谐之音，亦天下之至乐，人间之奇福。尔既无志于科名禄位，但能多读古书，时时哦诗作字，以陶写性情，则一生受用不尽。”（同治元年七月十四日家书）他读苏轼诗，对其阴柔美的一面能心领神会：“日内于苏诗似有新得，领其冲淡之趣，洒落之机。”（咸丰十一年六月日记）因而有一种“声出金石之乐”（咸丰十一年十二月日记）。在与人谈论诗文时，他也常常极有兴致地畅谈这种乐趣。他在写给吴敏树的信中说：

“国藩尝好读陶公、韦、白、苏、陆闲适之诗，观其博览物态，逸趣横生，栩栩焉神愉而体轻，令人欲弃百事而从之游，而惜古文家少此恬适之一种。独柳子厚山水记，破空而游，并物我而纳诸大适之域，非他家所可及。”曾国藩在这里的分析是相当深刻的。他甚至认为人生具有陶渊明、韦庄、孟浩然等人的“高淡襟怀”，“虽南面王不以易其乐也”。（同治六年三月二十二日家书）在世事撄怀、心情忧烦的时候，曾国藩常把心身沉浸于这些闲适冲淡的古人诗文中，以期得到暂时的超脱。

曾国藩分析诗文的阳刚之美主要在于气势雄奇，同时又体味到诗文的阴柔之美在于情韵悠远。他编完《经史百家杂钞》后，对姚鼐所标举的阳刚阴柔之美作了进一步的发挥，他说：

“大抵阳刚者气势浩瀚，阴柔者韵味深美。浩瀚者喷薄而出之，深美者吞吐而出之。”（咸丰十年三月十七日日记）所谓“吞吐而出之”，即采用委婉曲折、回旋往复的手法表达作者的思想感情，使人读后觉得余味无穷。曾国藩认为序跋、书牍、典志等类型的文章宜“吞吐”不宜“喷薄”。他在谈到五言古诗时，就把“吞吐”和“喷薄”并列视为两种很高的境界：“一种比兴之体，始终不说出正意……曹、阮、陈、张、李、杜往往有之；一种盛气喷薄而出，跌荡淋漓，曲折如意，不复知为有韵之文，曹、鲍、杜、韩往往有之。”（同治三年二月日记）无论是喷薄式的阳刚之美，还是吞吐式的阴柔之美，只要前者能有浩瀚的气势，后者能有深美的韵味，都可以达到艺术上的很高境界。因此，曾国藩评论诗文，主张气势、识度、情韵、趣味四者并重，同时提出“有气则有势，有识则有度，有情则有韵，有趣则有味”（同治四年六月一日家书）的美学见解。

二

姚鼐认为：“苟有得乎阴柔阳刚之精，皆可以为文章之美。”（《海愚诗钞序》）但是，姚鼐并不掩饰自己对于雄浑劲健的阳刚之美的喜爱。他说：“文之雄伟而劲直者，必贵于温深而徐婉。温深徐婉之才，不易得也，然其尤难得者，必在乎天下之雄才也。”（同上书）在这方面，曾国藩亦与姚鼐持同样看法。

曾国藩既爱气势雄奇的阳刚之美，也爱韵味深远的阴柔之美，但二者相较，他更偏爱阳刚。他平生喜爱扬雄、韩愈的“雄奇瑰玮之文”，尤其是韩愈的文和古诗，更是他心目中阳刚美的典范。他作诗作文，竭力模仿韩愈的崛强奇诡、气势雄壮的风格。与此相反，他对归有光的文章总有不足之感：“读震川文数首，所谓风尘中读之，一似嚼冰雪者，信为清洁，而波澜意度，犹嫌不足以发挥奇趣。”（咸丰九年六月日记）

曾国藩偏爱阳刚美，与他的禀赋与经历有密切关联。他秉性倔强，认为“凡事非气不举，非刚不济”（同治二年四月二十七日家书）。湘军创建之初，外受太平军多次毁灭性的打击，内遭地方官员的掣肘，他确实处于艰难状态，但他咬紧牙关，终于熬过来了。长期的战争经历，铸造了他非同寻常的顽强性格。因此，在文艺理论上，他很容易接受姚鼐的阳刚美的观念。

阳刚之美的诗文虽为曾国藩所喜爱，但这并不是他理想中的最佳之境。他追求的最高目标，是将阳刚之美与阴柔之美相结合的作品，即具有“含雄奇于淡远之中”的美的诗文。他在仔细揣摩刘墉《清爱堂帖》后，领悟了一个很重要的道理：

“看刘文清公《清爱堂帖》，略得其自然之趣。方悟文人技艺佳境有二，曰雄奇，曰淡远。作文然，作诗然，作字亦然。若能含雄奇于淡远之中，尤为可贵。”（咸丰十一年六月日记）在写给张裕钊的信中，曾国藩也谈到了这个认识：

“昔姚惜抱先生论古文之途，有得于阳与刚之美者，有得于阴与柔之美者，二端判分，画然不谋……然柔和渊懿之中，必有坚劲之质、雄直之气运乎其中，乃有以自立。”（《曾国藩全集·书札》卷八）坚劲之质、雄直之气运于柔和渊懿之中，也就是“含雄奇于淡远之中”的另一种说法，即阳刚与阴柔的和谐统一。

曾国藩在论书法艺术时，多次谈到这两种美的结合：

“作字之道，刚健婀娜，二者缺一不可。余既奉欧阳率更、李北海、黄山谷三家以为刚健之宗；又当参以褚河南、董思白婀娜之致，庶为成体之书。”（咸丰十一年十月日记）

诗文书画，有相通之处，曾国藩将写字与作诗文联系在一起，阐明雄奇与淡远之间的关系：“作字之道，二者并进，有着力而取险劲之势，有不着力而得自然之味。着力如昌黎之文，不着力如渊明之诗……二者阙一不可，亦犹文家所谓阳刚之美、阴柔之美矣。”（同治三年五月日记）

“大抵作字及作诗古文，胸中须有一股奇气盘结于中，而达之于笔墨者，却须遏抑掩蔽，不令过露，乃为深至。”（咸丰十一年九月日记）

阳刚之美，贵在作品中蓄有雄奇的气势，是一种崇高的美，但有时不免使人产生泄露无余之感；阴柔之美，妙在作品中含有深婉的韵味，是一种优美的美，但往往显得纤细薄弱：只有二者结合，扬长避短，才能使作品进入高度完美的境界。曾国藩提出的“含雄奇于淡远之中”的命题，生动地表述了阳刚之美和阴柔之美，在互相融合之后所形成的文学艺术作品的一种高层次的美的形式、美的意境，这是曾国藩美学思想的集中表现，它对姚鼐的阳刚阴柔之说有较大发展。

《易·系辞》说“一阴一阳之为道”，又说“阴阳合德，而刚柔有体”。《易传》最先揭示出自然界所存在的阴阳刚柔的现象，并强调这两种不同形式和内容的现象统一的重要性，为中国古代朴素辩证法奠定了坚实的基础。正是在这种思想指导下，中国古典美学中积累了很丰富的辩证观念。老子提出“大巧若拙”的观点，揭示了审美意识中对巧和拙关系的辩证认识。此外，还有一些美学范畴，如文与质、形与神、虚与实、有与无、动与静、绚与淡等等，历代美学家们都有许多宝贵的辩证论述。刘勰将刚柔作为作家气质的区分而引进文学评论，并认为“气以实志，志以定言”（《文心雕龙·体性》），从而将刚柔赋予了审美的含义。之后，人们在评论艺术品时，总结出这些经验：写字要“刚健含婀娜”，“高韵深情，坚质浩气，缺一不可”；作画要讲究“寓刚健于婀娜之中，行遒劲于婉媚之内”；填词要注意“壮语要有韵，秀语要有骨”，写小说要做到“疾雷之余，忽观好月”等等，这些都是将阳刚之美与阴柔之美结合的精彩论述，道出了这样一个艺术观念：具有阳刚美的形象，不仅要雄奇瑰玮，而且要有内在的悠远情韵，令人咀嚼品味；具有阴柔美的形象，不仅要柔和秀雅，而且要有一股强劲之气充满其中，令人不致感到靡弱。

曾国藩对中国古典美学深有领会，在对诗文字画的广泛研究基础上，总结出“含雄奇于淡远之中”的创作经验，丰富和发展了中国传统美学思想。桐城派的创立者方苞、刘大櫆、姚鼐，以程朱理学为其文学创作的指导思想，继承唐宋古文的传统，提出义理、考据、辞章相统一的原则，古文经他们的提倡，在清代形成了浩大声势。由于方苞大力强调雅洁的艺术手法，姚鼐虽称道阳刚美而所作却多属阴柔美，世人“喜其严静，一沉溺其中，便成薄弱”（林纾《桐城派古文选》），因而桐城派古文延续到曾国藩时代，已成强弩之末，于是曾氏努力振兴桐城派。一方面，他顺着时代潮流，在姚鼐提出的“义理、考证、辞章”三项主张中加入“经济”，强调古文经邦济世功用；另一方面，他大力提倡雄奇风格，以扭转时人属文薄弱的倾向。他提出“含雄奇于淡远之中”的美学见解，希望人们以此进行创作，提高古文的质量。

曾国藩勤奋地写作古文，为大家提供范例。他的学生黎庶昌、张裕钊、吴汝纶、薛福成等也写了一些较有影响的文章。这些文章，大部分都显得气势旺盛而又有韵致，如薛福成的《观巴黎油画记》，若以“含雄奇于淡远之中”的标准衡量，亦庶几乎近之。

曾国藩古文的显著特色是气势雄直，声光炯然，有异于桐城派文章的风格。因此，后世不少人都认为曾国藩的文章可自成一派，如李详主张称之为“湘乡派”（《论桐城派》）。钱基博赞同李说，他在《现代中国文学史》中指出：“湘乡曾国藩……自称私淑于桐城，而欲少矫其缓懦之失。故其持论以光气为主，以音响为辅，探源杨、马，专宗退之，奇偶错综，而偶多于奇，复字单词，杂厕相间；厚集其气，使声彩炳焕而戛焉有声。此又异军突起而自为一派，可名为湘乡派。一时流风所被，桐城而后，罕有抗颜行者！门弟子著籍甚众，独武昌张裕钊、桐城吴汝纶号称能传其学。吴之才雄，而张则以意度胜：故所为文章，宏中肆外，无有桐城家言寒涩枯窘之病。”钱基博对曾国藩及其弟子们的文章的评论，基本上是公允的。曾国藩和他的弟子们所写的古文，以其刚健雄奇的风格，矫桐城末流平庸孱弱之弊，在当时影响颇大。对这个方面，前代论者研究较多，而对他们所提出的“含雄奇于淡远之中”的美学命题，往往都忽略了。尽管曾国藩和他的弟子们的大多数文章显得偏重阳刚之美，对阴柔之美注意不够，但他们也不乏雄奇与淡远相结合的作品。而这，也是湘乡文派区别于桐城文派的一大特色，至于他们对此所作的理论阐述，则无疑仍值得我们重视。

本色是文人

创建湘军，并统领这支军队打败太平军的曾国藩，在近代中国，以军功彪炳史册，且大为激发湖南人从军打仗的热情，以至后来中国“无湘不成军”。鉴于此，称曾氏为军事家应不过分，但这个军事家本人却并不承认自己是军事中的行家。他曾对他的儿子说过：“行军本非余所长，兵贵奇而余太平，兵贵诈而余太直。”而且这个军事家也对用兵持不赞赏的态度。他告诫儿子：“尔等长大以后切不可涉历兵间，此事难于见功，易于造孽，尤易于贻万世口实。余久处行间，日日如坐针毡。”不但不要儿子从军，而且也不要他们做官。他有一句名言，道是：“凡人多望子孙为大官，余不愿为大官。”

曾氏爵封一等毅勇侯，官拜武英殿大学士，无论从军还是做官，都可算是到了顶点。这位把军功和官位都做到极致的曾文正公，却不愿子孙投身军政两界，这一点很值得后人仔细玩味。那么，他希望子孙做什么呢？他要子孙做“读书明理之君子”。

曾氏五岁发蒙，二十三岁中秀才，二十四岁中举人，二十八岁中进士点翰林，科举一帆风顺，应该说，他是一个书读得很好的人。

除精于应试之学外，他平时读什么书呢？道光二十四年，他给他的弟弟们列了一份自己的熟读书书目：《易经》、《诗经》、《史记》、《明史》、屈诗、杜诗、韩文。细析这份书目，可知他的兴趣在诗文上。他教儿子读书，也有心朝诗文方向引导。他告诉儿子："李杜韩苏之诗，韩欧曾王之文，非高声朗诵则不能得其雄伟之概，非密咏恬吟则不能探其深远之韵。"他认为李杜韩白苏黄陆元八家的诗可以"开拓心胸，扩充气魄"。他甚至还对儿子说："余所好者，尤在陶之五古、杜之五律、陆之七绝，以为人生具此高淡胸襟，虽南面王不以易其乐也。"从"虽南面王不以易其乐"这句话中，我们可以看出，军功也罢，相业也罢，甚至帝王之位也罢，都不能给他带来最大的乐趣，他的最大乐趣是在古人的诗中。这显然不是政治家、军事家的价值观，这种价值观只能属于文人。

事实上，曾氏一生于学问领域用功最多者是诗文，他自认为平生所长者也是诗文。曾氏不是一个唱高调的人，他对自己的肯定并不多，唯独于诗文他很自信。三十多岁时他就说过："余于诗亦有功夫，恨当世无韩昌黎及苏黄一辈人可与发吾狂言者。"在仗打得最艰难，随时都有可能丧命的时候，面对死，他一切都不遗憾，"惟古文与诗二者用力颇深，探索颇苦，未能介然用之，独辟康庄，古文尤确有依据，若遽先朝露，则寸心所得遂成广陵之散"。出于对诗文的格外喜爱及有可能出现"广陵之散"的担心，在戎马倥偬、一夕数惊的军营中，曾氏于万几之暇编选了两本诗文集：《经史百家杂钞》《十八家诗钞》。虽是抄选前人的诗文，然在选与不选之际，很见选家眼光。曾氏的这两部选本，因眼光精当而备受清季以来文人学士的重视，流传甚广。当然，更为值得珍惜的是他自己的诗文。尽管后来因为做湘军统帅而耽误了许多宝贵的创作光阴，使得他的诗文成就没有达到他本人的期望，但他毕竟还是为后世留下三百二十多首诗和一百四十多篇文章。这些诗文奠定了他在中国近代文学史上的地位。尤其是他的文章，更是对清末民初的文风影响巨大。著名学者钱基博在《现代中国文学史》一书中说："厥后湘乡曾国藩以雄直之气宏通之识发为文章"，"异军突起而自成一派，可名为湘乡派。一时流风所被，桐城而后罕者抗颜行者"。此一评价，堪称允当。

曾氏在被冷落半个世纪之后，重新受到人们的关注，然当代关注的目光多集中在他的事功上，对他本人所看重的诗文反而有所忽视。其实，事功对于他来说，只是十几年辛劳的结果，而诗文，则是他一辈子心血的结晶，更应该予以关注。

两部诗文选本

曾国藩留在近代史册上的痕迹，色彩最浓的一笔，毫无疑问是他的军功。这位有着赫赫军功的一等毅勇侯，实际上却是一个标准的文化人。他从父亲的私塾到唐氏家塾到涟滨书院到岳麓书院，受过正规的系统的学院教育。他从秀才到举人到进士到翰林，走过正途的完整的科举道路。直到三十九岁之前，他都是一个专职的皇帝文学侍从。咸丰二年底，曾氏接到朝廷令他出任帮办湖南团练事务大臣的上谕，他最初的态度是一口拒绝。使他作出违旨决定的主要原因，应该是他的不识兵戎的文职身份。尽管还有其他种种原因在起着作用，但我相信，占第一位的一定是这个，因为这是近于本能性的反应。对于一个业已四十二岁身处高位的中年人，弃文就武、投笔从戎，谈何容易！所以我历来认为，对曾氏的研究，无论视他为政治家也罢，军事家也罢，都不能忽视他的本色。他的本色是一位词臣，一介文人。最能体现他的词臣学养、文人情怀的，除开他自己创作的诗文外，就是摆在我们面前的这两部诗文选本：《经史百家杂钞》与《十八家诗钞》。

《经史百家杂钞》一书，创意于咸丰元年初曾氏供职京师六部期间，成书于咸丰十年闰三月安徽宿松军营。在此之前，有一部影响很大的古文选本名曰《古文辞类纂》，编者乃大名鼎鼎的桐城派主将姚鼐。曾氏对姚很尊敬，说过“粗解文章，由姚先生启之”的话，并将姚列为他所认可的三十二个圣哲之一。姚对曾氏的最大启发，是姚所提出的文章有阳刚与阴柔之分的观点。曾氏在姚的基础上，参照邵雍的四象之说，又将阳刚分为太阳、少阳，阴柔分成太阴、少阴四类。太阳代表气势，少阳代表趣味，太阴代表识度，少阴代表情韵。后来，他又将四类分成八类，即气势类分为喷薄之势与跌宕之势，趣味类分为诙诡之趣与闲适之趣，识度类分成宏阔之度与含蓄之度，情韵类分为沉雄之韵与凄恻之韵。吴汝纶称曾氏此种分类，是关于古文的“前古未有”的发现。曾氏自己多次说过，他对古文下过苦功夫探索，有独到的心得体会。他甚至担心若过早去世，他的寸心所得有可能成为广陵之散。对古文的这个分类，应是他古文研究成果的一部分。

虽受姚鼐所启发，但曾氏并不盲从姚。当时的散文名家吴南屏曾致信曾氏，说果以姚氏为宗，桐城为派，则侍郎之心殊未必然。这话说到曾氏的心坎里去了。尽管曾氏看重姚所编的《古文辞类纂》，但对此书着重辞章家而忽略经史的做法很不赞同。他说经史才是文章的源头。作为国家重臣，曾氏对姚轻视典志、治道也不满。他认为学问于姚所标举的义理、考据、辞章之外，还有经济之学。

重新梳理古文源流，纠正姚鼐的偏颇缺失，这两点无疑是曾氏在《古文辞类纂》的盛名之下，还要选编《经史百家杂钞》的重要原因。

《十八家诗钞》这部书，最先的构想也产生在咸丰年间。据同治六年十二月二十九日记“余在京抄成十八家诗”这句话，可知此钞本成书当在咸丰二年六月前。曾氏所选的这十八家，都是他本人极为喜爱的诗人。他在自己的文字中多次对他们的诗作表示赞誉，对他们的人品表示敬仰。他说：“开拓心胸，扩充气魄，穷极变态，则非唐之李杜韩白、宋金之苏黄陆元八家，不足以尽天下之奇观。”又说：“五言诗，若能学到陶潜、谢朓一种冲淡之味和谐之音，亦天下之至乐人间之奇福也。”他甚至还说过这样的话：“余所好者，尤在陶之五古、杜之五律、陆之七绝，以为人生具此高淡襟怀，虽南面王不以易其乐也。”从这些话中，我们可以看到诗在曾氏心中的地位，看到他对自己所敬重的诗人之珍爱。

除开这份情感外，曾氏对诗也有很深的研究。早在京师翰林院时，他就说过：“惟古文各体诗，自觉有进境，将来此事当有成就，恨当世无韩愈、王安石一流人与我相质证耳。”曾氏不是个说大话的人，此话当可相信。他曾将所抄的十八家诗细加考究，认为李白、韩愈的诗可列入阳刚中的气势类，韩愈的另一部分诗与苏轼的诗则可列入阳刚中的趣味类，杜甫、李商隐的诗可列入阴柔中的情韵类，陶潜的诗则可列入阴柔中的识度类。尤为值得重视的是，曾氏认为最好的诗文应当将阳刚之美与阴柔之美融合起来。他为此提出过“含雄奇于淡远之中”的美学观念，说艺术作品若能达到此种境地，才是“文人技艺佳境”。由这样一位在研究与创作两方面都有很高造诣的人，来选编前代诗作，自然可以诞生一部既有品位又有特色的选本。

曾氏所编的这两部诗文选本，收在清光绪二年传忠书局刊印的《曾文正公全集》中。随着《全集》的广泛流传，这两部选本也在社会上产生很大的影响，成为清末民初研习中国古代诗文的最好读本。一九一五年九月六日，毛泽东在致友人萧子升的信中说：“今欲通国学，亦早通其常识耳，首贵择书。其书必能孕群籍而抱万有，干振则枝披，将麾则卒舞。如是之书，曾氏《杂钞》，其庶几焉。”又说：“国学者，统道与文也。姚氏《类纂》畸于文，曾书则二者兼之，所以可贵也。”毛泽东对曾氏选本的评价，应该代表当时社会，尤其是激进青年士人的普遍看法。

今天，对国学有兴趣的年轻读者，仍可借助这两部选本，从正门进入中国古典诗文的殿堂。

三梦刘墉

咸丰十一年七月初一夜里，曾国藩两次梦见乾隆朝大学士刘墉。他在当天的日记中记道："二更四点睡。潘弁值日。梦刘石庵先生，与之畅谈数日。四更因疮痒，手不停爬。五更复成梦，又梦刘石庵，仿佛若在行役者，说话颇多，但未及作字之法。"同治七年八月初四夜他又一次梦见刘墉："二更三点睡，梦刘文清公，与之周旋良久，说话甚多，都不记忆，惟记问其作字果用纯羊毫乎，抑用纯紫毫乎？文清答以某年到某处道员之任，曾好写某店水笔。梦中记其店名甚确，醒后亦忘之矣。"

"刘石庵""刘文清公"，指的都是刘墉。曾氏两番郑重其事地记下梦中三次与人见面情形及谈话内容，这种情况在他的日记中极为少见。他为什么对刘墉如此情有独钟呢？这并非因为刘墉地位高名气大，更非因为刘墉生前轶事趣闻多，而是因为刘墉是曾氏心目中极为推崇的书法大家。咸丰年间的梦话中没有谈到作字之法，从日记的字里行间来看，曾氏颇有憾意。同治年间的梦境里，他似乎在着意补救，细问刘平日写字，到底是用纯羊毫，还是纯紫毫，甚至说到了哪家店里的笔好，只可惜忘记了店名。揣摩曾氏的心情，若未忘记，好像他会寻找这家店去买笔似的。这三个梦境，尤其是第三次，真是活灵活现地显示出曾氏对书家刘墉的崇敬之心。

曾氏看重写字，故而他关心刘墉的用笔。当年，身在京师的他常常买笔寄笔。他家中四个弟弟用的笔，大部分是他在京城买的。他的一些京外朋友，也常常获赠他寄的笔。道光二十四年十二月十八日，曾氏在给诸弟的信中写道："去年树堂所寄之笔，亦我亲手买者。春光醉，目前每支大钱五百文，实不能再寄。"此信为我们提供了两个关于笔的宝贵史料：一是当时北京城里有一种名字叫春光醉的好笔，二是这种笔每支要卖大钱五百文。五百文钱是个什么概念呢？曾氏有封家信里说过这样的话："朱尧阶每年赠谷四十石……小斗四十石不过值钱四十千。"（道光二十六年正月初三禀父母）由此可见，小斗一石值钱一千文。一支春光醉的毛笔与半石谷相当，的确价格不菲。曾氏当时只是一个从五品小京官，年薪不过八十两银子，难怪他"不能再寄"。

曾氏长期供职翰林院。翰林乃皇帝的文学侍从，把字写好，是他的本职工作。曾氏看重写字，固然有此种缘故在内，但更重要的是他酷爱书法艺术。从传世的家书和日记中，可知他曾经下过大力气临帖摹帖，对古今书法涉猎甚广，钻研颇深。他早年能写一笔端秀的楷书，中年之后的行书，笔势刚硬陡峭，结体凝重谨饬，自成一家。在他的教育和影响下，他的弟弟国荃、儿子纪泽都写得一手好字。在今人编辑的清代书法家名录上，他们都占有一席之地。曾氏的后半生是在戎马倥偬的军营中度过的。军旅生活既紧张又枯燥，几乎没有什么娱乐活动，偶尔看到古代名家的书法作品，则给他带来片时的愉悦。有人于是投其所好，主动送来前人书法中的珍品极品。对这些珍稀，尽管他心里十分喜爱，却不肯收受。咸丰十一年正月二十二日，他的日记里记载这样一件事——

安徽休宁县令送给他一本王羲之字帖，收藏家已鉴定为宋代淳化祖本，而且系唐代所刻。曾氏说此帖“神采奕奕，如神龙矫变，不可方物，实为希世至宝。余行年五十有一，得见此奇，可为眼福”。他观赏了一会儿后，依旧退还给主人，并在日记中写下“世间尤物不敢妄取”八个字。

这八个字常常令我想起，感慨良多。古往今来，有多少聪明能干之人，恰恰就败在“妄取尤物”之上！

在清朝前辈书法名家中，曾氏最为爱重的就是这个令他魂牵梦绕的刘墉。他认为刘墉是有清一代真正的书法大家。对于大家，曾氏有他的判定标准。他说大家的作品，应该无论是外在的面貌，还是内里的精神，都要与别人完全不同。清代的张得天、何义门虽是有名的书法家，但他们的字未能形成自己的面貌特色，故不能称之为大家，只有“如刘石庵之貌异神异，乃可推为大家”。

刘墉的字用墨厚重，貌丰骨劲，个性鲜明。曾氏时常面对其书法作品谛视把玩，从中悟出不少艺术精义。咸丰十一年六月十七日，他在日记中记下自己观赏刘墉字帖的体会：“看刘文清公《清爱堂帖》，略得其冲淡自然之趣，方悟文人技艺佳境有二：曰雄奇，曰淡远。作文然，作诗然，作字亦然。若能含雄奇于淡远之中，尤为可贵。”

“含雄奇于淡远之中”，这句话说得多好！这是一个美学命题，道出艺术的极高境界。同时，它也是一个哲学命题，揭示出人生的极高境界。曾氏第二次出山后，一改过去矫枉过正、雷厉风行的办事作风，而奉行寓刚于柔、内方外圆的儒道互补的理念。其晚年的人生境界，则更近于炉火纯青。不可否认，长期的书法艺术熏陶，对他进入化境也起了重要的辅导作用。

游子的故园情结

离开湖南省城长沙，驱车南下，穿过湘潭、湘乡两座城市，走过近三个小时的国道和一个小时的县级马路后，迎面而来的是一片山清水秀的开阔地。此地名唤荷叶，历史上隶属湘乡县，而现在则归双峰县管辖，乃晚清重臣曾国藩的老家。

荷叶地处双峰、湘潭、衡山、衡阳四县的交界，群山环抱，远离都市，偏僻冷清。乍看起来，似乎有许多缺陷，若细细寻究，又会发现它确有许多好处。

此地山岭虽多，但山上草木丰盛，尤多翠竹。高大的楠竹，纤细的油竹，遍山皆是，既给当地的乡民以实惠，又让居住的环境充满诗意。其中巍然挺立的一座山峰叫做高嵋山，属有名的南岳衡山山脉；至于衡山的主峰，离高嵋山也不过四五十里路。气势飞腾的南岳，只不过将它万分之一的壮丽赠给荷叶，便已经让这块方圆不过二三十里的小乡村风光无限了。

此地虽无官马大道，却也并不闭塞。因为与南岳靠近，夏秋两季，便有成群结队的香客，络绎不绝地经过荷叶的田间山道，怀着无比的虔诚和各自的心愿奔向祝融峰上的圣帝庙。十天半个月后，又恭揣着菩萨塑像前的香灰和对未来美好的憧憬返回自家。香客们带来各地的信息，增加了山野乡民的见闻，丰富了他们的日常生活。发源于南岳山脉的涓水从荷叶流过。河水清亮甘甜，将生命与灵气注射这片古老的丘陵谷地，又用轻舟小划将做小买卖的商贩送出百里之外，在湘潭进入湘江，然后换大船北下长沙，或过洞庭湖到汉口等大都市；各种京广南货稀罕物品也可以借助涓水源源不断地运进来，让那些终年不出门的孤老村妇也能感受外部世界的精彩。

世代居住此地的乡民绝大部分以务农为业，地少人多，出产贫乏，故他们的生计大抵困难，个别稍为殷实的家庭能让子弟延师读书，便可上升为耕读之家。耕读之家是当地受人敬重的家庭，不仅仅因为这种家庭今后可望有人得功名做大官，还因为书卷本身便在质朴无文的乡民心目中有着崇高的地位。距此不过三四十里地的衡阳县曲兰乡石船山，就是明末清初大学问家王夫之晚年隐居著述之地。数百年来的文风，一直衣被石船山附近的农家子孙。

湘乡县虽谈不上名县大镇，但它却为湖南第一大府长沙府所辖。真可谓伴龙得雨、近虎生威，省城浓厚的政治、文化气息对湘乡的影响，无疑要超过不在长沙府而其他状况与湘乡相去不远的州县。更何况当时为湖南增彩添色的大吏，如两江总督陶澍、云贵总督贺长龄、陕甘总督李星沅、詹事府少詹事胡达源、太常寺卿唐鉴等皆出于长沙府，再加之乾隆时代的名御史，敢于在和珅气势熏天的时候拘其宠奴烧其座车的谢芗泉，便是从湘乡走出的士子。一时风气所尚，容易让同为一府县的读书人心动神往。

这一切，便是湘乡荷叶的地理状貌和人文环境。嘉庆十六年，曾国藩出生在这里的一个耕读之家，直到考上秀才进入省城岳麓书院深造，二十四年间，高嵋山脚的土地、涓水河的清流养大了他，船山的学说滋润他的心灵，陶贺等人的功业则成了他一生追求事功的榜样。于是，他这个原本平常的家乡，便一直以极为美好的印象长驻胸间，在日后的仕途险恶、宦海沉没中成为他日夜思念的桃源乐土。他常常借助经过幻觉美化了的故乡山水，来宁静因权位利禄的欲求而烦恼焦躁的心境，安顿那颗被杀戮场所扭曲而支离破碎的灵魂。

高官时期的诗作中，常可见曾氏的这种心绪：“红尘日夜深，游子思无已。倦鸟有时还，桑弧有时弛。我有山中庐，槿篱夹绿水，修竹倚大椿，重重互幡缅。发条播芳蕤，清阴亦何羡！依恋会有因，庶纶恭桑梓。”

他常常站在京城的高处，极目远眺南天，欲借此来安慰如饥似渴的思乡之心：“为报南来新雁到，故乡消息在云间。”“出户独吟聊妄想，孤云断处是家乡。”白天望不到桑梓，梦中却时常回到故园：“梦里还乡国，沟涂苦了了。朝企恒抵昏，夕思或达晚。”“忽梦归去钓湘烟，洞庭八月水如天。”梦毕竟是梦，醒来时更觉惆怅。祖母去世的那一年冬天，他心里格外思家，思念家中的亲人，思念门前的清水屋后的青山。他郑重其事地与父母诸弟商量，宁愿舍去官职，也要回一趟阔别七年的老家，只是因为家中认为他此举近于荒唐，断然拒绝，才没有成。回不了家，他便借诗文来抒发一腔乡恋：“高嵋山下是侬家，岁岁年年斗物华。老柏有情还忆我，夭桃无语自开花。几回南国思红豆，曾记西风浣碧纱。最是故园难忘处，待莺亭畔路三叉。”

他甚至愿借画饼充饥！当时与他共在朝中为官的兵部侍郎戴熙是个大画家，尤善画竹。戴侍郎为别人画了一幅竹林画，他在此画上题了一首长诗，淋漓尽致地将他的乡情表叙得利索痛快。笔者认为，这首诗乃曾氏诗词中的上乘之作，谨全录于次，与读者共享：

> 我家湘上高嵋山，茅屋修竹一万竿。
> 春雨晨锄劚玉版，秋风夜馆鸣琅玕。
> 自来京华昵车马，满腔俗恶不可删。
> 洞庭天地一大物，一从北渡遂不还。

苦忆故乡好林壑，梦想此君无由攀。
嗟君与我同里社，误脱野服充朝班。
一别笭箵谢猿鹤，十年台省翔鹓鸾。
鱼须文笏岂不好，却思乡井长三叹。
钱塘画师天所纵，手割湘云落此间。
风枝雨叶战寒碧，明窗大几生虚澜。
簿书尘埃不称意，得此亦是镌疏顽。
还君此画与君约，一日更借十回看。

欲借纸上的竹林让自己返回高楣山下的茅屋修竹中，甚至向画的主人提出一月借看十回的要求，急切的思乡之情真到了可笑的地步。透过这可笑的举措，我们可以看出故园的山山水水，在他的心中有着多么重的分量！然而遗憾的是，自从二十九岁那年走出家园之后，在漫长的三十余年的仕宦岁月中，除开两次为父母守丧，回家中短暂地住过一段时期外，曾国藩再无缘长与涓水楣山为伴，他的“何时却返初衣好，归钓蒸溪缩项鱼”的愿望，兑现无期。

同治十一年初春，他带着这个巨大的遗憾客死他乡。家中为他兴建的那座宏大的宰相府，它的宰相主人其实连一天都没住过。

识人用人

曾国藩以一书生而建赫赫军功，原因固然很多，善于识人用人，应该说是其中最重要的一个因素。

下面，我们略微展开一下来谈谈这个话题。

一、一个史所罕见的人才群体

曾国藩在识人用人这方面究竟给当时人留下什么印象？他的人才队伍到底是个什么状况？我们先来看看两段与曾氏同时代人所留下的文字材料：

江苏巡抚何璟说："古之名臣谋国效忠，惟以人事君为急。曾国藩昔官京朝，即已留心人物，出事戎轩，尤勤访察，虽一材一艺罔不甄录，而又多方造就，以成其材。""其苦心孤诣，使兵事历久而不败，人材愈用而不穷者，则在以湘勇之矩矱推行于淮，化濠泗刚劲之风为国家干臣之用。"

容闳在《西学东渐记》中，谈到同治二年时，两江总督身边的人才群体时说："当时各处军官，聚于曾文正之大营中者，不下二百人，大半皆怀其目的而来。总督幕府中亦有百人左右。幕府外更有候补之官员，怀才之士子，凡法律、算学、天文、机器等等专门家无不毕集，几于举全国人才之精华汇集于此。是皆曾文正一人之声望道德，及其所成就的功业，足以吸引之罗致之也。"

当时湘军的主要将领如江忠源、罗泽南、杨载福、彭玉麟、李续宾、李续宜、王鑫、塔齐布、曾国荃、刘蓉、鲍超、刘松山等人，几乎全出于曾氏之门，或力荐，或提拔，或重用，皆因曾氏之识用而成为军事大才。左宗棠、胡林翼虽不能说出自曾氏门下，但两人的显赫军功也都建筑在曾氏的破格荐举的基础上。这些人中的大部分后来又因军功而跻身政界，成为国家的高级行政官员，如左宗棠官封大学士、军机大臣、闽浙总督，彭玉麟官封兵部尚书，杨载福、曾国荃都做过总督，江忠源、胡林翼、李续宜、刘蓉等人都做过巡抚。当时，大批文人经曾氏的识拔栽培，后来都成为文化名流，如俞樾、张裕钊、黎庶昌、薛福成、吴汝纶等。一批科技人才，因曾氏的重用而成海内一流科学家、工程师，如李善兰、华蘅芳、徐寿等。曾氏所识用的人才不仅帮助他成就了一番巨大的事功，同时也在曾氏身后为晚清的政治、军事、经济、外交、文化作出了巨大的贡献，著名的当属李鸿章、郭嵩焘、曾纪泽、沈葆桢、容闳、聂缉椝等人。

一个并未掌管全国政权的政治人物，能识别培养造就如此大批的人才，在中国历史上并不多见，怪不得大家在这一点上都对他很佩服，就连恨他的人也不能不服气。那么，他身边这个宏大的人才局面是怎么样形成的呢？

二、爱才——曾氏可贵的人格特征之一

我曾经说过，人才问题，不是一个理论上的问题，而是一个实行上的问题。也就是说，在理论上，没有一个人会说人才不重要，或说

我办事不需要人才等等，而是在实际上对人才重不重视，是不是渴求人才的共事等，彼此之间还是有很大区别的。以我的阅历来看，造成这中间的差别，有一个很重要的原因，即一个人在情感上对人才的喜爱程度。有的人是真心实意喜爱人才，有的人则不然。曾国藩这个人属于前者，他是真正的爱才者。

这可由他的性格中的两点来证明。

第一，他善于看到别人的所长。在现实生活中，有许多人恰恰相反，是善于看到别人的缺点，看到别人的短处。这种性格特征其实也不坏，有些行业就需要有这方面特长的人，如坐堂看病的医生，如文学艺术的批评、鉴赏等等，但这种性格肯定会对人才的赏识有影响。我们翻开曾氏的文字，在谈到具体人的时候，扑入眼帘的多是赞美之辞，极少见苛责讥讽一类的话。如果说，书信、序跋等是写给别人看的，或许可能言不由衷的话，他的日记应是私密性的文字，其中谈到具体某个人时，也多这种情形。称别人为奇才、英才、美才这类话，常见于日记中，至于轻视鄙薄人的话，几乎没有。这足够说明善于观人之长应是他的性格。

爱才得先要看到别人的才干之所在。善于发现人之所长这个性格，为发现人才、接近人才搭建了一座便通的桥梁。他的爱才之心，曾经表白在他的一首七律中，这首题为《武会试闱中作》的诗是这样写的："禁闱莲漏已宵深，凉月窥人肯一临？此地频来从案牍，吾生何日得山林！貔貅雾隐三更肃，河汉天高万籁沉。火冷灯青无个事，可怜闲杀爱才心。"他这颗爱才之心，因太清闲而备受压抑！

第二，他乐于广交良友。乐不乐意广泛结交优秀的朋友，这里也有一个性格使然。有不少人就不喜欢广交朋友，他们或内向拘谨、或清高孤傲，不愿意把时间与精力花在交朋结友上。我们从流传下来的史料中可以发现，曾氏是一个性格开朗、乐于并善于结交朋友的人。他的朋友很多。

道光二十二年十二月，他在给诸弟的家信中说："现在朋友愈多，讲躬行心得者，则有镜海先生、艮峰前辈、吴竹如、窦兰泉、冯树堂；穷经知道者，则有吴子序、邵蕙西，讲诗文字而艺通于道者，则有何子贞；才气奔放，则有汤海秋；英气逼人而志大神静，则有黄子寿。又有王少鹤、朱廉甫、吴莘畬、庞作人，此四君者，皆闻予名而先来拜。虽所造有深浅，属皆有志之士，不甘居于庸碌者也。京师为人文渊薮，不求则无之，愈求则愈出。”身边已经有许多良友了，他还要“求”，真正是乐于结交。此时的曾氏，只不过是翰林院里一个普通低级官员，却与贺长龄、李星沅等湘籍督抚有书信往来，而且与湘中年轻才俊交往密切，如江忠源、刘长佑、罗泽南、郭嵩焘、刘蓉、冯树堂等人，都是曾氏未曾显贵时的好朋友。当时京师流传两句话：“包写挽联曾涤生，包送灵柩江岷樵。”凡有请写挽联的，曾氏有求必应。又，他曾经掌管京师长郡会馆事务多年。所有这些，都见他性格中的乐于与人打交道的一面。

三、始终清晰地认识到人才是决定的因素

世界的一切事，归根结底都是人办成的。从根本上说，人才是事业的决定因素。这句话，什么时候都是对的。第二次世界大战，最后是原子弹的一锤定音，看起来似乎是武器在起着决定性的作用。其实，原子弹也是人造出来的。所以，说到底还是人的问题。

但是，这个认识并非每个人都是清晰的，不少人往往容易在具体事情上模糊。曾氏对此从来不模糊。早在朝廷做部院大臣的时候，他就在为人才的缺乏而担忧。

道光三十年三月，咸丰皇帝初登基，曾国藩便上了一道奏折，这道折子专门谈的就是人才问题。他认为“今日所当讲求者，惟在用人一端耳”。对于刚做皇帝的青年奕䜣来说，国家政务千头万绪，从哪里入手？曾国藩告诉他，其他的都可摆在一边，列在首位的只有一点，便是用人。

咸丰二年底，曾氏应诏出山办团练。面临政权近于瘫痪、财政已经枯竭、社会趋向背叛的大乱世，要组织一支新的军事团队，究竟当先从何处下手？对于这点，曾氏的头脑异常清醒。他说："无兵不足深忧，无饷不足痛哭，举目斯世，求一攘利不先、赴义恐后、忠愤耿耿者不可亟得，此其可为浩叹！"

兵勇与饷银的缺乏，对湘军来说，还不是最大的困难，创建初期的湘军，最大的欠缺是没有血性旺烈的人才。他的九弟初次带兵，他向九弟传授经验，第一条就是："带勇之道，以体察人才为第一义。"故而对于访求人才这件事，他是"梦寐以求之，焚香以祷之，盖无须臾或忘诸怀"。那个时候，他向各处写信，最主要的事情，便是请他们推荐人才："如有文可为牧令，武可为将领者，望无惜时时汲引，冀收拔茅连茹之效。"

他自己平时所做的一项最重要的工作，也就是去发现人才，罗致人才。听说彭玉麟贤能，但因居母丧不愿出山，曾氏便三番五次地亲自写信给他，恳请他共襄大业，彭终于为盛情所感投奔曾氏。知道胡林翼带领六百黔勇走到湖北金口，因吴文镕战死武昌失守而进退两难时，曾氏一面请湖南省政府接济胡林翼，一面向朝廷奏请胡留在湖南。

湘军是一支地方性的军事力量，营头的建立，通常都是以地区为基础，所以湘军中便有新宁勇、平江勇、宝庆勇等等，官与兵都来自一个县一个府，带兵的统领也只相信重用本境之人，拒绝排斥外来之客。如曾国荃做吉字营的统领，用的全是湘乡人，到后来甚至只用屋门口的人。作为湘军的统帅，曾氏则是一个器局开阔的人。他明白所办的事并不只是湖南的事，而是全国的事。所以，组建湘军之初，他就知道要"举天下才"来"成天下事"。我们常说的湘军，其实是一个湘军集团，或说湘军系统，这里面就有很多担负重要职责的外省人，如四川人骆秉章、鲍超、李榕、严树森，陕西人阎敬铭，广东人丁日昌，贵州人朱洪章等。曾氏幕府更是网罗四海才俊，如安徽人李鸿章、李瀚章、吴汝纶、方宗诚，江西人许振祎，江苏人钱应溥、薛福成、赵烈文、汪士铎、华蘅芳、徐寿，湖北人张裕钊，浙江人李善兰等。所以黎庶昌说他是“囊括天下之才，而各任其器使”。

满人入关两三百年间，名义上是满汉一家，实际上是满汉对峙。满人自认血统高贵，瞧不起汉人，汉人则视满人为无用，从骨子里不把满人当回事。湘军从上到下更是讨厌满人，曾老九一句“岂能仰鼻息于羶腥之辈”的话，很典型地代表了这种情绪。但曾国藩对满人却不一棍子打死，他在朝廷为官多年，知道满人中也大有人才。他的座师穆彰阿就是满人，曾氏一直对他很尊敬。他在湖南办湘军，做的第一件大事，便是将满人参将塔齐布破格提拔为提督，这中间固然有政治考虑在内，但塔齐布首先是一个将才，这却是不可否定的。在以后的战事中，他对满人多隆阿、都兴阿等人都很重视，即便是心术不正的官文，他也时时注意礼貌相待。这没有别的，因为在镇压太平军这个事业面前，满汉目的是一致的。信任重用有才干的满人，是事业的需要。在后来办洋务中，曾国藩还打破疆域界限，重用美籍华人容闳以及英国传教士傅兰雅、美国传教士史蒂文生等人，利用他们的长处来为中国的自强事业服务。

所以，在咸丰十年面临着迁不迁都这件大事，曾氏明确表示：“中兴在于得人，不在于得地。”要想让国家从颓废中走向强盛，关键不在得地利，而在于得人贤。这正是中国传统的“天时不如地利， 地利不如人和”思想的继承。我们看晚清历史，曾经的确有过一段短暂的相对平静，这就是所谓的“同光中兴”。之所以有这么一个时期，完全是依赖着曾国藩、左宗棠、李鸿章等人苦力支撑，待到曾左谢世，留下李一人，孤掌难鸣，国势便一天天衰落，但还能勉强支持，其原因就是还有一个慈禧。这个老佛爷虽然已经糊涂透顶了，但她在满蒙亲贵和汉大臣中还是很有些威信，等到她一死，朝中再无如此人物，大清也就很快崩溃了。

到了晚年，因为地位和名望到达了极点，他更提出人才学上的极致理念，即领袖人物个人对社会风尚所起的影响作用。他说："风俗之厚薄奚自乎？自乎一二人之心而已。"曾氏所说的"一二人"，就是身居最高位的领导者。他们因所处地位最高，所拥有的权势最大，故而对社会的影响面也便最广。曾氏的这个理念是他人才思想中的一个很重要的部分。一方面，他是在传承儒家治理社会的一种理想信念，即国家领导人要以自己的榜样以及相应的政策去感化人心培养醇厚的风俗，这是治国的最根本手法，即《诗经·毛诗序》中所说的："先王以是经夫妇、成孝敬、厚人伦、美教化、移风俗。"另一方面，也说明了曾氏本人的人生抱负。曾氏是一个忠实的儒家信徒，他并不把平定太平天国作为自己一生的最大功业，而是将移风易俗、陶铸人心作为自己的崇高使命，而要完成这样的使命，首先得从自身做起。曾氏越到晚年越注重自身的形象，其原因就在这里，他试图将自己打造成当时的圣贤，也就是试图将自己打造成当时全国人民的典范人才。

四、建立在学问阅历与智慧基础上的识人之方

（一）以德识为主。

对人的衡量，大致在两个方面，即德与才。曾氏是如何看待这二者之间的关系呢？他说："德如水之源，才如水之波澜；德如木之根，才如木之枝叶。若二者不可兼顾，宁可取无才而不可取无德。"这段话鲜明地表达了他的观点：德为主，才为次，宁可无才不可无德。

才即人的才干能量，大致可由三个方面来决定：一是具体做事的能力，这种能力通常也被简称为才；一是学历与资历，通常称之为学；一是思想、眼光、见识等等，通常称之为识。对于这三个方面的排列次序，曾氏认为：办大事者以识为主，以才为辅。又说，他赞成诸葛亮的观点，即才须学，学须识。这两段话让我们看到他的序列

为：识、学、才。

据此，我们可知，曾氏对人才的看法，重在德与识，而将才与学排在后面。这恰恰与世俗社会重才学轻德识的识人之方相反。他选择将领，开出四个必备条件：一要才堪治人，二要不怕死，三要不急于名利，四要耐受辛苦。接着立刻强调最重要的是要有忠义血性，有则四者相从以俱至，无则貌似四者，终不可恃。忠义血性就是德。

尤其是湘军集团的高级管理人员的选拔，更是严格遵照以德以识为主、以才以学为辅的原则。彭玉麟堪称典范。接到曾氏的邀请信后，彭玉麟来到湘军大营，对曾氏说，他是出于保卫周公孔孟之道的义愤来的，不求保举，不求推荐，功成后即回家，愿以寒士出，以寒士归。曾氏敬佩彭的高尚情操，将水师管理的重任交给他。彭果然不负重托，与杨载福一道将水师建成一支过硬的军队。后来他居然推辞诸如安徽巡抚、漕运总督、两江总督、兵部尚书等掌控实权的重要职务，而且把他因侍郎衔而享有的养廉费全部交公，最终以一寒士病逝于衡阳老家。他的两句诗“戎马书生少智略，全凭忠愤格苍穹”，很好地道出了由精神层面的德转化为物质层面的才的辩证关系。

在才干这个层面上，曾氏最看重的是识。识，可以算是创造性的才干，进入了智慧的领域。这对于办事，尤其是办大事来说，是非常重要的能力。刚出任团练大臣，曾氏便向朝廷提出在省城建大团的设想。这大团其实就是军队的雏形，后来的湘军就是在这个基础上发展而来的。历史证明，这个设想就是当时最大的见识，也是作为团练大臣的最大才干。

在识这点上，曾氏从别人那里得益甚多。举三个例子。一，在衡州办湘军水师，这是一个创造。水师为湘军集团的成功出力甚大。在大裁撤时期，长江水师被完整地保留下来，成为朝廷的经制之师。此事，对维护湘系集团政治利益的机括甚微。办湘军水师一事，出自江忠源的识。二，咸丰十年八月咸丰皇帝逃离北京前往承德避暑山庄，途中下旨调鲍超带兵北上救驾。鲍超的霆军是湘军中的劲旅，是有人借机把霆军挖走。曾氏明知是阴谋，但因为事关护驾大计，曾氏尽管十分不情愿，却没有理由拒绝。后来李鸿章出了一个拖延计，要曾氏一面按兵不动，一面请示朝廷从曾、胡二人中间调一人北上。就在这个请示过程中，北京城里已和平处理了这桩大变故，用不着北上勤王了。曾氏既未失去霆军，又维护了颜面。这个巧妙的设想源于李鸿章过人的见识。三，曾氏晚年对国家最大的贡献，就是揭开洋务运动的序幕，临死前一年与李鸿章联名奏请派幼童出国留学一事，开启中国官派留学生的先河。之所以有此贡献，很大原因是因为有容闳的远见卓识。

在现实活动中，曾氏从别人的真知灼见中得到不少的智慧，所以，他始终把“识”排在才能领域中的第一位。

这里要特别来说一下什么是德。曾氏曾有“君子八德”的说法，这八德为：勤、俭、刚、明、忠、恕、谦、浑。剖析这八个字，我们发现这中间，有的属于人们通常所说的道德品质方面的内容，如忠、恕、谦、浑，也有的是属于性格习惯等方面的内容，如勤、俭、刚、明。确乎如此，古代人所说的德，正是包括这两个方面的内容。曾氏早年修身时所修的五德：诚、敬、静、谨、恒，其中诚、敬可归于道德品质方面，而静、谨、恒则可归之于性格习惯方面。如果单指道德品质方面，古时还有个词：心术。修身，固然首在修炼心术，但心术的提升颇不容易，于是修身的更重要收获是在性格习惯方面，这些方面得到改善之后，也便收到“德”提升的成效。

（二）从志趣上识人。

志者志向，趣者趣味。志趣体现的是一个人的追求与品位。志趣的高低，是人与人之间区别的一个重要标志。曾氏说：“凡人高下，视其志趣。卑者安流俗庸俗之规而日趋污下，高者慕往哲隆盛之轨而日就高明。贤否智愚，所由区矣。”

曾氏认为，事业的大小，与主事者志趣的高低密切相连。志趣低下庸俗的人，是不可能做出绝大事业来的。在他的心目中，罗泽南是士人中志趣高蹈者的代表。他在《罗忠节公神道碑铭》中说，罗家赤贫，有次参加考试后，步行半夜回家，但家人无米煮饭给他吃。十年之间，接连丧失至亲十一人，妻子因连丧三子而把眼睛哭瞎。但即便处于这等困境，“公益自刻厉，不忧门庭多故，而忧所学不能拔俗而入圣；不耻生事之艰，而耻无术以济天下”。罗的志趣在拔俗入圣，经济天下。正是因为追求与品位如此之高，才会有后来的“湘军之母”。

曾氏对那些私心太重、官气太重、嗜欲太重、好说大话、好出风头者很不喜欢。他曾对官气做过这样尖刻的批评：“官气多者，好讲资格，好问样子，办事无惊世骇俗之相，语言无此妨彼碍之弊，其失也奄奄无气。凡遇一事，但凭书办、家人之口说出，凭文书写出，不能身到心到口到眼到，尤不能苦下身段去事上体察一番。”他对好说大话者很讨厌：“近来书生侈口谈兵，动辄克城若干，拓地若干，此大言也。又好攻人之短，轻诋古贤，苛责时彦，此大言也。好谈兵事者，其阅历必浅；好攻人之短者，其自修必疏。”鉴于这些方面，他向部属传授识人的一个重要原则：有操守而无官气，多条理而少大言。

（三）从小事上识人。

小与大，有着明显的差别；小与大，也有着密切的关联。老子说：千里之行始于足下，九层之台始于垒土，合抱之木起于毫末。成语说见微知著，一叶知秋。俗谚则说滴水成河，粒米成箩。说的都是小与大之间的紧密关联。历来有阅历有智慧的人，都善于从小中识大，以小节来看大节。

作为儒家信徒，曾氏笃信朱熹“绝大学问皆在家庭日用之间”的名言，他常用这句话来教诫他的后人，让他们从家庭日用间起步，从小事做起，一步步地成长，以后才好做绝大学问，担当绝大重任。比如他教育儿子：诚，从不说假话做起。勤，从不睡懒觉做起。不恃特权，从不坐轿做起，从不呵斥仆人做起。戒除骄傲，从不取笑别人做起等等。

正是基于这种认识，曾氏习惯于也善于从小处来识别人。

绿营低级军官杨载福，是他赏识的人。他看重的是杨身为军官，但每次训练部卒，不论冬夏，都短衣草鞋，身先士卒。他给朝廷的荐举奏折便是从这个小事上提起。杨载福后来成为湘军水师统领，并以武员改授陕甘总督文职，这在那个时代号为异数。书生出身的李续宾后来成为湘军名将，他也是曾氏所重用的高级将领。曾氏看重他没有当时许多文人好说大话的毛病，平日多沉默寡言。李死后，曾氏为之撰文，特意指出这一点：李于大庭广座之中含宏渊默，终日不发一言。从太平军中投诚过来的陈国瑞，曾国藩也重用他。曾氏在陈的批文中说，陈有许多缺点，但陈听到忠臣义士、孝子节妇的故事时则表情严肃、聚精会神，他于此知陈良知厚实，具名将之资。

他的亲外甥投奔军营，曾氏本拟留在营中，但外甥在军营以少爷自居目中无人，出身清贫却不知俭朴。在军营里吃饭，每每将谷粒整个扔掉，曾氏虽多次告诉外甥要去掉谷壳嚼烂米粒，但总不改。曾氏最终决定不用，打发他回老家。

许多人称赞曾氏能识英雄于微末之中。英雄在微末时期不可能做出大事来，需要有眼光有智慧的人，从细事末节上去识别，让其人脱颖而出。

（四）从长相上识人。

曾氏是一个注重看相的人。流传下来的曾氏文字中，有一批他接见部属的随手记录。这些文字很有趣。我们从中举一例来看。咸丰八年十月二十一日，曾氏接见熊登武。当日，他对熊是这样记载的：“熊登武，二十五岁，八都人，青三之侄。目有精光，三道分明。鼻准沟而梁方，口有神而纹俗，略似礼园。三年入罗营，从救江西。四年从攻武汉、田家镇。六年入沅营，未假。本生父故，母存，过继父母皆亡。”四个多月后，曾氏再次接见熊，又做了记录：“熊登武，中右哨，沅之妻侄，睛黄，明白。”

从这两次的记录中，我们看到曾氏考察部属时，很注重看相。他看的相，分两个方面。一为有形的，如他看熊的眼睛、鼻子、嘴。二为无形的，即神情方面的表现，如精光、有神、明白。他对熊登武感觉很好，在熊的名字上画上两个圆圈。

熊登武是吉字营中的重要将领，跟着曾国荃最先攻进南京城。曾氏向朝廷荐举，熊以记名总兵身份交军机处记名，无论提督、总兵缺出，尽先提奏，很快朝廷便授他江南福山镇总兵，并赏穿黄马褂，赏给骑都尉世职。在数十万湘军的投奔者中，熊登武无疑是极为幸运者。曾氏对熊的印象，与熊的命运是大致吻合的。

黎庶昌撰的曾氏年谱记载，道光二十四年，曾氏在京师第一次见到江忠源，当时江忠源是一个流落京师的举人。曾氏与他谈了一个多小时的话，又目送他消失在胡同中，然后对陪同江来会见的郭嵩焘说："京师求如此人才不可得。"又说："是人必立功名于天下，然当以节义死。"后来太平天国事起，江忠源在家乡湖南新宁募勇，战功卓著，以一代理县令的身份很快便升至安徽巡抚，然不久兵败投水自杀。江忠源的经历，竟然与曾氏的预测完全一致。

容闳在《西学东渐记》一书中记录他与曾氏在安庆总督衙门中的首次见面："寒暄数语后，总督命予坐其前，含笑不语者约数分钟……又以锐利之眼光将予自顶及踵，仔细估量，似欲察予外貌有异常人否。最后乃双眸炯炯，直射予面，若特别注重予之二目者。曾氏说：予观汝貌，决为良好将材。"

曾氏与人初次见面，喜欢察看其人的相貌，并由此对其人作出一番判定。他的这个习惯，在《西学东渐记》这部名著中得到生动传神的记载。

湘军一个名叫李金旸的营官投降太平军。曾氏在与人书信中说："此人头上毛发横梗，有反骨。"

以上的这些事实，充分地证明曾氏是重视看相，并善于看相的，他也常以看相来识别人才。他在同治四年十一月十三日的日记中写了八条“看相秘诀”：邪正看鼻眼，真假看嘴唇，功名看气概，富贵看精神，主意看指爪，风波看脚筋。若要看条理，全在言语中。

可惜的是，他没有把这八句秘诀展开。在咸丰九年三月八日的日记里，他说：“夜思相人之法，定十二字，六美六恶。美者曰长、黄、昂、紧、稳、称。恶者曰村、昏、屯、动、忿、遁。”这十二个字中除长（个子高）、黄（脸皮黄）、称（身材匀称）三个字属于天生的外形外，其余的九个字，昂（挺拔）、紧（紧凑）、稳（稳重）、村（粗鄙）、昏（糊涂）、屯（不开朗）、动（浮躁）、忿（脾气不好）、遁（遇事躲避），都是属于气概、精神方面的。

梳理曾氏关于人物品评的相关文字，可以看得出，曾氏看人主要看眼、心、神、气、行、言六个方面，他看重的是眼亮、心实、神定、气敛、行重、言少。

笔者在仔细琢磨曾氏看相的八句秘诀后，从中得到一个启发。曾氏这八句话说的是人的两个方面的相。一个是有形的硬件，即鼻、眼、嘴唇、指爪、脚筋等。这些先天生成的东西决定人的心性、心术、本质。一个人是正派还是奸邪，是真诚还是虚伪，遇事能否有主见挺得住等等，多半靠先天的禀赋在起作用。另一个方面是无形的软件，即精神、气概、言语等，这些后天修炼的东西决定着人的能力、功名、富贵等。

曾氏还说过一句话：子弟贤与不肖，六成本于天性，四成源于教育。结合这句话，细细思索上面的八句秘诀，让人获得的启示是：一个人的心术改变比较难，但成就的获得，依靠努力则有可能实现。

五、领袖群伦的真本事在于用人

曾氏的用人之方，主要体现在这样几个方面。

（一）广收慎用。

曾氏去世后，江苏巡抚何璟上疏朝廷，说曾氏“虽一材一艺罔不甄录”。此话称赞的是曾氏对人才的广收。他自己说，在这方面，他的原则是“收之欲其广，用之欲其慎”，“宽以求之，慎以用之，庶临时无乏才之患”，“不轻进人，即异日不轻退人；不轻亲人，即异日不轻疏人”。

当时是一个亟需人才的时期，曾氏为得人才，是夙夜忧之，朝夕祷告，凡与至交友朋写信，都不忘请他们荐举人才。对于前来投奔的人，只要具有某个方面的专长，他都广开接纳之门，而面对着从五湖四海涌进军营的人才，曾氏在使用尤其在重用上，则始终坚持审慎的态度。他有著名的“五用五不用”的规矩。一曰将领用书生而不用绿营中高级将官。书生较为单纯，有血性、有抱负，绿营中高级将官，军营骄暮习气重。二曰管理人员用绅士而不用官员。绅士未入官场，身上有生气，官员久处染缸，多世故平庸。三曰勇丁用山农而不用城市游民、逃散兵痞。山农朴实听话，游民油滑、兵痞散漫。四曰文人用木讷而不用好大言者。孔子曰“刚毅木讷近仁”，木讷者多实在，大言者多轻薄。五曰用军营中实战立功者而不用江湖侠客。军营中实战立功者踏踏实实、知根知底，江湖侠客大多名不副实，即便真有本事，也只是个人英雄而不可能成为团队首领。这“五用五不用”贯彻的正是曾氏“有操守而无官气，多条理而少大言”的识人原则。官僚将领、逃散兵及油滑者皆缺操守，绅士、书生则无官气。文人好大言，剑侠多率性少条理，且皆缺乏实战经验。操守、务实，是曾氏用人的重要原则。

（二）因量器使。

谈到人才的使用，曾氏说过一段深刻的话：“虽有良药，苟不当于病，不逮下品；虽有贤才，苟不当于用，不逮庸流……千金之剑，以之析薪，则不如斧；三代之鼎，以之垦田，则不如耜。当其时，当其事，则凡材亦可奏神奇之效。故世不患才，患用才者不能器使而适宜也。”

如果不是对症，即便很贵重的药也比不上有效的草根木叶；虽是治国大才，如果使用不当，他甚至不如一个普通的工人农民；价值千金的越王之剑，如果用来劈柴，它一定不如斧头；商周青铜宝鼎，如果用来耕田，它绝对不如犁耙。若处于恰当其时、恰如其分，则平平凡凡的人也可以做出不平凡的成绩来。所以，每个时代都不必担心缺乏人才，值得担心的是用才的人不能将人才当作器具而恰当地使用。

这番话的深刻之处在于：在曾氏的眼中，凡人都可以成为人才。人才缺失这个现象的造成，不在被用者，而在使用者。他说：山不因大匠而别生奇木，世不因贤主而另降异材。大匠手中的奇木，贤主身边的异材，都不是上天特别为之准备的，而是出于他们的恰当使用。他读韩愈的《马说》，发出这样的叹息：“谓千里马不常有，便是不祥之言。何地无才，惟有善使之耳。”

曾氏将他的这种用人理念，归纳为四个字：因量器使。量者，能量。器者，器具。量有大有小，有全有偏，去掉求全求大的意识，则随处都见人才；器的功用有此有彼，善于使用，则都有功效。郭崑焘长于奏疏，曾氏将他视为文胆，每月发五十两银子的高薪。罗伯宜每天可以写一万二千个小楷，曾氏用他做高级誊抄工，每月也发三十两银子，其收入相当于六个家教老师。

（三）爱惜异才。

正所谓林子大了，什么鸟都有，曾氏身边的人才多了，也便各色各样的人都有，其中免不了才高心气也高的人。此种人中有的才具堪称卓异，而心气高也可能使得他敢于凌驾上司。与这种人相处，真是对处上位者胸襟气度的考验。

曾氏对这种卓异之才，本着为事业、为国家珍惜人才的观念给予特别的宽容与爱护，左宗棠、沈葆桢便是其中颇具代表性的两位。

曾左本是一对亲密战友。曾氏早期办团练，受到湖南的冷遇与绿营的欺侮，左一直护卫他支持他。后来，左因樊案躲进曾氏的军营，曾氏保护他，同时上疏为左讲情。左在曾氏军营得到特别礼遇，并为曾氏办理公牍事宜。被视为揭开洋务运动序幕的名折《遵旨复奏借俄兵助剿发逆并代运南漕折》，便出自左之手。曾氏的保折起了作用。咸丰帝不但不杀左，还让左组建楚军协助曾。左于是奇迹般地建功立业，又火箭般地飞黄腾达，不过两三年的时间便做了闽浙总督，与曾氏平起平坐了。不料，到了南京打下后，左上奏朝廷，说曾氏兄弟放走了幼天王与李秀成。曾左因此失和，直到曾氏去世，两人之间再无私人联系。即便这样，曾氏仍在支持左。左去西北，曾氏将后期湘军中最有本事的将领刘松山及其老湘营送给左。左在西北用兵期间，粮饷源源不断地从江南运到西北。左深为之感动。得知曾氏去世后，左从前线寄来一副深情的挽联："知人之明，谋国之忠，自愧不如元辅；同心若金，攻错若石，相期无负平生。"曾左之间八年的不和，到此泯灭。

沈葆桢以御史身份从北京来到江西，本是做广信知府，但广信府还在太平军手中，便先到曾氏幕府，做了曾氏的僚属。待广信收复，沈立即走马上任。曾氏很赏识沈葆桢，在奏折中特别称赞沈葆桢夫妇保卫广信府城的英勇表现，沈因此得到提拔。咸丰十年五月，曾氏在得知自己已被任命为署理两江总督后，给朝廷上谢恩折。就在同一天里，曾氏破格保奏按察使衔道员沈葆桢为江西巡抚："该道器识才略，实堪大用，臣目中罕见其匹。"曾氏于沈，可谓有知遇之恩。但沈似乎并不感恩。同治三年春，沈居然把应调南京前线的厘金截留，为此引起曾氏的极度愤慨，亢辞上疏。经朝廷调停之后，此事得以平和解决。过后，曾氏并没有记恨沈，反而一再自我反省。曾氏当时是两江总督，有节制江西省的权力。若曾氏对沈心怀怨恨，沈当然不可能再在江西待下去。曾氏一再告诫自己，不要做权臣，要海纳百川。沈乃大才，曾氏是在为国家爱惜异才。

（四）笼络亲信。

历来做大事者，都不能缺少心腹亲信。既然是大事，事情的本身一定头绪繁多，而且必然会有许多艰难险阻，因为此，个人便不可能胜任，得有一个核心团队。团队的成员必须付出常人所不需要付出的代价，那么主事者也就得对这批成员另眼相看，别样相待。这些人，通常被称为主事者的心腹亲信。对于心腹亲信，主事者通常都会以高官厚禄、重用重赏作为酬劳。

曾氏对于他的心腹亲信，同样也会用高官厚禄、重用重赏这些世俗的常规手段，除此外，他还有两个具有曾氏特色的手段，一是用亲笔私信代替公函，二是私赠腰刀。

曾氏存世的信件，除开家信外，有八千多封。这些书信大半部分写于他带兵打仗的年月，其中多半谈的也是有关行军打仗的事。毫无疑问，那些写于战争年代的信件，应该出于他的幕僚之手。这是因为，他有一个庞大的幕府，幕府中有一群为数不少的书启人员，就专司曾氏的书信草拟、誊抄、发送之职。他每天要发送数十封书信，即便别的事都不做，他也不可能做好这件事。但笔者在整理曾氏全集时，就发现不少曾氏给部属发出的调兵打仗的亲笔信函。笔者常常想，这是曾氏亲笔所书吗？是不是幕府中有把曾氏书法模仿得足可乱真者的代笔？后来，笔者读到曾氏给李昭庆的信，此一疑团得以解开。同治五年二月初五日，曾氏给李昭庆的信中有这样的话："国藩与令兄少泉往还信均系亲笔行书。"并说，与他的长兄李瀚章的信则是"幕僚所书，而亲加一二纸"。李昭庆的大哥李瀚章、二哥李鸿章均是曾氏的心腹亲信。李鸿章是曾氏的及门弟子，在曾氏幕府多年，后奉曾氏之命组建淮军，其与曾氏的亲密程度又要超过乃兄瀚章。于此，我们可知，曾氏对于最亲密的心腹，所有的信皆亲笔所书，稍微次一等的则由幕僚为主书写，自己再添上一两纸，以示亲切。

就是这些带着体温的亲笔信函，温暖了曾氏与他的亲信之间的情谊，将彼此结成一个利害相关、情感相系的团队核心，共同打造惊天动地的大事业。野史上说，湘军集团中有些高级军政人员，仗着劳苦功高，并不把朝廷放在眼里，军机处下达的谕旨，他们居然可以置之不理，而曾氏的一纸手书，却能令他们为之千里驱驰。曾氏的亲笔信函所带来的功效就有如此之大！

咸丰七年十月，曾氏在家丁父忧。初四日这天，他给先行辞家赴前线的老九写信，内中有这样几句话：“古之成大事者，规模远大与综理密微，二者阙一不可。余曾派褚景昌赴河南买白蜡杆子，又办腰刀分赏各将弁，人颇爱重。弟试留心此事，亦综理之一端也。”曾氏告诫老九：办大事的人，既要有高远的全局性的宏观规划，又要有小事小节上的细微踏实的思考处置，并以自己打造腰刀分赏部属为例，说明如何来做密微综理。曾氏无意间给我们透露了他笼络亲信的一个重要手段。可惜，由于史料的缺失，我们已不能确凿地弄清楚此事的具体实施情况：曾氏一共打造了多少把腰刀，具备什么条件的人，才有资格得到一把这样的腰刀，以及战争期间，共有多少湘军将士得过这种荣誉等等。但我们可以确知此项笼络手段收到了实际效应，因为“人颇爱重”。

（五）多选替手。

同治元年四月，曾氏对已成大气候的吉字营统帅曾国荃，说了几句兄弟间掏心窝子的贴己话：“弟军万八千人，总须另有二人堪为统带者，每人统五六千，弟自统七八千，然后可分可合。杏南而外尚有何人可以分统？亦须早早提拔。办大事者，以多选替手为第一义。满意之选不可得，姑节取其次，以待徐徐教育可也。”

替手就是代替自己的人，部分代替的人为副手。一个做大事业的人，岂可没有副手？必须留心观察，有的可即刻提拔，有的则可储为后备，这是办大事业者第一等重要的事。全面代替的人，则为接班人，此事比选副手更为重要。湘军统帅曾国藩，为自己的大事业选拔了许多副手，他也为自己着意栽培、精心安排了一个接班人，那就是李鸿章。

李鸿章似乎是上天着意为曾氏配置的全盘替手：同年之子，及门弟子、青年翰林、团练头领、贴身幕僚、淮军领袖。尽管李鸿章并非曾氏眼中最满意的接班人，但在那个时代，李无疑是综合素质最高的人。对于曾氏来说，无论生前与身后，历史已经有力地证明，李鸿章都是他最合适的替手。在曾氏生前，李很好地了结曾氏经手却未办好的两件大事：一为平捻，二为天津教案结案。在曾氏身后，李也很出色地为曾氏办了两件大事：一为将曾氏开创的洋务运动，做成轰轰烈烈、改变中国的绝大事业。一为将曾氏的声名形象努力地维护。

世间不少强权人物，一旦离世，声名立坠，形象顿毁，而坠毁其人最为得力的，便是他的接班人。曾氏去世后，李鸿章执掌大清王朝的军事外交大权长达三十年之久，成为那个时代中国最有权力最具影响的汉人。而就是这个李鸿章，无论在何时何地，只要说起曾氏来，便开口闭口“我老师”“我老师”的毕恭毕敬，并在将天下人物一扫而空的同时，声称“只有我老师才是第一等大人物”。曾氏身后的声望，在一段相当长的时期名冠海内，无疑与这个天下第一汉人的竭力揄扬不可分。

曾氏对替手的高度重视，赢来了历史对他的巨额回报。

六、人才不断的诀窍在于培育

曾氏身边的人才层出不穷，除了他的慧眼识拔外，更多的是他蓄意培植的结果。他说：“人才靠培养而出，器识靠历练而成。”曾氏培养人才有哪些办法?

（一）提供平台。

曾氏说：“树人之道有二：一曰知人善任，二曰陶熔造就。”

为人才搭建平台，让他们有锻炼、提高自己的好机会，这应该是人才成长的一个最主要途径。长时期的战争为军事人才的大量涌出，提供了绝好的机遇。曾氏为这些军事人才，搭建各个层级的众多平台。令人感念的，是他大胆提拔人才的那种恳诚的态度。他为塔齐布、诸殿元的晋升上疏朝廷，奏折中提出了这等庄重的承诺：“日后二人若有临阵逃脱之事，请将微臣一并治罪。”他为了要朝廷同意胡林翼留在湖南，加盟湘军集团，他说出这样令胡氏终生感动的话：

“胡林翼之才胜臣十倍。”在这样的上司面前，能有不尽心尽力的下属吗？

（二）读书学习。

曾氏常说，乡亲父老将子弟送到军营，军营各级头领就要负起培养他们的责任来，让他们立功升官发财固然很重要，但不是第一位的，第一位是教他们做一个好人。湘军组建之初，每逢三、八，曾氏都要亲自给勇丁训话，讲忠义，讲血性，讲团结友爱，讲军风。曾氏起用书生领兵，其中一个重要目的，是要书生将他们的追求与价值观灌输到军营中去。事实上，许多书生出身的统领、营官也正是这样做的。胡林翼的军队每到一处，都要请当地的宿儒给将士们讲《论语》《孟子》，他则以翰林之身坐在前排恭听。王鑫的部队更是绝妙。每到夜晚，军营外的木栅门便紧闭，所有将士都必须在帐篷内点灯读书。诵书声与刁斗声相混杂，是王鑫军营里的一大奇怪的现象。这正是曾氏所期盼的湘军军营中应该“有师弟督课之风，有父兄期望之意”。

（三）宏奖鼓励。

促使人长进，通常有两种办法：一为鞭策即挥鞭策使，这是一种棍棒式的刚性驱动；一为激励即激扬勉励，这是一种引导式的柔性驱动。两者都自有其合理的因素，都可以收到好的效果。作为有生杀之权的军事统帅，曾氏对人才的驱动，并不是人们想象中的硬性鞭策，他更喜欢柔性的激励。他说：“余所见将才，杰出者极少，但有志气，即可予以美名而奖成之。”他称这种方式为宏奖——出格的夸奖，并视为人生的一件快乐事情。他说君子有三乐：“读书声出金石，飘飘意远，一乐也。宏奖人才，诱人日进，二乐也。勤劳而后憩息，三乐也。”

基于这种宏奖理念，曾氏对人才多本爱惜保护之心。对于部属，他有两句名言：扬善于公庭，规过于私室。部属有成绩，做了好事，要在大庭广众之中加以表扬，既表彰了其人，也可引导大众；倘若有了过错，发生失误，则只宜在私密空间里予以指出，既有批评，又照顾了脸面。凡人才，皆有自尊心，也皆有上进心，这种公私区别的育人方法，实在值得我们所有的领导者、管理者效法。

正是出于对人才培育的高度重视与对国家前途的高度责任心，去世前一年的曾氏，为中华民族做了一件伟大的事情，那就是他联合李鸿章一道向朝廷建议：以公费派遣幼童出国留学，学成归国，为国家渐图自强效力。同治十二年，也就是他去世的后一年，此议付诸实践。朝廷选派三十名幼童赴美国学习科技，接下来，又派出三批，共一百二十名，全都进入诸如哈佛、耶鲁、麻省理工、哥伦比亚大学等名校，后来又全部回国，成为我国历史上第一批“海归”。他们中涌现出詹天佑、唐绍仪、梁敦彦、蔡绍基等著名人物。这桩被世人誉为“中华创始之举”“古来未有之业”，对近代中国社会的发展有着不可估量的重大作用。一百多年来，被中国历届政府所沿袭，即便是国家遇到战争这样的大灾难，公费留学事业也从未停止过。曾氏之功，应当受到中华民族的永远缅怀。

曾氏的识人用人，是他留给后人的一笔宝贵的文化遗产，其中的几点，特别值得我们珍重。

在识人上，最值得我们重视的是他表里一致地一贯坚持以德为主的原则。曾氏的这种识人原则，既是中国传统太上立德理念的实践，也是立足于他对当时官场的透彻认识和对大任要职的深切理解。

曾氏做过十二年的京官，对当时的官场状况是十分清楚的。当时的官员既不缺学问知识，又不缺应对才干，他们最大的缺失是责任心、是非观与职业操守，缺乏奋发向上的精神。

咸丰元年，身为礼部侍郎的曾氏便向新登基的咸丰帝上疏陈言，尖锐地指出官场的大弊病：“十余年间，九卿无一人陈时政之得失，司道无一折言地方之利弊，相率缄默，一时之风气，有不解其所以然者。”又准确地概括官员的为官状态：京官退缩、琐屑，外官敷衍、颟顸，几乎所有的官员都但求苟安无过，不求振作有为，曾氏对此忧虑重重："将来一有艰巨，国家必有乏才之患。"曾氏的预言真的说中了。九个月后，太平天国事起，从朝廷到地方，从政府到军队，无一人能担负戡乱平叛之重任。大清朝的体制内，是真正的人才缺乏了！

责任心、是非观、操守、精神等等，都属于德性的范畴，所以，大清朝的官员们即人才群体缺乏的不是才学而是德性。到了曾氏自己组建团队时，他便要坚定地将德性放在选拔人才的第一位。

此外，曾氏阅历丰富，他深知处在大任要职上的人，最重要的还不是专业上的才干，而是另外一些优长。这些优长体现在下面几个方面：一为忠诚度，要忠诚信仰、忠诚事业、忠诚承诺、忠诚职守、忠诚团队等等。二为表率性，要以身作则，以榜样的力量来引导、感化属下，最高的表率则是体现为人格上的感召力。三为协调力，要有协调各方，汇聚合力的本事。四为承受力，不仅要有承受艰难、困苦、风险、灾害等来自负面方向影响的力量，也要有承受得起荣誉、赞扬、鲜花、掌声等来自正面方面影响的力量。五为包容量，要有林宿千鸟、海纳百川的气度与涵养。

曾氏说：端庄厚重是贵相，谦卑含容是贵相。心存济物是富相，事有归着是富相。富贵富贵，人人所欲。在曾氏看来，能给人长久的富与贵，主要是源于德性方面而不是源于才干方面的因素。

在用人上，曾氏"因量器使"的观念是最值得看重的。所有人的身上都有长有短，即便很杰出的人，他也会有不少短处，即便很平庸的人，他也有某些长处，所谓"尺有所短，寸有所长"，道理就在这里。用人者的本事，在于看出被用者的长处在哪里，短处在哪里，扬长避短，择善而用。这就是我们使用器具的方式。因为器具的长处短处是明摆在那里，使用的时候一般不会失误。但人身上的长短，则不容易一眼就看出，这里有一个用人者的眼光利钝的问题，但用人者必须得有将被用者视如用人如同用器的理念。有了这个理念之后，才会有心去发现别人的长短，从而将大才、小才、异才、凡才等各色人才恰如其分地安置处用，使他们各安其位，各逞其才。

在育人上，最让人感怀的是曾氏将伦理情感带进公共领域。他以父母望子女成人、师长盼学生成才的那种心态去培养教育下属、员工，为下属、员工的前途着想，为他们的终生成就着想。有这样具父母师长情感的领导，又怎能没有如子弟如学生似的部属，又何愁人才不层出不穷呢？曾氏的这种育人理念，就是中国传统文化中的家国一体的情怀。

保皇派与掘墓人

我今天给大家讲的题目是“清王朝的保皇派与掘墓人”，副标题为“曾国藩与晚清政局”。大家立刻就会想到，清王朝的这个保皇派与掘墓人，指的就是曾国藩。

不错，正是曾国藩。于是，大家可能就会议论了，这话怎么说呢？既然是保皇派，怎么又会是掘墓人呢？再说，清王朝的掘墓人，明明是孙中山等革命派，怎么会是曾国藩呢？这些疑问都提得很好。我来慢慢地述说。先说曾氏的保皇派。大家都知道他是保皇派，但是不一定知道，他不是普通的保皇派，而是一个艰苦尝尽委屈受足，将一座摇摇欲坠的大厦以一木独支的气概，霸蛮支撑了五十年的保皇派。我从下面几个方面来说说他的这些苦和蛮。

一、一个并不情愿出山的团练大臣

咸丰二年年底，正在家里为母亲守制的前礼部侍郎曾国藩，接到朝廷令他出山做湖南团练大臣的谕旨。这是朝廷利用民兵来协助地方政府的战略部署的第一步，在此后两个月内还任命了四十二个团练大臣。出乎朝廷意料的是，曾氏并没有接受这个任命。他在给朝廷的辞谢奏稿中讲的理由是，他要按制度给母亲守丧，不能以重孝之身出山办公事。

这当然是一个很正当的理由，但绝不是唯一的，甚至可以说也不是最主要的。根据现存的曾氏其他文字综合研究，至少还有几个很重要的原因，使得他不愿意领旨出山。

（一）他是个书生出身的文职官员，对军事很外行。

（二）从中央到地方，多年来已养成一股疲沓颓废、不思作为的风气，湖南官场尤为突出。就在不久前，原湖南巡抚、布政使等高级官员便因贪污营私舞弊，办事颟顸而撤职查办。这不是一个办事的时代。

（三）八旗、绿营骄横而腐败，难以合作。

（四）民生凋敝，人心浮动，底层百姓渴望改变现状。

（五）太平军厉害，团练于事无补。如果办类似于军队的团练，则朝中又无强有力人物的支持，很有可能招致猜疑。

这五个方面的原因，他一个都不能说，唯有推辞才是最明智的选择。但后来，局势越来越严峻，不容许他推辞，只得硬着头皮出来。但他的这五点顾虑一个都没有改变，这就注定他要面临着十分险恶的局面，日后的一切艰难困苦、委屈打压，就这样宿命般地注定了。

二、在太平军“民族大义”的旗帜面前，曾氏只能高举“卫道”的大旗来争取汉族士林的支持，但这无形之中又与满洲权贵的隔阂扩大

太平军起义，它所高举的最鲜明的一面大旗就是“民族大义”。这面旗帜，在太平天国的初期，为这场运动争得了人心。曾氏在这面旗帜面前也显得无力。但他不久巧妙地打出了另一面大旗。面对着太

平军毁孔庙，烧四书五经，砸关羽、岳飞塑像等全面扫荡中国传统文化的行为，曾氏打出了“卫道”即保卫周公孔孟传下来的中华道统的旗帜。在衡州出兵前夕所写的《讨粤匪檄》，集中地体现了他这个思想。檄文说，太平军“举中国数千年礼义人伦、诗书典则，一旦扫地荡尽。此岂独我大清之变，乃开辟以来名教之奇变，我孔子、孟子之所痛哭于九泉！凡读书识字者，又乌可袖手安坐不思一为之所也”。

这一招确实为他赢来了读书人的广泛支持。彭玉麟就是这中间的典范，他去见曾氏，就说投湘军一不求做官，二不求发财，只是为了捍卫他的信仰。“戎马书生少智略，全凭忠愤格苍穹。”他的这两句诗真实地写出了这种心志。但曾氏这样做，却让朝廷不太满意。朝廷尤其被太平军称之为“胡虏”的那些满洲权贵，希望看到的是曾氏以鲜明的态度、坚定的立场、斩钉截铁的文字来痛斥太平军，保卫朝廷，而不是大谈特谈保卫孔孟之道。曾氏起兵之后，在朝廷上就爆发过一场关于湘军究竟是勤王之师还是卫道之师的争论，虽然这场争论因打仗压倒了一切的缘故而很快结束没有结论，但在满洲皇室的心里这是一道阴影，它无形地成为一个隔阂，从而给曾氏后来的事业带来很大的影响。

三、湖南官场的不配合，长沙绿营的歧视，使得湘军几乎被扼杀于摇篮中

因为湖南官场的无能，曾氏不得不越俎代庖，他不仅自己擅自杀人，甚至给他的部下以就地仗毙的权力。这样便侵夺了官场的权力，长沙官场普遍讨厌曾氏。因为绿营的腐败，曾氏不得不越权整治长沙军界，他甚至上奏参劾了长沙协副将清德，与军方结下很深的怨仇。在一次团丁与绿营兵的冲突中，长沙全体绿营兵集合开到曾氏的衙门前面示威，有几十个人冲进衙门扬言要杀掉曾氏。幸而湖南巡抚骆秉章及时赶到，予以止息，但骆秉章不问是非，以各打五十板为判

决，令曾氏和团练极为委屈。曾氏因此率领一千团勇南下衡州。怀着几分斗气的情绪，他在衡州府开创了一个崭新的局面。由一千人扩大到一万人，并创建水师这个新兵种，加上八千长夫，团练人数接近两万，是一支真正的军队，湘军由此诞生。湘军这支军队，其实是逼出来的。

四、败多胜少的军事生涯

太平军从道光三十年十二月在广西金田村起义，咸丰三年三月便打下南京，建都立国，只经过两年三个月的时间，革命便告成功。而湘军自咸丰二年底在长沙筹建，到同治三年六月收回南京，历时十一年半。同是攻取南京，两军费时相差如此之大，这说明什么？说明早期太平军的强大，说明湘军的仗打得艰难。

咸丰四年正月，曾氏在衡州府誓师北进，但出师即不利。先是岳州一仗，四支人马全部失败。接下来曾氏亲自指挥的靖港之战，以曾氏投河自杀被救而告结束。好容易打下武汉，赢来能战的声誉，但军队一到江西，便陷入泥坑。九江打不下，湖口也打不下。水师被腰斩。隆冬之夜遭火烧，一百条战船被烧毁。曾氏再次跳长江自杀。南昌被围，吴城被围。曾氏向朝廷哭诉："道途阻梗，呼救无门。"樟树镇大败，建昌府大败。士气低迷，军心涣散。到咸丰七年二月曾氏回家奔父丧时，江西大半地区仍在太平军的控制中。曾氏在江西苦战两年多，几无战绩可言。咸丰八年六月，曾氏再次出山。两个月后，即遭三河惨败。湘军中的一支劲旅六千人全军覆没，湘军大将李续宾及曾氏胞弟国华都死于此役。湘军士气降落到谷底，曾氏随时都有兵败身死的可能。他甚至认为太平军有可能扑灭不了。

五、长达九个年头的客寄虚悬，没有地方实职

湘军的仗打得不好，原因是多方面的，其中最主要的原因是曾氏没有实职。咸丰七年六月，曾氏在一份名曰《沥陈办事艰难》的奏折中向朝廷大吐苦水。他说之所以没有打好仗，是因为他多年来一直以侍郎虚衔在带兵，他的身份是客寄，他的地位是虚悬。如此导致的结果是，一不能给立功将士授予文武实缺，二不能在地方上征粮征饷。他公开向朝廷摊牌："细察今日之局势，非位任巡抚有察吏之权者，决不能以治军。"这是曾氏公开向朝廷要官要权。朝廷怎么对待他的要求呢？咸丰皇帝在他的奏折上批道：知道了，你在家里继续守制吧！给曾氏当头浇了一盆冷水。

平心而论，曾氏说的是实话，他的要求并不过分。朝廷为什么要这样对待他？朝廷这样做，完全是出于对曾氏的不信任与防范。咸丰四年八月二十七日，湘军一举攻克武汉三镇，捷报递到北京，咸丰帝很高兴，说想不到曾国藩一介书生居然建此奇功。高兴之余，立即命曾国藩做湖北巡抚。谕旨发出去后，咸丰身边一位军机大臣悄悄对咸丰说：曾国藩乃一在籍侍郎，在籍侍郎犹匹夫。匹夫居闾里，一呼百应，非国家之福。咸丰听后，脸色立即变了，随即下令，撤销湖北巡抚的职务，改以兵部侍郎的身份带兵东下。历史上，曾国藩便只做过七天的湖北巡抚。从那以后，不管曾国藩为朝廷打了多少胜仗、夺回多少城池，朝廷对曾国藩是官不升一级，衔不加一品，一直以一个侍郎虚衔在江西、安徽一带与太平军周旋。朝廷这样做，一是出于中央对地方军事势力的压抑，二是出于满人对汉人的猜疑。据野史记载，曾氏出兵之初所打出的"卫道"而非"勤王"的旗帜，也加重了满人朝廷对曾氏的疑心。

面对着湖南军事集团的迅速崛起，朝廷又同时采取以湘制湘的手法来分化湘军，打压曾氏。朝廷一方面不给曾氏地方实权，另一方面却先后授江忠源为安徽巡抚，胡林翼为湖北巡抚，刘长佑为广西巡

抚。这三个人无论资历还是功劳，都不能跟曾氏相比。咸丰十年四月，朝廷不得不授曾氏为两江总督。咸丰十一年底便授左宗棠为浙江巡抚，同治二年三月又晋升左为闽浙总督。一年多的时间，就让左与曾氏平起平坐。曾左之间多有不合，朝廷显然想让左来制衡曾氏。

朝廷这样做，尤其是长达九年之间不授曾氏地方实权，给曾氏的保皇事业带来极大的不利。

六、打下南京后，朝廷对曾氏软硬兼施，逼迫曾氏自剪羽翼

经过历时十一年半的千辛万苦，曾氏统率的湘军吉字营终于在同治三年六月十六日将南京拿下。朝廷给予重赏：封曾氏兄弟分别为一等侯一等伯，大赏有功将士。表面上是皇恩浩荡，普天同庆，背后，朝廷却给曾氏兄弟及吉字营大施压力：一是指责放走主犯幼天王与李秀成，二是指责抢掠南京城里的金银财宝，三是限令上报成军以来的往来账目，四是压下续保单不批。朝廷摆下一副决不宽恕功臣过错的冰冷架势，逼得曾氏不得不采取以“十裁其九”的裁军行动，来保护他本人、他的家族以及整个湘军吉字营渡过难关。

从以上几个方面的简单分析，我们可以充分地看到曾氏作为保皇派，是何等的艰难，何等的痛苦，何等的委屈，何等的怨尤！他的这种心情，我们能从传世的大量文字中轻易地看到。他甚至对友人说过这样悲哀的话：“虹贯荆卿之心，见者以为淫氛而薄之；碧化苌弘之血，览者以为顽石而弃之。”他很担心汉代杨震被冤自杀的夕阳亭故事，会在他的身上重演。曾氏的保皇事业做得愈是艰难委屈，就让我们愈加看到晚清政局的腐败糟糕，看到晚清政局膏肓之病的根子之所在，也让我们看到曾氏作为清王朝最后一位铁杆忠臣的可叹可悯。清王朝到了晚期，已经是一座百孔千疮摇摇欲坠的大厦，如果没有曾氏这样一木独支式的忠臣，在太平天国时期便会崩坍。当然，如果把曾

氏的保皇行为抽象化、形而上化的话，我们也可以看到一种对事业的忠诚，面对困局的坚守，对长期艰苦所表现出的毅力，以及应付各种复杂险恶人际关系的巧妙圆通等等。这些又都体现出人类的精神和智慧。这种精神和智慧是从事各类事业所不可缺少的，它是几千年来人类社会文明的结晶。从这个层面上来看，曾国藩是一个励志的榜样。

现在，我们再来说说曾国藩的掘墓人角色。

洪秀全起义目标很明确，是要推翻清王朝，建立太平天国，但他这个目标没有实现。曾国藩组建湘军，目标也很明确，是要保卫清朝廷。曾氏实现了这个目标，一个风雨飘摇的腐朽朝廷的确暂时给保存了下来，但是四十多年后，这个朝廷还是很快垮了。史学家们在探讨晚清这段历史时，惊人地发现，为爱新觉罗王朝掘墓挥动第一锄的，实际上恰恰是这个铁杆保卫它的人。这是因为曾氏在保护清王朝的同时，却又全方位地改变了这个王朝的立国格局，破坏了它的统治体系，动摇了它的国本。也就是说，曾氏已将清王朝的根基挖掉了。这个朝廷从表面上看还存在着，但实际上基础已经被掏空，只需要一场较大的变故，它便会立刻坍塌。具体地说，曾氏的成功，从四个方面大幅度地改变了清王朝的立国格局。

一、将世兵制改为募兵制，改变了晚清的军事格局

清朝的国家军队为八旗和绿营。入关前的八旗本是一个军民一体的制度，入关后，凡满人男丁仍都有当兵的义务，故入旗当兵实际上是满人所享有的特权。当兵吃粮，遂成为旗人家庭的世代职业。老舍的小说《正红旗下》写道，一个旗人家里生了男孩，便可以即刻申请而领到一份月俸，被称之为铁杆子庄稼，说的就是这个事情。

至于绿营，入营当兵成为家族世代相传的职业，是基于它的拔补制度。绿营有骑兵、步战兵、守兵等兵种。若骑兵有缺，则从步战兵

中选拔予以补缺；步战兵有缺，则从守兵中选拔予以补缺。这就是拔补制度。守兵之缺，按理应从民间拔补，但军营中还有一种被称作余丁者，他们取代了民间百姓。什么是余丁？余丁是军营中那些未成年的兵丁子弟。军营将节省下来的伙食费，供养几个家中生计困难的兵丁子弟。这些子弟入营后，参加训练，遇有出征，则充当运输兵。对于兵事，他们自然比从未与闻军旅者要强得多。守兵一旦有缺，当然会先从余丁中挑选。余丁多于缺额，所以无须再从民间选择。这样，绿营兵丁也便逐渐成为家族职业。史学家把八旗、绿营的这种兵制称之为世兵制。若有战事，绿营出阵的队伍皆临时组成，兵由四处抽调，将官临时委派。成军之后，兵不知将，将不知兵，打起仗来，胜则争功，败不相救。所以，太平军与绿营交锋，绿营均以溃散为结局。

鉴于绿营的弊病，湘军的将领与兵丁则全部由招募而来。湘军成军的原则是：营官由统领挑选，哨弁由营官挑选，什长由哨弁挑选，勇丁由什长挑选。湘军这种成军形式，使得军营诸将一心、万众一气，战斗力很强。湘军最后战胜太平军，这种营制起了很大作用。这种营制，史学家称之为募兵制。

同治元年，李鸿章遵照其师曾国藩的指示，完全按照湘军的模式组建了淮军。同治三年六月，湘军与淮军联合共同扑灭了太平天国。同治六年十一月，左宗棠与李鸿章携手扑灭东捻，次年，西捻在山东全军覆灭。晚清持续多年的内战，终于平定，湘军与淮军无疑为维持清朝廷立下了汗马功劳。因为此，湘军的营制得到认可。湘军大将刘长佑在直隶总督任上改造绿营，依湘军营制，从制兵内挑选兵勇，重新编练成军，称之为练军。此种做法以后被各省相继仿行，以练军驻防通都重镇，故而又称防军。以后张之洞的自强军，袁世凯的北洋军，都是以招募成军的。绿营连同它的世兵制就这样退出了历史舞台。

绿营的世兵制当然弊端重重，它的被淘汰是必然的，但对于朝廷来说，它有一个最主要的好处：那就是兵权在中央，当兵的人都知道自己是朝廷的兵。募兵制虽有较好的组织形式和较强的战斗力，但它的关系本质上变成了私人依附，兵成了将领的兵，不再是朝廷的工具。湘军军营的最大特点是将在营在，将亡营散。李鸿章说他的北洋水师与日本打仗，是以一人敌一国。袁世凯的兵只知有袁宫保，不知有大清朝。这些便是晚清军队性质最生动的说明。

兵制的改变，毫无疑问松动了清王朝的国本。

二、满汉共治的天平出现新的倾斜，改变了晚清的政治格局

满人入关后，怀着对汉人深深的恐惧和戒备，强力实行抬满抑汉、重满轻汉的治国总方针。中央六部的堂官设复式架构，便是这个总方针的重要举措。两个尚书，四个侍郎，其中一半规定只有满人才能充当。两个尚书中最后拍板的是满尚书。在地方上，各省总督巡抚，也是满人居多。朝廷还在各重要城市设立满营，委派满将军。这些满将军不但代朝廷镇守要塞，也充当朝廷监督地方的耳目。即便是绿营，其高级将领也多半由满人担任。无奈满人进关后，被财富和权力，被花花世界所腐蚀，越到后来，越人才匮乏，到了太平天国揭竿起义时，整个满人世界简直无人可以对付太平军，最后不得不转而全心依靠汉人。曾氏九年客寄虚悬，没有地方实权，其深处的原因就在这里。

汉人压抑既久，则积蓄深厚，一旦找到一个可以施展才干的机会，便以排山倒海的气势爆发出来，尤其是在军事领域里大显身手。成千上万的汉人才俊投身军营，在沙场充分展示自己的人生价值。这些汉人由带兵起家，凭战功跻身军界高层，不少书生出身的高级将领更占据政界要津。渐渐地，由满人控制的军政两界便发生很大的变化，汉人的崛起已成不可抵挡之势，天平明显地倒向了汉人这边。

有人做过统计，同光年间，出身湘军系统做过总督、巡抚的官员有五十三人，做过藩臬道员一级官员的有七十人，做过提督总兵的有一百三十四人，出身淮军系统的督抚有十四人，藩臬道员有二十七人，提督总兵有八十七人。湘淮两系文武高官共三百八十五人。满人的政府实际上已悄悄地转移到汉人的手里。

三、地方政权的多元走向一元，改变了晚清的权力格局

为了牵制地方官员，以便中央高度集权，满人在各省实行多元制的领导体制。总督、巡抚、布政使、按察使之间谁也不能直接指挥谁，全都听命于中央。巡抚与布政使更同为从二品，二人相见行的是平等礼。

到了与太平军交战的年代，这一行之两百来年的制度就开始发生变化。战争年代，需要权力集中，再加之不少巡抚系由军功起家，他们拥有军队这个最大的实力，他们不能容忍藩臬两司自专其权，不听号令，那些在这种强势督抚身边做藩臬的人，自然也识相，不敢与他们争权分权。朝廷若遇到督抚与藩臬有矛盾，通常也迁就握有军权的督抚。渐渐地，多元变成一元，督抚专权便成为晚清政坛的事实，满人朝廷所设计的地方上四大或三大衙门互相牵制的权力布局便在无形中消失。王闿运在《湘军志》中说："其后湘军日强，巡抚亦日发舒，体日益尊，至庭见提镇，易置两司，兵饷皆自专。"这正是当时的普遍现象。到了后来，朝廷一兵一卒、一粮一饷，都只能仰求督抚。就连跋扈专横的慈禧晚年想废掉光绪再立新主，因遭到由军功起家的湘军将领两江总督刘坤一的反对，也只得中止。

一个督抚专权，一个外重内轻，清王朝的权力格局发生了很大的变化，其结果是一个个的独立王国形成。正如康有为所说，光绪末年十八行省好比十八个小国家。

四、大批“海归”出现，改变了晚清的人才格局

鸦片战争之前，中国是闭关锁国，所有的人才，几乎都是四书五经培养出的，清朝廷以及它的各级政府中所用的人才，自然也都是从府试、乡试、会试中走出来的。直到一八六三年九月的一天，曾国藩在安庆两江总督衙门会见美籍华人容闳，这种铁板一块的人才局面开始出现裂缝。容闳是广东香山人，七岁时随父亲到澳门上英国传教士所开办的学校，十八岁时随美籍教师到美国，后毕业于耶鲁大学，成为有史以来第一个在美国获得学位的中国人，毕业后回国。经幕僚介绍，曾国藩会见了这位时年三十五岁、学贯中西的爱国者。说容闳是爱国者，是因为此人一门心思想让中国与欧美接轨，想把西方的科学与技术引进中国。由于这次会见，容闳后来成为连接中美之间的重要人物。在这方面他一生做了许多重要的事情。他向曾氏建议购买美国机器，利用这批机器在中国建新式工厂。此事后来成为现实，江南机器制造局遂因此而建。该局中设有翻译处，大量翻译西方科技书籍，又引进科尔、史蒂文生、傅兰雅等洋匠、学者，传授西方技术，培养翻译人才。他后来又向曾国藩、李鸿章建议，送幼童出国留学。此事后来也成为现实。从曾氏死后第二年开始，中国陆续派了四批一百二十名幼童去美国留学。从此打开中国向外国留学的大门。晚清大批人才留学西洋、东洋，这些人中绝大多数后来都回了国，中国的人才格局也慢慢地有了改变。尤其是一些怀抱着改变中国政治的留洋者如孙中山、黄兴、蔡锷、唐绍仪等人，更成了革命派的领袖和骨干。

因为军事、政治、权力、人才四大格局的改变，晚清的社会发生了全方位的大变化，建立在原有基础上的清朝廷这座大厦，因为基础的动摇，它已处于危房状态，这时只要稍有风吹草动，都有可能将它掀翻。辛亥革命的成功，便是因为它有这样的时代背景。著名历史

学家罗尔纲在《湘军兵志》一书中说："武昌起义，各省纷纷宣告独立，清皇朝中央无权，遂移清祚。当年曾经挽救过清皇朝国运的湘军书生，而今还是由他们手造的晚清督抚专政局面，把清皇朝断送了。"

湘军书生的领袖是曾国藩，所以曾国藩应是为清朝廷掘墓挥动第一锄的人。曾国藩本是一个全心全意保护朝廷的大清忠臣，然而偏偏就是这个忠臣成了埋葬清朝廷的掘墓人。历史在这里给曾氏开了一个大大的玩笑，而它的沉重性更在于这个掘墓者和他身边的智囊团，都已清醒地看到了时局发展的趋势，甚至准确地预测了它的结局。这些，令他们既沮丧莫名而又无可奈何！

曾氏的机要秘书赵烈文在他的日记中，多次记录了他们就这种话题的私室闲谈，其中以同治六年六月二十日的谈话最为透彻。曾氏对赵说，北京状况很糟，民穷财尽，秩序混乱，说不定会出大乱子。赵说，以他看来不出五十年将有大变故出现，那时候中央政权垮台，各省独自为政。曾氏听着这话后眉头紧锁，很久，问赵，中央政权有南迁的可能吗？赵很肯定地说，到那时就是全部颠覆，不可能出现东晋和南宋那样的局面。曾氏听完这句话后说：我一天到晚就盼望自己早日死掉，免得看到那一天的到来。你们不要以为我是在说着好玩的。

这段话真正是近代史料中一段难得一见的文字。它给人第一感觉是，曾氏怎么会和他的部下公开议论朝廷垮台的事，而且他明白地赞同部下冒天下之大不韪的分析与猜测。再则，它也令后世读者惊叹，赵烈文居然会预测得那样精准：四十四年后清政权崩溃，而后是长时间的军阀割据与内战不息。赵烈文岂不是神仙？同时，这段话也让我们感觉到，曾氏其实在心里也看到了这一点，只是出于他的身份和谨慎，不能亲口说出而已！

从保皇起步，以掘墓收摊，历史中的曾国藩怎么会如此吊诡？个中的原因，赵烈文帮他作了分析。原来，这十多年来，曾氏与太平军作战，所费只是十之三四，而与世俗文法所战竟然花费了十之六七。

什么是世俗文法？世俗是指包括官场、军队在内的社会，文法是指过时的陈腐规章制度，也就是说曾氏用了百分之六七十的精力在与整个社会和这个社会的纲纪、秩序挑战。故而对于朝廷来说，他的成功是短暂的，他的颠覆是本质性的。曾氏实际上处于一个两难的尴尬境地：成也不是，败也不是。这便是曾国藩的悲剧所在。不过，他的悲剧却在历史上留下深远的启示，能给好学深思的后来人以多方面的借鉴。

曾国藩与左宗棠

近百年来中国人尤其是湖南人，习惯将活跃在十九世纪后半叶的风云人物曾国藩、左宗棠并列称呼，简称曾左，如毛泽东青年时期就常常在文字中将曾左并列：“曾左，吾之先民；黄蔡，邦之模范。”（《湖南改造促成会复曾毅书》）“宋韩范并称，清曾左并称。”（《讲堂录》）曾国藩、左宗棠的确有许多值得并列说一说之处，他们犹如晚清军坛政界上耀眼的双子星座，在那个混乱衰败的时代里令无数人仰望崇敬。他们曾经是一对亲密的战友，但后来却又老死不相往来。他们的友谊与破裂，是百年来曾左话题中最令人感兴趣的内容。

一、曾左友谊

曾国藩，湖南湘乡人，清嘉庆十六年出生。左宗棠，湖南湘阴人，清嘉庆十七年出生。曾左二人的接触，最晚也应该在道光十五年的北京会试期间。在此之前，曾忙于在湘乡应付秀才与举人的考试。

经过七次秀才试，在二十三岁那年曾国藩考中秀才，第二年道光十四年中举。左则是在二十一岁那年即以纳资的方式成为监生直接参加举人考试，并一举而中。第二年，即道光十三年，左进京会试告罢。道光十五年，左再次进京参加会试。此时，曾也以甲午科举人的身份进京会试。同为湖南举子，应该有见面的机会。三年后，两人又同时参加戊戌科会试。这一次，曾高中进士点翰林，左第三次告罢。按常理，也会有见面的机会。但见没见面，现今已找不到文字根据。不过彼此都会知道对方，这一点应该是毫无疑义的。从那以后，一个在朝廷一路顺利地做官，一个在湖南做普普通通的教书匠，未见两人有什么交道。

两人之间的密切交往，应该是在咸丰二年底的长沙。此时曾奉命出任湖南团练大臣，左则是在这年八月，太平军围攻长沙最危急的时候“缒城而入”。二人办的都是对付太平军的事，自然交往密切。曾氏咸丰三年正月给胡林翼的信说：“日与张石卿中丞、江岷樵、左季高三君子感慨深谈，思欲负山驰河，拯吾乡枯瘠于万一。”盖当时实情也。那时，就分工来说，曾在一线练兵打仗，左在二线筹款筹粮，二人配合默契。

咸丰四年四月，曾亲领八百陆勇、四十条战船到长沙城外靖港与太平军交战，不到一顿饭的工夫，水陆俱败，曾氏率残兵败将逃到长沙，停舟橘子洲畔。曾氏心情沮丧，对自己的无能很是羞愧。他在船上给朝廷写完遗折，趁半夜无人，跳进湘江自杀，幸而被贴身卫士救起。第二天一早，左宗棠闻讯，即悄悄出城来到江边曾氏的船上。见曾氏气息微弱，身上穿的单薄短衣上还留着泥沙痕迹。左安慰曾，说事情尚可为，刚起兵就自杀，不合道义。曾氏睁大眼睛不做声，只是在纸上书写火药、军械的库存数，请左代为检点。当长沙满城都在看曾氏兵败的笑话时，左宗棠能来船上看望，并鼓励他继续干下去。左的高情厚谊无疑给曾以温暖。

然则二人相处，也有一些不愉快的事。世传曾左之间的芥蒂最先缘于募捐。因军饷紧绌，湘军创建初期，强迫大户人家出钱资助。原两江总督陶澍号称三湘名宦，陶家自然首当其冲。据传湘军曾以粗暴手段威逼陶澍之子陶桄，而陶桄乃左的女婿。此事一定令左不快。多年之后，曾在与心腹幕僚赵烈文聊天时，证实了这件事："起义之初，群疑众谤。左季高以我劝陶少云家捐资缓颊未允，以致仇隙。"不过，这件事对曾左之间的关系似乎影响还不算大。初期曾左之间最明显的一次不愉快，发生在咸丰七年二月，曾回籍守父丧一事上。

咸丰七年二月初四日，曾氏之父病逝于湘乡老家。十一日，曾氏得到讣告。他立即向朝廷奏报此事，不待朝廷批准便擅自回家。曾氏此举引来不少诘难与指责。欧阳兆熊说："咸丰七年（曾国藩）在江西军中丁外艰。闻讣，奏报后即奔丧回籍，朝议颇不为然。左恪靖在骆文忠幕中，肆口诋毁，一时哗然和之。文正亦内疚于心，得不眠之症。先是，文正与胡文忠书，言及恪靖遇事掣肘，侈口谩骂，有效王小二过年，永不说话之语。"从这年三月六日左给曾的信中，我们可以看到左对曾是如何肆口诋毁的。左一开头便指责曾不待朝廷批准擅自回家奔丧是不对的。因为此时曾的身份是军事统领，做的是"金革之事"，与五年前的乡试主考的身份大不相同。接着又针对曾对自己在江西"过多功寡"的辩护，义正词严地指责曾："忠臣之于君也，不以事不可为而奉身以退。"再接下来，又奚落曾：你再出不出山，我不知道；你出山后有用无用，我也不知道。我只知道，你不等朝廷的批复就回家，这一点就做得不对。

曾心里本有着大痛苦（仗未打好）大委屈（朝廷不给地方实权，无法筹粮筹饷），而左不知安慰，还这样以大道理来压他责备他。曾如何不恼怒不伤心！他拒绝回信。不过，曾守父丧这段时期，也是曾的思想经历大转变的时期。他接受朋友的劝告，认真研究老子与庄子。从《道德经》《南华经》里悟出了顺其自然、以柔克刚的大道理。通过一年多的反思与检讨，曾终于完成了学理修持上的从法家到道家的转变。他一改过去刚烈过分、急于求成的心态，向圆融、变通一路转化。咸丰八年六月，曾再次奉命出山，刚一到长沙，便去拜访左，并自集“敬胜怠，义胜欲；知其雄，守其雌”十二字联，请左代为书写。左也很高兴地答应。曾左交欢如初。

两年后，曾与左有一段生死之交，事情起于著名的樊案。

时任湖南巡抚的骆秉章在他的自订年谱中是这样叙述樊案的：永州镇总兵樊燮声名恶劣，同在永州的文武官员及属下兵士都对他有怨言。骆在咸丰八年进京陛见时参劾樊的劣迹。朝廷将樊交部严议，即行开缺。接下来，骆又参樊贪污公款的罪行。朝廷下旨，将樊捉拿，交骆严审究办。樊不服，向湖广总督及都察院告状，声称是永州知府勾通左宗棠的陷害。朝廷于是命湖广总督官文、湖北正考官钱宝青审办。事情牵连到左宗棠，他因此事于咸丰十年正月离开湖南巡抚衙门，北上参加会试。

有野史记载，左因讨厌樊的人品，对樊极不礼貌，公然骂樊“王八蛋”，叫他“滚出去”。左不过一师爷而已，竟敢如此对待身为二品大员的樊总兵。这令朝廷很愤怒，故而咸丰在樊的告状折上亲批：湖南巡抚为劣幕把持，若查明属实，将左宗棠就地正法。如此，这件事对左来说便很严重。皇帝将朝廷制度看得更重，且不管这场官司是骆有理还是樊有理，只要坐实左是这样骂了樊，左就会被杀头。所以，左宗棠不得不出逃。

左在走到襄阳时，被胡林翼的信止步了，转而来到曾国藩的安徽宿松军营。曾闻讯，派专人去英山迎接。咸丰十年闰三月二十六日，左来到宿松。曾氏当天日记说：“未正，左季高、李次青二公到，畅谈至二更尽。”可见，曾对左之到来，所取的态度一是重视，二是热情，一点也没有顾忌到左当时是惹皇帝生气而要严办的身份。

就在这段期间，胡林翼、郭嵩焘、王闿运等人在极力营救左。他们不但自己出面，还疏通肃顺、潘祖荫等朝廷中强有力的人物从中斡旋。据说潘祖荫的那道著名的保折，就是郭嵩焘用重金换来的，其中“国家不可一日无湖南，湖南不可一日无左宗棠”这两句话，已成为传诵久远的近代文人佳句。此时曾氏也以湘军统帅的身份上了一道保折，称赞左“刚明耐苦，晓畅兵机。当此需才孔亟之际，或饬令办理湖南团防，或简用藩臬等官，予以地方，俾得安心任事，必能感激图报，有裨时局”。以当时曾氏被朝廷倚为长城之身份，这份折子的分量自然非比一般。

左宗棠在曾氏军营住了二十三天，从曾氏日记中可知，他们几乎每天在一起畅谈。谈什么？《曾国藩年谱》中说：“昕夕纵谈东南大局，谋所以补救之法。”原来，此时东南战场正处在一个关键时期，一个因军事大变故导致的政治大变动正在酝酿之中。

咸丰十年三月下旬，太平军一举踏平江南大营，乘军威全力南下，将苏南丹阳、常州、无锡、苏州、江阴、昆山全部收入囊中，江南大营主将和春、张国梁死在逃亡途中，两江总督何桂清弃城逃命，江苏巡抚徐有壬城破自杀。清朝廷在江南的整体部署被完全打碎，在四顾无人的状态下，只得调整多年来所实行的对待以曾氏为首的湘军集团又用又疑的政策，转而更多地信任与依赖。左宗棠恰好在这时客居曾营，他在对曾氏分析时局时预见：江南大营破了是好事，脓包穿破后，转机反倒会很快到来。这是天意，天意不可违。果然，左宗棠离开军营十天后，曾氏收到湖广总督官文寄来的咨文，得知朝廷已任命他以兵部尚书衔署理两江总督。很快，曾氏又收到朝廷令左宗棠以四品京堂候补，随同曾国藩襄办军务的上谕。

左宗棠随即在长沙招募五千人，号为楚军，开赴安徽，投身以曾氏为主帅的东南战场的最前线。左的军事长才由此得到充分的施展，从那以后战果累累，威震天下。

一旦摆脱客寄虚悬的尴尬局面，曾国藩也便从困境中走出，开始走向坦途。一年后，咸丰去世，慈禧上台，加大了对曾氏及湘军集团的倚重，提升曾氏为协办大学士，节制两江及浙江四省，凡苏、皖、赣、浙四省包括巡抚、提镇在内的所有文武官员一律由曾氏节制。曾氏的权力达到一生的顶峰，曾左的合作也达到一生中的最为亲密的阶段。曾氏保奏在浙江打仗的左宗棠有“独当一面”之才，可以独任浙江军事。咸丰十一年十二月，五十岁的左宗棠出任浙江巡抚。

从咸丰九年底的布衣出逃，到咸丰十一年底官拜巡抚，短短两年间，左宗棠经历过一场少见的人生巨变。这场巨变发生在左的身上，折射出官场的迷离与吊诡，当然，也见证了曾氏对左的情谊以及左的超凡绝伦的才干。一年零四个月后，左升任闽浙总督。长久压抑的左宗棠，到运气来了的时候，其青云直上的速度，也令世人惊叹不已。

曾左携手合作，东南的军事进展顺利。同治三年六月十六日，南京被曾氏亲弟国荃统率的吉字营攻克，他们所共同盼望的这一天终于来到了。令所有人都不曾预料到的是，随着这个大胜利的到来，曾左之间的友谊顷刻间便从顶峰跌到谷底。

二、曾左破裂

南京打下后，曾氏兄弟向朝廷报捷，说幼主积薪自焚，逃出去的六七百人，也被追兵在湖熟镇全数斩刈，未留一人。但是幼天王洪天贵福其实并没有自杀，而是在一支人马的保护下从太平门缺口中冲出去了。七月六日，左宗棠将此一发现奏报朝廷：“昨接孝丰守军飞报，据金陵逃出难民供，伪幼主洪福瑱于六月二十一日由东坝逃至广德，二十六日堵逆黄文金迎其入湖州府城。”

左的这一奏报，无异于是在说曾氏欺君，罪名不小。在没有确凿事实面前，曾氏自然不能接受。七月二十九日，曾氏就此事向朝廷作答：一是逃出去的人马不会很多，顶多不过数百人。二是“贼情诡谲，或洪福瑱实已身死，而黄文金伪称尚存，亦古来败贼常有之事”。三是左宗棠克复杭州时逃出太平军十万之众，并未遭到纠参，故请朝廷不要参办曾国荃。

曾国藩的不承认，尤其是反过来指责左，这令左很恼火。九月六日，左宗棠上奏，声称杭州逃出十万之众之说毫无根据。并说南京与杭州两城不能并列：南京早已合围，杭州并未合围；城破后，南京捷报上称诛杀净尽，杭州捷报上说明首领已逃出。左严词辩白：杭州一事，即使有人要参劾，也找不到参劾的理由。接下来，左对曾的这种态度严厉指责："因意见之弊遂发为欺诬之词，似有未可。"一个多月后，洪天贵福在江西被抓。事实证明，洪天贵福"积薪自焚"一说是错误的。

曾左之间的这场争论，导致的结果是两人从此失和，直到同治十一年曾氏去世，八年之间互相不通音讯，私交完全断绝。这样两个在当时声望极大、地位极高的湘军首领的绝交，自然会引起广泛的关注与议论，也为曾左共同的朋友们深为惋惜，不少人试图从中劝和。王闿运在存世的《湘绮楼日记》中多次提到他劝曾氏与左复和的事。曾氏对此虽不反感，甚至在左与郭嵩焘的交恶中还替左说话，但他毕竟没有主动迈开和好的步伐，这真是令历史遗憾的事情。

事过一百多年了，我们重提这段往事，平心而论，曾负左占十之三四，左负曾占十之六七。

在江西期间，曾作为统帅在前线作仗，左作为后勤统领在湖南筹饷，左为曾筹饷高达二百九十万两。湖南是一个贫困的省份，能挤出如许多银子确不容易，所以后来王闿运在光绪年间写作《湘军志》时为之感叹：左生对江西贡献很大。但曾的仗没有打好。在江西可谓是屡战屡败，水师遭人腰斩，老营经常被人包围，又与江西官场闹不团结，很窝囊。曾氏本人也认为自己很无能，是个通国不能容的人。父亲死后，他不顾身负重责，不待朝廷批准，便私自回家奔丧，内心深处，也是有点想扔掉江西这个烂摊子的想法。这是曾负左之处。

左所统率的楚军纵横赣浙，大量消灭太平军的有生力量，收复朝廷在这两省的失地，使曾国荃包围的南京不断减少外援和供给，逐渐变成一座孤城。无论是作为朝廷所任命的东南战场的最高统帅，还是作为曾氏家族的兄长，曾国藩都应该感谢为他的事业做出巨大贡献的左宗棠，即便左宗棠说过一些过头话，曾氏也不应负气绝交。这是曾负左的第二点。

作为多年相交的老朋友，曾对左的个性应是非常了解的。曾一向主张谦抑待人，宽容待人，且对人才极度爱护，为什么就不能谦抑、宽容对待这样一个天下奇才，主动与他讲和呢？这是曾负左的第三点。

至于说到左对曾的辜负，那似乎要更重些。

首先，曾对左有救命之恩。左当年陷于樊案官司中，尽管有胡林翼、郭嵩焘、潘祖荫等人的援助，但他们的分量都不及曾国藩。曾手握重兵，俨然南天柱石，支撑着大清王朝的半壁江山。曾当时的保折话不多，却是字字千钧。"刚明耐苦，晓畅兵机"，曾对左的评价很高。"办理团防""简用藩臬"，曾对左倚恃很重。这样的话，虽无"国家不可一日无湖南，湖南不可一日无左宗棠"的文采，却有实实在在的重量。曾的这份保单，对左的命运有扭转乾坤的作用。对于左，面对着如此救命之恩，结草衔环以报都不为过，怎么可以那样意气用事呢？

其次，曾对左有知遇之恩。脱离樊案官司后，朝廷命左随同曾国藩襄办军务，此后的左宗棠应该是曾的直接下属。不久，曾氏就任两江总督，接下来，朝廷又命曾除节制两江所辖的江苏、安徽、江西三省外，还要节制浙江省，左宗棠的楚军此时正在浙江作仗。曾氏在辞谢节制四省的奏折中说："节制四省，自顾菲材，实难胜任。左宗棠之才，实可独当一面，即无庸臣兼统浙省，苟思虑所能到，才力所能及，必与左宗棠合谋，不分畛域，不必有节制之名而后尽心于浙事也。"

正是有这句"可独当一面"的评语，一个月后，左宗棠就被特授浙江巡抚，顷刻之间成为一个二品方面大员。曾对左，亦可谓恩重如山。左即便不厚谢，也不应该以恶报。

再者，出于对大局的责任心与对朝廷的忠诚，左向朝廷报告幼天王逃出南京城一事是应该的，但作为同一营垒的战友，如此大事，应该先与曾氏兄弟沟通，至少是一面报告朝廷，一面知会曾氏。像这种类似于打小报告的做法，不要说曾氏是东南战场的主帅，是一个曾经于自己有大恩者，即便是一般的同事，心里也难免不愉快。

正因为如此，笔者认为，曾负左占十之三四，左负曾占十之六七。

左为什么要这样负曾？左也不是完全不通情理知恩不报的人。对于上了那道“湖南不可一日无左宗棠”折子的潘祖荫，左在发迹之后，每年送敬银一千两给他。潘好古玩，左把在西北得到一件价值连城的三代时期青铜鼎送给了他。但为什么对同样上折说情的曾，左却要这样跟他过不去呢？论者大都认为这是源于左的功名情结。左是举人出身，他其实终生以自己的乙榜出身而遗憾，但他却偏偏要极力抬高乙榜的地位，贬低进士翰林。不少野史都记录这样一个故事。

左外出巡视，接见官员，先看名片。名片上写的进士出身，就压下来暂不见，若写的是举人出身就先接见。《清稗类钞》上记载一则故事。说是光绪十年，左宗棠以钦差大臣身份出京督办福建军务，路过九江时接见当地官员。见官员们皆为进士出身，他毫无兴致。后来见到九江府同知王惟清，名片上写的是举人出身。左见之大喜，以极恭敬的态度请王上座，并问王：举人与进士谁更优秀。王知左的心思，就逢迎说：举人优秀。左心里高兴，但故意装作不理解，问王为什么。王是一个很会说话的人，于是当着左的面做了一篇大文章。王说一个人做秀才时，他经营的仅仅只是八股试帖，没有工夫去做其他事。考上进士后，若为翰林，则得应付大考、差试等麻烦事，必须腾出时间来练习书法，攻读诗赋；若为部曹、知县，则事务繁多，还要奔走于应酬钻营之间，更无心思去积累真才实学。唯有举人，功名告一段落，胸襟得以初展，志气开始恢宏，既有心情，又有时间去研究经世文章、政治沿革等实在有用之学。若幸而出来做官，担任要职，平时的积累，这时都派上用场。世上举人出身的官员，少有尸位素餐者，所以举人优秀。左听后拍案叫绝，一再称赞：真是一篇好议论，我能听到如此议论，真是有幸，足下是近几十年来官员中的佼佼者。说完后，亲自将王惟清送出门外。又对站在门外的官员们说：九江府里的好官员，仅仅只有王惟清一个人，可惜他长期得不到升迁。

曾科举顺利，二十八岁即中进士点翰林，已为左眼中的不喜之人；何况戊戌年两人同考，曾中左不中，而中的曾考过七次秀才，不中的左连一次秀才都不考，可以想见，左心里是如何的愤懑，是如何的对曾看不顺眼！

其次是左的瑜亮情结，即左有三国时期周瑜的心态：既生瑜，何生亮！也就是说左容不得居他之上的曾。此说也有道理。从左的功名情结上可以看出，左的胸襟不够宽阔。左经常批评曾在调兵布阵上的“才短”“钝滞”“才略太欠”“非戡乱之人”，晚年更是与人谈话只有两个话题：一是夸耀自己的西北战功，二是骂曾不会打仗。他也经常跟人说，人们都说曾左，为什么不说左曾？左这样做，无疑是在向世界宣布，中兴名臣左应为第一。

这些分析都对，但导致曾左最终决裂的真正罪魁祸首，是朝廷，是朝廷阴险地利用了左的报告，有意挑起曾左之间的这场争辩，导致二人不和的这个后果，正是他们所希望的结局。如果朝廷不把曾左单独上的奏折通报对方，一个在南京，一个在杭州，曾怎么知道是左打他的小报告？左又为何知道曾揭他的短？他们彼此之间，并不能看到对方所上的奏折。若是朝廷不希望造成这两位有功之臣的对立的话，完全可以隐去左氏的名字，也完全可以不把曾氏的意气之词告诉左。

朝廷是存心的。这个心并非起于其时，而是已存于许多年了。自从曾氏的湘军诞生那一刻起，朝廷对曾氏采取的就是又用又疑的态度：一面利用曾氏为之卖命，一面又对曾氏严加戒备，怕他拥军坐大。这里明显的证据就是九年间不给他地方实权，让他长期处于客寄虚悬的状态，人为地造成曾氏因粮饷筹集不易影响士气而使得军事不利。到了湖南军事力量抱团结伙迅速崛起的时候，朝廷又采取以湘制湘分立山头的办法，以形成互相牵制，互不买账，曾氏不能一人独掌大权的局面。在曾氏客寄虚悬的年代，将资历、贡献都不如曾氏的江忠源、胡林翼、刘长佑先后擢升为安徽、湖北、广西巡抚，便是最好的证明。

左的奏报，为朝廷提供了一个极好的利用机会。朝廷中那些打仗无能却倾轧有方的人充分把握这个机会，做足文章，最后收到了如愿之效。从前有人说这是曾国藩与左宗棠两个人事先商量好的一个苦肉计，故意互相打压，借以消除朝廷的嫌猜。这种说法，根据似乎不太充足，但也正好说明了曾左不和的根子在于朝廷。

世人多以“凶终隙末”来概括曾左一生的交往，并给予很多的叹息。其实，以“凶终隙末”四字来概括，并不很确切。在那些年月里，两人虽然没有直接的交道，但在公务往来中，依然可以看到先前的战斗友情在其间起着明显的作用。

同治五年十月，左宗棠在赴陕甘总督任上，奉命先进陕西对付张宗禹的捻军。曾氏特派身边得力战将皖南镇总兵刘松山，率老湘营九千人帮助左。捻军平定后，左宗棠在同治七年七月二十日专门上奏，为刘松山请功，并极力赞扬曾氏的知人之明、谋国之忠。说自己十多年前就知道刘松山，但未特别看重，曾氏却格外赏拔刘。刘松山一军，曾氏为之解饷一百多万两银子，使刘能一心打仗，无后顾之忧。左诚恳地说：“此次巨股荡平，平心而论，何尝非刘松山之力！臣以此服曾国藩知人之明、谋国之忠，实非臣所能及。”并请朝廷“将曾国藩之能任刘松山，其心主于以人事君，其效归于大裨时局，详明宣示，以为疆臣有用人之责者劝”。

曾则对左在西北的军功由衷地予以赞扬，称左为天下第一人，即便胡林翼活到现在，他的成就也不能与左相比，其他人就更不要说了。当左与郭嵩焘闹意见时，曾为左说话，称“季高毕竟是我辈中人，而非曲性小人”。

曾去世后，正在甘肃平回的左宗棠送来挽联：“知人之明，谋国之忠，自愧不如元辅；同心若金，攻错若石，相期无负平生。”短短的二十八个字，把自己对曾的敬重之心及与曾的相处之道，说得恳挚真诚，令人推服。挽联上自署“晚生”二字，以示格外的尊重。同时，左又致信儿子，说明他与曾的争论是在国事兵略上，非私人之间的争权竞势，令儿子在曾氏的丧舟路过湘阴时，代表他登船祭奠，并送上奠仪四百两。

曾死后，左对曾的儿女也尽力关照。光绪六年，曾纪鸿寓居北京，因生病向人借钱。远在新疆的左宗棠得知，致信老部下时任甘肃布政使杨昌濬。告诉杨，他去冬赠送京官银两中尚有三百两存入某处，可以送给纪鸿，并说：“栗诚（纪鸿字）本同乡京官，弟应修馈岁之敬，且故人子也，谨厚好学，弟所素知。适因音问未通，不知其留京与否，遂偶忘之。台端书复栗诚，乞代为道意。”

曾的小女儿纪芬在晚年的回忆录中，深情地谈到左对她及其丈夫聂纪榇的关爱照顾。光绪八年，左氏任两江总督，时曾纪芬夫妇正在南京。左委聂为上海制造局会办，这是所谓办洋务的肥差使。纪芬说，她的丈夫“一生感激文襄知遇最深”。左又邀请十年前在两江总督衙门里住过的纪芬旧地重游，特开中门，让她的轿直接抬到内室。左与纪芬聊天，要纪芬以叔父视他。左甚至高兴地对别人说：“满小姐已认吾家为其外家也。”

光绪十一年七月，七十四岁的左宗棠以钦差大臣督办福建军务的身份病逝于福州。消息传出，曾氏长孙广钧含泪赋诗悼念：“全将浩气还天地，更作明神翼圣朝。图史馨香有磨灭，不灭名字在云霄。”曾广钧这些诗句，表达的应该是曾氏家族的共同心声。

种种史册所载，都可以看出左氏挽曾氏联中的“同心若金”的话，并非虚言应景。

三、曾左比较

曾左二人有不少相同之处。他们同为出身耕读之家的平民子弟，从小都有大志。他们同为信奉孔孟之道有过功名积极入世的读书人。他们同为书生领兵并建立赫赫军功的典范，并同为封侯拜相的大成功者。他们同为晚清的中流砥柱，同为洋务运动的先驱。他们同为廉洁自守、不谋私利的高级官员。他们同为对中华民族有过巨大贡献的炎黄子孙（曾捍卫中华文化，左收复新疆）。

但他们也有许多不同之处。

首先是他们的才具不同。曾氏属于全才型人物。他做京官，十年七迁，遍兼五部，三十七岁就升到从二品高位。做地方官，管理天下最富庶的两江与最重要的直隶，都游刃有余。不仅是行政长才，更是军事高手。他的军事之才主要表现在：一，白手起家组建一支军队；二，为这支军队贯注精神灵魂（树起一面大旗——卫道，倡导一种风尚——血诚，规定一条军纪——爱民）；三，制定战略规划。他做官最大的长处是能发现人才，培养人才，所谓善于将将而不善于将兵。他为国谋划的最大成就是师夷之智以徐图自强。除开从政外，曾氏还是散文家、诗人、书法家。一句话，曾氏是政治家、领袖，是通才，是帅才。

左的才干集中体现在用兵打仗上。他是中国历史上罕见的卓越军事家，出奇兵，谋奇策，以少胜多，特别是以六十九岁高龄，满头白发舁榇出关这一情景，真是一幅令人不能不感动不能不佩服的英雄图。但左氏在行政上，在学问上，在识人用人这些方面，过人之处不是太多。左氏只能算是军事家，是专家型人才，是将才。

其次是他们的为人上有很大的不同。

曾氏为人，最大的特点是自省克己。曾氏其实也是一个缺点不少毛病不少的人。我曾经据曾氏日记，归纳出青年时期曾氏的几大毛病：浮躁、虚伪、狭隘、自以为是、无恒心、好名、好利、有不良嗜好。但他在史册上留下的形象是为人谦抑自退，宽容忍让，不居功，不凌人，别人对他的尊敬不仅出之于口，而且服之于心，被称为一代完人，千古楷模。之所以这样，完全取决于他的修身功夫，具体的表现一是自省二是克己。曾氏在三十一岁至三十九岁时，在翰林院期间有一个长达八九年的刻苦自励的修身生涯，他以诚意、恭敬、谨言、静心、有恒作为每天的功课，对自己做一番涤旧生新的修炼重铸。这段时期帮助他克服了不少自身的毛病，培育了一些良好的习性。这种修身，他后来一直坚持终生，直到去世的前夕，他还反省自己“通籍三十余年，官至极品，而学业一无所成，德行一无所许，老大徒伤，不胜悚惶惭赧”。他面对功劳的“功成身退”，他做事方式的“拙诚”“平实”，他对人生期望的“求阙”“惜福”等等，足以体现他为人的特色。

左氏为人，最大的特点则是率真任性：心里想的，就是口里说的；任着自己的性子来，不加约束。他不知掩饰，也不顾及别人的感受。他对自己的毛病和缺点也从不知道要修缮，要改正，要克服。

他自尊心极强。三次会试告罢，就一气之下绝意仕途。其实，以左的才学，再参加一次会试，说不定就中了，整个的人生，就将是另一番模样。

他自视很高，自我期许很大，在人前也不加以掩饰。他自比诸葛亮，给人写信，常以“今亮”自署。晚年平定西北，甘肃学政吴大澂为讨好他，以杜甫的“诸葛大名垂宇宙”一诗为诸生试题。左听后，非常高兴。第二天故意问身边的官员们，学政出的试题是什么。官员们据实回答。左拈须微笑，一边不停地说“岂敢，岂敢”。一派今日诸葛亮的模样。

他好说虚夸之话，喜欢高自标榜。他路过洞庭湖时，梦中见有人来打劫。他给夫人写信时，就说自己在洞庭湖与水贼打斗，将贼人打得狼狈而逃，保护了大家。他的谎话被朋友揭穿后，不但没有愧色，反而挺认真地对朋友说：你不懂，史册上将巨鹿之战、昆阳之战写得栩栩如生，你以为真的就是那么一回事，说不定只是司马迁、班固的笔底生花而已。天下事，都应当作如此看。

他不但对夫人说大话，甚至在慈禧太后面前也敢于说大话。陈声暨编的《侯官陈石遗先生年谱》中说，光绪十年中法战争爆发时，左宗棠被朝廷派往福建督办军务，离开北京前，他向慈禧辞行，竟然对太后说："臣这次去福建一定会旗开得胜，臣过去放生的牛已托梦告诉我了。"（左自认为是牵牛星下凡，对牛格外礼遇。有次他看到一条牛将被杀，就买下来将他放生。）慈禧知道左的这个性格，听后大笑，连声说："好，好，我等你的喜讯。"

左的脾气很大，常任其发作，也不加以克制。他为巡抚做幕僚，居然可以骂二品大员"王八蛋"，并用脚踢人家的屁股，高叫"滚出去"。他在前方打仗，遇有粮饷稍为迟延的官员，他就以严厉的口气斥责别人，说："倘若仗打败了，责任要算到你的头上。"

马叙伦的《石屋续渖》记载一件事。左任陕甘总督时，一知县来禀事。左微闭双眼面无表情，一言不发。知县见状，心里恐慌。说着说着，突然见左宗棠张大双眼，目光凌厉，问某某是你什么人。知县诚惶诚恐地回答是我叔父。左大声叫道："好官呀！"知县不知左这三个字是褒奖还是嘲讽，大惊不已，回家后即病倒。后托人悄悄打听左之本意，知果是称赞，知县的病才慢慢好起来。

左调任军机大臣，对身边或为协办大学士或为尚书的其他军机大臣，也随意呼唤，稍不满意，即大声呵斥，就如同他在军营中的表现一样。一军机大臣对另一军机大臣抱怨说："左相将我辈视同他的军中下属一般，随心使唤。"那个军机大臣冷笑道："军中下属，你这是抬高自己的话，在左相眼里，我辈就是他的奴才仆人。"

他在军机处，也不把朝廷的规矩放在眼里。请他看一道奏折，他每看一段，则议论一番，摇头晃脑，大声评论。一道奏折，三四天还看不完。按惯例，军机大臣全班见慈禧太后，只有领班大臣一人上奏，其他人不问不作声。左不管这些，待领班大臣恭亲王说完后，他不等慈禧发问，便越次为他的老部下王德榜求官。慈禧尊重左，立刻答应。出廷后，左便要军机处下令王德榜谢恩。恭王哭笑不得，劝道："莫着急，且等诏命下达以后，再令王德榜谢恩不迟。"

凡人来见他，他议论滔滔，不着边际。要么一个劲地吹嘘自己在西北的战功，要么就是骂曾国藩打仗没本事，弄得别人在他面前不知所措。

慈禧太后过生日这样隆重的祝贺集会，左宗棠居然都迟到。朝廷大员本来就多有对他不满之处，这下有题目做文章了。于是礼部尚书延煦就上奏弹劾他。说左以举人拜相，已属格外优待，不知感恩而竟日骄肆，应予以惩罚。慈禧太后念左功高年老，将折子留中，也不处罚左。但左却大感委屈，高叫军机大臣不是人做的，他不要做这个官了。慈禧也便顺水推舟，只做了半年军机大臣的左宗棠便被外放两江总督，离开京师南下。左倒很高兴，如同遇到大赦一样。

左到了晚年，更是有点老顽童的味道。他听说乡亲们都想来看他，很高兴，说："好，好，你们都来看吧，看看左三爹爹吧！"又问身边的老乡亲，你们看如今的左三爹爹跟以前的左三爹爹有什么不同。有的说没有不同，有的说老了点，也有的说，其他都没变，就是肚子大了。左听后很高兴，拍拍自己的大肚皮问："你们猜，我这肚皮里装的是什么？"有的说装的一肚子人参燕窝，也有的说装的是一肚子屎尿。左听了也不生气，反而笑哈哈地说："你们都猜错了，我这里装的是一肚子绝大经纶。"有一个老农民大为奇怪，问道："左三爹爹，你把车轮子装到肚子里去了。"弄得满屋大笑，左更是笑得眼泪都出来了。他很享受这种不受任何礼仪限制的乡居生活。他常对别人说，湖南近几十年出了三个著名的两江总督，一个是陶澍，一个是曾国藩，一个是我。陶、曾不如我，没有进军机处。不过，我也有不如他们的地方，我没有他们的长胡子！说得大家都开怀大笑。

七十三岁那年，法国军队侵犯福建。朝廷命左以钦差大臣身份视师福建。左那时已老病衰弱了，但他不服老，坚持要带兵渡海到台湾去驻扎。身边的人都知道左已根本受不了海涛的颠簸，于是早上用船载着左出海，在近海一带行驶一段时间再返回海边。对左说，遇到逆风，船不能再开。每天都如此来回一趟。这样折腾七八天后，左只得放弃进驻台湾的想法。

左就是一个这样的人，一个为人做派完全不同于曾的人。

第三是境界不同。

曾事事处处以圣贤要求自己，在事功建立的同时，不断地对自己的人格予以完善，反过来，又以日趋完善的人格力量去推进事功的进展，并以这种作为去教育感化人群，感化社会。曾氏的这种作为，就是立德之举，就是内圣功夫，他做的就是儒家学说所极力推崇的圣贤事业。曾氏因此也便被视为圣贤。

左则事事处处张扬自我，他努力之处是在建立最大的事功，并在事功建立的过程中实现自我价值的最大化。为团队立功，为国家立功，为民族立功，在建立丰功伟绩的同时，也便把自己的名字铭刻在青史上。左做的这种事业通常被称作豪杰事业。比起圣贤事业来，要略逊一筹。左被认为是唐太宗以来对国家疆土有最大贡献的第一人。左毫无疑问是一个伟大豪杰。

在各自事业上，曾左二人都做到了极致；在为人上，二人也把自己的特色，发挥到了极致。因为他们都为人类社会的推进，为国家与民族的利益做出了大贡献，都为人们树立了一个极高的榜样，所以值得人们景仰。百余年来，曾左都有不计其数的崇拜者、“追星族”。但曾的目标太高，过高的目标便显得有点虚幻，其实也将永远达不到。曾对自己的要求太苛严，过于苛严的自我要求也就会约束太多。所以曾一辈子过得很累很苦很不自在。左从心所欲，肆意挥霍天性，活得很潇洒，但过于自我的人，容易伤害别人，不宜于团体的组合，最后也就不利于自己。左是遇到了百年难逢的天赐良机，否则他这一生就被埋没了。

所以，我想以两句简短的话来概括曾与左，并结束这篇文章：

曾国藩可学但不可全学，左宗棠可爱但不可模仿。

曾国藩与李鸿章

曾国藩和李鸿章都是晚清政坛上知名度甚高的人物。人们知道这两人都是靠军功起的家，后来又都封侯拜相，在中国近代洋务运动中也都扮演了重要的角色；但许多人不一定知道，他们两人是一对师生，尤其对于曾国藩来说，他一辈子尽管门生遍天下，而其严格意义上的学生则仅只李鸿章一人。

曾、李之所以成为师生，其缘由在于李的父亲李文安。道光十八年，三十六岁的李文安与二十八岁的曾国藩同时考中进士。在当时，这种关系被称为同年。刚刚进入官场的这批科考胜利者，除个别世家子弟外，大部分人都没有身处此中所必不可缺的关系网。于是，这种由天意所安排的同年，便成了他们日后关系网中的最初经纬线，故而彼此都看得很重，若有性情投合互相欣赏者，则更会成为亲密朋友。于是，从安徽庐州府来的李文安，与从湖南湘乡来的曾国藩，便因类似的家世和相投的性情而成了关系密切的朋友。经过再一轮的筛选后，曾国藩登上了科举的最高层——翰林，李文安则受挫而分发刑部任主事。

五年后，曾国藩升为翰林院侍讲学士，因理学修养和诗文创作上的成绩，已成为京师官场上一个前景看好的后起之秀。这一年，李文安次子鸿章来京参加隔年的顺天乡试。在父亲的引荐下，他来到绳匠胡同曾国藩寓所，拜这位“年伯”为师。曾国藩见李鸿章仪表端正、谦恭有礼，心中喜欢，又翻阅他随身带来的诗文。当读到“丈夫只手把吴钩，意气高于百尺楼。一万年来谁著史，三千里外欲封侯”的诗句时，注目看了看李鸿章那对炯炯有神的眼光，翰苑侍讲仿佛看到了一个未来的国家栋梁之才，遂欣然点头，收下这个比他小十二岁的年家子。

翰林院是个清闲之所，有足够的时间读书作诗文。曾国藩悉心指导李鸿章读四书五经，做八股文、应试诗。举业之外，老师也将自己正在研习的儒先性理之学讲给学生听。一年过去了，李无论在举业还是在真实学问上都长进很大。这年的顺天乡试，他轻易地中了举。

李鸿章的家境并不宽裕，为使他消除后顾之忧，曾国藩为学生在京城谋了一个塾师职业。不料，踌躇满志的李鸿章在接下来的会试中却落了榜。曾国藩在这次会试中做阅卷官，他对学生的闱中诗文评价很高，鼓励学生不要灰心失望，继续努力，等待下科。有着三科会试经历和负时下文望的老师的这些话，对二十二岁初闯江湖的学生的鼓舞，无疑是巨大的。道光二十七年，李鸿章再次走进会试考场，获得二甲第十三名优异成绩，紧接着又顺利通过朝考，成了一名翰林院庶吉士。李鸿章便这样以极为清贵的身份进入官场。他自己的聪明勤奋固然是第一位的，曾国藩的用心指点，无疑为他敲开功名大门起了重要的作用。

从这一年到咸丰二年，做老师的官运亨通，会试刚结束，便一夜之间连升四级，从一名中级官员跃为从二品侍郎衔的卿贰大臣；再隔两年，正式做起了礼部侍郎。然后，在短短的三年里，中央六个部，除户部外，他做过五个部的侍郎，真可谓风光无限。做学生的则以编修的官衔，充分利用翰林院的清闲，读书治学，储才养望，为日后的大事业夯下厚实的基础。卢沟晓月，西山晚霞，伴随着这对师生在京师一道度过十年平静的岁月。

咸丰二年四月，太平军由广西杀进湖南。从此，原本在边隅之省闹腾的这些拜上帝会的兄弟们，将战火烧到长江中下游，一切固有的社会秩序都给打乱了，神州大地尤其是东南半壁河山失去了太平。许许多多人被迫卷入战乱之中，曾国藩与李鸿章也先后并非情愿地被卷了进来，而且被卷进旋涡的中心。

太平军攻打湖南省垣长沙时，曾国藩恰因母丧回湘。朝廷于慌乱之中一口气任命了四十三个团练大臣，以大办团练来协助朝廷正规军在江南的战事，曾首当其冲，被第一个点了名。经过一番反复考虑权衡后，他墨经出山，正式做起湖南省的团练大臣来。稍后一点，李鸿章也被征调回籍办团练。

关于李的回籍，有一个传说。有一天，李在琉璃厂书肆悠闲自得地淘书，偶遇一个老乡。老乡对他说，你还有心思逛书肆哩，咱们家乡已乱成一团糟了！老乡于是把安徽已成大战场的变故简略地说了一下，并请李上书朝廷，派兵救助。李当时只是一个低级官员，没有给朝廷上书的资格，于是找到同是皖籍的工部侍郎吕贤基。吕答应上书，要李代他拟稿。李花了一个整夜将奏章弄好，天明即送到吕家。中午时分，他到吕家打探消息。离吕家大门尚有十多步，便听到从里面传来的号啕哭声。李心中诧异，来到屋里，见男女老少都在痛哭。吕红肿着眼睛对李说，都是你怂恿的结果，皇上看了奏折后说好，立即就派我回籍做团练大臣，这不明摆着叫我去死吗？我上有老下有小，可怎么办！对不起，我已向皇上奏明带你回安徽，我们一道去死吧！李怔了半晌，做不得声。

这段故事是否确凿已不可考，但它透露一个信息，即当时奉旨办团练的朝廷官员，绝大多数面对着兵凶战危的前线是胆怯的。

不管怎样，这对师生在新的形势下，又都不约而同地走到一起来了，但因为分属两个不同的军事团体，彼此之间很长时间并没有见到面。师生在战场上的重逢，则是咸丰八年底的事了。

这期间，曾国藩历经坎坷挫折，已将湘军建成为一支拥有水陆两师七八万人马的劲旅，正驻营江西建昌，部署新的军事行动。李鸿章则是改换门庭前来投靠的。回籍办团练的李鸿章先跟随吕贤基，吕战死后又跟随巡抚福济，东奔西跑，转战各地，虽也打过一些胜仗，但不如意的时候多，用他自己的话来说，是“茫无指归”。先一年，他的父亲文安去世，大哥瀚章接母亲来任所居住。李瀚章在咸丰三年，以优贡的功名分发湖南善化县做知县。此时恰好曾国藩在长沙办团练，一向重视旧谊的他对这位年家子予以格外信任，将湘军的粮草后勤事务交给李瀚章办理。李瀚章从那以后便跟着曾国藩四处转移。此刻他的粮台衙门设在江西南昌。李鸿章在南昌省母期间，兄弟俩谈起战事，为兄的便劝二弟弃福济而投年伯。

当李鸿章出现在建昌湘军老营辕门口时，望着在素日的儒雅中更添几分英武气概的学生，曾国藩真是打心眼里高兴。延揽四海贤俊的湘军统帅，此刻是太需要李这样的人才了。曾将李留在幕府，做一个帮他起草奏稿、书牍的机要秘书。李才与学都很好，工作干得很出色，深得曾的赞赏。他对人说：“少荃（李鸿章的表字）天资于公牍最相近，所拟奏咨函批，皆大过人处，将来建树非凡，或竟青出于蓝，亦未可知。”

李鸿章虽然能干，但身上的毛病亦不少，自由散漫便是他的一个突出的毛病。湘军军营惯例是天亮之前吃完早饭，指挥部的早饭虽不及军营的早，但也是天一放亮便开饭，比普通人家的早饭早得多。李鸿章习惯读书到深夜，第二天日上三竿才起床。初来湘军的他，非常不习惯这顿早饭，常常是宁愿不吃饭也不早起。曾国藩却是很看重每天的早饭。他每早跟众幕僚一道吃饭，既交流了感情，又借此考勤。李的这种懒散作风，很让曾看不惯。他要将李整治一下。

这一天的早餐，众幕僚都来齐了，又唯独缺李鸿章一人。曾国藩眉头一皱，打发亲兵去叫。李睡意正浓，极不耐烦地对亲兵说他不吃早饭了。亲兵转告曾。曾拉长着脸说，再去叫。李见亲兵又来了，便撒谎说生病了，不能起床。亲兵将李的话回复曾。曾很生气，用手拍着餐桌说，就是生病了也要来，今天人不到齐不开饭。李得知老师已发火，只得披着衣服急忙赶到餐厅。李到后，大家才开始吃饭。平时吃饭时，曾和众幕僚有说有笑。这天早上，他一直一声不吭，闷头吃饭。幕僚们见头儿不说话，也不敢吱声。李处此状态下很是尴尬。曾吃完了饭，站起身来，对李说："少荃，既入我幕，我有言相告，此处所尚，惟一诚字而已。"说罢拂袖而去。

这次整治对李鸿章的震动很大，除整了他自由散漫的习气外，还敲了敲他"不诚"的缺点。从此以后，李收敛多了。他对老师又敬又畏，在各方面更为虚心地向老师学习。李在为老师办事的同时，自己也得到很大的历练，逐渐成熟起来。有一桩大事的处理，让李帮了老师的大忙；同时，也使老师由此看出他过人的政治才干。

咸丰十年八月，英法联军攻占天津，直逼京师。咸丰皇帝留下六弟恭王在京应付洋兵，自己携带一大群亲信和后妃逃往热河行宫。半途中，下了一道圣旨给曾国藩，命他速派鲍超一军北上救援。鲍超是湘军中的一员悍将，他指挥的部队称为霆军。霆军的战斗力较强，曾国藩不想让它离开与太平军交手的战场，但圣命又不可违。曾召集幕僚们商讨此事。大多数幕僚主张服从命令派霆军北上勤王，也有少部分认为将在外君命有所不受，军情紧急，不能发兵。唯独李鸿章一人提出了一个新方案。

他说，眼下的局势，即便霆军迅速北上，也无济于事，这道圣旨实在是未经深思熟虑的情急之言。洋人入都，并不在于要推翻朝廷，不过是索取钱财和要求朝廷放开限制而已，最后的结局必定是金帛议和，无伤大局。我们不妨采取拖延的办法来对付。过两天上一道奏折，说鲍超位望不够，请于曾和胡（即湖北巡抚胡林翼）二人中酌派一人率军北上。估计奏折到达热河时，已不再需要湘军了。

这的确是个好主意，曾国藩立刻接受了。果然，朝廷很快便有新的命令下来：和议已成，无须北上。既未违抗圣旨，又没有影响战事，两全其美，这全得力于李鸿章的好点子。老师开始对学生刮目相看了。但不久，师生之间便爆发了冲突。

半年前，曾国藩被授予两江总督之职。两江总督的衙门历来都设在南京，而此刻南京已成了太平天国的都城天京，曾于是将它设置在安徽祁门。祁门四面环山，形如锅底，只有一条小河与外界交通，许多人都认为此处不宜安置指挥部。李鸿章更将它视为绝地，不可久处。但曾拒不接受大家的意见，固执地将江督衙门安放在这里，并认为李等人的反对是因为胆小怕死。事实上，李也确实不想因此而与老师一道去死。当一些幕僚偷偷离开祁门时，他也在盘算着如何替自己找一条活路。

李鸿章终于找到了一个机会。过些日子，湘军中一个著名将领李元度丢失了徽州府。城破之后，李元度弃众逃命，二十多天后才回祁门向曾国藩禀报战败的情况。曾大怒，要幕僚起草奏稿严参李元度。李元度虽不会打仗，却文才极好，又很得人缘。众幕僚都不愿意拟参劾稿，公推李鸿章领头为李元度说情。曾国藩气愤地说，你们都不肯写，我自己来写。李鸿章说，若这样的话，学生在此已无用途，请老师同意学生辞职。曾国藩甩了甩手说，你自便吧！李借着这句话，当天夜里便离开了祁门。得知学生走后，曾叹息了一声，说“此君难与共患难”！

这对师生的第一次军事合作，便这样以不愉快的结局分手了。

李鸿章离开曾国藩的这一举措，受到包括其大哥在内的许多亲朋的批评。他的会试同年郭嵩焘明确向他指出：当今天下，除开曾之外，再也没有合适的依靠者，若要成就功业的话，非投曾不可。李鸿章滞留江西多时，也始终未能找到更合适的地方，心中不免后悔起来。

与此同时，胡林翼、郭嵩焘等人也劝曾宽谅李鸿章的过错，为平乱大业而惜人才。同时，也委婉批评曾不宜株守祁门。曾的九弟国荃则更是情辞恳切地请他从祁门走出来。曾终于接受大家的意见，将指挥部从祁门搬到长江边的东流，又亲笔致书李鸿章："鄙人遍身热毒，内外交病，诸事废搁，不奏事者五十日矣。如无穆生醴酒之嫌，则请台旆速来相助为理。"李接到这封信后，心中颇为感动，即刻动身，兼程赶到东流。分别九个月后，这对师生重新携手共事。

李鸿章虽因胆怯而离开，但他不同意将江督衙门设在祁门的观点，是对的；同时，李离开后也并未去投奔别人。一向爱才惜才且又最痛恨背叛他而效力他人的曾国藩，因为此不计较学生的前嫌，反倒对之更加青睐，于军务政治悉心予以栽培，希望学生能早日成长为大材。

也是时势造就英雄。很快，一个绝大的机遇降临到李鸿章的头上。太平军在丢掉安庆城后，转而集中兵力攻打浙江，力图将浙江变为一块天国的巩固疆土。在连克金华、绍兴、宁波及省垣杭州后，兵锋直逼上海。此时的上海，已成了中国最大的中外交易码头，洋商和华商在这里屯集着数不清的财富。他们担心这批财富落到太平军的手里，便托一个名叫钱鼎铭的刑部主事，前往两江总督衙门所在地安庆去见曾国藩，求他出兵救上海。

上海不仅是朝廷的金库，也是湘军饷银的一个主要供应站，曾国藩自然不愿意太平军将它抢去。他在同意出救兵之时，第一个想到的带兵人选是他的九弟国荃。但是，刚刚打下安庆正在原籍休假的曾老九却不乐意去上海，他眼睛盯着的是南京，打下南京才是建天下第一战功。他担心在他救上海的时候，这第一功被别人抢去。曾老九两次三番的拒绝，给李鸿章造就了一个很好的契机。李志大才高，并不甘心长期住幕府充当一个笔杆子，他渴望自己能独领一军独当一面成就一番大事业。现在，机遇终于来了，他向老师主动请缨。在曾国藩的心目中，李也正是他在九弟之后的第二人选，于是满口答应，并叫李立即回安徽招募勇丁，编练成军。

在安徽募勇，固然是为了让李拥有一支救援上海的军队，但同时也是曾的一个宿愿。早在就任江督之初，曾便虑及湘军成军已久，暮气日深，往后，离家越远，军心更易涣散；而淮徐自古以来民风强悍，兵源充足，在苏皖一带用兵，宜用淮徐之勇。眼下，正好趁此良机将这一设想实现，而这位有四个弟弟在家办团练、本人又在两淮打仗多年的安徽学生，自是这支军队的最好头领。

李鸿章欣然领命，带着上海绅商所提供的丰厚饷银，短短的三个月便招募四千人马，一律按湘军营规予以编练。曾国藩又将另外的两千多名老兵编入这支新军中，以便提高它的战斗力。这支六千多人的新部队被人称之为淮军。如今的李鸿章，再不是一个没有实权实力的秘书了，他已经拥有一支规模不小的武装力量，他就要仗着它去封侯拜相青史留名，实现二十岁时便立下的“著史”“封侯”的宏大理想。

就在同意由李鸿章回籍募勇的时候，一个决定已在曾国藩的脑中形成：应将这个刚四十岁又有识有才的学生，当作事业的接班人来培养。他给朝廷上奏：李“劲气内敛，才大心细，若蒙圣恩，将该员擢署江苏巡抚，臣再拨给陆军，便可驰赴下游，保卫一方”。

现在，望着李鸿章和他的六千淮军，乘着用十八万两银子雇来的六艘洋轮，浩浩荡荡朝着长江下游鼓浪而去的壮观场面，曾国藩清醒地意识到：学生已经羽翼丰满，他就要冲向蓝天，展翅翱翔了！

李鸿章抵达上海后的第十七天，便接到朝廷任命他为署理江苏巡抚的命令，七个月后，又实授苏抚。对于恩师的着意栽培，李牢记不忘，他情动于衷地对老师说：“此皆由我中堂夫子积年训植随事裁成，俾治军临政、修己治人，得以稍有涂辙，不速颠覆……实不知何以为报。”

李鸿章也的确不负老师所望。他充分利用上海的财富和外洋码头的优势，大量购买洋枪洋炮，高价雇请外国军事教官，很快便将淮军装备为当时武器最精良的一支军队。他也不忌讳舆情的指责，跟美国人华尔、英国人戈登所指挥的常胜军合作打仗，短短的一两年里，淮军连克常熟、苏州、常州等苏南重镇，军威大振，与活动在浙江的左宗棠楚军一道，成为继湘军之后的两支战斗力极强的部队。李的淮军不仅为朝廷保守上海收复苏南立了大功，也因为扫清了太平天国的后院，使天京成为一座孤城而极大地支援了曾老九。

曾老九率领吉字营围攻南京已经两年了，尽管别人为他清除了四方障碍，但这座孤城就是久攻不下，“天下第一功”可望而难即。这时，有人建议调李鸿章的淮军来宁会合攻城，因为淮军有西洋大炮，应当用洋炮来轰倒城墙，而曾老九用挖地道轰墙的做法是不对的。不料，这一动议让李与他的老师，尤其与老师的九弟留下了长久不能抚平的嫌隙。

曾老九是个强梁霸道的人。在他看来，打南京这桩事只能由他承包，别人不能过问，更不能插手。谁若不识好歹，敢打这桩事的主意，谁就是他的对头。野史上记载，当得知李有可能来南京时，曾老九以煽动的口吻对部下说：“我们辛苦了两年，现在有人要来抢功了，你们答应吗？”部属们一致表示不答应。有人甚至说，他李老二敢来，我们先在城外摆开战场，与他比一比高低。

李鸿章获知后，忙致信老师，说盛暑天西洋大炮药炸不响，淮军不能来南京了。若说冬春天气阴雨炸药有可能受潮而炸不响，还可以说得过去，盛暑天气燥热，正是好用炸药的时候。李有多少借口可找，却偏偏找了这样一个连小儿都能识破的理由，这不明明在戏弄老师吗？果然，曾氏兄弟对李此举甚为不满。

曾氏兄弟的机要秘书赵烈文写了一部《能静居日记》，在同治三年五月三十日的日记中有这样一段话：“少帅前致中丞信，力言不来，黄昌岐军门至皖为之游说，相告中堂以苏军炮队之利及口粮亦止半关，无贫富相耀之虑，并言但得中堂一纸书，即无不来。其五月十八日奏片中又明指中丞有信，不须其来。而十八、九日间中旨，忽云饬令李鸿章不分畛域不避嫌怨，迅速会剿之语，则京都权要处必先有信，言此间不愿其来。此一事而机械百出，语言处处不同。其图望大功日夜计算，心计之工细入毫芒。”

这段日记说，李前已致信给曾老九，说他不来；后又托黄昌岐去安庆为他游说，说只要曾国藩召唤他，他就一定去南京，再后又在奏折中明确讲曾老九不让他去南京，而这期间朝廷又命他立即去南京会剿，显然，李已致信京城里的权要，说是曾氏兄弟不愿意他去南京。李鸿章在这件事上前前后后的表现，足以说明他是一个工于心计的人。

赵烈文当时正在曾老九身边，并与曾国藩保持着每天都互通情报的联系。可见，赵对李的指责，其实就是曾氏兄弟对李的议论。

这桩事一直让曾老九耿耿于怀，并在一段很长的时间里对李印象极坏，以至于我们可以从曾氏后期家信中，常读到曾氏劝老九对李要不计前嫌，多看其长处的文字。到了晚年，面对着李氏家族勃然兴起的局面，他甚至对老九说出要将“湘淮两军、曾李两家联为一气”的话来。

南京打下后，朝廷论功行赏，曾国藩封侯，曾老九与李鸿章等人封伯。到这个时候，这对师生的社会地位已相差不大了。

后来，曾国藩对捻作战无功，李鸿章接办其事，只一年多工夫便将东捻扑灭。第二年又与左宗棠合作，将西捻平息。李因此而受封侯爵，加太子太保衔，升协办大学士，授湖广总督。此时的学生，已与老师平起平坐、并驾齐驱了。

同治九年，曾国藩因处理天津教案弄得身心交瘁，不能卒事，朝廷再次调李鸿章处理老师未竟事宜。李鸿章大刀阔斧，不畏人言，将天津教案强行了结。此刻的学生，无论在心理承受力还是对世事的洞察力及办事的能力等方面，都已明显超过乃师，可谓已实现了乃师当年“青出于蓝而胜于蓝”的预言。

天津教案给衰朽残年的曾国藩雪上加霜，一年多后，他便病逝于南京两江总督任上。远在保定府做直隶总督兼北洋大臣的李鸿章给老师的灵堂送来一副挽联，道是：“师事近四十年，薪尽火传，筑室忝为门生长；威名震九万里，安内攘外，旷世难逢天下才。”

从道光二十三年李正式拜在曾的门下算起，不过三十年，挽联说“近四十年”，大概是上溯到李父与曾同中进士的道光十八年。这样算来，“近四十年”也勉强说得过去。

晚清政坛上的这一对杰出师生的交谊，便因老师的去世而结束。回顾曾、李之间这段过往烟云，颇让后人平添几分历史况味。

曾国藩是个很有头脑的政治人物，他在事功活动中，十分注重“替手”的物色和培养。他在给九弟的信中说过：“办大事者，以多选替手为第一义。满意之选不可得，姑节取其次，以待徐徐教育可也。”

“替手”可以是部分替代自己的人，也可以是能全盘替代自己的人。当选定李鸿章招募淮军又保举他为江苏巡抚的时候，曾国藩显然是把李当作第二义中的替手，即我们通常所说的接班人来看待。但李不是他的“满意之选”。祁门时期的“不可共患难”与打南京一事的机心重重，毫无疑问都在曾国藩的心上留着阴影。除开这些外，李的贪财也让曾很不满意。同治三年三月十二日，曾给九弟的信中说：“少荃近日与余兄弟音信极希，其名声亦少减。有自沪来者，言其署中藏珍珠灯、八宝床、翡翠菜碗之类，值数十万金，其弟季荃好货尤甚等语，亦非所宜。”

此外，曾、李二人在性格上也有很大的差异。曾为人谨慎拘泥，李则圆滑开张。《庚子西狩丛谈》中记录了李鸿章对吴永说的一席话：

从前我老师从北洋调到南洋，我来接替北洋，当然要去拜谒请教的。老师见面之后，不待开口，就先向我问话道：“少荃，你现在到了此地，是外交第一冲要的关键。我今国势消弱，外人方协以谋我，小有错误，即贻害大局。你与洋人交涉，打算作何主意呢？”我道：“门生只是为此特来求教。”老师说：

> “你既来此，当然必有主意，且先说与我听。”我道：“门生也没有打什么主意。我想，与洋人交涉，不管什么，我只同他打痞子腔。”老师乃以五指捋须，良久不语，徐徐启口曰：“呵，痞子腔，痞子腔，我不懂得如何打法，你试打与我听听？”我想不对，这话老师一定不以为然，急忙改口曰：“门生信口胡说，错了，还求老师指教。”他又捋须不已，久久始以目视我曰：“依我看来，还是用一个诚字，诚能动物，我想洋人亦同此人情。圣人言忠信可行于蛮貊，这断不会错的。我现在既没有实在力量，尽你如何虚强造作，他是看得明明白白，都是不中用的。不如老老实实，推诚相见，与他平情说理；虽不能占到便宜，也或不至于过于吃亏。无论如何，我的信用身份，总是站得住的。脚踏实地，蹉跌亦不至过远，想来比痞子腔总靠得住一点。”我碰了这钉子，受了这一番教训，脸上着实下不去。然回心细想，我老师的话实在有理，是颠扑不破的。我心中顿然有了把握，急忙应声曰：“是是，门生准遵奉老师训示办理。”

学生的油滑，老师的迂拙，通过这段实录生动地展现在我们的面前。李鸿章在他日后长期的外交活动中，自然是没有按着老师所教的“诚”字去做的；老师在说这番话的时候，面对着已成大气候的学生，想必也不抱要他全部接受的指望。

晚年曾国藩，出于对李鸿章德行操守的不满，加上利害关系上的冲突，对这个自己亲手选定的全方位“替手”颇有相当的遗憾，这可从他们兄弟往来的私函中看出。同治五年十月，老九给大哥的信中说：“去、前年少泉尚是宠荣利禄中人，近日见解又少进矣，其计较利害也亦甚深，接办此席，谈何容易。”大哥回信：“弟信云宠荣利禄利害计较甚深，良为确论。然天下滔滔，当今疆吏中不信倚此等人，更有何人可信可倚？吾近年专以至诚待之，此次亦必以江督让之。”

学生如今是咄咄逼人，老师不交班也不行了。曾国藩的这种无可奈何之心态，与李鸿章在其身后言必称“我老师”，组成了一个甚堪玩味的对照。

然而，从历史角度来看，曾国藩有李鸿章这个学生，实在是他一生的幸运；选定李鸿章为其事业的接班人，则更是他一生众多决策中极为英明的一个。

作为今人，我们已具备了全面审视前人的有利条件，将曾国藩身边可能作为其“替手”的所有人来一番排队考察，可以得出一个明确的结论：就其综合能力而言，再没有哪个能超过李鸿章。事实上，在曾的生前，李就已两次担负起完成乃师未竟事业的重任；在曾去世后，李执掌晚清军事、外交大权三十年，他一方面将乃师所开创的军事团队做大做强（以淮军为基础的北洋集团在晚清军界占据着十分重要的地位），同时又将由乃师所揭幕的洋务运动大规模地在全国展开，成为晚清政治中的重要内容。

除此以外，李对曾还有一个无形而又确实存在的巨大帮助，那就是在李执掌大权的期间，出于各种动机而竭力维护和宣扬乃师的高大形象。历史上有多少权臣，在其生前与死后所享受的待遇判若云泥！然曾国藩死后，在一段相当长时间里的声誉似乎还要超过生前。这除开曾本身的原因外，也与李三十年权倾天下的经历极有关系。这一点，曾在生时可能没有料到，否则，或许他就不会说“李少荃拼命做官”的讥讽话了。

梁启超向曾国藩学什么

一九一五年四月五日，湖南一师教授杨昌济与他的得意弟子毛泽东聊天时，谈到毛的家世。杨在当天的日记中写道："渠之父先亦务农，现业转贩，其弟亦务农，其外家为湘乡人，亦农家也，而资质俊秀若此，殊为难得。余因以农家多出异材，引曾涤生、梁任公之例以勉之。"

这一年，曾国藩（涤生）去世四十三年，梁启超（任公）也刚好四十三岁初度。将梁与曾氏并列作为农家子弟中的卓异代表，大概不会始于杨昌济，但二十二岁的毛泽东，此时很可能是第一次从他所崇敬的师长口里听到二人并提的话。

杨昌济并列曾梁，着眼于同是农家子弟同样声名卓著，至于其他方面并没有过多论及，当我们稍稍接触一些梁的文字后，便可以明显看出曾梁之间还有另一层关系，即曾氏对梁影响甚为深远，或者说，梁刻意向曾氏学习。

梁是广东人，因地域及由地域而产生的种种隔阂的缘故，他直到二十八岁才在国外读到曾氏的书。光绪二十六年春夏间，旅居美国檀香山的梁启超，在给其师康有为及朋友的信中，多次谈到初读曾氏家书时的震动：“弟子日间偶观曾文正公家书，猛然自省，觉得不如彼处甚多。”“弟日来颇自克励，因偶读曾文正家书，猛然自省，觉得非学道之人不足以任大事。”

从那以后，梁便将曾氏引为人生榜样。直到晚年，其对曾氏的景仰之情依旧不改。他对人说：“假定曾文正、胡文忠迟死数十年，也许他们的成功是永久的。”

梁启超为什么会如此推崇曾氏？他在曾氏身上学到些什么呢？一九一六年，梁在政务著述异常繁忙之际做了一桩大事，即从曾氏全集中摘抄部分语录，汇辑成一部《曾文正公嘉言钞》（以下简称《嘉言钞》），并为之作了一篇序言。从梁的这篇序文和他所选语录中，可以清晰地看出他对曾氏的认同之处。

梁认为，曾氏不仅是中国有史以来不多见的大人物，也是全世界不多见的大人物，而这个大人物，并没有超伦绝俗的天才，反而在当时的名人中最为鲁钝笨拙。那么是什么使得曾氏能立德立功立言三不朽呢？梁说曾氏的“一生得力在立志自拔于流俗”。他自己首先在这一点上着意向曾氏学习。

曾氏初进京时刻苦研习程朱之学，并身体力行，要做一个无愧天地父母所生的人，同时对自己身心各方面提出严格要求，且撰《五箴》即立志箴、居敬箴、主静箴、谨言箴、有恒箴以自警。梁也“以五事自课：一曰克己，二曰诚意，三曰立敬，四曰习劳，五曰有恒”，并效法曾氏以日记作为督察的方式：“近设日记，以曾文正之法，凡身过、口过、意过皆记之。”

人的一生最难做到的是“恒”字。曾氏以梁所谓的钝拙之资成就大事业，靠的就是这个“恒”——数十年如一日的劳心劳力。梁虽天资聪颖，但只活了五十六岁。自从二十多岁成名后，一生便在忙碌中度过，除大量的政事、教学、社交等占据他许多宝贵的时光外，还要承受动荡不安的流亡岁月的干扰，而他却留下一千四百万言的精彩著述，其内容几乎涉及文史哲的各个领域。如此巨大的成就何以取得？靠的也就是持之以恒的勤奋。他说他“每日起居规则极严”，“所著书日必二千言以上”。他的学生说他“治学勤恳，连星期天也有一定日课，不稍休息。他精神饱满到令人吃惊的程度”。梁的精力充沛或许有天性，但更多的则是出于自律。他在给朋友徐佛苏的信中说：“湘乡言精神愈用则愈出，此诚名言，弟体验而益信之。”湘乡即曾氏。曾氏所说的这句话，见于咸丰八年四月初九给他九弟的信。梁不仅将这话记于心付于行，而且又将它抄下来，编于《嘉言钞》中，提供给天下有志于事业者。

从梁所辑录的这部《嘉言钞》中，我们看到梁大量摘抄曾氏关于立志、恒常、勤勉、顽强坚毅方面的嘉言，足见梁对曾氏这些方面见解的看重。随着这部《嘉言钞》的问世，也可以让更多的读者看到曾氏当年“受之以虚，将之以勤，植之以刚，贞之以恒，帅之以诚，勇猛精进，坚苦卓绝”的具体做法，在一段鲜活的历史过程中，得到对当下生存的启示。

作为近世一位卓越的政治活动家，梁更看重学问的经世致用。他在序文中说：“夫人生数十寒暑，受其群之荫以获自存，则于其群岂能不思所报？报之则必有事焉，非曰逃虚守静而即可告罪明矣。”以自己所做的实事来报答社会，这是梁启超的人生选择。接下来，他谈到自己从政二十年来的重要体会：既要做事，“于是乎不能不日与外境相接构，且既思以己所信易天下，则行且终其身以转战于此浊世，若何能磨其身心，以自立于不败？若何而后能遇事物泛应曲当，无存挠枉？天下最大之学问，殆无以过此”。梁的意思是，要做事，便得与浊世打交道，在此浊世中如何让自己的身心得到磨炼，从而立于不败之地；如何能很好地应付方方面面，不至于受挫受阻。这就是人世间的最大学问。他认定曾氏便是这样一个拥有最大学问的人。

曾氏是近代湖湘文化的典型代表。湖湘文化最突出的特色是注重经世致用。过去都说曾氏是理学家，其实，他对理学的学理并没有大的推进，他的贡献是在实践上。在如何将理学用之于身心修炼及事业建立这方面，曾氏是一个成功的践履者。曾氏以中国学问为教材，不仅尽可能地完善了自我健全的人格，而且成就了一番事功，并因此改变近代中国历史走向，这就是所谓的“内圣外王”。除此之外，在平时生活中，他也是一个好儿子、好兄长、好父亲、好丈夫、好朋友。曾氏认为，人生的“绝大学问即在家庭日用之间”。在这一点上，曾氏与梁启超的看法完全一致。于是，我们在这部《嘉言钞》里，可以看到曾氏是如何修身的，又是如何办事的。这事情中既有掀天揭地的军国大事，也有木头竹屑的零碎小事。梁启超说曾氏“所言，字字皆得之阅历而切于实际，故其亲切有味，资吾侪当前之受用”。既亲切，又实用，这就是当年梁读曾氏文字的感受。

此外，我们读《嘉言钞》时还有一个强烈感觉，即梁特别注重曾氏对当时堕落风气的谴责以及对扭转时风的自我期待与担当。梁不惜反复摘抄曾氏在不同时期对不同人说的有关言论，于此不仅能看出梁对曾氏这些议论的认可，还可感受到梁本人对移风易俗改造社会的责任感。这一点，或许正是这两位历史巨人最大的心灵相通之处。

梁在《说国风》一文中说：“吾闻诸曾文正公之言矣，曰‘先王之治天下，使贤者皆当路在势，其风民也皆以义，故道一而俗同。世教既衰，所谓一二人者不尽在位，彼其心之所向，势不能不腾为口说而播为声气，而众人者势不能不听命而蒸为习尚，于是乎徒党蔚起，而一时之人才出焉’……夫众人之往往听命于一二人者，盖有之矣，而文正独谓其势不能不听者何也？夫君子道长，则小人必不见容而无以自存，虽欲不勉为君子焉而不可得也；小人道长，则君子亦必不见容而无以自存，虽欲不比诸小人而不可得也。”

显然，梁是在引曾氏之说来为自己的文章立论。曾氏认为，处在众望所归之地位的一二人，对一时的社会风气是负有引领之责的，而风气一旦形成，便又会影响各个层面上的人，从而形成强大的社会力量。曾氏一向是以“一二人”自期的，作为名满天下的维新派领袖，梁又何尝不隐然以“一二人”自许呢？在这一点上曾梁之间可谓惺惺相惜。

“一二人”靠什么来扭转风气呢？理学家曾氏是主张以道德的力量来转移社会的，即先做到自我道德完善，再以此来感化身边人及属下，然后再靠他们去影响更大的群众面。对此，曾氏有过表述：“天之生斯人也，上智者不常，下愚者亦不常，扰扰万众，大率皆中材耳。中材者，导之东而东，导之西而西，习于善而善，习于恶而恶……由一二人以达于通都，渐流渐广，而成风俗。风之为物，控之若无有，鳍之若易靡，及其既成，发大木，拔大屋，一动而万里应，穷天下之力而莫之能御。”

革新家梁启超对曾氏这种以德化人的理念甚为赞赏。临去世的前两年，他曾与清华国学研究院的学生们，有过一次恳切的长谈。他说：“现在时事糟到这样，难道是缺乏知识才能的缘故么？老实说，什么坏事不是知识分子的才能做出来的？现在一般人根本就不相信道德的存在，而且想把它留下的残余根本去铲除。我们一回头看数十年前曾文正公那般人的修养。他们看见当时的社会也坏极了，他们一面自己严厉地约束自己，不跟恶社会跑，而同时就以这一点在朋友间互相勉励，天天这样琢磨着，可以从他们往来的书札中考见……他们就用这些普通话来训练自己，不怕难，不偷巧，最先从自己做起，立个标准，扩充下去，渐次声应气求，扩充到一般朋友，久而久之便造成一种风气，到时局不可收拾的时候，就只好让他们这般人出来收拾了。所以以曾、胡、江、罗一般书呆子，居然被他们做了这伟大的事业。”

梁早年系维新变法派，后来转为共和制度的坚定拥护者，对于张勋复辟清王朝的做法持坚决反对的态度，而曾氏则是彻底的大清王朝保皇派。在某些人看来，梁不应学曾氏而要咒骂他才对。其实，人类文化中的精粹是从来不受政治观念和时空限制的，梁所看重的那些曾氏嘉言，正是属于人类文化精粹的部分。梁说曾氏是“尽人皆可学焉而至”的，他自己学习而有成效，于是想让大家都来学习，遂在百忙中抽空编了这本《嘉言钞》。梁认为他所编的这部书，对于中国人来说，好比穿衣吃饭一样，不可一刻离开。笔者也一向认为曾氏可学而至，且有感于“布帛菽粟”这句话，遂在评点曾氏的家书、奏折之后，不嫌一而再、再而三的麻烦，又来评点一番梁所辑录的这部《嘉言钞》，无非是想让梁启超的意愿在二十一世纪的读者中得到更好的实现。

一个负载沉重的生命

曾国藩在生时便有“中兴名臣”之称。他死前的两年，也就是他六十岁生日的时候，年轻的同治皇帝赐他“勋高柱石”的匾额。这可视为官方对他一生事功的评价。他死后三十多年，社会对他的评价突起变化，骂他为满虏的忠实奴才、汉人的不肖子孙，到后来更将他钉死在“汉奸、卖国贼、刽子手”的耻辱柱上。一个人的生前死后，其角色定位悬殊如此之大，在中国历史上极为罕见。他究竟是个什么样的人，在中国近代史上究竟应将他归于哪个类型呢？这些年来，史学家发表了许多很好的意见。作为立足于人本的作家，我则认为，他应是中国五千年文明史上少见的一个负载沉重的生命。

曾氏一生做了许多事。在京师做官时，他以礼部侍郎的身份兼任过刑、兵、工、吏四部的侍郎。中央六个部，他做过其中五个部的副部长，最多时一身兼顾三部，后来回湖南创办湘军。湘军是国家正规军事体系外的民兵组织，政府既不给粮饷，又不配备干部，一切都要靠他这个团练大臣自个儿来苦心筹措。朝廷对湘军的期待也只是保境安民而已，但曾氏偏偏要把它做大做强。在正规部队的嫉妒和打压中，他咬紧牙关训练出水陆两军万余人马。打下武汉后又主动请缨，作出三路人马沿江东下直冲南京的部署，为湘军争来国家主力部队才能得到的项目。无论湘军当时的实力，以及他本人的地位、资望、军事才干，都远不足以承担起如此重的负荷。果然，他为此拼搏了十余年，付出了常人难以想象的代价。

南京打下后他已衰疲不堪，但还是硬着头皮接受打捻军的任务，与捻军转战两三年，弄得心力交瘁，无功而返。同治九年天津教案爆发时，身为直隶总督的曾氏已请病假在家休养。处理教案是桩很棘手的事，不管怎样办，都难以有好的结果。对此曾氏是清楚的。既然在养病期间，完全可以名正言顺地将这个烫手山芋扔给别人，但为大局着想，曾氏还是力疾上路，临出门前将预先写好的遗嘱交给两个儿子。这表明他已做好不生还的准备。

如果说做官打仗处理教案，都还是他的本职，不容推脱的话，那么办洋务就绝对是分外之事了。道光二十年，魏源曾提出过“师夷长技以制夷”的设想，但二十年过去了，谁也没有想到要把这个设想付诸现实。咸丰十年，曾国藩郑重其事地向朝廷建议：中国人应该自己来造机器轮船洋枪洋炮，此举“可期永远之利”。皇帝旨准。于是，他在安庆办起中国第一家兵工厂，又给容闳六万八千两银子去美国买母机——造机器的机器，以后便有了江南制造局。“办洋务”这个词组，从此便出现在中国人的文书和口语中。曾氏为此事耗费了不少心血。他为中国人造的第一艘蒸汽轮船命名，又亲自坐着它从南京到采石矶，实地考查其性能。他重金礼聘当时第一流的科技专家徐寿、李善兰、华蘅芳等人充当技师，又和李鸿章一道提出一个创议：由政府资助一批少年出国留学，学成后回国效力。直到死前的一个多月，他还抱病专程到上海视察江南制造局，接见在那里工作的外国专家傅兰雅、史蒂文生等人。

除这些实际事务外，曾氏还为后人留下了一千五百万的文字。这些文字除奏稿和书信中有一部分是幕僚代笔外，其他的都是他亲手所写。他的散文创作成就很大。在桐城文派日渐式微的时候，曾氏和他的弟子们在文坛上异军突起，以阳刚劲健的文风创立了独具特色的湘乡文派。令人感佩的是，他一生写了一千四百多封给父母子弟的家书，即便在军情危急性命堪虞之时，也没有忘记自己应尽的人伦之责。他还写了一百多万字的日记。无论多么繁忙，他都坚持这一日课，从不懈怠。直到去世的当天，还写下了几句话。仅这两件事，便不是一般人所能及的。

除此外，他还编有《经史百家杂钞》《十八家诗钞》两部书。他的选编不是炒别人的现饭，而是自己通读原著，从中一篇篇一首首地挑选出来。由于选编精当，这两部书在清末民初甚为文人所看重。在读书求学著述等方面，他对自己有很高的期待。他终生手不释卷。赴任途中，他在颠簸的轿中读书；行军途中，他在逼仄的船舱中读书；双眼基本失明后，不能读了，他便默诵诗文。他曾计划编一本明代文选，也有志于写一部曾氏家训，皆因宦务繁忙、戎马倥偬而未果。到了晚年，他已出将入相，仍为自己在学问及文章写作上未能超过何绍基、梅曾亮等人而遗憾，并自信若有时间，一定会在诗文创作、学术著述上有更大的成就。

事功和学问上的这等努力追求，已经够让人劳累不堪了，但曾氏还要在心灵和性情上强力束缚自己。早年在京师，他是一个虔诚的理学信徒，有过一段为时不短的严格修身养性的经历，要求自己立志、居敬、主静、谨言、有恒，并用日记来自我监督。哪怕有一丝一毫不合规范的言行思想，他都要在当天的日记中记下，且对此痛加责备，甚至不惜咒骂自己。让我们随便摘抄一段日记来看看：“昨夜梦人得利，甚觉艳羡，醒后痛自惩责，谓好利之心至形诸梦寐，何以卑鄙若此！”（曾氏全集日记卷“道光二十二年十月初十日”）连梦中的这点“出轨”，都要如此谩骂，自我作对到了何种地步！不过，也亏得有这样一番近于残酷的修炼，使他在日后大功告成、大权在握的岁月里能自觉做到律己甚严。据赵烈文在《能静居日记》中记载，曾氏在两江总督衙门里的卧室陈设异乎寻常地简陋：床上铺的是草席，被子是乡村土织布，马甲上打着补丁，布料既差衣又窄小，连当时的寒士都不会穿这种马甲。床上的蚊帐低矮。屋内只有一张桌子两条板凳，放东西的箱子也未上漆。衙门厨房里没有火腿等高档菜肴，招待客人的酒也是临时去零买。赵烈文感叹："大清两百年不可无此总督！"意思是说，曾氏的自奉之薄是有清两百年来总督中所仅有。岂止是清朝，即便在整个封建王朝中，也难以找出第二个这样节俭的大员。

曾氏为什么要这样做？为什么要在自己的身上背着这等常人难以承受的沉重负载？原来，这是因为他要做圣贤。他说过，人"不为圣贤，便为禽兽"。他的眼中只有圣贤和禽兽这两类，把无数有优点也有缺点、有长处也有短处的普通人给排斥掉了。他这种观念上的绝对，是他自找苦吃的最主要原因。曾氏眼中的圣贤是"三立"完人，即不但要立功立言，还要立德。这种完人标准实在是太高了，高到不可攀登。试看上下古今的风流人物，能够找到一个严格意义上的"三立"完人吗？曾氏以这种乌托邦式的理想来苛求自己，怪不得一生都在痛苦中。

曾氏还有一个认识上的误区，那就是太看重个人的榜样力量，把这种力量估计得太高太重要。他说："风俗之厚薄奚自乎？自乎一二人之心所向而已……此一二人者之心向义，则众人与之赴义；一二人者之心向利，则众人与之赴利。"（曾氏全集诗文卷《原材》）地位和成就，使得他将自己列入这"一二人"之中，把自己视为天下人的榜样，负有引领导向的重大责任，故而要严加注意自己的一言一行、一举一动。其实，一个人即使万分伟大崇高，也难有厚薄风俗的力量。许多青年朋友对我说：曾国藩活得太累了，累得让人怜悯。是的，一个负载如此沉重的生命，其生也自然忧多于喜、苦多于乐，能不累吗？

辑二

时势造豪杰

生生不息的中华文化

二十多年来，我在整理编辑近代湖南乡邦文献的工作中，有幸接触到许多珍贵的第一手历史资料，由此走进湖湘文化的深处，偶尔似乎有一种已经听到其心脏律动之声的感觉。掩卷默思，常为历史感动得心在颤抖，血在奔涌。

我时时看到近代湖湘苍穹上横空出世般地写着两个大字——血性！从曾国藩、左宗棠组建湘军，在一片狂潮中奋起捍卫名教道统，直至后来收复新疆镇守南国；到黄兴、蔡锷率先高举义旗推翻帝制，保卫共和；到蔡和森、毛泽东秘密成立新民学会，后又公开拉起队伍走上井冈山，发誓改造中国与世界；到抗战期间，湖南境内五次正面战场上，中国军队以一百八十万血肉之躯与二十万伤亡的代价，抗击外侮，谱写一曲长存史册的浩然正气之歌。湖湘大地上这一次又一次壮举，将“血性”这两个大字，书写得既惊心动魄，又光照寰宇。

众所周知，湖湘文化深受屈原、贾谊精神之滋养与濂溪程朱学说之化育，故而乾隆帝称之为“道南正脉”，意即中华道统在南方的正脉。显然，湖湘文化中的这个“血性”，既带有强烈的湖湘地域特色，又是中华文化的一脉传承。《易经》的“天行健，君子自强不息”，孔子的“杀身成仁”，孟子的“威武不能屈”“舍生取义”等等，无疑是这种湖湘气质的精神源头和力量源泉。

我们中华文化当之无愧是人类最优秀的文化之一。中华文化是中华民族数千年生存繁衍发展过程中的文明和智慧的结晶。儒家学说是中华文化的主体。中华文化以效法天道为其最高原则，以敦睦血亲为其切近起点，以健全人格为其坚固基础，以构建群体和谐为其根本目标。由此而衍生出公正、至诚、仁爱、孝悌、中庸、忠恕、刚明、俭约、信义等价值理念。以公正之心待物，大而将天下视为公有，即《礼记》所说的“天下为公”；将至诚之念视为宇宙之原动力，即《中庸》所说的“不诚无物”；具仁爱之情关怀别人，即《中庸》所说的“成己成物”；以孝悌之行敬奉父祖友爱兄弟，进而善待天地万物，即《西铭》所说的“民胞吾与”；以中庸之道去处理世间繁琐，即《论语》所说的“过犹不及”；以忠恕之襟待人待事，即韩愈所说的“严己宽人”；以刚明之志对待困难晦暗，即曾国藩所说的“贞干睿智”，以俭约之方持身持家，即诸葛亮所说的“宁静淡泊”，以信义之守立身行事，即《左传》所说的“信以行义”等等。所有这些，构筑中华文化的核心价值体系，且因此以其鲜明的特征区别于世界其他民族的文化。在这种价值观念的指导下，中华民族涌现无数顶天立地的民族脊梁，创造五千年辉煌的文明史，为人类世界的文化作出不朽的宝贵贡献。中华文化之所以能生生不息，历经千折百难而依然劫后复兴，在四大古文明中唯一存活至今并保持着旺盛的生命力，实赖我们民族的贤哲与众生代代传承的结果。“为天地立心，为生民立命，为往圣继绝学，为万世开太平。”正是有千千万万的张横渠怀着这种崇高使命感，中华文化的精粹才能薪火相传，虽百世而不衰。

记得二十多年前，我应台北“故宫博物院”之邀，以大陆学者作家身份出席该院举办的曾国藩逝世双甲子纪念活动。举办方安排四场演讲，分别由台湾“中研院”余英时院士、张玉法院士、吕实强所长和我主讲，每人演讲一百分钟。我因为是客人，受优待安排在第一场。演讲会由“台北故宫博物院”院长，著名政治活动家、书法家秦孝仪先生主持，听众达五百人之多。台湾政界元老名流如陈立夫、李元簇、李焕、孔德成等人都来到现场。那还是两岸恢复往来的初期，台湾民众大多对大陆不太了解。大家怀着好奇的心情听取我的题为“曾国藩的生平与事功”的演讲。演讲结束后，听众纷纷向我提出各种各样的问题，表现出既兴奋又颇感意外的激动心情。他们兴奋，是因为从大陆学者的口中听到让他们感到亲切的理念与表达方式；他们感到意外，是因为分离四十多年后居然还可以感受到这份来自大陆的亲切。我告诉台湾的同胞们，这原因便是因为我们同是炎黄子孙，我们是同一个文化所哺育出来的。这个文化便是我们共同引以为荣的伟大的中华文化。听众从我的演讲中看到中华文化在大陆的传承，我则从这个活动中目睹中华文化在台湾的传承。会后，时已九十四岁的国民党元老陈立夫先生亲笔题赠我一段孟子语录：“居天下之广居，立天下之正位，行天下之大道。得志与民由之，不得志独行其道。”在我拜访他的时候，精神矍铄的老先生娓娓谈起中华文化“大而能容，刚而不屈，中而无偏，正而远邪”的博大精深内涵。他说，因为中华文化符合人类共生共存共进化的原理，故而这个文化不仅可导中国于先进，而且可拯救世界。

在陈立夫先生和广大台湾民众身上，我看到两岸发展的前景和未来，对两岸的和平统一充满无限信心。我们本是血脉相连的一家人，这种骨肉亲情岂是外在的力量所能割裂的？

文化需要传承，文化更需要创新。中华文化五千年的发展过程，就是一个不断创新的过程。积历史之经验，可知创新的重要途径之一在于吸纳外来文化，在吸纳的同时与本民族的文化相融合，从而化生为我们自己的文化。中国古代几次大的民族融合以及印度的佛教转化为本土的禅宗等，都是证明。尤其是五四以来，迅速传入中国的民主与科学，更是中华文化创新的一次重大飞跃。

以感悟的归纳的思维方式为主要特点、以人为本的中华文化，的确非常需要吸纳以逻辑的演绎的思维方式为主要特点、以物为重的西方文化的许多优长，民主与科学的引进，使得中华文化更为完美，更具活力。

当前，两岸炎黄子孙正面临着中华民族腾飞的绝好时机，在中华文化熏陶下成长起来的两岸中国人，极需要以创新的文化理念为指导，携手合作，共创未来的美好愿景。我们期待着中华文明发展史上的又一次重大的观念突破与文化创新！

从治乱史看和谐社会的要素

三千年的中国文明史，若从社会的安定与动乱这个角度来看，也可以说是一部治乱史。治世时期，大体上说社会较为稳定，百姓能够安生过日子。乱世时期，社会动荡，战争频繁，民不聊生。无论哪朝哪代的老百姓，都渴望治世而厌恶乱世，甚至有“宁为太平狗，不做乱世人”这样激愤的话出来。在谈论和谐社会的时候，剖析历史上治与乱现象背后的深层原因，或许对今天有所启益。

春秋战国时期，是中国文明史上的第一段乱世，为期长达五百多年。周武王以革命方式推翻商朝的统治，建立大一统的周王朝。周王朝国土辽阔，国力强大，它以分封制作为国家的体制。建国之初和以后的两百多年里，分封制作为顺应时代潮流的国家体制，对周王朝的巩固和发展作出了重大的贡献。到后来，中央政权力量日益衰弱，诸侯国中的一些国家日渐强大。强大起来的诸侯国不再服从中央政府的领导，侵略、吞并别的弱小诸侯国。这样，乱世便开始了。混战五个多世纪后，当初数以百计的小国逐渐化为七个强国，后来最强的秦国又吞灭其他六国，重新建立强大的中央集权政府，国家暂时统一，战争停止。

以后的西汉吴楚七国之乱，西晋八王之乱，唐代藩镇割据，民国军阀混战，都是中国历史上有名的乱世时期。这些乱世的出现，有一个相同的主要原因，那便是中央政权弱而地方势力强，史册上所谓强枝弱干、内轻外重等等，即指这种现象。此弊端出在体制上。由此看来，治世的基础在于国家必须有一个适应国情的体制。这个体制能保障国家的各个部门各个层次有序而畅通地运转。当体制上出现妨碍运转的有序和畅通时，则必须及时予以调整改进，即便由此付出巨大代价也是值得的。康熙初年平定三藩之乱，可以作为一个典型例子。二十岁的康熙皇帝为了政权的长治久安，力排众议，毅然决然地作出削藩决策，当吴三桂、耿精忠、尚之信三藩因此反叛时，又不惜调动全国兵力予以坚决镇压，最终平定叛乱，树立起中央政府的绝对权威。接下来的康雍乾百年盛世，正是奠基于此。

对于关乎体制的大事，决不能掉以轻心。首先是体制必须适应时代的发展，其次是要确保体制的有效运转，当有危及体制的苗头出现时，必须予以有力遏制，用以维持共同选定的这个体制的正常运行。这就是我们常说的维护大局的稳定。回顾历史，可知这是构筑治世的基础所在。

翻开史册，我们可以看到，每一个成功的新王朝，都会在它的初期实行一系列旨在减轻农民负担、笼络人心的政策。这些鉴于前车之覆而不得不制定的新国策，的确起到复苏经济、安定民心的大作用。如汉初的轻徭薄赋、与民休息，唐初的均田制、租庸调法，宋初的减少苛捐杂税，承认土地自由买卖的“不立田制”，明初在全国范围内丈量土地，建立户籍制等等。汉唐宋明王朝的开国君主这些顺时适变的做法，历史证明是大有必要且收效显著的。反之，时代变了，国策若不调适，则会酿成大乱。一部中国近代史，便从头到尾述说着这个惨痛教训。每读关于魏源“师夷长技以制夷”、曾国藩“师夷智以造炮制船”、李鸿章“三千余年一大变局”等史料，笔者都禁不住在心中扼腕叹息：清朝末年，无论朝野，都不乏头脑清晰、眼光锐利的有识之士，他们对国家弊病的剖析准确中肯，所开的救国之方也可行有效，但当政者就是冥顽不化，抱定祖宗成法，沿袭先人惯例，墨守成规，不愿变革；不但不变，还要杀害忠心耿耿的改革派官员，到了戊戌年谭嗣同等六君子喋血菜市口时，举国上下，无论贤愚都已看出这个朝廷实在是不可救药，逼得改良派最后也只得与革命派联手来推翻它。从康乾的治世到光宣的乱世，爱新觉罗氏终于因不知调适改革与时俱进，而丢失了祖宗传下来的江山，中华民族的元气也在七十年间的动乱中消耗殆尽。

因适时变更国策而使社会稳定，因逆时代潮流死守祖宗成法而导致政权丧失，这说明国家大计以及与之相关的重大政策，对治世的构建有着生死攸关的联系。

考察中国历史上所发生的农民起义，会发现有一个强烈的社会诉求贯穿其中：隋末瓦岗寨众头领自封的是“一字并肩王”，唐朝黄巢所吟的菊花诗是“报与桃花一处开”，明末李自成争取民众的口号是“均田”，清末洪秀全为所建的军队、国家命名为“太平军”“太平天国”。这些农民起义领袖的话语不同，但所表达的社会诉求理念是相同的，这个理念来自他们的均平思想。均平思想受到社会底层的平民百姓及弱势群体的广泛拥护。毫无疑问，这些人群遭受到了社会不公。由此我们可以看出，社会中各个群体各种层面，都应该有一个他们所能接受的大体上的平衡，不能彼此之间悬殊太大，反差太烈。

若社会长久地存在着富者积谷盈仓、贫者不能苟活的局面，人群中便会产生巨大的不公不平的情绪，那么平衡便遭到破坏，乱世也就接踵而至。大体上的平衡，谓之适中。中国古代哲人因此提出“中和”的思想：“喜怒哀乐之未发，谓之中；发而皆中节，谓之和。中也者，天下之大本也；和也者，天下之达道也。”国家管理者应以“中和”之道来治理国家：“致中和，天地位焉，万物育焉。”（《礼记·中庸》）努力达到中和状态，天地就各安其所，万物就发育生长了。如此，社会则公平适中，治世来临。

孔子说：“君子和而不同。”和是“八音克谐”，同则八音一个调，这两者是大有区别的。八音不是一个调，却只要调和得当，便可组成动听的乐章；反之，则只是声音的加大而已，无优美可言。历代治国贤君，懂得兼听则明偏听则暗的道理，允许不同的声音存在，甚至鼓励臣民发出不同的声音。光武帝豁达大度，才有东汉前期的经济恢复；唐太宗从谏如流，才有备受称赞的贞观之治。相反，天赋极高的商纣王，“智足以拒谏，辩足以饰非”。他的拒谏饰非，终于招来周武起兵，天下大乱，百姓不得安宁，他本人也自焚于摘星楼。明朝末年，东林、复社党人喜对朝政发表不同意见，当政者对此极为反感，党人惨遭陷害囚禁。不同的声音虽然一时消失了，但明朝也因此没有逃掉覆没的命运。不仅在国事治理上需要“八音克谐”，整个社会的繁荣也依赖于不拘一格。汉武帝的盛世肇源于汉帝国与四夷的交往融合，互为推进；唐玄宗的开元、天宝时的“万邦来仪”，更是当时大唐帝国广纳天下的恢弘气魄的成就。由此看来，和而不同，八音克谐，实在是治世的一个不可缺少的条件。

集权与分权属于体制的范畴，能否适时调整国策属于政策制定方面的考虑，均平与否，牵涉到分配的公道，和而不同可归之于监督的范围内。治世与和谐紧密相连，乱世绝对是不和谐的。简略回顾一下历史，我们可以看出体制、政策、分配、监督这四个方面对社会治与乱产生的重大影响。三千年的文明史告诉我们，体制得当、政策适时、分配合理、监督有效，则社会有可能和谐，反之则一定不和谐。

厚重与和谐

——紫禁城文化的感悟

每次走进紫禁城，给我的第一感觉便是它的厚重：巍峨的屋顶，大气的飞檐，雄伟的楹柱，端庄的匾额，威严的陛墀，辽阔的砖坪。厚重之感，无处不在。徐徐漫步城内，则又明显感受到它的和谐氛围：三大殿、后三宫压在中轴线上，成为重重殿宇的主体，东西两侧一座座自成体系又相互呼应的宫院，按照阴阳五行的内蕴极有规矩地分布着，殿前流水蜿蜒，玉桥横跨，宫后古木挺直，园林清雅。一切都在均衡、协调与相映成趣之中。

紫禁城的建筑群，无疑是宫廷文化中的主要内容，而宫廷文化则集中地经典性地代表着传统文化。厚重与和谐，恰恰是两个突出的中国式的传统文化特色。

厚重即敦厚持重，体现以农立国的中华民族对土地山石的崇拜情结。所谓“地势坤，君子以厚德载物”，所谓“君子不重则不威”，都是崇拜对象的人格化。与浅薄、刻薄、轻飘、轻浮相左，敦厚持重，则历来是人们所称颂的美德。这种美德，对于宫廷主人即当国者而言，更显得重要。

敦厚乃恕道，是儒家仁爱学说的核心。一个国家的最高管理者，对其子民必须具有仁爱之心，因为仁心可以使他手中所握有的至高无上的权力，用在给民众带来福祉的事情上。反之，王土王民则有可能成为其恣意妄为的工具与鱼肉。持重乃治理泱泱大国的第一要略。自古以来，中国便是世界上少有可比的大一统帝国。国大口众，情况复杂变数多，举措稍有不慎，便有可能生发祸乱。故而“治大国者若烹小鲜”，当小心翼翼慎重从事，所谓“老成谋国”，其用意即在此。

当国者既敦厚又持重，国家才有可能被置于磐石之上，安安稳稳；若刻薄寡恩，轻举妄动，国家将可能处于水火之中，动荡不宁。

至于和谐，则是儒家学说关于国家治理的理想境界。和谐的观念源于对奏乐的感悟。《乐记》说：“乐者，天地之和也。”各种不同的乐器，如琴瑟竽笙，单独吹奏，发出的是各种不同的声音；若将它们合起来一道吹奏，则或糟糟混混驳乱无序，此为杂声，或高低得宜，众音协调，此为和声。儒家认为，八音克谐而产生的协调之美，才是天地间之大美，其原理与整治国家的道理相通。世间纷杂，众生芸芸，正好比琴瑟竽笙各发各的声音，若将它们调理得各自得宜又互相协谐，则可以奏出人世间的和声。这种和声，就是国家和谐的表征。古圣昔贤们苦苦寻找种种能构建和谐之音的方式，以达到万邦咸宁万众一心的目的，“中庸之道”应是此中最为成功的探索。如果将治国的这种理念推及治心上去，则更高了一层。人的心声与天地间万籁之声，也好比琴瑟竽笙的关系，若人的心声能调到与天地间万籁之声协宜一致的地步，那么，彼此也能形成和声。此时，天人合一，和谐到了最高境界。

孔子说“君子和而不同”。和不是同，和恰恰是排斥同。执政者可以用自己强大的权力压制不同的声音，迫使全国发出一致的声调。但这种声调单调枯燥，绝不是美妙的乐声，当然，也绝不是和谐之音。只有让天下臣民都可以发出自己的声音，而又让他们在国家强盛众生幸福的主旋律上协调起来，这才是高明执政者所面临的第一要务。其关键在于执政者及其所掌管的一整套职能部门的调理功夫。古时设立三公，其职能为“燮理阴阳”。“燮理阴阳”这四个字，看起来有点玄虚，实际上其中所蕴含的正是高超的调和艺术：化解大大小小的各种矛盾，让它们构成一种新的化境。殷高宗对傅说说：“若作和羹，尔惟梅盐。”经过梅和盐的调理，做出来的美味才是和羹——鲜美可口的汤汁。

当年，故宫建筑群的设计，的确有深意存焉。高大壮丽的宫殿，既象征着皇权的神圣不可侵犯，同时也以其厚重品格在启沃居住此处的主人。错落有致的布置，既造成形式上的美感，更时时在提醒当国者：和谐才是江山社稷的最好境况。三大殿分别以保和、中和、太和命名，便是这层含义的昭示。

诚然，明清两朝的二十八位皇帝，绝少有人做到厚重，国家的整治即便是康乾盛世也很难说就达到了和谐，但紫禁城文化里所体现的这两个中国式的治国理念，却有着丰富的内涵和久远的价值，至今仍在启迪当代国家管理者和普通民众。

湖湘文化与湖南人

在中华文化的百花园中，湖湘文化是一朵格外引人注目的奇葩。湖湘文化是怎么形成的？它有哪些特色？它对生活在湖湘大地上的人们有怎样的影响？这些问题，绝大部分湖南人会有兴趣。对于有志提升湖南的人士来说，研究这些问题，将可以帮助人们更好地认识湖南、定位湖南，从而使湖南在全球和全国新一轮的经济发展中能更好地看准势头，把握机遇，在经营市场、创造品牌、激发投资活力、繁荣经济等方面能有一个更大的进步。

作为一种地域文化，湖湘文化的形成不能离开湖南这块土地。

湖南的地形三面环山，一面阻水，因交通不便而形成较之中原大地来说相对封闭的态势。湖南山多田少，向有八分山水两分田之说，而且比起江浙来，仅占两分比重的田土也显得贫瘠。据清代史册记载，湖南一年的税收不及江南一大县。但是，湖南有湘、资、沅、澧四条江河，四水汇集洞庭湖，再与长江相连，水路将三湘沟通，并与巴蜀吴越远接。如此，湖南省内易通信息，且与外界并不隔绝。此外，湖南位于亚热带地区，天气温暖，全年日照时间长，故而湖南雨水丰沛，有利农作物生长，与西北苦寒地带相比，宜于人居。

历史上，湖南长期被称为南方蛮荒之地，境内的山林大泽又便于藏匿，处于弱势地位的少数民族能在此寻到较为安稳的生活环境，故而湖南自古以来便是以汉族为主的多民族杂居的地域。战国中期，湖南全境归入楚国版图，楚风楚俗对湖南影响深远。民习既崇神灵敬巫师，又浪漫而富于想象。

早在两千年前，湖南的独特民风便受到关注。史书上说“其俗剽轻，易发怒”“好勇”“好用剑，轻死”等等。所谓“剽轻”，即剽悍敏捷；“易发怒”，指的是性格火暴而容易被激发；“好勇”“好用剑”，即尚武；“轻死”，意为不怕死。史书上还说“楚虽三户，亡秦必楚”。这句话不仅肯定了楚人的武力，还肯定了楚人的政治头脑。湖南的人口结构在明初有很大的改变，当时数以百万计的江西人西移湖南。赣人入湘，不仅因血统较远的联姻改善湘人的体质，还因为北宋以来两赣文风兴盛，从而将一种人文优势带进湖南。

所有这一切，使得湖南的民众生活贫困而头脑不愚昧，性格火暴而深明大义，行为上好斗却敢于牺牲，地位卑微却渴望改变现状。这样一群民众，若能得到一批有较高文化教养者的引导，则可望成就一番大业，而湖南又恰恰有着培植高素质人才的肥沃土壤。这块沃土乃千年湖湘之学的深厚积淀所成。

“湖湘学”或“湖湘学派”的说法由来已久，朱熹、黄宗羲等人都在自己的著作中以此称呼活跃在湖南的学者群体和他们的学术流派。湖湘之学不仅有着胡宏、张栻、朱熹、王夫之等大师为其旗帜，更有着以岳麓书院为首的一批著名书院为其学术重镇，湖湘之学因此而薪火相传，生生不息，成为湖湘土地上的文化精华和核心。

作为儒家学说的一支正脉，湖湘之学在全盘继承周公孔孟道统的同时，更强调心性修炼与经世致用。因为注重心性修炼，湖湘士人讲究内圣功夫。因为注重经世致用，湖湘士人更需要借助社会大舞台来施展自己的抱负。这两个方面构成湖湘之学和湖湘士人的鲜明个性。

由湖湘士人代代传承的湖湘之学，由湖湘地域所渐次形成的湖湘民风，千余年来，互为影响，融合化生，共同酿造一种带有强烈地域特色的文化。这种文化便是湖湘文化。湖湘文化是蕴含伟力的文化，但它在未遇到充分释放的机会时，它的伟力不仅不为世人所知，即便身受其熏陶的湘人自己也不一定对它有清晰的认识。从两宋历经元明、直到清末咸同时期，历史的机遇才让湖湘文化的伟力，如火山喷焰似的突然爆发出来。这一次大爆发彻底改变了湖南的形象，它不仅使湘人的生存硬件大幅度改善，而且将湖湘文化的光彩大为激扬，同时，更为湖湘文化注入许多新的时代内涵。一个半世纪以来，在经过更新的湖湘文化的陶冶下，湖南人的固有特性得到更大的彰显，先前较为隐晦的群体性格得到培植发育，从而铸造出一种为世人所称道的湖南人精神。

那么，湖南人究竟是个什么样的群体？此一群体有哪些格外显眼的特征呢？我个人认为，可以从以下九个方面来作点粗略描述。

一、心系天下与好管闲事

十九世纪五十年代诞生的湘军，前前后后有过三四十万人的参与。湘军中除开少量的读书人和绿营官兵外，其他全是世代耕作的农民。长达十余年的转战东西，让这批人的眼界大开，心胸大开，从而常常自觉或不自觉地将个人与天下、国家、社稷、江山联系在一起。这批人中百分之九十又先后回到他们的老家，于是这种观念被带到三湘四水的每一个角落，影响着他的家人、亲朋和乡邻，逐渐形成一种风气。风气所被，官绅及士人阶层，则有着心系天下的襟抱，动辄将一身与天下相连，从而目光远大，胸怀宽广，虽人处陋室却志在天涯，虽身无分文却惦念苍生。对于处于下层的百姓来说，受此风之染，也好管闲事，多操空心。街头巷尾，一有热闹，便立即会围上一堆人，东邻西舍，只要有点小事，就会马上招致众人关注，而且这些旁观者还特别热心论议评说，仿佛一个个都是负一方之责的当地行政长官似的。

二、敢为人先与喜出风头

当年的那场战争让湘军尝足了甜头，不仅捞取大大小小数以万计的品衔和翎顶，而且掠夺不计其数的战利品——金银财宝乃至女人。为何能有这多好处？皆因湖南敢于第一个办起体制外的军队，敢于第一个走出省境打仗，敢于第一个攻打大批市，敢于第一个公开将战利品运回老家，敢于第一个无视朝廷谕旨的尊严和八旗绿营在军界的正统地位。诸多此类的“第一个”，让湖南人渐渐养成一种什么人都不怕，什么事都敢做的“敢为人先”的性格。这种性格在有志之士的身上，体现为敢于走在时代前列，敢于走在本专业本领域的前头，做一番别人不敢想不敢为的大事。而在民间，则更多地表现为喜出风头、好赶浪子、追慕时尚等等，即便在这些方面，也要做得比别人出色。社会好流行歌曲，长沙的歌厅于是全国第一；世人说洗脚好，长沙的足浴于是全国第一；人们都说口味虾好吃，南门口四娭毑的口味虾摊子每晚营业额便高达两万元，在路边摊这个行业中大概也创下全国第一的纪录。

三、内圣修炼与唯意志论

讲究心性修炼是湖湘学派的重要特点。该学派的创始人之一胡寅认为，人只要通过不断的养心、存心、洗心、正心的过程，便可以使人品达到极高的境界，成为一个高尚的人、纯粹的人。湖湘士人大多接受这个观念，自觉进行人格修炼。无论是早期的胡氏父子、朱熹、张栻，还是后来的王夫之、曾国藩、罗泽南等人，都把这门功课看得很重，认为是人生的基础课，故而湖湘士人多讲道德，讲风骨，讲节操。但是，“内圣”也容易导致唯意志论、唯心观的出现，从而酿成迂阔空疏、脱离实际的风气。上个世纪六七十年代，整个中国弥漫着一股只讲精神不讲物质，只讲理想不讲现实，只讲奉献不讲报酬的气氛，很自然地使人联想到这种“内圣”的异化。

四、热心军政与疏于工商

湖南在近代的崛起，发迹于军政两界。从军既能使人发达得快，又能靠枪杆子的威力顺利推行个人意志。尚武好剑的古老风气，通过咸同年间的战争被极度激扬，以至于后来中国几乎是无湘不成军。至于从政，本来就是中国士人读书求学的目的，咸同之后，建立军功的湖南人占据各省政坛要津，他们相互吸引，彼此推毂，使湘籍官员遍及神州。借军政来出人头地，光宗耀祖，这种想法在湖南人头脑中之强烈，要远远胜过其他省份，于是也使得湖南人较之外省人更不屑于办实业，更瞧不起经商做买卖，导致的结果是湖南从上到下热衷政治活动，而工商经贸则始终上不来。

五、致力实事与不善表现

受湖湘学经世致用的熏染，湖南士人多崇尚实干而不尚空谈。曾国藩选择幕僚，凡爱说大话的文人一概拒绝。受湖南朴实民风的影响，湖南民众多长于做事而短于言辞。湘军招募兵勇，重用木讷的山野村夫，而不收巧舌多嘴的市井油滑之徒。曾国藩、胡林翼、罗泽南等湘军首领都看重人的稳重厚实，而视多言语好张扬为轻薄之举。风气所及，湖南士人尤其是普通百姓逐渐养成多做事少说话的习惯。社会因此而非常器重湖南人，但湖南人也因此而失去许多本应属于自己的荣誉和光环。在今天这个时兴炒作的年代，因为不善表现，湖南在中国的经济舞台上显得笨手笨脚。有人说，湖南电视很会这一套。实事求是地讲，像湖南电视这样善于表现只是个别观象，大多数湖南人还缺乏长袖善舞的技巧。

六、定力坚固与骡子脾气

湘军创始人罗泽南临死前留给部属一句重要遗嘱：“乱极时站得定，才是有用之学。”这句话说的便是“定力”。心性修炼这门功课，使得湖湘士人大多注重培植自己的心志坚定。在湖南，坚毅执着的人多受敬重，反之，多变善变者常受指摘。这种价值取向的长期流行，乃形成一种士风：湖南读书人多厚重，多实在，多心性专一，多屡败屡战。故而湖南士人普遍能负重致远，担当大任。但受此风影响，湖南人也多认死理，一条路走到黑，犟到底，不到黄河不死心，不撞南墙不回头，不少人甚至到了黄河也不死心，撞到南墙也不回头。世人将这种性格称之为骡子脾气，于是湖南骡子名闻天下。湖南人的倔拗脾性，常常给他们带来人际关系上的障碍。

七、作风死硬与做事霸蛮

陈独秀在《湖南人底精神》一文中说：“湖南人底精神是什么……几十年前的曾国藩、罗泽南等一般人，是何等扎硬寨打死仗的书生。”这种死硬作风，是湘军取得胜利的根本原因。它所体现的正是湖湘文化的本质内容。湖南土地贫瘠，人多出产少，湖南人要生存，非得强悍不可；湖南远离京师，朝廷无人，湖南人要出人头地，也非得靠自己的苦干不可。所以，无论是民众还是士人，湖南的上上下下，都极为看重这种硬寨死仗的精神。当年湘军统帅曾国藩自称有十八条“挺经”。他的所谓“挺经”，就是死硬挺住的意思。这种精神在湖南百姓中有着极普遍的认同。湖南话中“霸蛮”二字出现的频率之高，便是此一认同的生动说明。湖南人的霸蛮是湖南人成功的重要原因，但湖南人的霸蛮有时也会达到不讲道理的地步，甚至弄得最后鱼死网破两败俱伤也不在乎。在当今的商贸活动中，也许这种霸蛮并不利于事业的发展。

八、崇尚血性与易走极端

血性，通常指人在性情、精神、气概等方面的某种外在表现。有操守，有担当，讲诚信，讲气节，够朋友，重然诺，轻生死等等，都是血性的表现。血性体现的是一种阳刚的、激情的、剧烈的，有时甚至是趋向极端的生命力的表达方式。湖南人历来血性强旺。元末，岳麓书院百余名士子为阻止元兵进长沙，登上城墙与元兵搏斗，最后全部战死而无一人投降。明末王夫之隐居乡村著书立说，头戴斗笠，脚蹬木屐，以示不与清廷共天地。太平军起事初期，所到之处攻城略地势如破竹，唯独围攻长沙城八十天始终打不下。抗战时期，衡阳守军与日寇血战四十多天，守城之久，为全国罕见。至于谭嗣同横刀向天笑，陈天华、姚宏业、杨毓麟、彭超、易白沙等为国事愤而投海投江，则更是惊天地泣鬼神。

湘人血性之强很可能是受投江而死的舜帝二妃及屈原的感染。为情献身、为国捐躯的人，在湖南人的眼里都是神灵，建祠立庙，年年香火，岁岁祭祀。自古以来，湖南人的性格便“易发”，加之后来辣椒的刺激，更加变得火爆而易于发怒。这种火爆的血性极易导致湖南人的爱走极端。湖南人易于接受“矫枉必须过正，不改正就不能矫枉”的理念，平时的思维也容易走非此即彼、你死我活的极端。虽然也很懂中庸和谐、共生双赢的道理，但遇事则不易隐忍退让，这是性格使然。有个段子说，男人有了外遇，某地女人忙着分家产，某地女人当作没看见，湖南女人则拿起菜刀去砍杀。湖南人的好走极端，虽被这个段子所夸大，但大体上不离谱。

九、重视情谊与帮派圈子

儒家学说的基点本是建筑在血缘之上，是一种亲亲文化，湖南因为地处偏远，交通不便，而对这种亲亲文化的认同更为强烈。早期的湘军军营，便是以血缘和由血缘所延扩的地缘、业缘等为纽带而组建，父子兄弟师生同窗同乡等，往往在同一个营哨。这种关系强化了湘军内部的团结，对湘军战斗力的提高起到较大的保证作用。“打虎靠的亲兄弟，上阵靠的父子兵”，湘军的胜利，使湖南人对这个道理普遍深信不疑，家族帮派、拉拉扯扯的现象比比皆是。亲缘纽带虽然让湘军获得成功，却也极大地限制湘军的后期发展：亲情友情取代军纪军风，狭隘的小圈子使得更多的才智之士望而却步。南京打下后，湘军迅速腐败，终于不得不全军解散。曾国藩的九弟在这方面表现得最为突出。曾氏批评道：老九不但喜用湘乡人，而且喜用屋门口人，局面何能不越来越窄？湘军的这种陋习，一直被沿袭下来，深刻影响湖南人的办事作风。

湖湘大地孕育催生着湖湘文化，湖湘文化又反过来熏陶着影响着湖南人。既心系天下又好管闲事，既敢为人先又喜出风头，注重内圣修炼却又过于相信意志力，热心军政而疏于工商，定力坚固却又有着骡子脾气，作风死硬且做事霸蛮，崇尚血性却又易走极端，重视情谊兼爱弄点小圈子，这就是湖南人。爱也是他，恨也是他，湖南的一切希望都寄托在他的身上，此外别无选择。这就是我们必须研究湖湘文化和湖南人的原因。

忠诚：湘人品格的最亮点

忠诚是中华民族最为看重的文化品格。《论语》说：“夫子之道，忠恕而已矣。”“吾日三省吾身：为人谋而不忠乎？”《中庸》说：“诚者，物之始终，不诚无物，是故君子诚之为贵。”自有文明史以来，中华民族就将忠诚作为立身处世的根本，以之教育子弟，世代传承，从而筑基于社会深层，融化于民族血脉：忠诚者受人敬重，不忠诚者遭人鄙弃。湖南人于此更为重视。我们在探讨湖南精神的时候，无论是研究有素的专家，还是普通民众，都一致视忠诚为湘人品格的最亮点，是湖湘文化最鲜明的精神特征。

最先将忠诚植于湖湘人心的，是舜帝的二妃娥皇、女英。舜帝南巡，经年不归，二位妃子想念丈夫，不远万里寻夫来到湖南，得知舜帝死于苍梧山，二人泪洒竹林，身殉湘江。娥皇、女英绽放的是一种最美丽坚贞的忠诚：忠诚于爱情。湘人由衷敬重这种忠诚，将她们封为湘君、湘夫人，建二妃庙以纪念，千百年来顶礼膜拜，香火不绝。湘女多情，遂源于此。

让忠诚深深扎根于湖湘大地的，应属伟大的屈原。屈原遭人谗害，从宫廷放逐民间。他披发流离，行吟泽畔，最后来到湖南，在湖南留下不少光辉辞赋后自沉汨罗江。屈原的忠诚，其内涵更为广阔：忠诚于信仰，忠诚于人民，忠诚于国家。“亦余心之所善兮，虽九死其犹未悔”，“长太息以掩涕兮，哀民生之多艰”，“鸟飞返故乡兮，狐死必首丘”。这些诗句写尽了诗人的满腔忠诚之心。屈原以他不朽的作品，将忠诚灌输到湖湘士人的心灵，化为他们的道德操守与行为规范。同时，在民间，百姓也以吃粽子过端午等世俗节庆，把忠诚这种崇高品质，潜移默化于日常生活中。汉代的贾谊，将时代的呼声注入忠诚中。《过秦论》曰：“仁义不施，而攻守之势异也。”施仁义于民，这是贾谊深研历史默察当下而贡献给执政者的大忠大诚。人们常说湖湘精英文化的源头是屈贾精神，屈贾精神的要义便是忠诚。

在唐代，湖南士人沐浴的是流寓文学的光辉。以王昌龄、刘禹锡、柳宗元为代表的寓居湖湘的官员，以李白、杜甫、韩愈为代表的流浪湖湘的名士，尽管他们或遭受打击或命运坎坷，但他们对国家对人民的忠诚，却一直不变。曾做过龙标尉的王昌龄的两句诗——“洛阳亲友如相问，一片冰心在玉壶”，堪称此种心境的代表作。

到了宋代，由道州人周敦颐及其弟子二程所创立的理学大昌于思想界。在周敦颐的故乡湖南，理学的南方正宗湖湘之学，备受学术界尊崇。周敦颐学问的核心思想便是一个“诚”字。他认为“诚者，圣人之本”，“诚，五常之本，百行之源”。在这种核心思想的指导下，湖湘之学高举诚的旗帜，铸造士人诚的品格。从此，以对国家对人民的诚为主要内容的忠诚，便成为湘学的鲜明学术特征，尤其在国乱民危时期，更显湘人的忠诚本色。从学者胡宏抗金复仇的慷慨激昂，到官员李芾的城破自杀、百余名岳麓书院学子战死长沙城墙，从湖南士兵赴江浙沿海抗击倭寇，到湖南民众抵抗清兵，湘人的忠诚品格在史册上留下浓墨重彩的篇章。其中王夫之，以他抗清复明的壮举和失败后隐居著述四十年的卓绝所成就的船山形象与船山学说，更成为尔后湖湘士人人格的榜样与力量的源泉。

近代中国多灾多难，湖南因其地理原因，又成为灾难的多发与重创之区；相应地，湘人的忠诚也就“时穷节乃现，一一垂丹青”。鸦片战争之后，老大帝国贫穷腐朽的真实面目暴露在全世界面前。中国的爱国之士在蒙受耻辱的同时，也痛悟国家必须从困境中解救出来。于是，探索复兴的漫长之路便从那时开始，湘人首当其冲。邵阳人魏源最先提出“师夷长技以制夷”的对策，石破天惊，震惊国人。二十年后，湘军统帅曾国藩再次提醒朝廷：“目前资夷力以助剿济运，得纾一时之忧；将来师夷智以造炮制船，尤可期永远之利。”终于，曾氏的思考化为国策，从而揭开洋务运动的序幕，中国开始从封闭走向世界。尤其令我们不能忘记的是：左宗棠以花甲之年舆榇出关，从英国沙俄扶持的阿古柏政权手中收复新疆；彭玉麟镇守南国、杨载福渡海入台，共同抗击法人；刘坤一在辽东血战日本侵略者。他们与他们所统率的湖湘子弟的那一腔精忠报国之志，任是何时想起，都会令我们热血沸腾，肃然起敬。

湘人的忠诚在抗日战争中表现得更为悲壮。湖南是正面战场的最重要战区。在这块土地上，中国军队进行了三次长沙战役、常德战役和长衡战役共五次重大战役，以火焚长沙的惨烈，以投入军队一百八十万人伤亡二十万人的代价，最后赢来芷江洽降的光荣。湘人对国家对民族的忠诚光照日月，感天动地。在近代革命运动中，湘人的忠诚更为全国表率。衡阳人夏明翰“砍头不要紧，只要主义真。杀了夏明翰，自有后来人”的诗句，足以作为人类忠诚于信仰的豪迈宣言。

忠诚，这个中华民族的传统美德之于湖湘的表现，有两个重要的特色：一为拙诚，一为血诚。

所谓拙诚，就是不投机取巧、不三心二意、实实在在、笃厚朴素的忠诚，它又被称之为朴诚、实诚。湘地多山，山民心思多笃实；湘地贫穷，穷人生活多简朴；湘地较闭塞，湘民举止多笨拙。故忠诚之在湖湘，则表现为朴实色彩浓厚的拙诚。湘人的祖先为南蛮。南蛮血性旺烈，易为意气所使，不太会计较个人的得失利害，一旦看准了一件事情，就会以特别的倔强去努力办成，甚至于洒血丢命都不顾惜。这是忠诚的最高表现，湘人称之为血诚。谭嗣同、陈天华、杨毓麟、姚宏业等人，以一己之生命唤醒国人的泣血之举，就是这种血诚最典型的体现。

在为期近一年的湖南精神大讨论中，绝大多数湘人以“忠诚”作为湖南精神的首选。这说明当代湘人看到自古以来忠诚在湖湘文化中的显著地位，也说明当代湘人十分敬重这种品德，决心在打造新湖南的过程中更好地继承这一宝贵传统，将它发扬光大：忠诚于信仰，忠诚于人民，忠诚于国家，忠诚于事业，忠诚于家庭，忠诚于人类一切美好的情感。

回雁孤峰唤船山

近代湖湘文化是全国最有影响的地域性文化，史学界说：一部中国近代史，半部湘人奋斗篇。这话并非夸张，倘若没有湖南人的拼死拼命，中国近代历史很可能就是另外一种写法。光彩夺目的近代湖湘文化，是五千年中华文明化育的结果，历代先贤的智慧滋润着这片土地，哺育着三湘儿女，要说对它影响最大，距离最近的一位先贤，当数王船山。说到王船山与近代湖湘文化之间的关系，我以为主要体现在两个方面。

一、王船山对湖湘士人群体人格的影响

生活在湖湘土地上的人群，由于生存环境较为艰难与封闭，也由于楚风熏陶的深厚与持久，人们大多倔强而富有血性。这种倔强与血性，在有着较高文化素养的士人身上，则表现为对信仰与事业的执着忠诚。

王船山祖先世代为明朝的官员。他本人十四岁中秀才，二十四

岁中举人。他自认为大明王朝对他恩德深厚，于是他对这个王朝忠心耿耿。他既坚持不与农民起义军合作，又坚决抗拒清军对明朝廷的入侵。在北京的崇祯朝廷灭亡后，他仍要做朱氏王朝的义士忠臣，追随着南明小朝廷奔波流徙。后来，永历小朝廷也覆没了，清军在全国范围内建立了稳固的一统政权，他仍然对这个满人的朝廷不予承认，甚至图谋起义。意图破产后，他隐居荒山，不闻世事。在近四十年的岁月中，他将对时局变易的一腔孤愤，全力倾注在学术研究中。传说他每当外出时，则头戴斗笠，脚穿木屐，表示不与清王朝同天共地的坚决态度。王船山这种孤臣孽子式的生存方式，赢得后世湖湘士人对他的极大敬重。

晚明时期，政权腐败透顶，灭亡并非可惜。满人的清政权，很快皈依汉文化，接下来又创造了百年辉煌的政绩，在中国历史上，这个政权也并非倒退。清取代明，自有它的合理性。王船山对抗清斗争的坚持和对朱明王朝的痴情，与其说是一种政治立场，毋宁说是一种人格力量。在他身上所体现的，是一个士人对信仰与事业的执着与忠诚。它在本质上与屈原投江、娥皇女英殉情是一致的。这既是湖湘文化所推崇的道德品性，同时，这种价值取向，又因王船山的学术成就而更加深入湖湘士人群体。陶澍说王船山“行宜介特，足立顽懦”，唐鉴说他“身足以砺金石”，又说“《易》曰‘苟非其人，道不虚行’，其先生之谓乎”，郭嵩焘说他“节义词章”“元明两代一先生”，王闿运说他“诚修德君子，可为师楷者”，章士钊说他“伏处南疆，艰贞绝学”，杨度说“惟有船山一片心，哀号匍匐向空林”等等，说的都是王船山对湖湘士人人格塑造上的影响。至于杨昌济为学生讲修身一课时，多次要学生从王船山的著作中寻找依据来谈自己的修身，则更是十分明白地说明杨昌济对王船山人格的仰慕。记得少年时代，我和我的一班子同学每次到船山图书馆，都会在船山先生清瘦的雕像前默然肃立良久，对衡阳这位先贤充满着敬意，也颇以与船山同为衡阳人而自豪。

王船山对湖湘士人群体性格影响的另一点，是他敢于做别人不敢做的事，敢于标新立异、特立独行的无畏气概。湖南这块地方自古以来便远离皇权，远离政治中心，又深受崇尚个性、思绪不羁的南楚文化的影响，故而湖湘士人多有无所依傍的独立根性。湘人的这种独立根性，充分地体现在王船山的学术探索与真理追求上。他豪迈地向世人宣布：六经责我开生面，七尺从天乞活埋。他既不在乎圣人对他学理上的别开生面予以责难，也不在乎世俗社会对他遗世独立行为的不理解。

王船山这个人，在当时论功名，不过一举人；论地位，不过永历小朝廷行人司里的九品行人；论经历，他甚至连北京城都没进过，也不见他与学术权威、文化名流有过多少交往。然而，就是这样一个避居山间的"南岳遗民"（船山自称），却居然敢于对中国学问的各个领域，包括经学、史学、政治学、文学，甚至天文、历法、数学等自然科学，进行全方位的研究，敢于对圣贤之言和历史定论提出质疑，并终于自成一家，而且登上那个时代思想与学术的顶峰。正如刘人熙说的："船山之学，通天人，一事理，而独来独往之精神，足以廉顽而立懦，是圣门之狂狷，洙泗之津梁也。"

在王船山这个崇高榜样的鼓舞下，湖湘士人长期以来所具有的独立特质，得到极大的激发，到后来终于形成一股股撼动山岳改变天地的强大军政力量。这种现象，辛亥志士杨毓麟在《新湖南》一文中曾有过清晰的描述。他说周敦颐"师心独往，以一人之意识经纬成一学说，遂为两宋道学不祧之祖"，王船山"以其坚贞刻苦之身，进退宋儒，自立宗主"，王闿运"谈海外政艺时措之宜，能发人之所未见，冒不韪而勿惜"，"至于直接船山之精神者，尤莫如谭嗣同无所依傍，浩然独往，不知宇宙之圻埒，何论世法！其爱同胞而惎仇虐，时时迸发于脑筋而不能自已。是何也？曰独立之根性使然也"。

王船山对湖湘士人群体性格影响的第三点，即他的坚毅顽强、艰苦卓绝的非凡定力。三湘四水土地贫瘠，人口众多，自古以来谋生不易，竞争激烈，故而民风既朴实又强悍，性格执拗，甚至于霸蛮。从这个人群中产生的士人，也大多保存这种特性。王船山堪称此中典范。

王船山中年之后，便过着几乎与世隔绝的隐居生活。他既无财产，又无田庐，只靠少量束脩度日，经济状况异常窘迫。史册说他“厨无隔宿之粟”，应是实情。他长年从事艰难的学术研究，呕心沥血写下来的大量著作，在他的生前一本都没有刻印。他常常连买稿纸的钱都没有，只得从亲戚那里讨来陈年账簿，将他殚精竭思的成果写在账簿的背面上。就这样，他数十年如一日，思考着，撰写着，生命不息，著述不止。即便穷苦到这种地步，他也坚持自己的操守，拒绝吴三桂的厚禄收买，也不接受来自官方所赠送的锦帛。生活本身既清贫已极，所写的书又一部没有刻印，当然也就谈不上任何稿费收入，同时也就得不到社会的肯定。物资上的收获和精神上的鼓励，通常是写作事业的两个支撑点。这两个支撑点，王船山一个都没有。那么，是什么力量在支撑着他呢？而且居然能支撑四十年之久？

我以为，首先，这是源于王船山为学术献身为真理献身的崇高而无私的精神。其次，也源于王船山身上那种湘人所特有的执拗甚至霸蛮的性格。王船山长期在艰难困苦中著书立说的行为，是对湖湘士人一种巨大的激励。湖湘广大民众皆穷困，士人多出自清贫人家，寒士是湖湘士人群体中的主流。湖湘士人多自爱自重，虽穷厄而不坠青云之志，不少人终于能脱颖而出，成为对社会有大贡献的人。钱基博先生在《近百年湖南学风》一书中对王船山这种影响作用如此评价：“王夫之以艰贞拄世变……维人极以安苦学。故闻夫之之风者，顽夫廉，懦夫有立志。”正是在船山精神的培育下，衡阳人彭玉麟，才有“愿以寒士出以寒士归”的勇气。在彭玉麟的眼里，寒士这个身份，既不会使自己惭愧，也不会令人看不起。所以在后来的岁月里，他才会六次辞掉握有实权的高位，才会将自己的全部养廉费缴公，才会以平民百姓之身病死于衡阳乡间的茅草房里。彭玉麟终生以清贫寒士为荣，因为乡贤王船山就是清贫寒士。

二、王船山对湖湘学风的影响

王船山对湖南学风的影响是广泛而深远的，其中最主要表现在经世致用与趋时更新两个方面。

王船山是一个极有政治抱负的士人。早年，他将自己拯时救世的政治抱负，寄托在扶持南明政权抵抗清人入侵的行动上。后来专心治学，也是因为政治抱负落空后不得已的转变。晚年，他为自己的一生作总结时说，他是“抱刘越石之孤愤”，“希张横渠之正学”。刘越石即刘琨，是一位壮志未酬的西晋名将，张横渠就是那位“为天地立心，为生民立命，为往圣继绝学，为万世开太平”的北宋大学者张载。王船山为自己撰写的这两句碑文，精炼地概括了自己的平生：像刘琨那样以国事为己任，像张载那样治学为苍生。故而，王船山的治学便有着鲜明的经世致用的特色。

经世致用是湖湘学术的最重要特色。当年，胡安国、胡宏父子在南岳山下设帐讲学，之所以被学术界称之为湖湘学派，其突出之点，就在于这个学派重在阐明“圣王经世之志”，其治学的目的乃在于“康济时艰”，通经为的是致用。

王船山完全继承了湖湘学派的这个重要传统，并为经世致用的学术观提供了充足的哲学思想依据。

首先，关于“道”与“器”这两个古老的哲学概念，王船山明确地指出，“道”存在于“器”中。什么是“道”？“道”指的是事物运动发展的规律。什么是“器”？“器”指的是具体事物。王船山说：“道者，器之道。”所谓规律，是指的具体事物的规律，规律存在于具体事物中。王船山又说“据器而道存，离器而道毁”，“无其器则无其道”。具体事物和规律是不能分开的，离开具体事物，也就没有所谓的规律了。“道在器中”这个哲学观念，有力地推动着人们重视和参与人类实践的行动。

其次，在“知”与“行”这两个哲学命题中，他提出“行先知从”的观点。他说：“知之匪艰，行之维艰……先其难，而易者从之，易矣。”关于“行先知从”，王船山曾从多方面予以阐述。他认为“行”可以兼“知”，而“知”不可以兼“行”。又说“知”非真知，力行而后知之真。还说“知之尽，实践之而已”。他甚至还以这样断然的口气说：“知而不行，犹无知也。”

最后，在“天理”与“人欲”这对命题中，王船山认为“理在欲中”，“人欲之各得，即天理之大同”。他认为物质生活欲求是“人之大共”，“有欲斯有理”，道德不过是调整人们的欲求、使之合理的准则。他也反对把道德同功利等同起来的倾向，强调“以理导欲”，“以义制利”，认为只有充分发挥道德的作用，社会才能“秩以其分”“协以其安”。

将“器”置于“道”之上，将“行”置于“知”之先，将“人欲”置于“天理”之中。这些，都是王船山从哲学思想上为“实践是基础”廓清了认识迷误。因此，王船山竭力提倡实学。他宣称要“尽废古今玄妙之说而返之实”。王船山将胡氏父子所开创的以经世致用为主要特色的湖湘学术继承下来，又在哲学思想上为其弘扬光大而奠定基础。王船山无疑是湖湘学术发展史上贡献最为重大者之一。

王船山的学说因而受到湖南士人群体中经世派的高度重视。晚清湖南有两个极重要的经世派：一个是以陶澍为主的早期经世派，他们的代表人物有贺长龄、魏源、唐鉴等人。一个是以曾国藩为主的后期经世派，他们的代表人物有左宗棠、胡林翼、彭玉麟、郭嵩焘等人。正是这两个经世派，将王船山的学说大为彰显，使王学成为近世湖湘学术中的显学。

王船山的著作，在其生前没有刻印过，直到死后儿子王敔才刻印了十多种。乾隆帝修《四库全书》仅收其六种。因此，王船山的思想在很长一段时间里不为世知。道光十八年，身为两江总督的陶澍为王船山故居亲题“衡岳仰止”的匾额，又为之撰写楹联：天下士非一乡之士；人伦师亦百世之师。对王船山的人品和学问表示极大的尊崇。

百世之师的提法，简直把王船山抬到与孔夫子差不多的地位。

陶澍又大力支持重刻王船山遗书一事。道光二十二年，在湘中名儒邓显鹤、邹汉勋、何绍基、左宗植、欧阳兆熊的参与下，王船山的遗书刻印一百五十卷。从那时起，王船山生前所撰写的著述才开始以全貌的形式行世。

陶澍既科名清华、官位崇隆，又在两江任上大力整顿漕运、兴修水利、改革盐政，是一个备受海内政坛称誉的方面大员，在湖湘士人群体中有着极高的威望，张佩纶甚至称赞他为湖湘政界的昆仑山。他之所以看重王船山，正是看重王船山的经世致用的学说。他对王船山本人的格外揄扬，以及他对王船山遗书大规模刻印的支持，使得王船山的学说开始在湖湘士人中广为流播。

王船山遗书更大规模的刻印，是由晚清后期也是更有名的经世派，即以曾国藩为首的湘军集团来完成的。作为近世湖湘巨子，曾国藩对王船山一向是仰慕的，与从事道光二十二年船山遗书刊刻的各位名儒多为关系密切的朋友。至于为道光版船山遗书作序文的唐鉴，则更是曾国藩倾心敬服的老师。从曾氏全集中，我们常可看到他读王船山的书，谈王船山的为人处世以及与人商讨王船山入祠崇祀等文字，足见曾氏对王船山道德文章的佩服。“沉雄博大，识越千古”这八个字，可谓曾氏对王船山评价的代表词。同治元年，在他的好友也是道光二十二年王船山遗书刊刻的首事者欧阳兆熊的鼓动下，曾国藩、曾国荃兄弟决定联手重刻船山遗书。朱孔彰说曾氏兄弟捐银子三万两设立金陵书局，刊刻王船山的全部著作，并为之赋诗：“欲将节义风天下，先刻船山百卷书。”

同治四年冬，新版船山遗书刊刻完毕，一年多后，在长沙印刷，曾国藩一次便要去三十部分送友朋部属。曾国藩为这部金陵版船山遗书亲自作序。从序文中可知金陵版比道光版多出一百七十二卷。曾国藩在繁忙的军政事务中，抽空校阅其中的一百一十七卷，并亲手订正差错一百七十多处。序文还明确地说出了曾氏兄弟重刻此书的目的：

“圣王所以平物我之情，而息天下之争，内之莫大于仁，外之莫急于礼。”“船山先生著《正蒙》数万言，注《礼记》数十万言，幽以究民物之同原，显以纲维万事，弭世乱于未形。”原来，曾氏看重的是王船山的学术可以综理万事，消弭世乱，而这也正是曾氏及湘军集团的经世目标。

王船山的著作经过这两次尤其是曾氏兄弟的全面貌高层次广范围的刻印发行，其学理特别是他的经世致用的思想，得到空前的大传播大弘扬。王船山本人和他的学问，在湖湘近代士人中不可取代的崇高地位由此确定。正如章士钊所说的：“直至洪杨荡定之后，曾国藩始辑遗书刻之，其说大倡于湖湘而遍于天下。”

其后，湘军集团中的重要人物郭嵩焘继请旨将王船山从祀文庙后，又在长沙城为之建船山祠，每年定期公祭。在《船山祠碑记》中，郭嵩焘写道，建此祠“将使吾楚之士知有先生之学，求其书读之，以推知诸儒得失，而于斯道盛衰之由、国家治乱之故，皆能默然于心”。鲜明地体现了这位中国第一任西方大使，对湖湘士人领悟王船山经世致用学问的热切期盼。

接着，湘军水师统领、兵部尚书彭玉麟在衡阳城兴建船山书院。并为此上奏朝廷，称王船山为“命世独立之君子”，建立船山书院，为的是让湖湘士人“景仰乡贤，乘时奋勉，养其正气，储为通才”。曾国荃为支持彭玉麟的义举，特将《船山遗书》的所有雕版捐赠给船山书院。船山书院是近代湖南的一所重要学校，在湘南一带，其地位和影响都是首屈一指的。经船山书院的引导和培养，王船山的学说更得昌盛。他的书成为湖湘士人的必读书，他的经世思想也便更加深入地走进湖湘士人的心中。

至于王船山趋时更新的思想，在近代，引起了湖湘士人中变革派的高度重视。王船山在对历史变迁深刻考察的基础上，提出了趋时更新的观念。他说：“君子之过，如日月之食，更新而趋时也。”又说“道莫盛于趋时”，“事随势迁，而法必变”。由此，他明确地表示："时异局迁，穷则必变，势在必革。"在晚清那个动荡的年代，王船山这种思想给予对现实强烈不满，渴望寻求新出路，主张维新变革的湖湘志士们，提供强大的思想武器和成功信念。正因为此，激情澎湃的谭嗣同，可以用一年多的时间闭门静心读完王船山的全部著作，看出王船山思想精髓就在与时俱变这一点上。谭嗣同以颇近极端的口吻赞美王船山："五百年来，真通天人之故者，船山一人而已。"

由于王船山特别强调夷夏之防，此种观念与趋时更新的思想相结合，则成为清末民族革命浪潮的理论强力。章太炎将这点说得很明白。他说："王而农著书，壹意以攘胡为本。"他甚至还借湖湘士人之口说曾国藩之所以在打下南京后急忙刻印王船山遗书，其目的是"悔过"。又说另有人认为，曾国藩不是悔过，而是"刻王氏遗书者，固以自道其志，非所谓悔过者也"。曾氏的志向是什么呢？这一派人说："夫国藩与秀全，其志一也。"原来，曾国藩与洪秀全所蓄之志是一样的，即都是反满排满者，只是采取的方式不同而已。洪秀全用的是暴力推翻朝廷的手段，而曾国藩则采取架空满人、阴夺实权的手段。一代国学大师章太炎将这些话写在金陵版船山遗书后，表明他不是在戏说历史，而是将此说很当一回事的。

章太炎的这篇《书曾刻船山遗书后》是一篇有趣的文章，他在这里引发了一桩公案：曾国藩刻印船山遗书，究竟是悔灭太平天国保清廷之过，还是自道以缓冲迂回为手段颠覆清廷之志？借此机会，我们来说说这件事。

在我看来，曾国藩刻船山遗书，绝对不是悔过。曾氏为什么要组建湘军镇压太平天国呢？主要有这么几个原因。第一，他是朝廷大员，他的利益与朝廷利益是一致的，当有人要来推翻这个朝廷时，他自然要坚决反对。第二，他亲眼看到，太平军到了湖南以后，带给湖南的是一片混乱，百姓不得安生，各种沉渣泛起。他要安定社会，恢复秩序，所以要镇压太平军。第三，太平军对上帝、耶稣的崇拜及对中国传统文化的破坏，伤及了他的精神灵魂，这是他绝对不能允许的。我们看他起兵前的檄文《讨粤匪檄》中的话：太平军“举中国数千年礼义人伦、诗书典则，一旦扫地荡尽。此岂独我大清之变，乃开辟以来名教之奇变。我孔子、孟子之所痛哭于九泉！凡读书识字者，又乌可袖手安坐，不思一为之所也”。其实，满人入关以后，尤其经康乾之后，在文化上尊崇尧舜禹汤文王周公孔子孟子，以四书五经取士，在精神家园上已与汉人共为一体，在官场士林中，并无强烈的排满尊汉的意识。他们大多像林则徐、邓世昌这些公认的爱国者一样，将忠于朝廷与爱国等同看待。所以，“悔过”一说，实属无稽之谈。

至于曾氏是借此道出以缓冲迂回的手段颠覆清廷之志向一说，从立论上来说，这也是站不住脚的。因为曾国藩是铁杆保皇派，他的心里没有丝毫要颠覆清廷的想法，这从他多次拒绝拥兵自重或黄袍加身的建议，打下南京后立即大幅度裁军等事实足可为证。但从后果上来说，曾国藩又的确是一个以缓冲迂回的手段最终颠覆清朝廷的代表性人物。他和他的湘军集团取得胜利后从根本上改变了当时的政治格局、军事格局和权力格局。具体地说：政治格局上的改变，是从那以后，汉人迅速崛起，掌控着地方实权。军事格局上的改变，是湘军首创的“募兵制”全盘取代八旗、绿营的“世兵制”，八旗绿营逐渐在军事舞台上边缘化。权力格局上的改变是各省巡、藩、臬的多元化的互相牵制变为巡抚一元化的绝对控制。这种改变导致的结果是晚清政权的“外重内轻”。最后辛亥革命一声炮响，清王朝顷刻土崩瓦解。追溯源头，曾国藩才真正是大清王朝的第一个掘墓人。

其实，对于这一后果，曾氏本人和他身边的智囊团都已预测到了。他的心腹幕僚赵烈文在其所著《能静居日记》中的同治六年六月二十这天的日记里，记录了他们二人当天深夜推心置腹的长谈。赵烈文说：“以烈度之，异日之祸，必先根本颠仆，而后方州无主，人自为政，殆不出五十年。”赵烈文说，日后的政变是，中央政权垮台，各省独立，恐怕不出五十年这个局面就会出现。说话时是一八六七年，距一九一一年的辛亥革命四十四年，果然“不出五十年”。对于这种大逆不道的预测，曾国藩没有批评。他只是皱着眉头说："我日夜望死，忧见宗祏之陨。"也就是说他希望自己早点死掉，不要亲眼看到这一幕的出现。

然则，掘墓人这一角色，是无情的历史强加给他的，并不是他自己要做的。清朝廷的衰落以至于灭亡，对于曾国藩来说是"无可奈何花落去"而已！

曾国藩为什么要刻船山遗书，正如前面提到的，他在序文中所说的要借船山学说"弭世乱于未形"，即从思想上消弭扰乱社会的各种不良念头。如果说，组建湘军平定太平天国，是他安定社会的应急之术的话，那么，借船山思想来化育百姓整治世道，则是使社会安定的长久之道。这正是大乱初平后，一个有远见的政治家的治国良策。

关于这一点，曾国藩的弟弟曾国荃说得更明白。刻船山遗书的创意来自曾国荃，且他出钱最多，资助最力。光绪十五年，身为两江总督的曾国荃为船山研究者刘毓崧所著《王船山先生年谱》作序言。序言中说，自古以来圣贤豪杰都想以一己之才为社会造福，但有的人因颠沛艰厄不能施展这个抱负，于是"发而为文章著述"。这些人以孔子、孟子为典范，后世的荀子、王通、周敦颐、程颐、程颢、张载、朱熹、王应麟、马端临、顾炎武都是这一类人物，王船山也是这一类人物。他们的著作为"日月星辰，灿然亘万古而不蔽，如水火菽粟之裨益民生，不可斯须无"，所以他要首倡刻印船山遗书。

通过上述分析，我们可以看出船山著作在曾氏兄弟中的地位，他们刻印的目的绝非短时功利，而是有关世道人心的深谋远虑。

不过，话又要说回来，章太炎分析曾氏刻船山遗书的目的虽是牵强附会，但那个时代的一批激进的湖湘士人，的确是从王船山遗书有关民族大义的精彩论述中，大量汲取反清排满的精神营养。辛亥志士杨毓麟、陈天华、禹之谟等人，都是"生平喜读先儒王船山遗著"的一批人，王船山的民族思想无疑照亮着他们驱逐鞑虏恢复中华的革命之路。

王船山的思想还深刻地影响着近代湖湘士人群体中一位重要人物，此人即有“海内名儒”之称的杨昌济。杨昌济于湖湘先贤最崇拜的人有两个，一个是王船山，一个是曾国藩。从杨昌济传世的文字中可以看出，王、曾两人的书，杨昌济读得最多最精，且终生相伴。他对王船山的评价是：“王船山一生卓绝之处，在于主张民族主义。”深受王船山影响的杨昌济，又使自己的观念深刻地影响了得意弟子毛泽东、蔡和森、张昆弟等人。他们经常到船山学社，听著名船山学专家刘人熙讲述王船山的学说。毛泽东更是特别喜欢读王船山的书。在他当年的听课笔记《讲堂录》中，有记录王船山的一句话：“有豪杰而不圣贤者，未有圣贤而不豪杰者也。”即使后来成了革命领袖，在战争和建设的繁忙年月里，王船山的书也常常伴随着他。

通过以上简略的分析，我们可以看出王船山对湖湘文化，尤其是对湖湘士人的人格和学风之影响，是多么的巨大而深远。

近代湖南以陶澍为代表的经世派，以曾国藩为代表的由经世派转化过来的早期洋务派，以谭嗣同为代表的维新派，以毛泽东为代表的革命派，无一不受船山的影响。船山为什么会对近代湖南有这样大的影响呢？

近代中国，可以这样简洁地予以概括。其时代背景是四个字——内忧外患，其时代主题也是四个字——寻找出路。近代湖南自然不例外。湖南地处南北干道，虽穷困但不偏僻，尤其自湘军运动之后，湘人皆以心忧天下敢为人先为己任，忧时伤世之心更显强烈。忧患岁月需要强大的人格。船山对信仰坚贞不移，对事业执着不舍，艰苦卓绝，矢志不渝，其人格之强大非常人可比。寻求年代需要借助闪光的思想。船山立在深厚的学问之上，对前代的人与事或褒或贬，都有自己的真知灼见；对人类社会的整治，伦常秩序的构建，都有自己的设想与谋划。他的思想理论中常有智慧之光在闪烁，其启发性与借鉴性也非通常著述所可比。这就是船山在近代湖南之所以有巨大影响的原因所在。

今天的时代虽与过去大不相同，但前进与探索的人类社会本质并没有改变，船山依旧是我们的先哲，尤其对我们衡阳人来说更是如此。即便是举世都不谈船山了，我们衡阳也不能忘记船山。即便是国人都沉溺于财富与娱乐之中，回雁孤峰一座，也要日夜呼唤这个三百九十年前诞生在它山脚下的伟大儿子。我们要让船山之魂长伴雁城、长驻人心，成为日常生活中的强大精神力量。

千金不换的回头浪子

一百六十多年前，因国家政治的极度腐败和民生的极端困苦，太平天国起事于广西金田村。这一旨在以颠覆政府为目标的革命行为，得到南方各省百姓的普遍拥护，失去了战斗力的政府军队不能履行其应有职责，使得这次革命行为很容易地便取得重大的胜利，仅仅两年多的时间，便立国定都，大封有功，所有参与其事的新老弟兄都获得程度不等的荣耀和财富，尝足了革命的甜头。但是，从天王到两千多位列王，一直到数十万圣兵，也只享受了十几年的风光，便在历史舞台上急匆匆地消失了。他们的主要克星是由湖湘子弟所组成的湘军。领导这支湘军的人，除众所周知的曾国藩外，还有三个知名人物，他们合起来被史家称为“中兴四大名臣”。这三个人中的左宗棠和彭玉麟得享高寿，晚年因为有收复失地、抵御外侮之功，常被后人提起。另一个人，因为死得早的缘故，不大受后世重视。其实，此人在湘军领导层中至为关键。他的名字叫胡林翼，字润之。

胡林翼为湘军事业所做的贡献，首在率领一支人马，在咸丰四年八月从太平军手中收回武昌、汉阳。在此之前，湘军打仗，败多胜少，朝野对这支来自民间的体制外的练勇不抱多大的希望，一旦华中两重镇同日收复，湘军声誉立时鹊起。这对改善湘军的处境，提高湘军的地位，加重湘军“夺标”的筹码，都有着极为重要的作用。作为前敌总指挥，胡林翼也便从挂名的四川按察使调补为握有实权的湖北按察使，为他晚年的湖北事业奠下厚实的基础。

胡氏军事上的另一项成功，是于咸丰六年十一月再次率部收复被太平军夺回的武昌、汉阳。胡氏本人也因这个功劳，被朝廷简授湖北巡抚，成为一方诸侯。胡氏的这项成功，对湘军最后攻克南京夺取天下首功，所起的作用不可估量。

作为胜利之师的湘军，在十余年的战争经历中，先后出了数以千计的文武高级官员，最先获得方面大员高位的是江忠源。此人以一知县的资历，只用了五六年光景，便做到了安徽巡抚，成为湘军中第一个大出风头的人物，可惜第二年便兵败投水自杀，他手下的人马也随之解散。江忠源并没有为湘军的兴盛起实质性的作用。第二个做巡抚的便是胡林翼。胡氏从咸丰六年十月起到咸丰十一年八月去世时止，整整做了五年鄂抚。这五年，正是湘军发展壮大的关键时期。

曾国藩统率湘军的主力顺流东下，眼睛牢牢盯着的是太平天国的都城天京。鉴于江北江南大营的师老无功，以及历史上攻打金陵城的成功经验，曾国藩制定了扼控长江、锁定上游、沿江推进、步步为营的战略方针。于是，胡氏治下的湖北省，便成了东进湘军的稳固根据地和给养的可靠供应处。

朝廷财政窘迫，百姓生计艰难，筹饷一直是非正规部队的湘军的头等大事，也是带勇将领们最为头痛的大事。大部分湘军头目，不受军纪和道德的约束，每攻下一座城池，必掠尽所有财物而后止，平时则贩运私盐、打家劫舍，凡可得到财物的事都敢于去做，除开贪婪的本性外，没有固定的饷源，也给了他们一个公开的借口。

朝廷并非一点不管这支编外之师，但国库实在拿不出银子，只得要各省接济；各省自顾不暇，调拨银子好比出血，确实不情愿，再加上嫉妒、自私以及顾恤本省民情种种原因，往往在朝廷三令五申、甚至撕破脸皮的情况下，才勉强拿出额定数目的三成或四成，离湘军所需要的饷银相差甚远。多年来，为湘军提供银钱军需的可靠省份，只有湖北、湖南两省。湖南贫瘠，且久为压榨，银钱枯竭，故饷需供应并不多。湖南为湘军贡献最大的，是源源不断的血肉之躯——昨天放下锄头今天穿上军装的青年农民。真正为湘军提供较多军饷的，还只有湖北一省。

胡林翼重用从京师下放湖北的户部小官阎敬铭，协助他整顿湖北财务。阎敬铭这个人，号称晚清第一理财能手。此人后来得到慈禧太后的特别赏识，官至户部尚书、协办大学士、军机大臣，执掌大清帝国的最高财权。他掌户部不到两年，国库便积蓄七百多万两银子，从而撩起慈禧大修颐和园的欲望。这自然是后话。当时，阎敬铭竭尽全力辅佐胡林翼整顿吏治，严杜贪污中饱，查禁走私，广开厘捐，使出浑身解数，终于在疮痍满目、民不聊生的状况下，为湖北藩库积攒了一笔银钱。这笔银钱的大部分，用在苦战安徽的湘军身上去了。直到打下安庆，湘军大大地捞了一把，经济形势顿时好转时，好像完成了自己的使命似的，胡氏也闭上眼睛归天了，年仅五十岁。

胡林翼去世的时候，正是咸丰皇帝驾崩热河行宫，慈禧与肃顺等人为争夺权力，势不两立，朝廷政局十分危急的时候，无论哪派得势，江南的湘军都是他们必须依赖的长城。胡林翼的突然病逝，在当时两派政治力量中引起的震动是一致的。因而，胡氏的饰终备极隆重：追赠总督，入祀贤良祠，在湖北湖南两省建专祠，生平事迹宣付国史馆，嗣子被赏举人，准其一体会试。慈禧杀了肃顺掌权后，为了笼络湘军集团，又赐祭一坛，予谥文忠。身后荣耀，盛极一时。

然则谁能想到，这样一位功勋卓著、赞誉交口，被朝野倚为南天柱石的名臣，年轻时竟是一个纨绔哥儿、浪荡子弟。他的人生履历表上，曾有一段极不光彩的记录。

胡林翼出生于官宦家庭，且为独子，自小便生活在优裕的环境中。这一点，同为四大名臣的其他三人远不能与他相比。他的衙内恶习也便因此而养成。饮酒豪赌、冶游狎邪，是胡氏青年时代最喜欢的活动。此习直到娶妻成家，做了陶澍的女婿后仍没多大改变。《凌霄一士随笔》记载了一则轶事：

当初，陶澍欲将女儿许给胡林翼，夫人反对，陶不听。新婚之夜，要入洞房了，遍寻陶府找不到新郎官。后来还是平时跟随胡林翼的仆人，从一条小巷的酒楼上找到了他。那时，胡氏已烂醉如泥，只得草草扶入洞房，勉强行礼。陶夫人气极，大怨丈夫误了女儿一生。陶澍却说："此子是瑚琏之器，今后必成大事，年少纵情，不足深责。"

易宗夔《新世说》、黄濬《花随人圣庵摭忆》里都有这样的记载：

那一年，胡林翼护送岳母去南京，与时任两江总督的岳父陶澍团聚。见南京繁华奢靡，他不愿回湖南老家，赖在岳家不走，终日沉湎在秦淮河畔歌台舞榭的醉乡绮梦中。有人劝陶澍教训女婿。陶笑道："润之今后将担大任，那时辛苦，无暇豫乐，趁着现在年少无事，就让他快活几年吧！"终不加劝阻。

有这样的岳父撑腰，胡林翼更加有恃无恐了。倒是他的父亲胡达源看不过去，在一次胡氏花酒夜归时，胡达源不顾众人的泣劝，关起房门，将儿子打得死去活来，命令他一年之内不得出大门，在家好好温习功课，以应明年的乡试。

胡林翼既不能与父亲作对，又深知功名的重要，遂发奋苦读。第二年果然乡试高中，翌年又连捷中进士点翰林，时年仅二十五岁。

身为翰林的胡林翼仍不改积习。《花随人圣庵摭忆》里讲了这样一则往事：

有一天，胡林翼与同乡善化籍翰林周荇农一同逛妓院，正在兴起时，忽报巡兵来了。周机警，急忙躲进厨房，穿上别人的衣服冒充厨子，逃过了检查。胡则被拘捕至兵马司审讯。他不敢暴露自己的身份，招了一段假供，罚款了事。胡恨周临难弃友，不厚道，遂与之绝交，且迁怒善化县，以后带勇打仗，也决不重用善化籍人。

胡林翼的浪荡，终于使自己吞了一枚苦涩无尽的恶果：他一生大小老婆娶了七八个，任谁也没有给他生下一个儿女。毫无疑问，这是性病毁了他的生育能力。

真正使胡林翼大彻大悟、痛改前非的是四年后的江南乡试案。那一年，文庆任主考，他任副主考，一同主持江南乡试。不料，他们违规携带别人入闱阅试卷之事被告发。结果，文庆谪戍新疆，胡降一级左迁内阁中书。此事对胡的父亲打击很大，第二年便因郁病去世。

胡氏为此深自悔恨。父亲的去世，也使他顿觉家族的重任将压在他一人的身上。丁忧期间，他痛定思痛，反躬自省，下决心再不像过去那样荒废年月了。胡氏从此收取放心，折节向学，走上封建时代为士大夫所规定的正路。

三年服满后回京，本拟循例补中书，考虑到中书官位太卑微，即使升到一个中级官员都遥遥无期，功利心切的胡林翼趁着陕西闹灾荒的机会，向师友贷款一万五千两银子，捐了个知府衔，很快便分发贵州署理安顺府知府。

贵州号称不毛之地，又多盗匪，官吏视为畏途，有人宁肯丢掉前程也不愿赴任。胡林翼因捐重金，本可自行选择别省，他主动请发贵州，除开他的父亲曾做过贵州学政一层原因外，主要是他看出匪乱多的贵州，正是英雄的用武之地。

后来的事实证明胡氏的眼光是深远的。正是因为贵州的剿匪生涯，锻炼了他的实战本领，使得他由一个浪荡公子文弱词臣，转变为一位吃苦耐劳能办实事的干员，为腐败的晚清官场造就了一个少有的人才。他带兵打仗的才干，先被湖广总督吴文镕所看重，后又被正在湖南主办团练的曾国藩所青睐。

当他奉吴文镕之召，带着六百名黔勇来到湘鄂交界之处，忽闻吴文镕战殁的消息，无所倚凭的时候，曾国藩劝湖南巡抚骆秉章供应胡氏部属的饷需，又上奏朝廷，力荐胡氏，称“胡林翼之才胜臣十倍”，希望朝廷同意将胡留在湖南归他调遣。

显然，曾国藩认定胡氏十倍胜过自己的“才”，指的正是胡氏在贵州所表现出的实战之才，而这，又恰恰是曾本人以及他手下包括罗泽南、李续宾在内那一帮书生将官所缺乏的。人们都说这话是曾国藩的逊词，其实不然。

胡林翼在贵州与匪盗打了六七年交道，经历过大小战事数百起，而曾国藩却一直在京师做太平官，从未与闻兵事，湘军中绝大多数营哨官，也都是刚从书斋里走出，毫无戎马体验，徒有一腔热血而已。在打仗这件事上，曾国藩等人岂可与胡林翼相比！“十倍”云云，乃是大实话。曾国藩和他的湘军，此时此刻是多么需要胡林翼及其黔勇加盟啊！胡氏也果然不负所望，他后来军事上的节节胜利，为他本人的飞黄腾达，也为曾国藩及湘军集团的最后成功铺平了锦绣之途。

早年的放荡，说明胡林翼不是个循规蹈矩的人；贵州的芒鞋短衣岁月，也让他获得更多的圣贤之外的学问。这些，恰好使他少了曾、左、彭等人身上所因袭的束缚，把官场上的事办得灵活圆滑。有一则广为流传的故事，最能体现胡氏的为官之道。

胡氏做湖北巡抚时，总督为满人官文。清制，总督主持军务，也兼管民事，品级为正二品；巡抚主管民事，也管一点军务，品级为从二品。巡抚品级虽低一级，但不是总督的属官，各自对朝廷负责。这样一种交错的局面，原是为互相牵制而设置，却又最易生出纠葛。于是同城之督抚不和，便成为清代官场上的通例。官文以协办大学士的身份出任总督，地位崇隆，但此人才能平庸，与湖北地方官员多有不合。胡林翼起初也很瞧不起这个不懂军事的制军大人，以至于官文三次亲往拜访，胡氏居然托词不见。

于是，有头脑明白的人向他晓以利害：你不是想削平巨寇底定江南吗，天下哪有督抚不合而办成大事的？官文庸碌，正好利用。你不如倾心结交他，使他相信你，放手由你去做事，让他坐享其成。你以巡抚而兼总督，集军务民事大权于一身，何愁大事不济？

胡林翼一点就通，深以为然：自己是巡抚，但眼下所办的主要是军务，而军务的权本在总督手中，若他有意为难，这军务怎么办？

胡林翼一旦醒悟过来便立即改过。他亲登总督衙门，以最隆重的礼仪、最甘美的言辞，向官文表达自己的一片仰慕之心。庸碌无为的官文，见誉满海内的胡林翼如此对待自己，心中甚是高兴，遂与之订交。胡又探知官在众多妻妾中最宠爱三姨太，便以夫人的名义邀请来家做客。胡夫人对三姨太礼遇甚隆，胡母又以无女为憾，认三姨太为干女儿。老太太拿出金簪子、金耳环、金戒指、金手镯等全套金器来送给干女儿。官文的三姨太乃平民出身，受胡家这等礼遇，感激莫名，遂在枕边为胡频吹和风，使得官对胡的好感愈深。

不久，三姨太过三十整寿，官文向湖北官场遍发帖子。藩司以为是总督的夫人过生日，便亲往祝贺。来到官府大门，知是姨太生日，撂下一句“我堂堂藩台不能为小妾祝寿”的话后，转身便走。武昌城各大衙门得知内情，均按兵不动。时已正午，三姨太见无一要员前来，心里又急又愧。

巡抚衙门里的仆役，将这一切告诉抚台。胡林翼笑着说：“好个有骨气的藩司，令人敬佩！但我与他不同，三姨太是我的干妹，岂有为兄的不为妹贺生的道理！”

胡氏坐上八抬大轿，排场十足地吆喝着来到官府。各大衙门见抚台前往祝贺，遂纷纷出门来凑热闹，连不给小妾做寿的藩司也改变了主意。胡林翼为三姨太赚足了脸面，官文对此感激不已。

从此，官文将军务全盘交给胡林翼，一切按胡的意见办理，他只画诺签名而已。在官文这边，安享清福，不费半点心思，坐得功劳。在胡林翼那边，军政大权一人独揽，我行我素，毫无掣肘，心中所思，便是手中所行。真个是各得其所，两全其美。武昌城内督抚水乳交融的关系，一时传为美谈。湖北军务的进展，也便大为顺利。

然则真要论究起来，胡氏玩的这种手法，实在算不得体面，也绝不是正道。它只能做，不能说；只可私相授受，不可载于典册。倘若细细地研究胡氏一生在官场上的所作所为，大致不出这个范围。怪不得他与曾、左的共同朋友名流欧阳兆熊，在他死后论道："历代史书人物，跅弛不羁之士，建立奇功者有之，至号为理学者却少见。胡文忠以纨绔少年一变而为头巾气，究竟文忠之所以集事者，权术而非理学也。"（见徐凌霄、徐一士著《曾胡谭荟》）

胡林翼靠权术而成事，此论可谓一针见血。实际上，这也是古今回头浪子做成大事的通常路数。浪荡子弟一旦醒悟，是可以收敛恶习，努力去做大事业的。但这些人做事，大多会不择手段，不受约束，善权变而不喜守经则。这是因为他们长期以来走的是有别于规范的另一条道路。他们只想做豪杰，不愿做圣贤，追求的是事功，并不是理念。而事实上，世间成就轰轰烈烈事业的又多是豪杰式的人物。圣贤做的是化育人心的事，它润物无声，而不轰轰烈烈。然而，史书喜载、世人乐道的都是轰轰烈烈之事，所以李白感叹"古来圣贤多寂寞"，而人类也就少见"三立"完人。

古今难寻彭玉麟

光绪十六年春天，刚由两广总督调任湖广总督的张之洞，得知他非常尊敬的一位长者去世的消息，心中怃然，怅惘良久后写下一首五言长诗："神州贯长江，其南际涨海。江海幸息浪，砥柱今安在……"这位被张之洞视为国之砥柱的人物，便是与曾国藩、左宗棠、胡林翼并称为中兴四大名臣的彭玉麟。张之洞比彭玉麟整整小了二十岁，是因为一个意外事件的爆发，才将他们连在一起的。这个意外事件乃光绪九年底发生在越南的中法战争。为了加强两广的防务，朝廷命彭玉麟领兵开赴广东。随后，又罢免失职的两广总督张树声，调山西巡抚张之洞继任。张之洞做京官时，便以清流领袖誉满朝野，治晋三年，政绩显著，又年方四十七岁，正是一个高级官员的黄金岁月，由巡抚晋升总督，调任艰巨，朝廷此番人事安排，可谓人地两宜。而彭玉麟年近古稀，体衰多病，为什么要起用一个白发苍苍的老人带兵亲赴前线？此人究竟有何过人之处，以至于朝廷非用他不可呢？且让我们来见识一下这位被历史灰尘所淹没的近世人物。

生于嘉庆二十一年的彭玉麟，直到三十七岁时还是个潦倒家乡的穷秀才。眼看这一生就要如此困厄地度过，忽然间，一个从天而降的机遇落到他的头上。咸丰三年，从长沙被挤对出局的团练大臣曾国藩率领一千湘勇来到衡州府。曾氏怀着卫道忠君、扬名出气等多种心情，决定借衡州府这块军事要地大力扩充湘军，并极有远见地筹建十营水师。就在这时，彭玉麟有感于曾氏的多次恳切相邀来到军营，并受命带领一营水师。彭玉麟由此起家，很快便统领整个水师，直到同治三年，与曾国荃的吉字营配合打下南京，同水师另一统领杨载福一道受赏一等轻车都尉世职，加太子少保衔。杨载福随即赴兰州就任陕甘总督，彭则以兵部侍郎身份一人独领水师。在湘军十裁其九的大遣散时期，水师则破例被全军保存，列入朝廷的经制部队，改名为长江水师。彭亲手制定长江水师章程，并依此章程重建水师。晚清政府一支重要军事力量，遂由此产生。这是彭玉麟为中国军事史所作出的一大贡献。但作为一个历史名人，彭生命中最有价值的部分，似乎主要不在这里，而在于他特立独行的处世态度。他一生最引人注目的事，便是他曾经先后辞谢过六项任命，而朝廷所任命的这些官职，都是世人眼热的要缺。

第一项任命是安徽巡抚，时在咸丰十一年。彭玉麟当时的官职是布政使衔水师统领。巡抚即今天的省长，布政使衔则相当于副省级。现任省长与副省级待遇，这二者几无可比性。放下权力的大小不说，水师统领成天住颠簸逼仄的船舱，巡抚则住都市宽敞舒适的衙门，二者孰优孰劣？这项多少人梦寐以求的任命，彭却一连三次辞谢，其理由是已习于军营而疏于民政，请朝廷勿弃长用短。面对着这样的“傻子”，朝廷真是哭笑不得，只好收回成命，改任彭为兵部侍郎，依旧留在前线督带水师。彭这才坦然接受。

同治四年二月，朝廷任命彭玉麟署理漕运总督。漕运，就是解往京师粮食货物的水上运输业。漕运总督掌管鲁、豫、苏、皖、浙、赣、湘、鄂八省的漕政，是一个实权极大的正省级官员，只要稍微松松手，成千上万银子的灰色收入便会不露痕迹地进入其私人腰包，乃众人所垂涎的天下一流肥缺。但彭又两次谢绝，理由除不懂漕政外，又加上性情褊急、见识迂愚，不会与各方圆通相处。朝廷只得作罢。这是第二次。

第三次是在同治七年六月，彭上疏请辞已当了六七年的兵部侍郎。原因是当年从军时，三年母丧只守了一年，现在国家安定，他理应解甲归田，将剩下的两年补满。这次朝廷没有挽留，一口答应。彭离职休养三四年后，朝廷又任命他为署理兵部侍郎兼同治帝大婚庆典宫门弹压大臣，也就是兼任婚庆时期的紫禁城保安司令。待到庆典一结束，彭立即上疏请辞署理兵部侍郎。朝廷接受后，又交给他一项差使，即每年巡视长江水师一次。

光绪七年七月，朝廷任命彭为署理两江总督兼南洋通商大臣。两江辖地既广，又兼物产丰茂，南洋通商大臣一缺更是权大责重，一向非名宦宿臣不能为。中兴名臣曾国藩兄弟、李鸿章、刘坤一等人都曾任过此职。让六十六岁的彭玉麟出任江督，说明朝廷对彭的倚重，但彭不领这个情，接旨后即上疏请辞，隔日后又再次上辞疏。朝廷无奈，只得把此要缺交给左宗棠。

光绪九年，朝廷任命接连辞去五个崇职的彭玉麟为兵部尚书，即今天的国防部长。与过去一样，彭接旨后即请辞，朝廷未准。不久，中法战争爆发，朝廷命彭率领旧部将士并增募新军，迅速前往广东部署海防。彭认为此时不宜再辞，便以衰病之躯奉旨赴粤，带领所部驻扎南海前线。光绪十一年三月，中法战争刚结束，彭便上疏请开兵部尚书缺，朝廷未予接受。彭又于这年八月、十二年八月、十三年七月、十四年六月接连四次上疏请求开缺。鉴于彭的执着，朝廷只得接受。光绪十六年三月，彭玉麟以平民之身病逝于衡阳城内退省庵，终年七十五岁。

古往今来，有多少人求官、跑官、钻官、买官，又有多少人为了升官，什么卑鄙无耻的事都干得出，还有多少人或颟顸无能，或老迈病弱，却依旧占着一个职位不放。像彭玉麟这样一生辞谢六项崇职要缺，甘愿做苦役实事，甘于做普通百姓的人，衡之古今官场，实在是凤毛麟角，难寻难觅。

有人会问，彭玉麟既然如此不愿做官，那当初又何必出山投军，不如做个王冕式的隐者，岂不省去许多麻烦？

在中国文人的心目中，隐者一向有很高的地位。其实，许多隐者对社会毫无责任心，是自私的人，并不太值得尊重。人类需要对群体有爱心的人，一个人有能力有条件为群体做事的时候，是应当挺身而出的。彭玉麟正是基于此而出山投军。面对着社会极度混乱良民无法安生，中国优秀文化遭受毁灭性灾难的时候，彭玉麟自认为有责任维护道统拨乱反正，他于是愤而墨绖从戎："满地干戈冷阵云，一腔热血喷斜曛。黄巾肯使长流毒，墨绖何妨再策勋。弹铗悲歌休作客，请缨投笔又从军。愧予胸少阴符术，惟尽丹忱夙夜勤。"他初见曾国藩，就表示惟尽力办事，"不求保举，不受官职"。正是因为这种态度，曾氏从一开始便格外赏识彭。

应当说，政府置官设职，其目的，本是让有官有职者更方便地为国家和百姓办事。然而，与天下任何良法美意一样，行之愈久，则初始意图便愈模糊，到后来则面目全非，根本就不是当初那回事了。数千年来，活跃于官场上的人，少有始终目标坚定将办事摆在第一位的头脑清晰者，多的是为做官而做官、为迁升而做官的官迷，以至于连推翻皇权颠覆封建官场的革命领袖孙中山也要告诫党内同志："有志之士，应当立心做大事，不可立心做大官。"彭玉麟可谓目标始终明确坚定、真正懂得置官设职意义的封建官场中的大官员：能为做大事提供帮助的官职，他并不推辞，如兵部侍郎、尚书等；不能对做自己熟悉的大事有所帮助的官职，即使品级崇隆、权限广大，他也不接受，如巡抚、总督等等。可惜的是，自古到今，这样的人太少了！

同治十一年到光绪九年这段时期，彭玉麟六次巡阅长江水师。他以病躯奔波于江风海涛之中，督察长江水师的军风军纪，查访长江两岸地方的社情民意。从提督、总兵等高级武官到低级员弁，彭先后参劾其中的平庸恶劣者一百多人，并就地处决淫恶藐法杀友杀妻的副将两员，还参劾江南军需局道员赵继元、江苏候补道朱麟成等八人，又奏请革除道员王诗正、知县柳葆元等。长江水师岳州镇总兵彭昌禧年近七旬，精力衰颓，不能胜任职守。彭玉麟奏请将他开缺。彭昌禧以老部属的身份请他关照，他断然拒绝。彭玉麟这种不讲情面、不受请托、不怕犯众怒、不惧打击报复的刚正严明的执法作风，令长江水面及两岸的文武官场为之敬畏战栗，在腐败透顶的晚清官场堪称绝无仅有。正因为此，彭死后朝廷谥为刚直。

彭玉麟敢于以孤胆勇斗整个黑暗官场，并非因为他立有赫赫战功，也不是他的圣恩特别优渥，而是出于他本人强大的人格力量。同治七年六月，彭玉麟在一份奏折中写道："臣素无声色之好、室家之乐，性尤不耽安逸，治军十余年，未尝营一瓦之覆一亩之殖，以庇妻子。身受重伤，积劳多疾，未尝请一日之假回籍调治。终年风涛矢石之中，虽甚病未尝一日移居岸上。"现存的多种史料可以为证，彭玉麟对皇帝说的这番话是实情而不是自我虚夸。就在一年多前，彭还将历年所得养廉费上缴国库，并拒绝接受奖叙。曾国藩为此上奏，说彭"淡于荣利，退让为怀，自带水师以来，身居小舟十有五年，从未谋及家室，此次捐助养廉，力辞奖叙，出于至诚"。

打劫钱财，抢掠战利品，几乎是所有野史对湘军军营风气的一致记载。这种风气弥漫各营各哨，从上到下，少有例外。就在这"少有"人员中，便有彭的"未尝营一瓦之覆一亩之殖"。彭在同治十二年的一份奏折中说："臣以寒士始，愿以寒士归。"怀抱这种志愿的人，古今中外能有几人？一个愿以寒士归的官员，自然不会贪财受货，也自然在那些贪官面前不怒自威。

彭身居小舟，不贪世俗声色之乐，但他的生活中并不乏乐趣。充塞他的心灵构筑他的精神世界的是诗画艺术。彭好吟诗。岳麓书社最近出版的《彭玉麟集》收有诗词五百多首，这其实远不是他的诗词全部，传说彭仅咏梅诗便有一万首，而这一万首咏梅诗又都是题在他的梅画上的。彭一生喜梅画梅，近于痴狂。他说他“平生最薄封侯愿，愿与梅花过一生”。他为何对梅花如此情有独钟？在一首题梅诗中，他自己透露了此中消息：“我自梅花梅似我，一癖共聊玉兰宾。”原来，彭已将自身与梅花合为一体。彭的梅画自然是中国传统的文人画。中国文人画的可贵之处便是借画言志，以笔底丹青来表达自己的情性、意趣、志向和追求。梅花高洁、清幽的品性，孤标脱俗、傲立霜雪的形象，在画家的心目中已化为他的自身。彭的梅画由此而达到很高的品位。难怪他死后，王闿运挽道：“诗酒自名家，更勋业烂然，长增画苑梅花价；楼船欲渡海，叹英雄老矣，忍说江南血战功。”

关于彭的画梅，传闻中有另一种说法，说彭的梅画其实是在叙说他心中的一段永远的情憾：他早年深爱的一位梅姓女子，因种种缘故而不能结合。梅女因此抱憾早逝。彭发誓以一生的光阴画一万幅梅花来怀念她。彭说到做到，他画了整整半个世纪！彭玉麟眉目峻厉，性格刚硬，连杀人如麻的曾老九都说他是一个拒人于千里之外的冷面汉子。不料这个冷面汉子的内心里，竟有着如此丰富而绵长的热肠柔情。他算得上天地间一个真正的男人！

九帅曾国荃：时势造就的豪杰

同治三年六月二十九日，清朝廷因湘军攻克南京一事颁发上谕，封曾国藩为一等侯、曾国荃为一等伯。非皇亲国戚而由书生出身的亲兄弟同日封侯封伯，这种事在中国三千年封建社会里几乎绝无仅有。

关于一等毅勇侯曾国藩，这些年说的人太多了，对于一等威毅伯曾国荃，专题谈论的则不多。我今天简单地给大家作点介绍。

一、聪慧倔强的优贡生

清道光四年即公元一八二四年八月二十日，曾国荃出生在湘乡荷塘都即今天的双峰荷叶镇。这是一个三代同堂的耕读之家。靠着祖父的多年积累、父亲的长年舌耕，虽然家中人口众多，但日子可以衣食无忧地过得下去。曾国荃出生时，已有三个哥哥，三个姐姐。长兄曾国藩比他大十三岁，次兄曾国潢比他大四岁，三兄曾国华比他大两岁。五岁时，最小的弟弟国葆出生。曾国荃在族中排行第九，俗称老九。带兵时期，军中呼之为九帅。

曾国荃五岁发蒙，在父亲所办的私塾利见斋读书。九岁时，有人以“小人有母”四字求对，曾国荃以“帝乙归妹”作答，一时令人惊奇。“小人有母”四字出自《左传》，“帝乙归妹”四字出自《易经》，可见当时曾国荃已能熟记并理解《易经》与《左传》。对于年仅九岁的小孩子来说，这意味着有读书的天赋。

十七岁那年，曾国荃跟随父亲护送大嫂欧阳夫人与侄儿曾纪泽进京。那时曾国藩已在翰林院任从七品检讨。老九进京的目的，是在大哥的指点下一心一意读书求学，期待能像大哥那样，通过科举这条路出人头地。所以当第二年春天，父亲离京返湘时，老九被留下来，住在大哥家。

翰林院清闲，公事很少，曾国藩有大量的时间在家读书做诗文。他那时又在唐鉴与倭仁等人的指点帮助下，修身自律，对自己的各个方面都予以严格要求。借助早年的日记，我们看到，这种严格的要求也体现在对老九的教育督促上。在过去的时代，本有长兄当父的观念，何况这个长兄大过弟弟十三岁，曾国藩饱含着以教弟来回报父母之恩的孝心，满腔热情地指点老九。在那段时期的日记中，几乎每天都有大哥教九弟读书、为九弟改文改诗的记载。有一天的日记，至今读来仍令人动容。这天夜晚外出归来，大哥与九弟谈起读书的事。九弟后悔从前没有好好读书。做大哥的担心若再不认真教他，很可能他这一生将无成就，尽管身体病弱，但宁可放弃自己用功的时间，也要好好地指导九弟。

做大哥的这等尽心尽意，但做弟弟的并不完全配合。从道光二十一年八月起，老九开始不读书了，天天吵着要回湖南老家。大哥问他什么原因，他也不讲。更令大哥难堪的是，从九月份开始，他也不跟大家一道吃饭，坚持要一人在自己的房间里吃。大哥无奈，只得离开妻儿，陪九弟一道吃饭。天天如此，弄得家中气氛极不和谐。大哥耐心地跟他说：亲兄弟之间，没有什么话不可以说的，千万不要积压在心里。若是我这个做大哥的有什么不对，你就直说，甚至争吵也不要紧。若我不接受，你还可以写信给父母，让父母来批评我。你年纪还小，一个人回去，我们怎能放心？何况还要浪费金钱，错过光阴，令远在几千里外的父母寝食不安。这是万万不能做的事件。又写了一封长达两千多字的信，详详细细地说明不能回家的原因，还做诗一首加以勉励。大哥的这番苦心，老九虽然也有所感动，但并不改变自己的心意，也始终不将原委给大哥吐露一个字。老九的倔强性格已开始显露出来。直到十月十一日，也就是大哥进三十的这一天，老九突然一改过去，换上整齐的衣服，恭恭敬敬地端起酒杯，为大哥祝贺生日。从那天开始，老九又跟哥哥嫂嫂一起吃饭了。转年初夏，老九在北京大病，病愈后回湘之心更加强烈，大哥知不能再留了。七月中旬，趁着一个湖南同乡探亲的机会，老九与其结伴，离京返湘，结束一年零八个月的寓居京师的岁月。

尽管因念家而常有心绪不宁，但总的来说，曾国荃在京师的表现还是很好的。这从曾国藩给祖父母、父母的家信中可以看出。大哥称赞九弟读书用功，领悟力强，尤其是字写得好。品行端方，在京期间，绝无不良行为，对兄嫂也很礼貌。善于鉴人的曾国藩，由此看出九弟的潜才。他曾经用诗对三个弟弟分别作出衡鉴：“辰君平正午君奇，屈指老沅真白眉。”生于庚辰年的曾国潢平平常常，生于壬午年的曾国华与众不同，而如同马良一样真正能做大事业的则只有曾国荃。后来的事实证明，大哥当年的这番预判，一一兑现。常言说，知弟莫若兄。其实，很多为兄的不能知弟，像曾国藩这样对三个弟弟都能如此精准地评估，并不多见。

在后来的岁月里，曾国藩常常怀念九弟在京师求学的情景。他说：“违离予季今三载，辛苦学诗绝可怜。”“何日联床对灯火，为君烂醉舞仙僛。”辰君午君都有过长住京师随兄读书的经历，但未见做大哥的有诗怀念，独独对老沅情意深长，可见老九从小起便在兄弟中不同凡俗。应该说，一年零八个月的京寓日子，使得老九的诗文学问有了很大的长进，大哥的刻苦自励也给他深刻的印象，往来大哥家的时代精英必然会开拓他的胸襟见识。老九一生的学问志业，其基础实奠定于此。这段岁月也长记于老九的心间。他写诗给人说："我方十六游京国，海上扬尘正沸腾。"他为《鸣原堂论文》作序说："国荃少侍公京邸，从而问学。"他在为长兄写的祭文中，更把这种对大哥的教诲之恩而怀抱的感激之情写得催人泪下："忆我髫龄，相从京国。兄官检讨，不遑日昃。寒暑不时，我躬是贼，兄既药之，彷徨我侧。百拜终宵，虔祝斗北。我病既痊，喜形于色。解手南归，勖我以德。一别十秋，燕城楚域。渺矣慈云，恩同罔极。相见之初，五经俱墨。"

曾国荃果然也没有辜负大哥对他的期望，回家后与兄国华一道进入长沙城南书院读书。遵循大哥的指点，不沉溺于科举考试中，兄弟俩又拜罗泽南为师，研习先辈大家之文。二十四岁那年曾国荃考中秀才。三十二岁时又考中优贡生，成为曾国藩四个弟弟中功名最好的一个。

二、死仗硬寨的铁桶将军

咸丰六年，是曾国荃一生中最大的转折点。那年他三十三岁，先一年考取优贡。春天，他来到长沙，拟赴北京参加廷试。贡生，即向朝廷贡献生员之意。各省从该省秀才中选拔优秀者进京，通过考试后进国子监读书。贡生分岁贡、恩贡、拔贡、优贡、副贡五种，这五贡都算作正途，即具有做官的正式身份。正逢战乱时期，道途阻隔，不能北上。于是曾国荃就捐了一个同知官衔。同知即知府的副手，为正五品衔。当然，这是个花钱买来的有衔无职的空头官位。

这时，曾国藩正率领湘军在江西打仗，仗打得极不顺利，处在屡战屡败的最艰难时期。六月，曾国华率领从湖北巡抚胡林翼那里分得的一支两千人军队，从湖北进入江西。曾国华的人马成军不久，却连克数城，军锋凌厉，既为自己博取了功名，又帮助了大哥。于国于私，都挣来了大面子，这给曾国荃是一个很大的激励。

恰好这个时候，新任江西吉安知府黄冕找到曾国荃，请他帮忙。原来，此时吉安府尚在太平军手中，黄冕这个吉安知府有官职却无城池，他想请曾国荃拉起一支队伍帮他把吉安府给收回来。这真是天降好事，于是一拍即合。在湖南巡抚骆秉章的资助下，曾国荃募集一支三千人的军队，因为冲着吉安去的，所以取名曰吉字营。这个名字取得真好，从此给他带来无穷无尽的吉利。

要说曾国荃的军事生涯，四年前便开始了。咸丰二年底，曾国藩奉旨办团练。这年十二月，曾国荃便随同大哥来到长沙，参谋军机，并为之出谋划策三十二条。直到咸丰四年正月，曾国藩率大军出征，他才回家，一边继续读书，一边教蒙童谋生。一年多的军事幕僚经历，使这个吉字营统领，从一开始便对行军打仗之事不陌生。

他的运气很好。咸丰六年十月进入江西，十一月便收复安福县。正当兵围吉安屡败援军之际，他的父亲突然在老家去世。曾氏三兄弟立即奔丧回籍。咸丰七年九月，在家守了七个月的父丧之后，曾国荃重返江西战场。以后陆续收复峡江、吉水、太和、龙泉、万安等县城，咸丰八年八月攻克吉安。此时，曾国荃已因军功而获得以知府尽先选用，并加道员衔的赏赐。也就在这年十月，三河之役大败，曾国华在那场战役中被太平军割去了头颅。攻下吉安后，曾国荃回家住了半年。咸丰九年四月，他重返江西。奉大哥将令，这年六月，曾国荃接连收复景德镇、浮梁。此时，曾国藩与胡林翼定下规复安徽的大计，曾国荃挑起其中最重的一副担子，即围攻安徽省会安庆。咸丰十年四月，曾国荃与弟国葆率领吉字营中的十八个分营进军安庆。安庆守将刘仓林、叶芸来都是极其忠诚且骁勇善战的太平军将领。曾国荃面临的是强劲的对手。曾国荃的战略方针是先扫清太平军建筑于安庆城外的各方堡垒，然后挖长壕，断绝城内与城外的联系，再放炮轰倒城墙冲进城去。

太平军自然要死保安庆。他们一面坚决抗击，一面采取围魏救赵的办法，动摇曾国荃的军心。咸丰十年十一月，陈玉成、李秀成统率二十万大军分路出击桐城、徽州、东流、建德、祁门、彭泽、湖口、都昌、浮梁、鄱阳，而祁门则是湘军大本营所在之地。最危急的时候，祁门守军只有千名弱兵，曾国藩在城内都能听见城外太平军的炮声，他将一把剑放在枕头下，做好随时自杀的准备。即便这样，曾国荃包围安庆的决心毫不动摇，苦战苦围，并设计招降太平军骁将安徽人程学启，分化瓦解安庆守军。咸丰十一年八月初一，经过长达一年零四个月的血战，终于以轰倒城墙的方式攻克安庆。朝廷赏曾国荃布政使衔，以按察使记名遇缺题奏。

曾国荃打仗，遵循的就是湘军的一贯作风：扎硬寨、打死仗。他本人带头实行，身先士卒。曾国藩的机要秘书赵烈文曾对安庆围师有过实地考察。他将吉字营的营地与绿营的江南大营作了比较，发现其中有五点不同。第一，统帅大营设立点不同，江南大营统帅的营地离壕沟十多里，吉字营则在壕沟边，而且正当冲要。第二，壕沟的深度与壕墙的高度不同。无论深与高，吉字营皆为江南大营的两倍。第三，壕内营地防备不同。江南大营几乎无防备，吉字营还要挖小壕沟，小壕沟也又宽又深，里面还插满竹签。第四，来了客人，江南大营好酒好肉立马招待，吉字营无此准备，客人往往来不及等饭而走了。第五，江南大营官员及卫士皆衣着华丽，吉字营从曾国荃以下，穿着打扮，与种田人没有两样。

因围攻安庆的狠劲蛮劲，曾国荃被人称之为曾铁桶。铁桶将军从此威震海内。

同治元年正月，曾国荃被实授浙江按察使，仅仅隔了一个月又晋升为江苏布政使。此时距曾国荃组建吉字营不到六年，虚岁三十九岁。布政使为从二品的地方大员，千千万万寒窗辛苦、科场煎熬的读书人，一辈子都不能实现的梦想，曾国荃只用六年时间便奇迹般地圆了。曾老九用他的经历清晰地回答了一个历史大问题，那就是咸同年间为什么湖南会有那么多书生走出书斋，那么多的农民放下锄头，义无反顾地奔向湘军军营！让人才脱颖而出概率极低的制度设置，压抑了绝大多数有抱负有才干的知识分子；贫困艰难的生存环境，又使得绝大多数血气方刚活力张扬的农夫沮丧失望。唯有湘军军营给他们提供火速出人头地、发家致富的广阔平台！

曾国荃浑身潜力因此被激发出来。同治元年四月，他作出一个令天下所有人目瞪口呆的大决定：进军南京！他统率不足二万人马的吉字营，要以他铁桶般的蛮劲，将长达九十里被太平军经营十年之久的都城死死地围住。没有人认为老九会成功，包括一向器重他并十分渴望早日攻克南京的大哥曾国藩。曾国藩一再劝说他要慎重、要缓图。他这样答复大哥的：凡是来投奔我的人都以打南京为自己的最大目标，现在若不乘胜兵临南京城下，则士气将会日渐削弱。我屯兵南京，则可以将敌之兵力都吸引来，江南之围可立解，敌之气焰可立杀，我则可乘此机会犁庭扫穴，平定天下，在此一举。

曾老九以直冲斗牛之气概，向世人宣告他要夺取战胜太平天国的第一功！

但是，南京决不是轻易能打下的！最主要的是，曾老九的人马太少，尽管后来不断增加人员，吉字营最多时的人数也不过五万。对于南京这座有着全世界第一坚固城墙的六朝古都来说，以五万人来包围，简直不值一提。许多人都认为老九这是异想天开，不自量力，癞蛤蟆想吃天鹅肉。老九不管这些讥笑，将兵力集中驻扎在雨花台附近，开始他的铁桶事业。

太平军在南京城里的兵力并不是很多，曾国荃要对付的多半是来自江浙一带的太平军的救援部队。最残酷的打援是在同治元年闰八月至九月间。先是忠王李秀成率兵三十万号称六十万，东起方山西至板桥，连营数百座，虎视眈眈，试图一口吞掉吉字营。曾国藩在安庆得知后，寝食不安，立马传令，命老九撤兵。老九坚持不撤，布置三路兵力从容应对。仗打得非常激烈，老九身先士卒，在前线亲自指挥。炮子打伤他的左脸，血流不止，他依旧屹立前沿不退。历时半月，李秀成终于停止进攻。九月初，侍王李世贤从浙江来增援李秀成，两支军队合起来号称八十万，再次将吉字营包围，最近处离湘军营房不过六十多米。太平军与湘军天天激战，火球映红天空，枪炮声昼夜不息。就这样，打了无数场大大小小的仗，最后逼得太平军撤军。这场战争，一共打了四十六天，太平军损失五万多人，吉字营也死了五千多。湘军自组建以来，从来没有过这样历时又久、规模又大的战役，郭嵩焘甚至称之为“极古今之恶战”。经过这场恶战后，吉字营在南京城外扎稳了营盘。

这时，曾老九又遇到另一场大灾难：因死人太多，天气太热，瘟疫暴发。这场瘟疫究竟有多么可怕，曾国藩在《金陵湘军陆师昭忠祠记》中有形象的描述：“我军薄雨花台，未几疾疫大行，兄病而弟染，朝笑而夕僵，十幕而五不常爨；一夫暴毙，数人送葬，比其反而半殆于途。近县之药既罄，乃巨舰连樯，征药于皖鄂诸省。当是时也，群医旁午。”老九的胞弟、吉字营的副统领曾国葆也没有逃脱此劫，病死营中，时年三十五岁。

老九围南京，除打仗、天灾外，还要承受另外一种压力，即舆论与朝廷的指责。

老九以吉字一营围南京，本就令人惊骇，加之久围不下，于是流言四起。大多是指责老九贪功，也有不少因此而指责曾国藩有私心，要把这个天下第一功归之于曾氏家族。他们建议李鸿章率淮军用西洋大炮前来助战，不能由曾老九一人久拖下去，耗费国家粮饷，影响全局。曾国藩扛不住群言汹汹，劝老九不要独占第一功，让李鸿章来，今后史书上虽说曾、李同破南京，也同样美名传千秋。李鸿章早就眼巴巴地盼着这一天，闻此讯后摩拳擦掌，准备即刻赶到南京城下，大干一场。不料老九坚决不同意。对此，时在老九身边的赵烈文在《能静居日记》中有生动的记录：老九拿着大哥的信，对他的部下说，有人要来抢我们的功了，你们说怎么办？众将情绪激愤，决不答应。有人说，他李老二敢来，我们就在雨花台旁摆开阵势，先与李老二一决高下。李鸿章得知这个消息吓坏了，忙给朝廷上奏，说大热天不能用火炮，他不去南京了。曾国藩本来已做好了准备，若李鸿章去南京，他就去南京，打下了，他们曾家占功劳三分之二。现在李不去了，他也就不去了，他不能去抢老九的功。

就这样，靠一己之力，用他当年打安庆的老办法：掘长壕，挖地道，埋炸药，轰城墙，同治三年六月十六日半夜，炸开了太平门旁长达一百五十丈的缺口，吉字营将士冲进南京城。曾国荃兴奋异常，在内城天王府都还没有拿下的时候，迫不及待地倚马草奏，以日行八百里的超常速度向朝廷报捷，同时以日行四百里的快递向安庆城内的大哥报喜。

但立下首功，荣膺重赏的老九，在日后的日子里，心情却很不好，因情绪不佳又引起旧病复发，整个人不仅抑郁不乐，而且牢骚满腹，脾气烦躁。这是为什么？原来，大胜之后的老九，竟然身处他意想不到的困境中。

首先是有人借幼天王洪天贵福出逃一事，指责他捷报中所说的“举火自焚”一事不准，有欺君之罪。再一个是朝廷以严厉的语气指责吉字营打劫南京城内的金银财宝，责令曾国荃收回这批财富上缴国库，并警戒他：倘若“骤胜而骄”，将不可能“长承恩眷”。这是明摆着的两点，还有一点是实实在在而老九又不好挑明的，朝廷封赏不公。东南战场上，加上后来的左宗棠，一共封了四个一等伯。李鸿章的主要功劳是拿下江苏省垣苏州，左宗棠的主要功劳是拿下浙江省垣杭州，老九不但拿下安徽省垣安庆，更重要的是他拿下太平天国的都城南京，明显老九的功劳大于李、左；至于官文，则完全是仗着胡林翼的功劳，但本人并无特别的功绩。这样看起来，朝廷的确是有意在矮化老九。公平的封赏，应该是老九封二等侯，低于乃兄而高于李、官、左。

朝廷收缴金银财宝一事，激起吉字营从上到下的一片公愤，一股对朝廷强烈不满的怨气，充塞南京城内。据多种野史记载，吉字营的高级将领曾联合一道劝曾国藩效法赵匡胤黄袍加身的旧事，起兵反清，自立新朝。曾国藩特地吩咐他们请九帅，并当着老九的面书写“倚天照海花无数，流水高山我自知”的联语。由此我们可以知道，造成吉字营这股怨恨情绪的总后台是曾国荃。

种种迹象表明，大胜之后的南京城里形势异常，唯有曾国荃解甲归田离开军营，曾国藩的裁撤湘军的战略部署才能顺利进行。于是，大哥代九弟上开缺回籍养病的奏折。朝廷顺水推舟，开缺曾国荃的浙江巡抚之职，回家养伤养病。

同治三年十月初一日，离打下南京仅仅三个半月，曾国荃便黯然离去。大哥亲自送到安徽当涂采石矶，然后令儿子曾纪泽代他护送叔父回湘乡。

三、不识官场深浅的湖北巡抚

同治五年二月，曾国荃接到朝廷命他做湖北巡抚的上谕。朝廷的意思，是要曾国荃再赴前线，既与捻军打仗，也借此帮助剿捻统帅曾国藩。曾国荃召集旧日部属，在长沙招募六千人，号称新湘军，浩浩荡荡地开赴武昌。曾国荃一到武昌，立即大刀阔斧地裁汰湖北军营，又撤销鄂省总粮台，成立军营总局。这些，都直接伤及在湖北经营十一年之久的湖广总督满人官文的权限与利益。真正做地方长官不及半年的曾国荃，居然与官文大干起来，闹得水火不容。终于，曾国荃一纸参折直达朝廷。曾国荃以极为尖利的文字列举官文滥支军饷、冒保私人、公行贿赂、添受陋规、弥缝要路、习尚骄矜、嫉忌谠言等情事，句句强硬，条条见血。尤其厉害的是，还将官文列入慈禧最恨的肃党之内，直欲把官文置于死地。曾老九在这里，完全将铁桶围安庆、江宁的一贯作风用到官场上，把官文视为洪秀全。

对于老九的这种行为，曾国藩极不赞成。看到老九送来的初稿，他就明白地告诉弟弟不能这样做，但老九完全不听大哥的话，我行我素，一意孤行，甚至说出“岂能仰鼻息于傀儡膻腥之辈”这样犯大忌的话来，并声称愿意独自承担一切后果。

清代设置八个总督，除直隶、四川只有总督而无巡抚外，其他六个地区总督、巡抚同居一个城市，由于职权的交错，很容易造成牵扯不清的麻烦，故而有清一代，同城督抚不和的现象普遍存在，但闹到如此势不两立兵刃相见的地步，则极为罕见。曾国荃为什么要采取这样极端的态度来对待官文呢？此中有复杂的原因。

官文无能、贪劣、拉帮结派，早就为靠真本事打拼而又性格耿直的湘系集团的头领们所鄙视。胡林翼当年做湖北巡抚，就很瞧不起官文。后来有高人指点胡，说官文虽无能，但身份特殊，跟他结怨，于大局不利，不如笼络他，跟他处好关系，利用他的特殊身份来办自己的事。胡林翼恍然大悟。主动巴结他，不惜以巡抚之尊出席官文三姨太的生日宴，又把三姨太请进府来隆重接待，让老母亲认三姨太为干女儿。就这样，把官文拴住，做他手中的一颗橡皮图章。胡林翼在湖北，从此事事无障碍，与官文水乳交融。

曾国荃为什么不能步胡的后尘呢？除开他的禀赋、性格与胡不同外，一是自认为才大功高，不可一世，普天之下，除了他的大哥，没有人在他的眼中。二是他与官文有宿怨。宿怨之一是咸丰八年十月发生的三河之役，李续宾向官文求救，官文置之不理，致使这支部队六千余人全军覆没，李续宾与曾国华丢掉性命。宿怨之二，同治元年十二月，曾国葆的丧舟路过武昌。武昌城里的大小官员都登船吊唁，唯独官文不去。宿怨之三，官文并无收复省城之功，却居然与他同封一等伯。公恨私怨交织在一起，使得曾国荃决心冒天下之大不韪，要把官文赶下台。

朝廷对这个南蛮子的举动左右为难。不处理官，则得罪老九，新湘军谁来统领，谁来帮曾国藩打捻军？而官文实在是朝廷心腹，是多年来朝廷用来监视东南战场的忠实耳目，实在是不能处理。朝廷只得派出两个大员到武昌来装模作样地调查一番。为不影响老九的情绪，免去官文的湖广总督一职，调回北京专做文华殿大学士，不久再安排官文做直隶总督，其重要性更在湖广总督之上。

接下来，曾国荃迎来的是他一生最不顺利的时期。新湘军与捻军打仗，屡战屡败，几无打过胜仗。新湘军的两大将领之一的彭毓橘被活捉肢解，另一个郭松林则被打断腿。新湘军士气低沉，毫无斗志。面对着飘忽无定的捻军，铁桶将军一筹莫展，只得请求开缺回籍。前前后后，曾国荃只做了一年零八个月的湖北巡抚，在东南战场上所积累的赫赫威名，几乎丧失殆尽。

曾国荃之所以这么快便垂头丧气地离开湖北，仗打败了，自然是首要原因，缘于官文一事让朝廷不满，且与湖北官场广泛结怨，也是其中不能忽视的因素。没有官场经验、不识宦海深浅的犟老九，终于吞食了自己亲手所酿的苦果。

四、读书做公益的头号乡绅

从同治六年十一月开始，到光绪元年二月，七年多的时间里，曾国荃一直住在湘乡老家。加上上一次在家养病，他一共在家里住过八年多。因同治三年后的大裁撤，湖南出现了一大批非同寻常的乡绅。这些人对于近代湖南的进程有过不可小视的影响。论威望与潜在的势力，没有人能超过曾国荃。老九应是近代湖南的头号乡绅。这个头号乡绅家居的日子，做了些什么呢？除开养病外，他做的事情主要是两件：一为读书，二为公益。

还在同治三年秋天离开南京时，曾国藩就送给老九一副联语：千秋邈矣独留我，百战归来再读书。勉励他多读书，借书籍来充实、提高自己的精神境界。曾国藩还专为他选了十七篇古代名奏，亲自加以圈点解读评论。我们从老九那些年给人的信件中可以看出，读书、看帖、写字是他家居生活中的主要内容。此外，老九更多参与的是公益事业。

老九是个热心于公益事业的人。早在南京打下不久，他就提议印王船山的书，并捐银二万两。金陵书局因此建立。同治七年，主持重修《湖南通志》。同治九年，主持修建省城湘乡试馆，捐银一万四千余两，并捐出省城一座私宅为试馆岁脩。同治十年，请省城盐、厘两局每年拨银救济省城穷苦人，又增设义塾、立励节堂，每年可救活穷人一千多。同治十一年，捐义谷两千石。同治十三年，捐银二万两重建南岳上封寺。总计共捐银五万四千多两，捐谷两千石，捐私宅一座，建各种公益文化场馆四座，是湘军中最具侠义之心的高级将领，堪称乡绅榜样。

五、赈灾救难的山西抚台

光绪元年二月十五日，乡居多年的曾国荃被任命为陕西巡抚，五天后又改授河东道总督。光绪二年八月，改授山西巡抚。此时曾国荃正在病中。

山西正面临大旱。饥饿威胁三晋，死人无数。情形危急，曾国荃带病于光绪三年二月由长沙起程，四月抵达太原，担负起赈灾救难的艰苦大任。截至光绪六年七月改任督办京东军务时，山西巡抚曾国荃一直以病躯工作在山西救灾第一线。曾国荃使出浑身解数，运用他的声望影响，甚至不惜向朝廷、外省使出强索强要的霸蛮手段，共为山西筹来救灾银子一千二百多万两，粮食一百三十万石，救济灾民三百四十万人。他还调湘军五千人进入山西，协助政府安抚饥民，维持秩序，终于让山西全省渡过了这场长达四五年的罕见大旱灾。

朱克敬的《瞑庵杂识》有一则文字，形象地记录了救灾时期的曾老九是如何做巡抚的。

正是连日酷热的苦旱时期，曾国荃决定亲自去太原玉皇阁求雨。曾国荃命令山西省城知县以上的官员、廪生以上的绅士全部陪同，一个不能缺席。来到玉皇阁，众人见四周已被数百名全副武装的湘军把守，环绕玉皇阁外全部堆满干柴茅草。大家都觉得很奇怪，又不便问，只得跟着抚台大人进了阁内。曾国荃神情肃穆地跪在玉皇大帝的泥塑像前，恭恭敬敬地念完幕僚代写的求雨表文，然后起身又亲手把表文焚烧，一切都与历来求雨程序无异。大家都以为仪式就要结束了，突然，曾国荃的脸色阴沉下来，对着玉皇大帝大声说道："山西苦旱这么久，是我等官绅未尽到职责，惹怒天心，我们愿受惩罚。若三日内还不降雨，这说明上天不宽恕我等，我等全部该死，点火自焚，以身谢罪，请上天不要再降灾难给山西百姓。"

陪同的官绅听到这话，一个个吓得面无人色，心里恐惧万分，偷眼看抚台大人，只见他两眼喷火，脸色铁青，一副当年军中无戏言的神态。大家都知道这位杀人如麻的铁桶将军的厉害，又见四周的湘军刀枪晃晃，怒目横睁，请假、溜走等等的梦都不要做了，只能在这里等死。曾国荃和他们一道，坐在玉皇阁不吃不喝，干等着。第一天没下雨，第二天似乎更燥热了。到了第三天，还是不见一丝云彩。众人彻底崩溃，许多人已经瘫倒在地上。只见曾国荃面不变色，始终坐着不动。到了傍晚时，有军官前来请示，是否点火。曾国荃凝视众人一眼，坚定地说："点！"就在这时，忽然狂风大作，随即电闪雷鸣，大雨如注。阁内的官绅犹同再生，纷纷跪在曾国荃面前，高呼九帅神明。

当然，这则记载或许有点夸张，但我们通过这段文字，可以看出曾国荃当年正是以治军的方式在治理大灾之年的山西的。非常时期，的确得用非常手段。

六、勉力供职的两江总督

光绪七年二月，曾国荃接到陕甘总督的任命，他因病请假未赴任，这年四月回到湖南。光绪八年奉命出任两广总督。光绪十年正月，改任两江总督。从陕甘总督开始，六十岁的曾国荃进入生命的晚年时期。

晚年的曾国荃做过三个地区的总督，受到朝廷的特别信任，表面看来似乎风光无限。其实，他的心情是落寞的，事业上也无大成就可言。

早年艰辛的战争岁月严重地伤害着曾国荃，他多病多痛。五十七岁那年，三十一岁的长子去世。第二年次子病故，他的膝下已再无儿子了。六十二岁那年，唯一健在的兄长曾国潢去世。这一连串的打击极大地伤害他的身心，也使得他不可能以饱满的精力办理公事。两江物产富庶，地位重要，本可大有作为。时代要求曾国荃在两江继承乃兄所开创由李鸿章光大的洋务事业，但遗憾的是，此事在曾国荃手里没有进展。

光绪十六年，对湘系集团来说是一个黑色的年代。这年闰二月，曾国藩的长子、总署侍郎曾纪泽以五十一岁的英年病逝。接下来彭玉麟、杨岳斌又相继辞世。这年十月初二日，曾国荃病逝于两江总督衙门，享年六十七岁，谥号忠襄。十八年前，他的大哥以同样的身份谢世于同一座衙门。

七、时势造就的近代湖湘豪杰的典型代表

我们可以肯定地说，没有太平天国事起，就没有湘军运动，也就没有近代湖湘一大批人物的横空出世。大风起兮云飞扬，近代湖南豪杰，完全是时势造就的。曾国荃是其中的典型代表。

我们来看看曾国荃身上有哪些特点。

一为受过良好的教育。

二为青少年时期有过离开家乡外出游学的经历。

三为不把科举功名作为唯一追求，没有把大量心血用在八股文、试帖诗上。

四为从青年时代起就怀抱经世济民之志，关心国事，关心社会。

五为有敏锐的目光，善于抓住机遇。

六为相信“功可强成、名可强立”的理念，以倔强霸蛮、坚持不懈的意志毅力去实现目标。

七为不恋栈、不贪权，进则勇猛，退也开心。

八为守定大义，不拘小节，豪放血性，敢作敢为，优点突出，缺点明显。

曾国荃身上的这些特点，在咸同年间乘时而起的那一大批湖湘豪杰的身上几乎都具备，如左宗棠、胡林翼、彭玉麟、江忠源、郭嵩焘、刘蓉、刘长佑、刘坤一、罗泽南、王鑫、李续宾、李续宜等人，都有着曾国荃的影子。这些特点组合成咸同年间湖湘士人的群体品格，极大地影响近代湖湘文化。这是一笔宝贵的文化遗产，很值得我们研究，其中的积极因素更需要我们去传承弘扬。

乱局清醒客

二十多年前，我在创作长篇历史小说《曾国藩》时，从《太平天国史料丛编简辑》中读到一部名曰《能静居日记》的选录本。一开始我也只把它当作一般性的史料来读，不料越读越对它兴味盎然。这部日记文字典雅而流畅，对所闻所见记载翔实且细致，时有氛围描绘和口语照录，能让读者有一种走进那个苦雨凄风年代的感觉，作为一个志欲状摹那个时代的作家，我深感此书的不可多得。

《能静居日记》的作者赵烈文是一个幸运人。他的姐夫周腾虎早年进入曾国藩的幕府，颇受曾氏器重。那时正是曾氏事业低谷的江西年代，他很需要各方面的人才。当听到周荐举自己秀才出身的小舅子时，曾氏立时拿出二百两银子来请赵入幕。赵烈文因此与曾氏兄弟结缘，有幸进入那个时代的最前沿，参与东南战局中的一些核心机密，见证湘军与太平军最后搏斗的惨烈，由此奠定《能静居日记》在近代浩如烟海的史料中的特殊地位。

赵烈文出身于江苏阳湖（今武进区）一个世代官宦的家庭，自幼受过良好的教育。赵不仅熟读经史，还喜欢研究佛学。或许正是基于这种知识结构，使得他在那样一个动乱疯狂最容易让人心性迷失的年代，能身在局中又有局外人的清醒认识，成为曾氏身边少有的另类幕客。他因此受到曾氏的格外赏识。在从捻战回到江南再任江督的那些较为宽松的日子里，曾氏几乎天天，甚至一天多次与赵长谈，谈话的内容既有学问又有世俗，既有人物臧否更有时局评论，赵将这些谈话要点记录下来。这些记录，让我更多地看到处在私人空间里的曾氏的关注点与情感表露，同时也让我生动地感受到一个乱局清醒客的睿智与深刻。无疑，赵烈文与曾氏这些私下谈话，是这部《能静居日记》最为引人注目的亮点，也是这部书的最大价值之所在。

让我随手拈出几例来说说。

同治三年四月份，正是南京前线战事白热化的时候，江西巡抚沈葆桢不听曾氏命令，拒绝将江西牙厘调拨南京，朝廷居然明显袒护沈。曾为之非常生气，对朝廷的这种做法深感委屈。曾氏是一个严于责己的人，面对着朝廷的不公平，他首先检讨可能是自己位高权重，导致旁人猜疑的缘故。他向朝廷奏请于江督、钦差两职中辞去一个，以示自己不恋位爱权。对于朝廷的作为，赵烈文有自己的看法。他在这年的四月初八日写了一篇长长的日记。他回顾曾氏自组建湘军以来的“坎坷备尝，疑谤丛集”，八九年间一直客寄虚悬，甚至咸丰十年的江督之命，也是“朝廷四顾无人，不得已而用之”。赵分析其中的主要原因不是别的，而是“不得内主奥援”，就是说曾氏朝廷无人。赵认为人之性情是“爱己而憎人，喜亲而恶疏”，朝廷中没有得力的自己人、亲信人，则外臣难以成大功。他以明代两个带兵打仗的外臣为例，一为王守仁，因为与兵部尚书关系密切，在江西平乱事业顺利；一个是熊廷弼，事事与中枢不协，结果事败命亡。赵认为处曾氏之位置，责己也罢，求退也罢，都“乃匹夫介士之操，非体国大臣之当守”。赵烈文冷眼相向的清醒，不得不令后世读者佩服。曾氏以清正之身办兵戎之事，作为中国传统文化的集大成者，他赢得后人的敬仰，而作为政坛博弈手，他也常为人们所惊讶不解。公允地说，像曾氏这种人要在一塌糊涂的污泥浊水中成就大业，确乎是难之又难，所以曾氏晚年常常说："不信书，信运气，公之言，传万世。"曾氏的成功，的确有很大的运气成分在内。

曾氏终于侥幸成为胜利者。十多年的艰难历程，曾氏究竟是怎么走过来的，他的主要对手究竟是谁，他的胜利又将意味着什么？这些课题，尽管已成为百年来史学界的热门话题，但在当时一片颂扬声中，一片"同治中兴"的欢呼声中，极少有人关注，更几乎无人作深入探讨。赵烈文开辟这一领域的先河，他曾经当面与曾氏畅谈此事。同治六年六月二十三日傍晚，曾氏与赵有过一次长谈。他们从北宋韩琦、范仲淹谈到眼前。曾氏说自己靠自强不息之道"粗能有成"。赵烈文笑着对曾氏说："师历年辛苦，与贼战者不过十之三四，与世俗文法战者不啻十之五六。"曾氏的胜利当然靠的是与太平军作战而得来的，怎么这倒成了十之三四，而与世俗文法战却是成了十之五六。这在当时，显然是奇谈怪论。

什么是世俗文法？所谓世俗，就是指那个时代的腐败官场、烂掉的八旗绿营、颓唐的士林以及失去规范的社会。所谓文法，就是指种种不符合时代要求陈腐不堪的规章制度、律令法规等等。时至今日，我们不能不承认世人看到的只是表层，赵烈文看到的才是咸同年间动乱的本质。更令曾氏本人没有想到，也是他不愿意去想的，是赵的下面这番话："今师一胜而天下靡然从之，恐非数百年不能改此局面。一统既久，剖分之象盖已滥觞，虽人事，亦天意而已！"曾氏的胜利造成了什么局面？这就是后来王闿运在《湘军志》中所说的"其后湘军日强，巡抚亦日发舒，体日益尊"的局面，也就是曾氏所极不愿见到的"外重内轻"的局面，但这是事物发展的必然规律，非人力所可制止。

正是基于这种透辟的认识，赵烈文成为那个时代极为准确地预见清王朝崩溃的第一人。赵对此分析的那段话极为难得，还是照录最好：

初鼓后涤师来畅谈，得京中来人所说，云都门气象甚恶，明火执仗之案时出，而市肆乞丐成群，甚至妇女亦裸身无裤，民穷财尽，恐有变异，奈何？余云天下治安，一统久矣，势必驯至分剖，然主威素重，风气未开，若非轴心一烂，则土崩瓦解之局不成。以烈度之，异日之祸，必先根本颠仆，而后方州无主，人自为政，殆不出五十年矣。师蹙额良久，曰然则当南迁乎？余云恐遂陆沉，未必能效晋、宋也。

这段话是曾氏与赵烈文在同治六年六月二十日晚上的对话。四十四年后辛亥革命爆发，果然清王朝立时土崩瓦解，并无南渡苟延的机会，接下来的是长达十多年的“方州无主，人自为政”。对于清朝廷崩溃的形式和日期，以及中央政权垮台后的全国形势，其预算之准确与精密，令人惊诧莫名。具有如此眼光的人，古往今来的历史上并不多见。

这就是曾经真实存在过的赵烈文，他的这些乱局之中的清醒认识就白纸黑字地写在他的日记里。这样的人物，我能不写进我的小说吗？如此日记，我能不细加研读吗？我决定寻找《能静居日记》的全本。

全本找到了，是台湾学生书局1964年的影印本，一共有六大册。但当我打开时，却立马遇到极大的困难。赵的日记是用行草体所书，尽管书法流利娴熟，却有许多字令我辨识困难。我想，如果有人来先扫除这个障碍，然后将它排印出来，岂不会给这部日记的读者带来极大的方便吗？但这事不容易做成。首先是准确辨识草书的人不易找到，其次是出版此书的成本太高，出版社作为文化公司不能不考虑经济核算。后来我在台湾，遇到一位学者，他竟然主动跟我谈起《能静居日记》。他说几年前，著名历史小说家高阳先生就有整理出版此书的意图。高阳先生想自己来做整理者，他亲笔誊抄了一部分日记。可惜，高阳先生不久病逝，此事中途搁浅。这位学者希望大陆出版界来做这件事，并热情地送我一叠高阳先生亲笔誊抄的影印稿件。拿着这沓稿件，我愈加感觉此事的紧迫。

终于，一向对中国传统文化的整理出版负有高度使命感的岳麓书社决定来做这件事，在全国古籍整理出版规划领导小组的大力支持下，青年编辑刘文君挑起这副重担，经过三度寒暑的努力，这部重新编排的《能静居日记》全本就要问世了。我相信，只要是对中国历史文化有兴趣的读者，都可以从中获得多方面的收益：或是更多地了解那个动乱的时代，或是可以窥探某些高层政治运作的细末，或是从作者的睿智中得到某些启迪等等。一想到这里，我便为之欣慰异常，遂不揣浅陋，写下这篇文字，就算是序言吧！

从清流名士到国家重臣

两千年的中国封建官场，不乏清流名士，也多国家重臣，然集清流名士与国家重臣于一身者，却不常见。在近代，有一个人，清流名士做得风雅洒脱，名满天下，国家重臣做得有声有色，政绩卓越，将难以融合的两类人很好地集于一身，此人便是张之洞。

一

张之洞十四岁成秀才，十六岁领解元，二十七岁中探花，科考之早售，名次之前列，世不多见。科举考试如此之顺，并不是他会猜题目，或临场发挥特别好，的确是书读得好。他三十九岁时著的《书目答问》，罗列书目二千二百余种，叙述版本源流，评点其中优劣，涵盖中国版本目录学的方方面面。这里既有他的博览功夫，也见他的选择眼光。正因为两者俱佳，故此书近代以来，在学术界中影响甚大。鲁迅是不大赞成读旧学的，也不大看得起旧学研究者，但说过若要研究旧学，则须读张之洞的《书目答问》这样的话。对于张之洞的学问，鲁迅算是给予格外的肯定。然而，张之洞又不是那种皓首穷经的学究，他同时也很有才情。他写了不少好诗，尤其善于射覆、打诗钟。

射覆本是古代的一种游戏：预先将一物覆盖，猜中者获赏；后来发展为猜文字中的寓意，或用一种巧妙的方式将此文与彼文予以联结。如有一覆，道是“伯姬归于宋”。这句话出自《左传》，须射唐人诗一句。其所覆之诗为白居易《琵琶行》中的“老大嫁作商人妇”。为什么是这句诗呢？原来，伯者，老大也。伯姬即鲁国的长公主。归者，女子出嫁也。周公平定武庚叛乱后，把商旧都周围地区分给商纣王的庶子启，定国名为宋，故宋国为商人后裔聚族之地。这样一剖析，伯姬归于宋，不正是老大嫁作商人妇吗？这个覆制得有学问，能射中者得既有学问又聪明。这样的游戏的确显得高雅，很能表现出一个人的博学与机敏，文人圈中也可凭此令人信服地定出高下档次。

张之洞是此中高手。传说一次京师文人聚会，才子潘祖荫制一覆，曰“东邻女登墙窥臣三年”。这句话出于宋玉的《登徒子好色赋》，射唐人诗一句。张之洞射中，他的答案是李白《子夜吴歌》中的“总是玉关情”。在李白的诗里，玉关即玉门关，长安捣衣妇情系的是玉门关戍卒。但张之洞将“玉关”拆开为“玉”与“关”。“玉”即宋玉，“关”即关联。宋玉是有名的美男子，东邻女登墙窥视是因为宋玉貌美的缘故。制覆者与射覆者的博学与机敏，都令人叹服。

所谓打诗钟，是兴起于清道光年间的文人游戏。它是这样玩的：任举两个字，在一个限定的短时间内作两句七言格律诗，或引两句前人的七言格律诗，两句诗里得分别嵌进这两个字。当时的计时方式是燃香。用一根细线系一枚钱，钱下置一盂，线系香上，香燃线断，钱落盂中，发出一声响，如同撞钟一样，这就叫做打诗钟。

据说曾有人想为难张之洞，以京师天广寺禅房塔射山房中的

“射”与“房”两字来打诗钟。这两个字极不好做诗。但张之洞未被难倒。线断之前他已做好了：射蛟斩虎三害除，房谋杜断两心同。前句说的是周处射蛟，后句说的是房玄龄、杜如晦的事。

野史上还说张之洞善制一种名曰无情对的联语，即上下二联看起来毫无联系，若仔细推敲，则又字义相扣关联甚紧。传诵最广的张之洞的无情对是：木未成才休纵斧；果然一点不相干。

在所谓的“同光中兴”年代里，先前的内乱平定了，后起的外患尚未爆发，京师又迫不及待地闹起文恬武嬉来。文士们喜欢设诗酒雅会，诗酒雅会上射覆打诗钟必不可少，此中的风头人物则为一时名士。名士须具备四大要素：功名、学问、才情、快捷。这四个方面，张不但具备，且都要胜人一筹。于是，他自然而然地成了名士圈中的名士！

在京师名士圈中，有一些人并不只是射覆打诗钟而已，他们更热衷的是谈论国是，议论朝政。这些人除个别占据要津外，大部分都是没有实职实权的闲散官员，其中又以翰林院、詹事府等文化部门的官员为多。这些人，出发的原因或许各有不同，但最终都在一些共同点上汇集：谴责时弊、批评朝政、弹劾大员、主持正义、对外强硬、与权贵保持距离等等。他们与东汉时期的太学生们的行事相仿佛，于是被称为清流党。清流党的牵头人物为大学士李鸿藻、尚书潘祖荫，骨干成员有邓承修、张佩纶、陈宝琛、吴大澂、王懿荣、宝廷、黄体芳等。张之洞虽是名士中的名士，但他“平生志趣，雅不欲以文人自居”，其志在“经营八表”。于是，他又成了京师清流党中的骨干。“流”与“牛”谐音，清流党又被叫做青牛党。时人将张之洞与张佩纶比之为青牛的两只角，可见张之洞在这个圈子中所起的作用。

清流张之洞做过几件漂亮事。一是对吴可读尸谏所表示的鲜明支持慈禧的立场，一是对四川东乡冤案渎职者的强烈谴责，一是委婉批评慈禧对午门禁军的错误处置，一是在伊犁条约签订前后对沙俄所持的强硬态度。这几件事都发生在光绪五年至七年这两三年时间内。

张之洞二十七岁开始做官，以后长时期在外省做学政，远离朝廷，直到四十一岁回京时还只是一个翰林院的低级官员，仕途可谓不顺。从四十二岁即光绪四年起，到四十五岁即光绪七年，这三四年中，他年年升官，有时一次连升几级，很快便跻身朝廷大员之列。光绪七年更外放山西巡抚，被托与方面重任。这几年官运为何又如此亨通了？这很可能是清流名士给他带来巨大社会声望的缘故。

二

从光绪七年底到三十三年秋，长达二十六年的时间里，张之洞先后出任山西巡抚、两广总督、湖广总督。在山西巡抚任内，他严厉禁烟，大力革除衙门陋规，参劾贪腐官员。他还邀请英国传教士李提摩太等人来山西用机器采煤。李提摩太对中国的友好，以及他本人的科技知识，让这个深受清流圈内仇外情绪影响的名士巡抚，在思想认识上对洋务有了很大的转变。

光绪九年末，中法战争在越南境内爆发，一向以国是自期的张之洞对万里之遥的战事甚为关心，连连上折朝廷，献策献谋。他的这种表现，得到当政者的嘉许。光绪十年四月，他奉调总督两广。对于张之洞来说，这次调动，既是职务上的提拔，又是使用上的重视。朝廷对他的信任，显然非比一般。张之洞没有辜负朝廷的信任，与来到前线的兵部尚书湘军名将彭玉麟密切合作，起用老将冯子材，全力支持冯的用兵计划，又联络黑旗军首领刘永福，给刘以充分的信任，最后终于取得镇南关大捷。这是近代史上中国战胜西方列强的最重大的一次战役。张之洞因此声名大著，而这场血与火的战争，也给张之洞以彻底改变身份的洗礼，即从高蹈的清流派完全转变为务实的洋务派。

光绪十五年，张之洞载誉来到武昌，开始他的湖广总督之任。在湖督这个职位上，他整整待了十九个年头，以辉煌灿烂的洋务业绩，在史册上留下浓墨重彩的一页。张被调任湖广，是因为修建铁路的缘故。在当时所提出的兴建国内腹部干线的多种方案中，张拟定的从北京卢沟桥起，中经河北、河南、湖北，以汉口为终点的卢汉线被采纳，并负责督建此线南端。卢汉铁路于一九〇五年全线通车，百余年来，成为贯通中国腹部的一条大动脉。

除铁路外，张之洞还大办洋务局厂。其中最为重要者，当数湖北铁政局与汉阳枪炮厂。湖北铁政局乃武汉钢铁公司的前身。鉴于张之洞为中国冶金业所作出的重大贡献，毛泽东曾经说过我们搞重工业不能忘记张之洞。至于汉阳枪炮厂，在日后的战争年代里所起的作用更为明显。辛亥革命之所以爆发在武昌，其中有一个不容忽视的原因，那便是当时的革命者看中了这个枪炮厂。直到抗日战争时期，中国军队大量使用的，仍然是“汉阳造”。

除军事工业外，张之洞还在武汉大力兴办民用工业，著名的湖北四局即湖北纺纱局、湖北织布局、湖北缫丝局、湖北制麻局，都是张在光绪十五年至二十四年这段时间内陆续开办的。这些民用官局与左宗棠的兰州织呢局、李鸿章的电报局轮船招商局等，一道开风气之先，为中国民用工业奠定最初的一批基石。

为使中国强大，张之洞在署理两江总督时，还创建一支名为自强军的新式军队。这支军队聘请德国军官为教练，按德国陆军的操典予以训练。自强军常与聂士成的武毅军、袁世凯的新建陆军被一道提起，成为那个时代中国新式军队的代表。

办局厂，办军队，都需要大量的新式人才，学政出身的张之洞遂在湖北办起一批新式学堂，如自强学堂、农务学堂、蚕桑学堂、师范学堂、工艺学堂、方言学堂等，其中最有名的学校当属两湖书院。这所学堂后来又改名为两湖大学、两湖总师范学堂。两湖书院不仅培养了许多洋务人才，还培养了一大批反清志士。著名革命家黄兴、唐才常等人都出于这里。张之洞还大量派遣留学生。当时，湖广所派出的留日生，居全国之首。

尤为难得的是，张之洞将他的导中国于富强的治国方略上升到

"中体西用"的理论高度。随着阐述这一思想的《劝学篇》的奉旨刊行而累计发行量达两百万册，"中体西用"于是成为十九世纪末二十世纪初，最为通俗最易为国人所接受的改革中国的广告词。庚子年间，张之洞与刘坤一等人发起东南互保活动，使得东南诸省在那场混乱中尽可能地少受损失。次年，他又与刘坤一会衔连上三道奏折。其中所提出的种种变法思考，实际上已画出晚清新政的蓝图。

因兴办洋务的重大影响，也出于制约袁世凯的政治考虑，光绪三十三年，七十一岁的张之洞被内召进京，以大学士、军机大臣的身份参知朝政。光绪三十四年十月，皇帝病危，慈禧召集三位大臣商议立嗣大事。这三位大臣即醇王载沣、内务府大臣世续及张之洞。载沣是光绪帝的亲弟，世续是皇室的大管家，均为满人，张之洞是唯一参与此等绝密事的汉人。给载沣以监国摄政王名义，定年号为宣统，皆出于张的建议。为人臣者做到这种地步，也可谓登峰造极了。

三

有趣的是，身为国之重臣的张之洞，却依旧不改早期那种清流名士的本色。

他不习惯按官场的作息制度上下班，平时说话办事，也不大循官场套路，常常率性而为，喜怒皆形于色。对于平庸的属员，他多半不假辞色，而对于有真才实学的士人，则又格外有好感。时人批评他"起居无时""号令无节""面目可憎""语言乏味"。他听到这些话后并不恼怒，坦然承认有"无时""无节"的毛病，但对自己长得丑、不会说话的缺点，却不认可。不过，据《清史稿》本传说，张"短身"。从传下来的照片看，他的脸尖，鼻子大。这样看来，张的确够不上英俊。他出生在贵州，史册上说他"终生操黔语"。在流行官话的官场上，黔语乃土音。说他语言乏味，也不是没有根据的。总之，这四句流行很广的评语，对张之洞来说，应该较为准确。

野史上有不少关于张之洞名士做派的记载，其中有些也颇有意味。如他在山西做巡抚时，为着一个县丞替他解决“公”字与“勾”字通假的疑问，他就将此县丞升官。又为着一个县令不能与他畅谈诗书，便判定此人必腹中草莽，遂将此人降级使用。直到晚年，他还因酷爱古董，在琉璃厂高价买了一个假货，成为京师官场上的一大笑话。在粤督任上，为筹措银子，他竟然开禁闱赌，引起士林广泛不满。在湖督任上，他又听信诗人陈衍的建议，大铸以一当十的铜元，造成通货膨胀的严重后果。终于，他的这些不循常规的做法，招来了严厉的指摘。

光绪十九年，大理寺卿徐致祥上了一道措辞激烈的奏疏，参劾张之洞用人不当、于事不察、滥用罚捐、靡费钱财、狂诞谬妄、有名无实等种种不法情事，建议对张的使用是“外不宜于封疆，内不宜于政地，惟衡文校艺、谈经征典是其所长”。这话的意思是，张之洞不堪做国之重臣，只能做清流名士。这就是所谓光绪年间的大参案。但最后，张之洞还是平安无事地渡过了这场风波，其关键的原因是张为官廉洁，不贪不捞。《清史稿》中的《张之洞传》上说他：“任疆寄数十年，及卒，家不增一亩云。”由此看来，廉洁是为官的一条重要原则。守住这条原则，即便遇到一些麻烦事，也可以从容应对。

张之洞虽然名士习气严重，但他又决不像历史上有些名士那样狂狷与刚烈。如他思想上倾向维新，赏识康梁，但朝廷的风向变化后，他便立刻撇清与康梁的关系。辜鸿铭说他之所以著《劝学篇》，是为了“绝康梁而谢天下”。他甚至还偷偷派人将自己先前写的有关维新的题联抹掉。又如他对袁世凯本无好感，当袁竭力逢迎他时，他又关照袁。最后还为袁说情，保住了袁的性命。他有一个“十六字为官真经”，道是：启沃君心，恪守臣节，力行新政，不背旧章。于是，便有人骂他“巧于仕宦”。

不管怎么样吧，张之洞在朝为清流，外放为能臣，在晚清官场上，算是一个既能说又能做的官员。可惜，这种官员，官场上太少了。张之洞早年所在的清流党中的大部分人，便是只能说而不能做。与他当时关系最为密切的三个朋友张佩纶、陈宝琛、宝廷便属于此类。他们都出身清华，少年得志，胸中堆积满腹经纶，笔底似有千军万马，一时间名震海内，令作奸犯科者闻之发怵，也让慈禧太后另眼相看，将他们视为国家的栋梁之材。结果，张佩纶在马尾海战中一败涂地，遭革职流放，后半生抑郁潦倒。陈宝琛外放会办南洋大臣，被两江总督兼南洋大臣曾国荃所参劾而罢官，在家一住便是二十年，直到六十多岁时才任即将退位的宣统皇帝之师傅。宝廷惧怕别人报复，后来借娶船妓自劾。从此隐居香山，不知所终。作为一个政府官员，严格地说，这三个人都无实绩可言。批评别人的时候，慷慨激昂，头头是道，轮到自己亲手办事的时候，又比别人还不行：或胆小怕事，临阵脱逃；或师心自用，缺乏与共事者的协调能力；或意志脆弱，没有孤身坚守的定力。

如果说，张佩纶所缺在“胆”、宝廷所缺在“识”、陈宝琛所缺在“能”上，那么，同为清流名士，张之洞在这三个方面显然比他的朋友们要强得多。或许，正是这些必要的人格素质上的健全，才成就了张之洞从清流名士到国家重臣的转变。

时代酿造的悲剧角色

——《张之洞》创作思考

十九、二十世纪之交，大清国的君民是带着奇耻大辱，告别旧世纪，走进新世纪的。一九〇〇年，两千人的八国联军，居然视数万清兵如无物，长驱直入北京城，慈禧太后携带光绪皇帝和一大班后妃、王公大臣仓皇离京而去。京师沦陷、帝后出逃，这对于哪一个朝代来说，都是仅次于亡国的大耻。穷极思变，到了这个时候，清廷的实际当家人慈禧，才真正意识到要变法变制了。一九〇一年元月二十九日，流亡西安的中央政府颁发上谕，宣布变法，稍后又成立了以奕劻、李鸿章牵头的督办政务处。

这年的七八月间，当时最孚时望的两个封疆大吏——湖广总督张之洞和两江总督刘坤一，接连会衔上了三道奏折，提出兴学育才、变更旧法、采用西法等一系列变法变制主张。这就是中国近代史上著名的“江楚会奏三折”。三折中的种种设想，日后便成了晚清新政的基本大纲。

张之洞一生最重要的时期，为十九世纪的八十年代至二十世纪的前十年。这是中国两千年封建帝制行将就木的三十年，是近代中国的一个非常重要的时期，《张之洞》写的也就是这三十年。举凡这三十年内中国所发生的一切重大事件，如中法战争、洋务运动、戊戌变法、东南互保、镇压自立军起义、筹办新政等等，张之洞都亲身参与，而且都在其中占有着重要的地位，说他是这三十年中国政坛上举足轻重的关键人物，那是毫不过分的。

具体地说，张之洞在近代中国留下了哪些痕迹呢？

作为中法战争的地方最高统帅，他打赢了这一仗。这是晚清政府与外国交战中唯一赢得胜利的一场大仗。

他筹建了当时亚洲最大的钢铁厂——汉阳铁厂。他在武汉办起了枪炮厂、织布局、纺纱局、缫丝局、制麻局，为日后的工业大城市武汉奠定了基础。

他最先提议修建北京至汉口的京汉大铁路，并督办该铁路南段的修筑。

他与戊戌变法中的重要人物康有为、梁启超、谭嗣同、杨深秀、杨锐等人都有密切的联系。尤其是杨锐，跟随他二十多年，既是师生，又是志同道合的战友。维新派视他为强有力的支持者，他差一点要进京主持变法运动了。

在庚子年的动乱中，他倡议东南互保，镇压自立军起义，免去了清廷的半壁江山之忧。他是接受慈禧托孤的唯一汉大臣，在晚清最高政坛上的满汉之争中起着很大的调和作用。比如保全袁世凯的性命，对于中国历史的演变道路便起着决定性的影响。

作为国家重臣，他第一个大力倡导“中体西用”，他用自己的洋务局厂努力将这个构想实践，又通过其得到光绪帝旨准发行两百万册的《劝学篇》，将这个构想传遍大江南北天涯海角，使得家喻户晓人人皆知，成为上个世纪之交举国上下最时髦的口号，并对日后中国的现代化进程影响甚为深巨。

照理说，这样一个人物应该得到历史的尊重和后世的缅怀，但事实并非如此。在晚清和民国时期出版的各种私家史乘中，张之洞的形象大多不佳。他被说成一个热衷仕宦、投机取巧、好大喜功、铺张靡费的政客，一个使气任性、行为乖张、倨傲自大、偃蹇作态的名士，一个面目可憎、语言乏味的丑角。到后来，随着洋务运动的被全面否定，这个洋务运动的“殿军”也自然而然地被轻蔑地抛弃了。尽管一个伟人说过我们“不应忘记张之洞”的话，但在实际上，他被人忘记了。

当历史车轮进入二十世纪八十年代，“现代化”的呼声再次在中国响起时，人们才想到，自从鸦片战争以来，中国有着一批又一批的爱国之士，不愿意看到国家因贫穷落后以至灭亡，他们一直在寻找导中国于富强的道路。道路有许多条，但有一条似乎是最引人注目的主线，即向西洋欧美学习，向东洋日本学习，学习他们的科学技术，学习他们的治国方法，乃至于学习他们安邦立国的精神、意识、品性、文化……

于是，洋务运动和它的一班主要倡导者，重新受到人们的关注，张之洞即是其中重要的一个。

从这个角度上看，“张之洞”无疑有很强的现实性和关照性。西方智者说：一切历史都是当代史。中国国民对近代史的兴趣，又一次为这个观点提供了证据。

然则在近几十年的时间里，人们对张之洞和他的洋务事业进行的批判指责，难道都是无中生有，都是不负责任，都是错误的吗？显然也不全是这样。其中的原因，除张之洞本人的为人，有不少该指责处外，最主要的是他所办的洋务事业几乎都没有取得大的成就，更没有达到他所期盼的富国强兵的目的。说句并不太苛严的话：他的洋务事业是失败的。

要说此人最值得今天重视的价值，便是他所留下的这份洋务失败的遗产。从本质上说，我们今天的“与世界接轨”，就是鸦片战争以来中国先进人士所探索的那条救国主线的继续。这条主线曾在张之洞死去后不久给中断了。分析离我们最近的这辆“车”的倾覆，对于今人有直接的借鉴作用。

我以为，张氏洋务事业所留下的最大教训有如下几条。

一、他的洋务局厂是衙门而不是企业。

局厂各级各部门的负责人大多是候补官员，而不是懂技术的专家。因为是官僚治厂的缘故，衙门习气严重：程序繁多、讲排场、无效率、无责任心、推诿敷衍、人浮于事等等。且裙带风盛行，从领导到员工，引进的多是私人。

二、缺乏科学合理的设计规划。如汉阳铁厂设在汉阳，既不在产煤区，也不在产铁区，规划不合理。

三、没有市场概念。

张氏办洋务大手大脚，不算经济账。汉阳铁厂生产的钢铁，质量不如外国，且价格又比人家高，自然卖不出去。

四、不应官办应商办。

张之洞在湖北办洋务之初，盛宣怀便向他建议募集商股，采取官督商办的形式，但张氏断然否决，坚持要用官办。结果越办越亏，最后不得已才转给盛宣怀去商办。商办是资本主义经营企业的成功方式，在当时的中国，官办只能是一套封建衙门的做派，两者是有本质区别的。

总之，张氏办洋务，用心虽好，收效则甚微，究其原因，是没有把洋务办到位，正如辜鸿铭所说的："只有模样，没有精神。"造成这种后果，固然有其个人的因素，但更重要的是时代因素。

时代因素中最主要的有两点。

一、引进西方的科学技术，在中国已属破天荒，引进西方的企业管理制度，则更是对中国传统意识形态的强烈冲击，遇到的阻力非常巨大。单有机器，没有管理，当然办不好。

二、当时的大清帝国民贫国弱、弊端丛生，最为严重的是官场上下一片腐败，在这种环境中，几乎任何一点稍大的作为都不能获得成功。从这个视角上来看，张之洞其实是那个时代的悲剧人物。

写出时代酿造人生的悲剧命运，最富于文学价值。而这，又正是这部长篇小说的写作意图。

黑格尔说：历史有属于未来的东西，作家找到了它，也便找到了永恒。功名和事业，会因时代不同而不同，辉煌和失败都只是短暂的，只有人本身所具有的属性和力量，即人性和人格，才能唤起读者对历史创造者永远的兴趣。

我想，这或许便是黑格尔所说的“永恒”。因而写活人物，尤其是写活主人公张之洞，应是小说的第一要务。张之洞的鲜活，不在于他的事功和地位，而在于为事业而奋斗的过程中所显示的属于他个人的性格。

张之洞是个什么样的人物?

小说中的文学人物张之洞，是一个以国事为重、一心为国效力的爱国士人，也是一个顺乎时代潮流、有远见卓识的高级官员；但他同时又是一个视仕宦为生命、铁心忠于朝廷的传统士大夫，也是一个缺乏“现代化”知识，满脑子儒家禁锢的封建官僚。

他是一位肯办事能办事具有大气概的实干家，也是一个师心自用、只讲形式不重实效的官场人物。

他生财有道，广辟财源，也不惜败坏社会风气，将负担转嫁给普通百姓。他办洋务追求宏阔，一甩千金，甚至得“屠财”恶名；但他自己却清廉自守，一生手中过银千千万万，却不贪污受贿分文，到死“房不增一间、田不增一亩”，即便那些诋毁他的野史，在“廉”这一点上对他都一致予以认同。

他博学好古，诗文领一时风骚，但不以词臣谏官为满足，一心要做经济大业，然在疆吏生涯中，却又时时暴露出其书生的特质及弱点。

他以儒臣自居，对门生僚属的德行操守要求甚严，但自己却不过多培植内圣功夫。他不拘常礼、不循常度，且在政治上极善经营，是一个会做官又官运好的角色。

总之，文学人物张之洞是一个有着许多缺点，然大体上不失可敬可近的名士型官员。他是上个世纪之交的中国一个极具典型性的士人，同时又有着鲜明的个性特色。通过这个文学形象，或许能够更生动地了解中国封建末期的官场。这个封建官场的消失，距今不过百年，至于它的影响，不仅现在存在，很可能还要持续一段相当长的时期。如此看来，《张之洞》就不完全是一部闲书，它或许也能给当今读者以某些启迪。

从诗歌创作看张之洞的真性情

张之洞是中国近代史上一位重要人物，他以办理新政和倡导“中体西用”思想而著名。作为一个翰林出身的官员，张之洞一生也创作了大量的诗歌。人们通常认为，晚清名臣能诗者，前推曾国藩，后属张之洞。

《清史稿》张之洞本传说他“爱才好客，名流文士多趋之”。不少野史又说他疏于内圣功夫，较为任性，名士习气浓厚，属于性情中人一类。看来，张之洞是一位富有个性的人物。他所存世的四百多首诗歌，就生动地展现了他的真情至性，我们可以借此窥视这位一代名臣的另一面。

一

我们先来读读《花之寺看海棠坐中同年董兵备将有秦州之行》这首诗。

张之洞有个同年，名叫董砚樵。此人在甘肃做了好几年的道台，丁忧服阙后又放陕西的道台。陕甘历来为贫瘠多事之地，总在这一带做地方官，董砚樵意颇郁郁。时任京官的张之洞宽慰他，请他赏花喝酒，并写了这首诗为他送行。

诗写得很有趣："春光如箭去可惜，有如千里远行客。主人惜别并饯花，到此都能饮一石。"美丽春光的流逝和同年好友的远行，都是令主人深为叹息的事情，暂以豪饮来减轻心中这股浓厚的惆怅吧！

接下来写花之寺的春光："新阴袅袅燕雏语，脂光澹薄无几许。石氏珊瑚强护持，关楼红粉含凄楚。"雏燕呢喃，春气氤氲，鲜花红艳，楼台掩映。这一切组成了一幅使人留恋不舍的京师春景。然而，一个"强"，一个"凄楚"，又给这幅春景涂上了伤感的色彩。

下面几句颇为奇特："乾嘉遗老西城会，腰缠十万来广陵。日携姝丽到花窟，宝筝瑶席惊枯僧。"刚才吟的还是花之寺的春色，为何突然跳到了广陵？长江边的扬州城古称广陵，为有名的富贵之乡温柔之地，最是销魂蚀魄之处。俗话说"腰缠十万贯，暮春下广陵"，乃是人们心目中的最为快乐之事。

然而，这与眼前有什么联系呢？"墙头诗膀黯尘土，繁华转眼如风灯。"原来，乾嘉遗老在此处聚会时，墙头上留下了他们当年游广陵逛花窟赴瑶席的诗句。现在，这些繁华旧梦已转瞬而去了。

最后，诗人对同年道出了自己的见解："承平仕宦得游宴，不解守边事征战。今日男儿重功名，岂惜秾华如飞霰。人生美官谁不求，凉州美酒能销忧。花好亦如盛年好，莫遣沙场空白头。"到广陵那样的好地方去做官谁不想呢，但是既然没得到，也不必郁郁，姝丽、宝筝式的繁华享受，亦不过是过眼烟云罢了。人生盛年正如海棠的盛开之时，应当珍惜，好好享受，不要让沙场空白了少年头，凉州有全国出名的葡萄美酒，它足可以消愁忘忧！

全诗情意恳切真挚，无矫揉造作之态，不出蹈空之言，不陈过高之义，说的全是实实在在的话，的确是一首构思跌宕、诗意盎然的送别佳作。

我们再来读读《乙卯除夕宿紫陌山留侯祠》一诗。乙卯年即咸丰五年，这年张之洞十九岁，奉父命，取道四川、陕西、山西北归直隶原籍，途中除夕恰宿陕西留坝厅内张良庙。张良乃汉初名臣，为汉朝创建立过大功，然后又功成身退，素为士人所景仰。通常，以一年轻举人之身份住在这个名臣的祠庙中，少不了要说几句赞美词。比如十二年前曾国藩去四川主持乡试，途中亦宿于此庙，也写了一首诗。诗中便对张良大加赞扬："小道循声荣，达人志江海。咄咄张子房，身名大自在。""国仇亦已偿，不退当何待！郁郁紫陌山，英风渺千载。"但是，张之洞的留侯诗却完全是另外一种意绪："四年四除日，疾如逝水度。无岁不易方，可笑蓬与絮。"接连四个除日四个地方，而且都不在家乡，他叹自己的处境如同飞蓬和柳絮一样地漂泊无定。

"今年伴道士，寒灯展卧具。"今年除夕日又与道士作伴，寒灯之下宿在古庙之中，外面大雪积压阒无人声。"穷村爆竹稀，喑哑如裂布。"山野偏穷，除夕之夜，只有几声稀疏的爆竹声，益发衬出旅途之客的孤单冷清。"文武成何事，仆仆病道路。青山茁紫芝，愧此凄隐处。"功名不成，事业无望，相对前人的功成身退，真是羞惭不已。全诗几乎不涉及祠庙的主人，发的全是自我不得意的牢骚。揆诸他当时的心境，应该说诗写的是实情。

多年后，当他结束四川学政任期载誉回京时，再次见到留侯祠，又作了一首诗《游紫柏山留侯祠》："云麓标隐居，喧喧临孔道。成功辟谷人，胡不寻幽窕。"诗一开头便紧贴诗题，谈起这位汉初三杰之首来，并挑剔地责备张良隐居何不寻幽窕之地，偏要在此孔道边辟谷。"稍有一壑秀，犹憾层岩少。森森庭柏疏，涓涓砌泉绕。"虽然壑谷还算清秀，祠庙四周景致也不错，但附近峰峦少了，不够理想。

接下来又是责怪："可惜公强饭，牵连累四皓。如意类龙颜，羽翼何颠倒。徒抛紫芝香，终望赤松杳。"道引轻身是明智的决定，可惜不该碍于吕后的面子勉强进食。至于请出商山四皓来为太子壮威，更是羽翼倒置了，使得类似高祖的赵王如意竞争失败，引出后来的高后执政诸吕之乱，则实在是失策，最后病死任上，徒留下“赤松”空名。

一处留侯祠，两首不同的诗。前诗是落魄书生的羁旅苦况，后诗是学台大人的刻意立异。处境变了，心态变了，诗作的切入点也自然变了；相同的一点是，两首诗都是诗人写作时的真实心情的流露。

张之洞的诗歌中有不少显露他真率性情的作品，这些诗作又为正史野史中关于他的为人提供了证据。如张氏天赋并不特别聪颖，而性格又属于刚烈一类，他的诗里便有这样的句子：“我性朴钝君灵奇……君尝规我太刚必损折。”他敢于逆难上疏言事：“白日有覆盆，刳肝诉九阍。虎豹当关卧，不能遏我言。”他平生好古好书好饮酒：“亦如旧槧书，未读神先悦。”“我亦癖书如琳璆，享扫狭陋良足羞。监酒载书倘许借，他日准拟相从游。”张氏喜花木，于花木中尤重松，自谓：“平生有笃嗜，谓胜桃林姣。”他任两广总督时，特为移两棵大松树于总督衙门前坪，赋诗曰：“增此两畏友，峨冠强哉矫。坐对穆青风，尘牍纷如扫。”张氏对前代诗人，特别喜欢苏轼。诗集中有好几首诗都是咏的这位东坡居士，请看这样两句：“我哀公遇诵公诗，八州遍到拜公祠。”并自注：“眉州、嘉州、杭州、黄州、登州、定州、琼州、廉州，皆余所到。”凡所经过的地方，只要有苏东坡的祠庙必去祭拜。张氏对苏轼的爱戴之情，发自内心。

在这些真性流露的诗歌中，我们自然甚为注意张氏所写的两组悼亡诗。张氏一生仕途顺遂，但他一生的婚姻却多有不幸。他前后三娶，但三个夫人都不得天年。结发妻子石氏与张氏共同生活十一年，育有一子一女。石氏与张氏结褵于艰难岁月，到张氏境遇初转时却撒手而去，令张氏十分悲痛。第一组《悲怀》便是怀念石氏的。这组诗共五首。第一首借用王安石“百日在外一日归”的成句，回忆当年因忙于功名生计离多聚少的苦况。第二首称赞石氏临终嘱托“不作佛事”的明达。第四首称赞石氏俭朴治家的美德。我们现在来细读一下第三首和第五首："酒失常遭执友嗔，韬精岂效闭关人。今朝又共荆高醉，枕上何人谏伯伦。""空房冷落乐羊机，忤世年年悟昨非。卿道房谋输杜断，佩腰何用觅弦韦。"张之洞有贪杯之癖。有一则野史上说，张氏有次醉酒，曾用石砚击石氏头。他这种酒后的失态，常遭好友的嗔责。今天想起贤妻生前种种，借酒消愁而大醉，而枕边再也没有规谏的人了。这种现实是多么令人难以接受！人去楼空，闺房冷落。当年乐羊之妻以织布为喻劝导逃学回家的乐羊，终使乐羊羞愧而发愤苦学成才。石氏亦有乐羊之妻的贤德。有如此内助，真不必以佩弦佩韦来加以提醒。现在，忤世之失还时常有，但弦韦已不复存在了，心情的怅惘何时能了！

坦率地承认自己有酗酒、忤世等种种弊病，痛惜贤妻永逝，药石不存，张之洞在率真的性格中又显示出重情的一面。

第二组《永叹》三首诗怀念的是第三任夫人王氏。王氏通晓诗书，且能画画，与张之洞情投意合，夫妻恩爱。可惜天不假年，结婚仅三年，王氏便去世了。张之洞怀着深深的眷恋，写下了这组诗："重我风期谅我刚，即论私我亦堂堂。高车蜀使归来日，尚借王家斗面香。"张之洞在蜀三年，两袖清风，一尘不染，连例属二万两餐费银亦坚辞不受。到启程时，治装的钱都没有，只好售去所刻万氏十书经版。对于张之洞这种常人不能理解的清廉举动，新婚的王氏夫人完全赞同。夫妇二人还都后生计甚窘。张氏生日时连办一桌酒的钱都没有，王夫人乃典当陪嫁衣一件为之置酒。诗中回忆的就是这桩事。

"妄言处处触危机，侍从忧时自计非。解识篝灯悲愤意，终羞揽袂道牛衣。"张之洞回京后，作为清流名士屡屡上书言事，纠弹得失，不免得罪权贵，心中常怀惴惴。深夜灯下，王夫人便成了他最好的诉心者。而且京官清贫，家境不宽裕。对于这些，王氏都不在乎。

"门第崔卢又盛年，馌耕负戴总欢然。天生此子亦栖隐，偏夺高柔室内贤。"王氏出身高门大族，且比他年轻甚多，但甘居贫寒，与他相依为命。仕途艰难，长期不得迁升，张氏萌生了辞官之念，夫人将是他归隐的最好伴侣，但老天爷为何偏要夺去这位高贵而温柔的贤内助呢！张之洞对王氏夫人的盛年去世，是多么痛心疾首啊！

二

张之洞在成长过程中，曾有幸受过一批名师的指点。师辈之中，张氏尤为敬重胡林翼。胡林翼号称中兴四大名臣之一，功勋显赫，威望卓著。张氏少年时代，胡林翼正在贵州做黎平知府，与张氏的父亲要好，张氏因此曾拜在胡的门下。张氏十六岁中举人第一名，消息传到贵州，胡林翼高兴得一连几天笑口常开。师生相处之日不久，师生之情却甚深。胡林翼以其巨大的事功而成为张氏膜拜的对象。张氏后来也做了湖广总督，对这位前任兼恩师优礼有加。他在武昌扩建胡林翼的祠庙，亲往凭吊，并赋诗两首："枢轴安危第一功，上游大定举江东。目营四海无畦町，手疏群贤化党同。江汉重瞻周雅盛，山林始起楚风雄。长沙定乱诚相似，未及高勋又赤忠。""二老当年开口笑，九原今日百身悲。敢云驽钝能为役，差幸心源早得师。圣虑当劳破关后，雄心不瞑渡江时。安攘未竟公遗憾，徼福英灵倘有知。"张氏对胡的评价之高、感恩之深，可谓无以复加！

令我们欣喜的是，诗集中保留了张氏与其房师范鸣龢的唱和诗。说起范与张氏的情谊来，实在是中国科举史上的一段佳话。

张氏中举后，因为丁忧及回避等原因一直未能参加会试。同治元年，做了十年举人的张之洞前往北京参加初次会试。他才高气盛，文章不落俗套，甚得房师范鸣龢的欣赏。范极力推荐，但终因张氏的文章不全合闱墨规范而被摈。范深为张氏抱屈，力争不成，竟然为此而愤悒流泪。

第二年为同治帝登基恩科，张之洞再次参加会试，范也再次充任阅卷官。真是有趣得很，张氏的试卷又落到了范的手里。试卷是糊名的，范并不知是谁的卷子。范阅后激赏不已，推荐上去。填榜时才知道乃张氏的卷子。范非常激动，对别的考官说："身为会试考官，能有此奇遇，其乐胜过得仙！"并赋诗四首为志。这四首诗均写得极富感情，受篇幅所限，我们仅选其中一首来欣赏欣赏："一滴蓬莱迹已陈，龙门何处认迷津。适来已自惊非分，再到居然为此人。歧路剧愁前度误，好花翻放隔年春。群公浪说怜才甚，铁石相投故有神。"

百年前的考官范鸣龢这种怜才爱才之心，时至今日，仍让笔者感动不已，何况当年的得益者张之洞，其感激之情可想而知。张之洞写了三首情意深长的诗来感谢恩师的这片高谊。我们一起来读读："十八瀛洲选，唯公荐士诚，不才晚闻道，因困转成名。已赋从军去，重偕上计行。天知陶铸苦，更遣作门生。""沧海横流世，何人惜散才。嵚奇为众笑，湔祓有余哀。叠中凭模索，孤生仗挽回。韩门多彻喜，应恨不同来。""十载栖蓬累，轮囷气不磨。殿中今负扆，江介尚称戈。一介虽微末，平生耻媕婀。心衔甄拔意，不唱感恩歌。"

张之洞把房师的知遇之恩铭记心中，以日后为国尽忠的厚礼来酬谢。

三

张之洞一生交往极广，诗集中出现的许多人都是当时的名流，如李鸿藻、潘祖荫、彭玉麟、吴棠、王闿运、莫友芝、魏光焘、张佩纶、吴大澂、王懿荣、翁曾源、李慈铭等等。在这批朋友中，张之洞最为敬重的是彭玉麟。

彭玉麟也是平乱的中兴名臣。张氏任两广总督时，彭玉麟以兵部尚书的身份充当钦差大臣来两广督办军务。彭不摆名臣宿将的架子，与比他小二十余岁的张之洞密切配合，共同取得抗法战争的胜利。诗集中收有张氏的有关彭的两首诗。书生出身的彭喜画梅，也善画梅，他的梅画广遗人间，为世所珍。王闿运送彭的挽联中有"长增画苑梅花价”，说的便是此事。诗人在一个寒雨霏霏的春日，得到一位友人珍藏的彭氏梅画，画面上的梅花“怒蕊贴干交柯稀”，使诗人联想到“此花倔强如此老”。彭性格刚直，疾恶如仇，为人又廉洁正派，因而与官场不合。此时虽挂了兵部侍郎的衔，但处境颇为冷清。诗人感叹那株挂冷月、处岭头，承受苦雨凄风的梅花，颇似画家本人：“独枝幽艳媚空谷，石肠玉貌无人怜。”画家“日日画梅万毫秃，宝刀锈涩脾生肉”，诗人认为这种冷梅画太使人伤感了。“君欲报此一枝春，何不画作孤生竹”，画几枝孤竹同样也可以报春呀！

如果说张氏在这一首诗里，更多流露的是对这位中兴名将寂寞处境的同情的话，经过中法战争的血与火的合作，张氏与彭结下了深厚的友谊，他对彭的品德、才干更为了解，也更为敬重了。且看光绪十七年彭去世时，张氏写的《彭刚直公挽诗》。此时正在从事新政大业的湖广总督张之洞，充满着崇敬、痛惜之情写了一首五言长诗，用十八韵来赞美彭玉麟保卫祖国南疆的辉煌业绩。

“天降江神尊，气吞海若倍。军离终成睦，民恐顿忘馁。”彭玉麟如一尊江神来到南海，以他的豪迈气赢得了军心民心。“雪涛拥虎门，两角高崔嵬。孤军壁其处，免胄不披铠。共苦感士卒，任难服寮采。”虎门为广州前敌，黄埔为次敌。张之洞来广州前，两广总督为淮军将领张树声。张树声命粤军守虎门，以淮军守黄埔。显然，张树声的这种部署，是保存淮军实力的自私行为，故粤军不满。彭来广州后，亲率湘军守前敌虎门。他自己已是六十九岁的老人了，不披甲胄，与士卒同甘共苦。彭以身作则，感动了粤军。从此，湘淮粤军团结起来，一致抗敌。诗人描绘着老将的风采：“谰谰紫石棱，疏髯苍绕颏。”过度的劳累使他病倒在床，即使如此，“扶掖始下床，英姿终不改”。诗人称赞老将刚直廉政的品格：“天鉴刚且直，戆言寡不罪。”“九州服威风，所至绝奸贿。”他为自己原拟去衡阳看望彭未果而遗恨：“北归未过衡，一面至今悔。”他叹息彭去世后，国家再也没有如此顶天柱石了。流着如雨水般的眼泪，诗人痛问上苍，为什么要夺去这位文武兼资、德才兼备的名臣良将："群蒿岂任柱，雨泣问真宰。"

收在诗集中与友人交往的诗占有较大的篇幅。或登临览胜，或诗酒酬唱，或品书鉴器，或执手话别。这些诗情趣浓烈韵味醇厚，皆有感而发，绝非应景之制。笔者以为，这些诗中写得最好的当属两首挽诗，挽的是他的两个境遇不太好的朋友吴子珍、吴圭庵。我们来读一读《挽吴子珍》。

"文澜不取归熙甫，兵略时同魏默深。"开头两句便气势不凡，道出诗人与逝者有共同的志趣和宏大的抱负：为文不走归有光一路，论兵则常与魏源相合。明代散文家归有光的文笔过于缠绵悱恻，缺乏阳刚劲烈之气。诗人与逝者对此舍弃不取。时值国家衰弱，外敌侵凌，湖南籍思想家魏源有鉴于此，发愤著《圣武记》《海国图志》等书，既启迪民智，又为当权者加强军事战备提高国防力量敲起警钟，提供借鉴。诗人和逝者是与魏源深有默契的爱国者，故而论兵策略常常与之相合。

"声气牢笼羞鹤盖，心期寥寂托牙琴。"对于攀附权贵而无实学的人，逝者羞与之为伍，而只将自己不合时俗的旨归与好友倾谈。"倚闾犹自衣添线，为位无端泪湿襟。"可怜家乡的老母依然在为远方的游子走针添线，志同道合的朋友却无甚作为，今日只能以痛苦的泪水作为祭奠。"闻有贤妻堪付托，文园遗藁漫销沉。"听说贤惠的妻子不负嘱托，将要整理遗稿免至消沉，这真是哀思中的极大安慰了。

全诗沉痛低回，悲伤而不绝望，是张氏雄才大略胸襟的本色体现。

张之洞早年在京师时有一个很要好的朋友，此人即清流党中健将张佩纶。张佩纶以其学识和敢言赢得舆论界的尊敬。中法战争期间，张佩纶会办福建海防，大败溃逃，受革职处分。获释后投靠李鸿章门下，并入赘为其女婿，舆论界对之贬责较多。张佩纶晚年时，张之洞对其较为疏远。为此，有人说张之洞势利，不重交情。这是苛责了。

光绪十年之前和之后的张佩纶，有两人之判，张之洞对张佩纶的态度有所变化，不应受到指责。实际上，张之洞对张佩纶早年所表现的才识风骨一直是敬佩的。这有张佩纶死后一年，张之洞所作的《过张绳庵室四首》为证："北望乡关海气昏，大招何日入修门。殡宫春尽棠梨谢，华屋山丘总泪痕。""箧中百疏吐虹霓，泛宅元真世外嬉。劫后何曾销水火，人间不信有平陂。""凭谁江国伴潜夫，对舞髯龙入画图。怜汝支离经六代，此心应为主人枯。""廿年奇气伏菰芦，虎豹当关气势粗。知有卫公精爽在，可能示梦儆令狐。"

诗人望着老友生前的居所，心中悲悯，眼中的一草一木似乎都挂着泪痕。诗人称赞老友存箧的那些奏疏，当年有如彩虹经天，至今仍放射光芒。诗人把这些奏疏比作王符的《潜夫论》，希望老友在天之灵依然保留昔日的气势，并对那些怯弱的当权者以警告。不难看出，张之洞对这个身负奇气的老友从情感上来说是一以贯之的。

四

张之洞的门生弟子很多，诗集中出现的如樊增祥、杨锐、梁鼎芬、袁昶、杨守敬、易实甫等人都颇有名气。两度主考、再任学政的张之洞，一向对士子充满着慈爱关怀的良师情愫，诗集中收有《四生哀》《哭陈作辅》等令人感泣的诗作。

《四生哀》中的四生是张之洞做湖北学政时所识拔的高才。除这四人外还有数十个，张氏将他们招至省城汉江书院深造，希望他们能早登科第，不料四生入书院不久便去世了。这四人皆上选之才，不仅未能博得功名，且未及传名于后世，张氏深为惋惜，乃效法前人，作哀诗"以存其名"。其中陈作辅文章最为醇雅，已行文至部，将于第二年参加礼部试，却忽然得知已死于原籍，张之洞悲痛累日，又特为单独给他作了两首哀悼诗。"滋兰成亩元霜酷，种柏翘柯野火摧。钟赋搜求都不易，呜呼吾道岂其衰。"这些悼念门生的诗，淋漓展现了张之洞的良师情怀。

出现在诗集中的张氏门生中有两个很出名的人物，一个是杨锐，一个是袁昶。

杨锐作为戊戌六君子之一，是中国近代史上受人尊敬的人物，而他又是这场政变的得力支持者张之洞最为欣赏的学生。这真是波谲云诡的近世政坛上颇富戏剧性的一个细节。

杨锐，四川绵竹人，十八岁中秀才，那时四川的学台正是张之洞。张氏在成都刚刚创办尊经书院，杨便作为首批学生进了该书院。常去书院督学授课的张氏十分看重这个少年新秀。他在致友人谭叔裕的信中，为谭列举了他“素所欣赏”的蜀中五少年，名列第一的便是杨锐。他对这五人有个总体评价：“此五人皆美质好学，而皆少年，皆有志古学者，实蜀士一时之秀。”又在杨锐名下特注曰：“才英迈而品清洁，不染蜀士习气，颖悟好学，文章雅赡，史事颇熟，于经学小学皆有究心。”

张之洞初任封疆，便把这个得意门生招至幕中。以后，杨一直随张氏从山西到广东到湖北。光绪十二年，杨中举。光绪十七年，张氏推荐杨进京做内阁中书。杨在京中与张氏保持密切联系，甚至被人认为是张氏在京师的代办。杨积极投身维新变法运动，并任军机章京。政变前夕，杨还参与了著名的《劝学篇》的写作。杨与张氏的不寻常的关系，是很值得治近代史的学者们认真研究的，这对于更清楚地认识张之洞，甚至包括更清楚地认识维新变法运动，都有一定的帮助。我们来看看诗集中涉及张杨之间关系的一些线索。

同治十三年，张之洞按试眉州。公余，张氏游三苏祠，登祠内云屿楼，并作了一首长篇七言歌行。诗中云：“共我登楼有众宾，毛生杨生诗清新。范生书画有苏意，蜀才皆是同乡人。”在这几句下，诗人自注：“仁寿学生毛席丰、绵竹学生杨锐、华阳学生范溶，皆高材生，召之从行读书，亲与讲论，使研经学。”

光绪十八年九月十九日，张之洞入八旗馆，有《登高赋》一首，标题中说明："呈节庵、孝通、伯严、斗垣、叔峤诸君子。"其中"叔峤"即杨锐。诗中称杨锐等人为"群贤"。这年腊月十八日，他又邀请杨锐等人到两湖书院赏雪。封印次日，他又与杨锐等人登凌霄阁赏雪景。第二年正月初二，张氏又单独与杨登楼望余雪。武昌属长江之南，地气温暖，冬天接连大雪的情况并不多见。光绪十八年冬，武昌逢多年未见之大雪。瑞雪兆丰年。作为两湖百姓的最高父母官，张之洞自然是以很高兴的心情来迎接这场大雪的，故而他一而再、再而三地邀请身边较为亲近的幕僚朋友赏雪吟诗。这些日子他诗兴最高，所赋最多："世间坎窞万里平，眼前荆棘一旦扫。楚国土宜兼南北，高稷下麦均得宝。"

为未来的丰年而欣喜，同时，皑皑白雪所形成的壮景，也使他宦海中的无穷烦恼暂且为之一扫，被邀与其共享这种欢乐最多的人当数杨锐。张氏与杨关系的亲密，二人相知之深，于此可见一斑。

不久，杨锐调往北京，再接着便成为帝后两党权力争斗失败一方的替罪羊而弃市。张之洞的心中无疑是悲伤至极的。从杨与张氏的这种关系推论，杨与同为戊戌蒙难的谭嗣同、康广仁等人，无论在学理上，还是在政治主张上应是有所区别的，但对维新恨之入骨的慈禧太后，情急之中失去了理智，不分青红皂白，凡抓到的一律杀头。杨锐真是死得冤枉。戊戌六君子的冤案直到清王朝覆灭后才彻底翻过来，张之洞尽管心中在痛哭，但他不能去作诗悼念这位素所欣赏的得意门生。当然，在诗集中也不可能给杨锐以袁昶一样的地位了。

两年后，他的另一个高足袁昶，又因触犯慈禧的淫威而被杀头。袁昶是张之洞通籍后首次出任实差——浙江乡试副主考所拔取的举人，同时中举的还有一个与袁昶同命运的名人许景澄。光绪二年袁中进士，出任户部主事。光绪十八年，袁外放安徽徽宁池太广道道员。光绪二十年，张氏奉调署理两江总督。当年的学生此时成了部属。二十二年，张氏离宁回武昌原任，船行长江，中途过芜湖，张氏接受学生的邀请上岸。

史称袁昶为官有方，在皖南“诚僚属，抑胥吏，多所兴革”。他又扩建学校，建图书馆，修筑圩堤，“民歌诵之”。袁的这些政绩，张氏很是欣赏。他赠诗袁：“为政有道道有根，佳人读书袁使君。”“东头图书西莞库，中有湛寂心君尊。”“南望赭山隔烟雾，北瞰于湖新波浑。”师生在一起谈诗看画观篆刻，十分快乐：“过江名士均在座，此会此乐悦心魂。”袁请老师游黄山，张氏欣然答应：“黄山幸在君管内，来游何日常思存。”

可惜不久袁昶奉调入京，恰逢义和团事起，他因反对调义和团与外国列强交兵触怒慈禧，和许景澄一道惨遭杀害。但很快事实证明袁的主张是对的，慈禧在蒙受巨大的耻辱后有所反省，宣布为袁、许等人平反，赐以“忠节”的谥号。皖南百姓怀念袁的政绩，遂在芜湖建祠祀之。光绪二十八年，张氏再署江督，乘舟过芜湖，他上岸凭吊袁祠，并写下四首绝句。

“七国连兵径叩头，知君却敌补青天。千秋人痛晁家令，能为君王策万全。”“帝王之道，必出万全”，此话出自晁错的上书。晁错为了朝廷的万全，主张削弱诸侯国，结果反被景帝处死。袁昶为了国家的长远利益，反对与列国构兵，同样死于非命。前后两忠臣，结局同为不幸，实在令人扼腕痛惜。

“民言吴守治无双，士道文翁教此邦。白叟青衿各私祭，年年万泪咽中江。”袁昶在皖南六年，兴文办学，赢得了士人的广泛赞誉。殉难之日，无论老幼都望北私祭。从此之后，年年这一天，中江书院里的袁祠都将洒下士民怀念的泪水。

“凫雁江湖老不材，百年世事不胜哀。盖公堂下青青树，曾见传杯读画来。”年过花甲的诗人，面对着国家的多灾多难和朝廷的衰疲不振，心里充塞着说不尽的悲哀。今日重来道署，当年传杯读画的快乐已永远不会再有了。

“江西魔派不堪吟，北宋清奇是雅音。双井半山君一手，伤哉斜日广陵琴。”袁昶不但深具治国之才，且诗文也称妙一时。他的诗风清奇，承北宋余脉，而不坠江西诗派冷涩拗硬的魔境，这一点也与张氏投合。可惜人亡诗绝，犹如《广陵散》般不复有了！

四首凭吊诗沉郁苍迈，情致深长，联系到张之洞坚决反对构衅列强，并不惜冒天下之大不韪与刘坤一等人实行“东南互保”，可知张氏这四首诗吊的不仅仅是自己的优秀门生，更是在缅怀一个与自己并肩战斗的密友，一个有着远见卓识的国家干臣，一个冤枉惨死的忠贞之士。

张之洞论诗主“清切”，钱基博评张氏诗“用字必质实”，“写景不虚造，叙事无溢辞”。可见张氏于诗讲究的是实在贴切。张氏存世的四百六十余首诗，构筑了张氏情感世界中的一个重要部分。张氏借着这些诗歌，或抒发对亲朋好友的怀念，或铺陈登高临远的志趣，或咏叹一时一事的意绪，或寄寓对世事人生的感悟。总之，他在这里泻泄自己的情感，袒露自己的心曲，展现的是一种实实在在、几乎没有打扮包装的真情至性。我们在这里看到了张之洞作为常人：文人、士子、朋友、老师的一面，看到了一个活生生的张南皮，一个血肉丰满的张文襄公。

一个率真的热血男儿

二十年前，当我在写作长篇历史小说《杨度》的时候，常常会有人问我：你为什么要写杨度？他的知名度要比曾国藩低得多，况且他一生多变，又是复辟帝制的头号谋士，有多少人可以写，为什么要写他？世人多不知道，其实，作为一个文学作品的主人公，杨度是很值得一写的人。

首先，他是一个事功上没有大成就的用世士人。这点就极具代表性。中国的士人，从小在儒家积极入世的学理熏陶下，几乎人人都想治国平天下，但像曾国藩、张之洞那样最终能治国平天下的人又有几个？绝大多数都是壮志未酬身先死。这些人如何生存？他们的心路历程如何？历史学家们少有研究，历史小说家不能不去关注。其次，正因为杨度多变，才最具时代的典型性。自从鸦片战争惊醒清王朝妄自尊大的懵懂梦后，中国的社会精英们便开始探寻中华民族的复兴之路。这个探索过程是漫长而曲折的，受挫、失败、沮丧乃至流血牺牲，一直与这个过程相伴随。多变与复杂，可以说是这个时代最主要的特征。杨度从维新变法到君主立宪到接受社会主义，由改良派到佛门居士到革命者，其一生的多变与复杂是明显的。而这些，恰恰就是那个风云际会的时代所带给他的。杨度与他生活的时代高度吻合。杨度也就成了那个时代的典型代表。有这两点，他就做了我的历史长篇中的主人公，至于事功的成与不成则并不太重要。除此之外，作为作家，我更看重的是杨度的人格魅力。杨度是一个很具人格魅力的人。在我看来，他的这种人格魅力着重表现在两个方面。

一是血性。作为湖湘士人，杨度的血性首先表现在热心国事上。杨度是一个真心实意的爱国者。

早在上个世纪八十年代初，我在编辑朱德裳《三十年闻见录》一书时，有幸看到一九〇三年二月朱德裳赴日本前夕的一段日记。日记里说，他们一群留学生将要出国到日本去，在长沙聚会时请杨度来给他们讲话。杨度先一年五月至十月，在日本留学近半年。杨度应邀在欢送会作了一个以“新吾中国，救吾中国”为主题的演讲。朱氏日记上记载，讲者慷慨激昂，听者热血沸腾。当年，二十八九岁的杨度便以一个热血爱国青年走进我的脑中。

后来杨度再次赴日，寻求救国方略，活跃于留日学生群体中。杨度的爱国救国激情最精彩的记录，自然是他在日本所写的《湖南少年歌》。正如梁启超的按语中所说的“欲见纯粹之湖南人，请视杨皙子”，《湖南少年歌》不仅是爱国杰作，也是研究近代湖南人的难得的史诗性作品，从这部史诗中可以破译许多湖湘文化的密码，比如，血性、尚武、勇悍、团结、远见等等。

杨度是一个典型的湖湘汉子，他积极的用世情怀，无疑出自湖湘士人经世致用的基因。你看他年过半百老病日侵漂泊零落做了好几年头陀禅师后写的那首七律：“茶铛药臼伴孤身，世变苍茫白发新。市井有谁知国士，江湖容汝作诗人。胸中兵甲连霄斗，眼底干戈接塞尘。尚拟一挥筹运笔，书生襟抱本无垠。”再过五年，他就冷冷清清地辞世了。就这样一个既无力量又无影响的书生，在他潦倒的日子里还要自比国士，还想一展无垠襟抱。此中激情，我们只能从湖湘文化里去寻找答案。一个人一生为自己的理想信念奋斗不止，百折不挫，最后成功了，固然值得称赞，即便不成功，他的人格也值得尊敬。

杨度人格魅力的另一个表现是率真。杨度的率真，贯穿他的政治活动的全过程。他做什么事，都要公之于众，往往事情还未做，便引来全社会的关注。而在杨度那里，又往往是事情做不成，结果只为社会留下一个话柄，提供一则茶余饭后的谈资而已。

一个有心从政的人，如此胸无城府，如此不加设防，这是杨度的悲哀。所以我常说杨度不是政治家，他只能称之为政治活动家。但在一个作家看来，这恰恰是杨度的可爱之处。你看他在东京与孙中山就革命与改良，彼此辩论三天三夜，谁也说服不了谁。最后，杨度站起来对孙中山说：我们不争辩了，各自干去，以后我成功了，你支持我，你成功了我支持你。后来杨度果然放弃自己的政见转而支持孙中山，令孙中山感动地说："皙子可人。"可人者，可爱的人也。

最为有趣的是，筹安事败，杨度遭举世唾骂，变得一无所有，他心爱的红粉知己不能长相守了，他要与她告辞。临别时，杨度写了八首凄美哀怨的《小红曲》。其中一首这样写道："家国苍茫剩此身，那堪红粉更移情。可怜绮户娇啼后，牵向筵前赠与人。"

自己已是这个样子了，还要效法北宋宰相范成大，将所爱的女人慷慨赠人，还要打肿脸充胖子去追慕风雅。这种穷困到极点时的自嘲自解，也就具备了审美价值，因而显得率真与可爱。

仅此两点，杨度就是一个有趣味的人，一个值得小说家去大写特写的人。

当然，作为一个在历史上留下过痕迹的近代风云人物，杨度的不少观点与思考，仍值得历史学者们注意。比如，杨度一生中做的最大一件事是办筹安会。因为筹安会，杨度曾长期遭受指责。但杨度对此曾说过，他不是复辟帝制，而是要建君主立宪制。对于这番话，人们多不去理睬，认为那是杨度的自我辩解。其实，帝制与君主立宪制，表面看起来差不多，实质是有很大不同的。在我看来，杨度是个宪政学家，他曾经花费极大的心血研究过世界各国的宪政。他说的话应是实话，并非只是为了洗脱自己而已。既然世界上有成功的君主立宪国家，杨度想在中国尝试下，作为一种探索，也未尝不可。

辑三

小楼碎片

帝王之学：封建末世的背时学问

——历史小说创作随感之一

历时两千余年的中国封建社会，在无数才智之士的共同努力下造就了一门学问。这门学问以最高层政治为研究对象，它的容量很大，其中最为重要的内容有帝王如何驾驭臣下，权臣如何挟帝王以令群僚，野心家如何窥伺方向，选择有利时机，网罗亲信，笼络人心，从帝王手里夺取最高权力，自己做九五之尊等等。这门学问通常被称作帝王之学，也叫做帝王术，是一门土生土长的中国学问。这门学问尽管有点深奥莫测，而它的核心不外乎一是独裁，二是权术，与我们通常所认同的政治应当民主公议，光明磊落，能够做得出的事也应该说得出，能公之于世，经得起老百姓检验的观念相差很远，甚至是完全背道而驰的。

然而，在中国封建社会里，历朝历代都有不少用世之心强烈的读书人，以极大的心血钻研这门学问。他们都想在仕途上寻找一条捷径，试图以最少的精力，最快的速度获取最大的成功。所谓朝为田舍郎、暮登天子堂，所谓布衣卿相，书生公侯，便是这些人追求的目标。醉心于此中的人，固然不乏大成功者，但也有遭遇惨祸的，不仅自己丢掉脑袋，还要弄得满门抄斩，甚至株连九族，更多的则是一无所获，一生落魄潦倒。

这门学问，在漫长的中国封建社会里，曾经是一门显学，但是到了封建末世，它却成了与时背行的学问了。我在创作《曾国藩》时，开始注意到这个现象，后来在创作《杨度》时，更把它作为贯串全书的一根链条。

《曾国藩》中有一个并不太重要的人物，书中多次写到他与曾国藩的交往。此人名叫王闿运。许多读者对我说，在读《曾国藩》《杨度》之前，根本不知道王闿运这个人。其实，此人在清末民初是一个大学问家、大教育家、大诗人兼大名士。他去世离现在尚只有一百年，人们就忘记了他，这虽然有点令人伤感，但也正说明了历史淘汰的严格无情，无须过多的感慨。

传说王闿运有过三次劝曾国藩作非分之想的企图。

第一次是在曾国藩刚刚练成湘军，正准备出省打大仗的时候，二十岁的东洲书院学生王闿运，悄悄地对曾国藩讲了一通“秦无道，遂有各路诸侯逐鹿中原。来日鹿死谁手，尚未可预料，愿明公留意”的话，让曾国藩听了心跳血涌。

第二次，咸丰十年夏天，王闿运从北京南下，绕道来到安徽祁门。这时，刚就任两江总督的曾国藩将湘军老营驻扎于此。王闿运在祁门住了两个多月，借机再度劝说曾氏行蒯通之计。曾氏未作回应，只是以茶代墨，在桌面上连书“狂妄狂妄”。王闿运看到这行字后，只得打消念头。

第三次，南京打下后，时在湖南教书的王闿运想又一次劝曾国藩仗此军威率兵北上，替天行道，走到半路，听到曾国藩大裁湘军，知道他绝无此意图，遂彻底失望，返舟回湘，连曾国藩的面也不见了。

王闿运这三次的行动，显然是在劝曾国藩实施帝王之学，即私蓄力量，把握时机，从帝王的手里夺过江山，自己做帝王。

遗憾的是，王闿运将胸中的学问错误地兜售了，曾国藩并不是他的帝王之学的买主。这首先是因为曾国藩所走的路子，完全不与王闿运同辙。他奉行的是孔孟之学，要通过堂堂正正的大道来建功立业，拜相封侯。他是一个虔诚的理学信徒，他的人生榜样是圣贤，而不是豪杰。他想做的是世间楷模、“三立”完人，而不是改朝换代的开国之君。其次，曾国藩远比年轻的王闿运老到圆熟。他深知世上的事总是说时容易做时难。他是局中人，更知道若要走争夺最高权力的道路，前途则充满千难万险，许多看似有利的条件都将转化为不利因素，最后的结果多半是惨遭失败，辛辛苦苦所积累的名望地位，不仅顷刻化为乌有，还要殃及整个湘军集团和自己的家族子孙。最后，曾国藩是一个地地道道的文人，性格上又属于那种瞻前顾后、一步三思的类型，加之后来年老多病，他根本就没有打江山的胆量和魄力。王闿运向他推销帝王之学，碰壁是再自然不过的事了。

但王闿运对此学问醉迷甚深，并不因遭到曾国藩的否定而死心。他三十余岁便结束云游海内奔走权贵的生涯，设帐授徒，著书立说，然心中深处眷恋的仍是帝王学。他一面刻苦钻研，将自己多年来的所思所获记录下来，一面留心在他的众多弟子中物色传人，以继承和施行他自以为已探骊得珠的绝学。终于，他在花甲之后得遇一生中最为满意的学生，此人便是《杨度》中的主人公杨度。

二十一岁刚参加过公车上书落第回湘的杨度，此时正是年轻气盛，血气方刚，满腹诗书，壮志凌云，却又毫无一点社会阅历，一旦听到王闿运谈起帝王之学来，便立刻热血沸腾，心向神往。当王闿运考验他的心志，说帝王之学虽是大学问，却也风险太大，究竟不若功名之学的稳当、诗文之学的清高时，他竟然毫不犹豫地回答：若能成就一番大事业，虽不得善终，亦心甘情愿。

从此，杨度便投在王闿运的门下，全身心地迷于帝王学的研究和实施。这一迷，便整整迷了三十年，几乎迷去他一生的全部黄金岁月。

他热心康梁的维新变法，又想通过经济特科进入仕途，然而二者都告失败。他东渡日本学宪政，试图以君主立宪来致中国于富强，并欲借此做中国的伊藤博文。然而，他所想辅佐的帝王，自己的位子都保不住了，连同两千年的帝王制度一道被推翻。但他还不罢休，转而投靠袁世凯，依附袁克定，企图通过袁氏父子为帝王学的实施作最后一搏。而这一搏，失败得更为惨痛。倘若后来不是转向革命，杨度这一生怕就要永远钉死在帝制余孽耻辱柱上，任谁有回天之力，也不可能将他的形象翻过来。

但奇怪的是，信奉了一辈子帝王学，并将它的真谛传授给杨度的王闿运，却对学生所选择的非常之人，和所从事的复辟帝制之业并不热心。他虽然应袁世凯之邀，来北京就任中华民国的第一任国史馆长，却又将中华民国比之为瓦岗寨、梁山泊，说什么“瓦岗寨、梁山泊也值得修史么”的怪话。他治下的国史馆只拿薪水谈诗文，正务一件不干。他得知杨度主持筹安会，将要拥戴袁世凯登基时，便借故离开北京回湖南，并极为认真地叮嘱自己的高足：“早日奉母南归，我在湘绮楼为你补上老庄之学。”

封建末世中国最著名的热衷帝王学的大名士，为何在生命行将结束的时候，毅然放弃了自己一生的信仰，由帝王走向老庄，由入世转为出世？这实在是一个值得深为思考的有趣课题，也是我在写作《杨度》时所十分感兴趣的一件事。

我想王闿运之所以如此，一则是他不满意袁世凯，认定袁世凯非命世之主，不值得辅佐，一则也是出于王闿运的名士性格。王闿运从年轻时起，便一方面孜孜以求功业，一方面又不拘小节，风流率性。他是一个很追求全真葆性的人。故而，当他面临着一片混乱的政局，和一个刚愎自用的政客时，再加以自己已到了实在不能办事的八十三四岁高龄，于是便采取游戏人生的方式，来对待他所担负的貌似庄重的职务，最后干脆以一走来跳出是非圈，全身远祸。

然而杨度却没有乃师的明智潇洒，他被虚幻的新朝宰相所诱惑，终于在泥坑里越陷越深，最后成了一名举国通缉的复辟首犯。

杨度迷误，固不待论，即使明智如王闿运，也没有看出要害来。其实，帝王之学不能行时的关键之所在，是因为时代不同了。

晚清的时局，李鸿章有一句十分精彩的话说得最为透彻：此乃三千年来一大变局。这话说的是自有中国文明史以来，这是最大的一次变故。导致这一变故发生的原因，是国门的被强行打开。

一八四〇年，以关天培血溅虎门炮台、林则徐充军伊犁为标志，苦难动乱的中国近代历史拉开了帷幕。人们在恐慑于西方坚船利炮的同时，也在思考：为何他们会有如此强大的国力？随着流入中国的洋人洋书，和出国考察的大清臣民的增多，有识之士慢慢发现，西方列强在治理国家方面有一套迥异于中国的民主制度。中国的先进分子不仅从器物层面上感受到了西方的先进，更从政制层面上感受到了西方的先进。

早在光绪初年，中国有史以来派往西方的第一个大使郭嵩焘，便在他的日记里指出：西洋之所以享国长久，君民兼主国政故也。并指出这种君民兼主国政的主要特点便是体现在议院议政上。光绪十年，担负国家要职的前淮军首领张树声，在给朝廷的遗折中也明明白白地写着：西人立国之本体，在育才于学堂，议政于议院。稍后，郑观应在风靡全国的《盛世危言》中，也提出中国应当仿效西方，设置议院。此后，更有许多人撰文著书，大谈西方的民主和议院。这些议论，对中国的官场士林影响极大。

有关民主和议院的理论，在本质上是与帝王之学的独裁、权术等根本对立的。西方列强以实力，证明了他们对政治制度选择的正确，也大大开启了中国人的心智，民主议政开始赢得人心，独裁权术自然而然会遭厌弃。

到了后来，孙中山、黄兴等人建立政党，倡导革命，武昌起义一夜之间成功，全国各地相继独立，中央朝廷很快众叛亲离，大清帝国迅速土崩瓦解，再清楚不过地说明了专制不得人心、民主才是人间正道的真理。

所以，当筹安会极力想拉进梁启超时，这个不惜“以今日之梁启超攻昨日之梁启超”的维新派领袖，在报上公开发表声明，对复辟帝制一事，哪怕四万万人中有三万万九千九百九十九万九千九百九十九人赞成，他也断不能赞成。梁启超当然知道，他绝不是以一人敌通国，而是会得到绝大多数人的支持。梁启超不愧是一个识时务的俊杰，他清醒地看出了时代的潮流、中国前进的趋势，深知帝制不得人心，帝王之学也再无用武之地了。

遗憾的是，智商也同样极高的王闿运、杨度却没有看出这个时代的巨变。与天作对，与时作对，这便是他们身怀绝学而不能大获市利的根本原因。从这个角度来看，王闿运、杨度正是可笑地扮演了那个时代的滑稽丑角。

晚清大吏的文人情结

——历史小说创作随感之二

我在读《能静居日记》时，被其中的一段文字所强烈打动：“下午，涤师复来久谭，自言：‘初服官京师，与诸名士游接，时梅伯言以古文、何子贞以学问书法皆负重名，吾时时察其造诣，心独不肯下之。顾自视无所蓄积，思多读书，以为异日若辈不足相伯仲。无何，学未成而官已达，从此与簿书为缘，素植不讲。比咸丰以后，奉命讨贼，驰驱戎马，益不暇，今日复审视梅伯言之文，反觉有过人处。往者之见，客气多耳。然使我有暇读书，以视数子，或不多让。’余鼓掌狂笑曰：‘人之性度，不可测识，世有薄天子而好为臣下之称号者，汉之富平侯、明之镇国公是也。公事业凌铄千古，唐宋以下几无其伦，顾欲与儒生下竞呫毕之业，非是类耶？’”

这部日记的作者赵烈文是曾国藩的心腹幕僚。此人不仅为曾氏草拟机密文件，还可以进入曾氏卧室，更为少见的是，他曾经与曾氏有过许多次推心置腹的谈话。其谈话的内容上至议论慈禧、恭王的短处，推测大清王朝的气数，下至揭露湘军集团的腐败。应该说，赵烈文是为数极少的进入了曾氏私人空间的幕僚。他的这段记载，让我们既略窥曾氏的音容笑貌，又看到曾氏的另一种绪怀，那就是文人情结。

这种大官员身上的文人情结，不仅体现在曾国藩身上，也体现在当时许多人的身上。如翁同龢身为帝师协办大学士，却酷爱书法；张之万身为总督大学士，却醉心丹青；潘祖荫身为刑部尚书，却精于鉴赏古董；彭玉麟身为水师统领兵部尚书，却立誓画万幅梅花，题万首咏梅诗；唐鉴官居太常寺卿，却潜心撰写《畿辅水利志》；胡林翼官居湖北巡抚，却要在奏折写作上与别人争个高下；就连一向被人称为不读书的袁世凯，在他隐居洹上时，也居然写了不少诗，并汇编成一册《圭塘倡和诗》。可以说，这种文人情结，在当时的文职大官员中普遍存在着。

这种现象，促使我在创作长篇历史小说的时候，对当时的官场文化、官场风气有了更深的认识。同时，也帮助我更为立体地展示笔下诸多晚清大吏的形象。我在正面地浓墨重彩地描写他们的政治、军事、国务活动的时候，十分注重写出他们身上的这种文人情结。只要遇到适当的时候，小说总是尽可能地引出他们的文学作品，让读者看出他们在这方面的才情，感受到他们厚实的文人底气。比如《曾国藩》中，在曾氏事业处于低谷、心绪烦乱之际，又逢好友郭嵩焘要离开军营回京师翰林院，他的心情愈加苍凉。小说写到这里时，安排曾氏为郭的送行礼物是他的五首七律。这五首七律展现了曾氏的诗人实力，其中尤以第五首写得更为沉郁，诗中“大冶最憎金踊跃，哪容世界有奇才”两句，更是惊心动魄，字字千钧，一派牢骚诗人的模样出现在读者面前。

曾氏爱写诗，但词作不多，而被称为“诗余”的词更能显示文人的性格才华。小说在贺彭玉麟新婚之喜的情节中，特意将曾氏仅存的两首词中的一首《贺新郎》移了进来：“才子风流涂抹惯，莫把眉痕轻画，当记取今宵月夜。”读者能从这几句词里看出一贯正襟危坐的曾氏的另一面。

在《张之洞》中，小说也将有不少诗歌传世的主人公安排在一个诗韵盎然的氛围中。如与晋阳书院的学生们相会，学生们要他谈诗，他则要学生背他的诗来做交换条件。这一要求没有难倒学生们，有两个士子先后背了他的七律《吴王台》和长篇歌行《吹台行》。张之洞很高兴学生们如此喜欢他的诗，欣然畅谈他的“唐风宋骨”的诗论。到会见结束时，又居然当着年轻人的面赞赏唐代诗人欧阳詹与太原妓双双为情而死的生死之恋，并亲笔以一句“人生难得最是情”的题词，赠送讲这段故事的晋阳书院学生刘森。张之洞的文人情怀，在这里得到充分的表现。

当这些大吏以文人身份出现的时候，他们会不计较彼此之间社会地位的相差悬殊，而与其心中看重的文友真诚平等地交往。小说《张之洞》中写了张的两个布衣之交。一是诗人画家崔次龙。崔潦倒京师，张虽然极为赏识，但他那时位卑无权，不能提携崔。待到他握有方面大权时，崔又死了。张为此事抱恨终生。另一个是游方郎中吴秋衣。吴酷爱古碑古帖，与张的爱好相投，两人成为好朋友，相交三十余年。张之洞临终前夕对人说，他此时最大的遗憾是未能见到吴。而那时，张已位极人臣，而吴仍流浪江湖。这种真诚的文人之交令人感动。有时，他们甚至会因惺惺相惜的文人情感而取代官场的游戏规则，从而做出大逾常规的举动来。《张之洞》一书中写了一段初为封疆大吏的张之洞，两次升黜下属的出格之举。一次是将一个不能与他聊诗词金石的县令，贬为偏远贫瘠之县的县丞。一次是将一个能解释“公”“勾”相通的县丞破格提拔。在文人张之洞看来是褒贬得当，但对巡抚张之洞来说，这种褒贬的确过于孟浪。

对于这些文人情结浓厚的大吏来说，他们都有一个终生的遗憾，那就是名山事业与功名利禄不能两全。他们一面在努力做官从政，企盼政绩显赫，仕途顺畅，并为此耗费了一生的极大心血；同时，他们心中总有一种莫名的失落感，一股深藏的隐痛。他们为自己的学问未大成、诗文书画未大显而极不情愿。这种矛盾的心理常伴随着他们，尤其在事功上获得大成时，名山事业上的缺位更令他们惆怅不已。

本文开头所引的《能静居日记》中的那段文字，流露的便是曾国藩在封侯拜相后对于文人理想未最大实现的抱恨之情。小说《曾国藩》中曾国藩对赵烈文说了这么一句话：“惠甫，我本是一个读书做诗文的料子，谁知后来走错了路。”这话应是曾氏的心声。曾氏死后，成千上万的悼念文字中有一副挽联最受人关注。此联为王闿运所撰：“平生以霍子孟张叔大自期，异代不同功，勘定仅传方面略；经学在纪河间阮仪征之上，致身何太早，龙蛇遗憾礼堂书。”小说将此挽联安排在曾氏的梦中出现，同时还梦见王闿运对此的无情评议：“涤翁之才，原在经书文章上，他若一心致力于此，可为今日之郑康成、韩退之。但他功名心太重，清清闲闲的翰苑学士当不久，便去当礼部堂官，做学问的时间已是不够了，后又去建湘军战长毛，更无暇著书立说。长处没有得到充分发挥，短处却拼死力去硬干，结果徒给史册留一遗憾。”王闿运的评议，正是道出了曾氏内心深处的隐痛。

这个隐痛同样在张之洞身上存在着。小说写他晚年应诏赴京做大学士兼军机大臣，坐火车路过河南彰德府时，与辜鸿铭谈起内兄王懿荣发现了从殷墟出土的商代甲骨文，称赞王是“无意之间发现了这个埋在地底下三四千年的绝大秘密”，并说“若让我自己选择的话，我宁愿不进京做大学士军机大臣，倒是愿意住在这里，大量搜集出土龙骨，把这个研究做下去”。正是怀有弥补缺陷的心情，张之洞上了京师古董商人的大当，给学界留下一个千年笑柄。小说以整整一节的篇幅叙说这件事。张之洞在京师海王村见到一口古旧陶缸，怀疑那上面的图纹是蝌蚪文，便以两千两银子买下。小说这样描绘张买陶缸时的心思：“翰林出身的前清流柱石，骨子里仍把学问上的事看得最为神圣崇高。他从心灵深处佩服内兄这个了不起的发现。想想看，殷商时代刻在龟板牛骨头上的文字居然给发现出来了，这可以从中挖掘多少宝贵的秘密，以此纠正史书上多少错误，中国的文字史因此而提前多少年？这种贡献，简直可以和发现孔宅墙壁中的古文《尚书》相媲美，其功劳绝不是开疆拓土、平叛止乱所可比拟，更远远地高过那些平庸经师的著述、无聊文人的诗词。就是自己这十多年来所引以自傲的谅山大捷、洋务局厂，在内兄的这个发现面前，也显得黯淡无光。要说伟大，这才是伟大；要说名垂千古，这才是名垂千古！多么幸运的王懿荣，老天爷将这个旷世奇功慷慨地赠予了他。张之洞想，如果这陶缸上的图纹真的就是蝌蚪文，如果自己真的将它辨识了出来，那岂不也和王懿荣发现甲骨文一样的伟大，一样的名垂千古吗？”

结果，老天爷让张之洞在京师众多学人面前当场出丑：一场大雨将陶缸上的图纹冲洗得干干净净。“古旧”的缸和想象中的“蝌蚪文”全是古董商的伪造！作为古董鉴赏家的张之洞自然会遭受奚落，但作为一个文人情结如此强烈的大吏，他却益发显得可爱。

晚清大吏这种普遍的文人情结的产生，显然是因为深受儒家“三立”学说的影响。儒家提倡立德立功立言，并将这“三立”同视为三不朽。从小在儒家经典熏陶下成长的这些大吏们，自然在追求功利的同时，也渴望诗文著述的名山事业。此外，在他们长期的求学和广泛的阅读生涯中，诗文书画这些文人的创作，的确给他们带来过艺术美的享受。曾国藩曾经说过，陶渊明、谢朓等人的诗所给予他的乐趣，即便以南面为王的地位来换取，他也不愿意。至于张之洞早年在京师做翰林时，更是经常与一批文人朋友，以打“诗钟”作为风雅集会的主要内容。这种从古人诗词中撷取佳句重新组合而创造出另一番艺术景观的游戏，带给他的是一生无穷的美好回忆。另外，这些功名场中的佼佼者，本身都是智商极高的人才，他们若不是将过多心血花费在经邦济世的活动上的话，的确是可以在文人事业上做出异于常人的成就。曾国藩所创立的湘乡文派在近代文学史上的地位，已被学术界所公认。倘若有更充裕一点的时间让他多写几篇类似于《君子慎独论》这样的文章，他的古文创作的成就必定会更高一些。他在理学方面的许多心得，也因戎马倥偬而未留下系统的篇章。张之洞的《书目答问》无疑是中国目录学领域里的重要著作。倘若让他一心一意专做版本目录研究的话，相信他可以为此学科做出更大的贡献，成为一代大家。曾国藩、张之洞为名山事业未大成而生发的遗憾，应是可以理解的。小说在创作这两个晚清重臣的文学形象时，注重他们身上的文人情结，能够使得小说人物更丰满、更生动，或许也更为接近他们的本来面目。

历史人物的文学形象塑造

——历史小说创作随感之三

历史小说写的是历史人物的故事，其中的主要人物大多在历史上有一定的地位和影响。史册上的记载是其人的历史形象，小说所描绘的是其人的文学形象。如何处理历史形象与文学形象之间的关系，或者说，如何将死的史料变为活生生的人，这是每一个历史小说作者动笔之初便面临着的第一个大问题。

我以为，扎实刻苦地研究史料，把握住所要描写的人物的基本历史形象，是文学形象塑造的基础所在。虽然对“历史小说”的定义有着多种多样的不同说法，但比较多的人还是认为，历史小说在大的方面不能违背历史的真实，即书中的主要人物的经历、重大事件的梗概应该与历史相吻合。这样就要求作家必须对自己笔下的那些历史人物有认真的研究，应该充分利用可以见到的史料，在总体上把握住其人的历史形象。尤其是那些在历史舞台上十分活跃，一生经历十分复杂，又对当时及后世也有较大影响的大人物，作家更要“吃透”他。要做到这一点，必须把人物置于当时的社会环境中去考查。如此，则要求作家有较为丰厚的历史学养和较为卓越的历史识见。所以，一个历史小说的作家，应该是对自己笔下的历史有着较深研究功夫的学者。

常常能见到一些人，几乎没有一点历史准备，便动手写历史小说、历史剧本，写的甚至还是重大历史题材。他们以为凭借自己的才子气，就可以藐视这种基本功的训练。这种人所写出的作品，理所当然地除开一点小趣味小技巧外，是不可能给读者以凝重的历史感、浓郁的历史氛围、深邃的历史智慧的，其笔下的文学形象也必然站不起来。

其次，深入历史人物的内心世界，努力做到与之心灵相通，是历史小说中文学形象塑造成功的关键。史册上所记载的，往往是历史人物的事功业绩，或是成功后的辉煌，或是失败后的凄凉。对于其他方面，如婚姻家庭、性格爱好、情趣习惯，以及为事业所付出的隐于“辉煌”或“凄凉”后面的心血苦乐、奋斗搏击等等，往往是传统史册所不屑于记录的。其实，这些恰恰是历史人物或成或败的要害之处，是他的精神和魂魄之所在。

一个历史小说作家，必须要有深入笔底人物的精神世界的功夫，与之心灵相通，他所写出的人物才能形神兼备、生动鲜活。这种功夫的培养，既需要作家广泛大量地搜求涉猎当时及后世的各种官私文书、野史轶闻、笔记杂录、谱牒碑序，又需要作家对笔底人物之为人作细致入微的分析探索、揣摸体味。

比如曾国藩这个人，二十八岁中进士点翰林，三十七岁官居侍郎衔内阁学士，曾任过五个部的侍郎，后又组建湘军，打败太平天国，直至封侯拜相，成为汉大臣的首领，最后寿终正寝，可谓生荣死哀，辉煌夺目。但通过多年来对大批常人不易见到的第一手材料的分析揣摩后，我发现，此人辉煌的表象所包裹的却是一颗充满了忧郁和怯懦的心灵。为什么越是声誉隆盛，他越是忧郁？为什么越是战功显赫，他越是怯懦？写出这中间复杂微妙的内在关联，以及导致这种极大反差的社会缘故、个人因素，那么也就写活了曾国藩这个特殊的历史人物。

另外，衡情推理，弥补史料之不足，可使艺术真实超越信史。我曾经跟从事历史研究的朋友们说过：研究历史，固然要从史实出发，这是毫无疑义的，但是，流传下来的史料与丰富多彩的历史本身相较，实在是一毛与九牛之比。因此，不妨在严肃认真的研究基础上，作一些衡情推理的考求，或许能够弥补史料之不足。这个观点，对于历史研究者来说，可接受，也可不接受，但对于一个历史小说的创作者而言，我觉得是可以而且应该采纳的。通过衡情推理的功夫，可以创造出一个有着艺术真实的历史人物的文学形象来，它甚至可以超越历史的真实。而这，正是作家对人类社会的贡献。

我在写作《杨度》时，曾反复思考这样一个问题：一九一五年时的袁世凯身为中华民国正式大总统，他手里握有强大的北洋军队，刚刚镇压了国民党的二次革命，又通过了任期十年、可连选连任、可提名候选人的总统选举法。这个总统选举法，既保证了袁世凯终身总统的位置，又赋予他至高无上的权力。他实际上已是一个不折不扣的皇帝了。为什么袁世凯还要复辟帝制呢？难道说，“皇帝”的称号比起“总统”的称号来，就真的有这样大的魅力，以至于使得他情愿去背弃自己昭告世界的诺言，冒天下之大不韪吗？关于这个疑问，现存的史册中并没有明确的答案。

在综合分析许多史料的基础上，通过自己的衡情推理，我认为在袁世凯帝制自为的逆流中，真正的主角不是袁世凯本人，而是其长子袁克定。这个怀着宰割中国的野心而又不具备相应能力的袁大公子，正是需要把共和制复辟为君主制，把“总统”退回到“皇帝”，才可以由太子进而登基称帝。否则，按共和制的宪法，在政治和军事两个领域里都没有根基、派系的袁大公子，将永远不可能被推举到至尊的地位上。所以他要竭力怂恿，甚至采取欺骗的手法，千方百计地要他的父亲做皇帝，有着极重私心，又习惯于旧秩序的袁世凯自然乐意接受各方拥戴。这样，便造成了历史上的洪宪帝制怪胎。

我的这种思索，也不能拿确凿的史料予以证实，只能算是一个推测。我自认为这个推测是可以成立的。我按自己的想法去描述那段历史，去塑造袁氏父子的文学形象。当然，其文学形象是否塑造得成功，那就只能由读者们去评判了。

敬畏历史　感悟智慧

——历史小说创作随感之四

中华民族是一个最为看重历史的民族。三千年的文明史能被历代官书私乘记载下来，一脉相承而不中断缺失，此乃世界独一无二的民族文化奇迹。

出自对文化和民族的热爱，出自对历史载籍作者的尊重，我一向对历史有着一种敬畏感：面对着那一页页记录着中华民族沉重脚印的史册，不敢有半点轻薄之态。因为此，看到一些以玩弄历史来取悦市场、以胡编乱造来图名谋利的文艺作品时，总免不了有厌恶之感。尽管也知道那只不过是戏说而已，用不着当真的，但在情感上总不能接受，就像看到无聊游客在名胜古迹上的涂画一样，有一种心中的庄严被亵渎的感觉。

以历史为题材的文学艺术作品，自然免不了虚构的成分，但虚构不等于瞎凑。历史文艺作品的高低之分，我以为一在创作态度上，二在对史料的取舍上。

在创作态度上，我持“敬畏”之心。所谓“敬畏”，是说作家要严肃庄重地面对历史。我在每部长篇小说的创作之初，都要花费极大的精力和足够的时间去搜集、阅读与之相关的大量第一手史料，力求做到对笔下的时代和主要人物的一切都了然于胸。如动笔写《曾国藩》时，我已做了三年的新编《曾国藩全集》责任编辑，又从曾府百年老档中整理出约百万字的曾氏家书，并且撰写发表了七八篇研究曾氏的学术论文。这以后的写作过程中，我是白天清理僵冷枯燥的前代卷宗，晚上与脑海中那个有血有肉的曾国藩作心灵上的沟通。这样的状态，一直伴随着一百二十万字《曾国藩》的完成，长达五年之久。

所谓“敬畏”，还要求作家不能随心所欲地去杜撰历史、曲解历史，只能在把握笔底下的那个时代和所要描绘的主要人物的历史基调的前提下，去充实历史、提炼历史、鲜活历史，从而达到艺术上的再现历史。如果说，史料好比是一卷残缺的古画，文艺作品则应是一座完整的雕塑。作家需要借用艺术手段将它弥漏补缺，并让它站起来，立体地呈现在读者的眼前。如果说史料好比是一具木乃伊，文艺作品则应是一个活生生的人。这需要作家深入人物的心灵世界、情感世界，写出人物的精、气、神。如果说，因种种原因，史料打上了浓厚的个人色彩，那么，作家则要站在文化和人文的立场上，去掉人为的包装而恢复其本来的面目。这就更需要作家既具有史家的德与识，又具有艺术家的敏锐眼光和非功利性的良知。

“敬畏”的创作态度还体现于作家力求在把握历史再现历史的同时，通过笔下栩栩如生的人物形象和那些精心打造的情节细节，给予读者以强烈的阅读魅力，为读者提供一个广阔的思考空间，让他们心有颤动，情有同感，浮想联翩而似有启益，好比当年梁惠王对孟子说的“夫子言之，于我心有戚戚焉”那样。一部历史小说能写到这般地步，在我看来，就算是真正的成功了。比如《三国演义》中的“三顾茅庐”一节，便可以让人常读常新，百读不厌。不要说刘备的求贤若渴、诸葛亮的高瞻远瞩，让百代英雄才人感慨万千、掩卷长叹了，即便是那“山不高而秀雅，水不深而澄清”的隆中风光，以及那班子“骑驴过小桥，独叹梅花瘦”的隐者风采，也都能让人思之仰之，心驰神往。而这一切，又都是作家基于信史的创造（《三国志》："由是先主遂诣亮，凡三往，乃见。"又，该书记录了"隆中对"全文）。尊重历史的本真状态，在此基础上再去飞扬着作家的艺术才思，这便是历史小说首席大师留给我们的启示。敬畏敬畏，既敬又畏，在当今以历史为创作素材的文坛艺苑，似乎更应强调一个"畏"字。多年来，社会提倡"大无畏精神"，此种倡议固然好，但负面的影响也是不可低估的。人若是什么都不畏惧的话，便易走向无法无天的极端。人人都如此，社会立刻便无序，最终的结果是大家都不得安生。所以，人是应当有所畏惧的：畏法畏道畏真理等等。对于历史，也应该心存畏惧。中国的历史，是中华民族世世代代所共同创造出来的人类文明，作为一个民族的共同所有，一旦遭遇轻侮，就一定会犯众怒，惹公愤。对于不尊重中华历史的人，每一个炎黄子孙都有谴责的权利。常言说"千夫所指，不疾而死"。戏弄历史的人，是必将受到历史惩罚的。

在十多年的潜心创作生涯中，我翻阅了数以千万字计的各种史料。历史上那些波谲云诡的大事件，那些赶风逐浪的头面人物，以及许许多多的掌故逸事，都能激发我的创作情绪，但要说真正令我从内心深处发出击节之叹的，还是前人所遗留下来的那些宝贵的人生智慧。

我以为人类的智慧，从大的方面来说可分为两个门类：一类是针对自然界而言的，一类是针对人的自身而言的。在漫长的中华文化发展史上，中华民族在关于人类自身（包括群体和个体）的生存方面所产生的智慧，真可谓丰饶富足而又光彩夺目。感悟这些智慧，常常能让人的心灵充塞一种难以言状的愉悦。遗憾的是，在过去，它们常常与"封建糟粕"连在一起，被人们轻率地抛弃了。其实，从文化的角度来看，人类的生存意识总是与当时的生存环境相配合的。生存环境中某些部分一旦失去，与之紧密相连的那些生存意识也就会自然而然地淡化乃至消失，是无须人们强行地去批判去剥夺的。客观地说，古人生存环境的许多方面，与今天相比并没有多少改变，有的被沿袭，有的仍在制约着今人。前人在与这些生存环境长期磨合的过程中，产生了许多具有精粹意义的生存意识，这便是我们所说的智慧。这种智慧实在值得我们珍惜。但这些闪光的人生智慧，却常常深藏在古旧发黄的卷帙和枯燥无味的文字内，一般人是不可能去接触这些乏趣的媒体的。如果没有人去发掘去感悟的话，它就将会慢慢湮没，从而造成不可挽回的巨大损失。

十多年来，我就在做这种事：在尘掩灰埋的故纸堆里，在难读难懂几无情趣可言的旧时文字中去细细发掘开采，用心灵去领会昔人的那些生存意识中的精粹，然后将它们写在我的小说中，借助我的那些轻松可读的文字和今人喜闻乐见的表达方式，让读者和我一起来感悟历史的智慧。

我常常想，我好比在弃置了两千多年的殷墟故址上，于茫茫黄土、沉沉瓦砾中挖掘刻着先人记事符号的龟甲牛骨；也好比在马六甲海峡的百尺水底，于海藻、珊瑚丛中寻觅明清沉船留下的宋元瓷器；又如在深山老林的悬崖峭壁上，于杂草石缝中寻找人参、灵芝。当然，甲骨需要辨识，名瓷需要修补，参、芝需要制作；故纸堆提供的只能是材料，作为小说家，我要把它创作成艺术品，才能奉献给我的读者。

人类喜欢温习历史，更喜欢在美的享受中借助前人的智慧来烛照今天，所以，历史文艺作品将会有着长久的生命力，但这种生命力是必须建筑在遵循其自身创作规律上的。

我看历史小说

——历史小说创作随感之五

多年来，以历史素材为内容的文艺作品颇为繁荣：历史电视连续剧在荧屏上红红火火，各种取材于历史传说的绘画、雕塑、装潢等等也都很引人注目，至于历史长篇小说更是有一点独领风骚的味道。观众和读者的热情，也激发评论界的关注，评论家们也热心发表自己的意见。评论界的参与，无疑将会对这个文艺现象有着很好的指导意义。这二十年来，我一直在写作历史小说，也一直在思考如何写好历史小说，我把自己的一些思考略作整理，就教于广大读者和评论界。

一、历史小说不同于历史传记

以历史上的人物及其活动为主要写作对象的传记读物，一直很受读者喜欢。司马迁首开此项创举。他在《史记》中分别以“本纪”“世家”“列传”等不同名目，为在历史上留下重要痕迹的人物作传。太史公以后的历代官修史书或民间私乘，几乎都沿用这个成例，数以千计活跃在当时各个领域的优秀人物，借此而留名青史，并为后世研究者留下丰富的史料。中国的史书，历朝历代之所以拥有大量的非专门研究人员的读者，其原因很大部分就在于有这批人物传记。历史小说也是以历史上的人物及其活动为主要写作对象的读物，人们很自然将它与传记联系起来，其实这两者是不能等同的。历史传记最重视的是准确、真实、完备、客观等特性。它需要用洗练的语言概括性地叙述一个事件的前前后后和一个人的主要经历，所有的叙述都要有根有据，不允许“根据”之外的任何成分存在。正因为此，人们在倍加推崇《史记》的同时，也对书中的某些叙述偏离了“根据”而颇有微词。

历史小说从本质上来说，它是作家的创造。在大量的原始史料中，作家会有所偏重，有所取舍，有所组合，所以它可能不完备，可能有很重的感情色彩，还可能在某些细枝末节上不很准确。为了弥补史册记载的缺陷，在虽没有发生，但有可能发生的原则指导下，作家会有所想象，有所虚构，有所创造，因而它可能不会很客观很真实。也正因为《史记》中的人物传奇有这样一些成分在内，故而史记在文学史上有很高的地位，甚至被鲁迅先生誉为“无韵之《离骚》”。

有一些评论者习惯将历史小说中的人物和事件与史书中的记载一一对照，并据此指责小说所写与史实不合。这些评论者是把历史小说当成历史传记在读，以传记来要求小说，显然不合适。

二、历史小说不同于古装戏

穿着古人的服装，借来几个历史名人的姓名，根据一点点影子而敷衍为一段故事，在舞台上表演出来，这种被称为古装戏的表演艺术，千百年来长盛不衰，人们喜闻乐道，对中国民间文化的影响至为深远。在过去，评论界对这种古装戏的评论，从来不会牵扯到所谓历史真实的问题，因为它根本不在这个讨论范畴中。老百姓决不会因为古装戏没有历史真实性而不喜欢它，因为他们主要的是在欣赏演员的唱做功夫，欣赏剧中的台词与情节，为强烈的戏剧冲突而吸引。当然，戏中所表现的扬善抑恶、褒美贬丑的主题为他们所乐意接受，也是其中的一个重要原因。但近年来电视屏幕上的一些戏说剧，特别是某些标出历史正剧名目的连续剧，却常常被评论者们拿来作批评的对象，甚至有的担心这些电视剧将会对观众尤其是对青少年观众起着误导历史的坏影响。

为什么会出现这种状况呢？笔者以为，这或许是电视剧走出了舞台的限制，增加许多真实的道具，而给人们造成错觉的缘故。尤其是那些根据长篇小说而改编的所谓历史正剧，更为观众提供了“真不真实”的批评依据。但另一方面，因为古装戏的走红，有的作家便以为历史小说也可以写成戏说，甚至认为历史小说完全是作家心中的想象，它可以只需借来几个朝代的名称和历史人物的名字，而其他的一切都由作家来任意安排。当然，目前流行的长篇历史小说中，整部书都如此创作的尚属少数，而其中的某些部分走这种戏说路子的却大有人在。窃以为，以这种路数来写作历史小说尤其是长篇历史小说是不行的，因为历史小说与古装戏完全是两个不同类型的艺术品种。

首先，历史小说尤其是长篇历史小说，它写作的对象是一个时代以及活跃在这个时代中的众多风云人物。作者一旦选择历史小说这种文体，也便踏入了一个公共空间，即为一段历史一个族群所共有的空间。因此也就得遵守此空间所带来的规矩原则，不能凭一己之好恶而随心所欲，不能依自己的个性而肆意妄为，否则就会犯众怒引来公愤。笔者常用“敬畏历史”来表达这个意思。

“敬畏历史”，首要的是一种态度问题，即作家要有一种尊重谨慎的心态面对你笔下所写的对象。你要下大功夫去了解它熟悉它研究它。时代的大脉络必须摸清楚，不能走样。对其变动的大趋势要看清明白，不能糊涂。笔下的那些著名人物，不可随意编造、信口开河。这一点，便将严肃的历史小说与戏说历史的古装戏鲜明地划清了界限。

其次，历史小说还担负着给读者传递对历史的某种认知的责任。读历史小说的人，绝大部分都是那些历史喜爱者，历史小说以它的文学魅力将读者引领进历史领域，让他们在这个领域里获取自己的所需。这是历史小说拥有广大读者的一个重要原因。如此，则历史小说有必要将作者心目中的那个“历史真实”展现给读者，不能存心将读者引入歧途。追溯历史小说的发展过程，可以在宋代市民文化中的“讲史”中找到它的源头。宋人孟元老《东京梦华录》中记述了开封市民文化生活的丰富，说开封城里勾栏瓦肆中说书风气很盛，有说小说的，有说诨话的，有说经的，有讲史的。讲史里又有专说三分即三国史的，专说五代史的。传下来的书有《新编五代史平话》《大宋宣和遗事》等，而《大宋宣和遗事》则成为日后《水浒传》的最初底本。当然，我们现在所读的历史小说，与宋代的讲史有了很大的区别，但以历史事实作为其素材这一点则是相同的，而作为历史小说源头的讲史，从一开始便与纯是编造的“小说”和古装戏文有着明显的区别。这个区别的重要标志就是讲史必须有史事为依据。

再次，历史小说是以文字和纸作为媒介，以此构筑的文学世界与演员与舞台构筑的艺术世界也有很大的差异。若历史小说，尤其是长篇历史小说走古装戏那种只求戏剧冲突而不顾历史事实的路子，则将经不起读者的追究和拷问，它就很难接受时间的考验。而一部不能接受时间考验的书籍，即便当时红极一时，也进不了优秀作品的行列。

三、历史小说的功夫重在人物、情节和氛围上

前面说到历史小说之所以拥有比历史传记更多的读者，是因为它以文学魅力将读者引入历史领域，这种文学魅力是历史传记所没有的。至于构成这种文学魅力的元素，我以为主要有三个，即人物形象、故事情节和特定的人文氛围。

历史小说中的人物，应该有血有肉鲜活生动，与传记中的人物

呈平面状态不同，它是可以活起来的立体。除开对话帮助他充实外，最主要的是要靠作者将精气神贯注于人物的躯体中，有了精气神，人才会活起来。具体来说，精气神，体现在人物的个性、气质、心灵、情感等方面。有才华的历史小说家，能把笔底下的主要人物写得个性鲜明可辨，气质触手可持，心灵细微丰富，情感真切饱满，让读者读后记得住、想得起、区别得开。优秀小说家可以做到将历史上那个真实的人物，在读者的心目中定格为自己笔下的文学人物，即便严谨的史学家拿出十条百条过硬的考证来否定，也不可撼动。如曹操、诸葛亮、周瑜这些人，在中国的广大民众中，始终只认可罗贯中所塑造的形象，任史学家说曹操是多么的冤枉、诸葛亮其实并没有那么神乎、周瑜的胸襟也很宽阔等等，但大家说起来依旧是曹操奸诈、诸葛亮智慧、周瑜量小，这就是小说的力量。

所有的人物传记，都只是介绍传主生前做了哪些事，却不会去详细说明所做事情的来龙去脉、前因后果，其中的细枝末节、幕后的隐情秘辛，更会有意地遭到忽略。读者中不乏效法前人渴望亲手做大事的进取者，但可惜，这些传记无法传授给他们自己切实可操作的技能；读者中也不乏喜探隐赜欲究暗箱的人，但可惜，这些传记无法满足他们的这些愿望，于是，许多人读史读得索然寡味。而历史小说则要把一桩事情哪怕是一桩在正史看来微不起眼完全不足挂齿的小事，写得过程一点不漏，过节纤微必录，兴致盎然浓烈，笔墨酣畅淋漓，让人读起来有滋有味，掩卷后仍觉余音绕梁。姚雪垠先生的《李自成》，便有许多像这样写得好的情节。我特别爱读他在第二卷上册中写刘体纯奉李自成的命令，从商洛山来到开封府，寻找宋献策以救牛金星那一节。书中写宋献策如何走州桥，如何在大相国寺中寻找要会的人，如何在小酒店里与刘体纯秘密交谈，以及宋刘会见后，宋如何从《推背图》上的谶语，联想到李自成有可能成事，从而决定营救牛金星等等。

姚雪垠将这一情节整整地写了两节，写得那样的从容舒缓，那样的细致入微，那样的丰富有趣，真有点自己就像一个尾随的暗探，跟着书中人物在走街串巷，在大相国寺看卖狗皮膏药，听酒店小老板念他家那本难念的经。我多次读这两节，每次读都觉得津津有味，放下书后，还久久走不出三百多年前那座古老的汴梁京都！

这就是情节的吸引力。除开历史小说，哪一个历史读物能有这样的本事！

作为文学作品，历史小说区别于其他读本的还有一个重要之处，那就是它和所有的小说一样，必须要有与书中人物情节和谐统一的场景氛围，而特定的历史人文氛围的浓郁与否，又是衡量一个作家传统文化修养的深浅厚薄、一部历史小说的气韵有无丰歉的极好标尺。

写当代题材的小说，人文氛围的营造，对有才气的作家来说不是一个太难的问题，而对历史小说作家来说，此事最见功力。因为他需要作家对他笔下的世界有着全方位的掌握，即对那个时代的社会概貌、生存状态、民俗民风、风土人情、饮食起居、典章制度等方方面面都清楚，而此种“清楚”得来却极为不易。它不是凭聪明就可以得到的，它需要作家下笨功夫、苦功夫，长期不懈地浸淫在对那个虚幻世界的寻觅探求中。就我自己有限的当代历史小说的阅读中，我最强烈感受到的就是作者在这一功夫上的严重欠缺，有的甚至是全然没有。不少的历史小说基本上就是靠叙事与对话两项内容来敷衍成书，这样写，于作者来说当然轻松容易：从史册上找来事件的记载，按今人的思维方式来安排大段大段的对话，洋洋数十万言的历史小说就完成了。然而，一部缺乏特定历史时期的人文氛围的小说，又能够算得上真正的历史小说吗？怪不得不少读者诉苦说，读历史小说容易受骗：看书名，怦然心动，读目录，激起购买欲，待买下后回家仔细阅读时，才发觉竟索然无味。这里的关键，是作者没有将读者带进他所想要去的那个时代，而之所以没有带进去，其中的主要一点是缺乏历史氛围。作家的功力浅薄，在读者认真的阅读中露了马脚！

从编辑《曾集》到写曾国藩

我是“文革”前最后的一届大学生，当时读的是水利工程，毕业后一直在水利部门工作。但我个人的兴趣更喜欢文学、历史等人文学科，所以，在“文革”结束，恢复研究生制度后，我在一九七九年考入华中师范学院中文系古典文学专业，于是由工科生变成了文科生。三年后毕业，分配到湖南长沙岳麓书社。那时岳麓书社刚刚由湖南人民出版社分出来建社不足半年，全部人马加起来，也就十几个。大家在一间大办公室上班。另外在不远处新华社湖南分社招待所还租了一间约十平方米的小房子，我被安置在这里。用一个大书柜，将房间分为前后两部分，我在后半部分搭了一张单人床，摆上一张书桌、一把椅子，就算安顿下来了。前半部分，则坐着编辑部主任和另一个编辑。因为有书柜挡着，我坐在后面，有一种拥有独立空间的感觉，心里很安宁。到了下班，这间办公室便是我的一统天下，更觉十分满足。我从小喜欢读书，现在天天与书稿打交道，又可以遇上不少有学问的作者，这工作太好了！

主任是个待人和气的半老头。他那时在看《古文观止》译注本的清样。《古文观止》是我一直很想读却找不到的书，现在它的书稿居然就在眼前，我很高兴，对主任说：“您打清样时多打一份，把那一份送给我吧。”老主任说：“用不着留清样，出书时社里每人会送一本。如果你还要的话就找我，每个责任编辑，社里会发二十本样书。”

我听了这话后简直惊喜极了。这就意味着，我今后不用花钱，就可以得到很多书。编辑这个职业居然有这么好！

我非常高兴做一名岳麓书社这个以出版中国传统文化书籍为职志的古籍社的编辑，我以满腔热情投入自己的工作。

编辑这两个字，在我的心里一直有很高的地位。我们民族的至圣先师孔夫子就是中国的第一个大编辑。老夫子一生述而不作，整理编辑《诗》《书》《春秋》，论对中华文化的贡献，没有哪个人能超过他。历史上，有许多著名的编辑，如编《文选》的昭明太子，编《唐诗三百首》的蘅塘退士，编《古文观止》的吴氏叔侄，编《古文辞类纂》的姚鼐等等。他们的贡献，并不亚于一个有成就的学者、作家。近代许多文化名人，都做过编辑，如张元济、梁启超、李大钊、陈独秀、胡适、鲁迅、叶圣陶、梁实秋、巴金等。当代编辑中，也有不少文化名人，如张恨水、张友鸾、金庸、高阳、林海音、王鼎钧、巴人、杨伯峻、周振甫、韦君宜、傅璇琮、沈鹏等等。我想，我既然做了编辑，就要以他们这些人为榜样，做一个优秀的编辑，做一个对文化事业有贡献的编辑。

做一个好编辑，首先得编好书。

岳麓书社当时制定了一个庞大的湖南地方文献与古籍的整理出版计划，开列从古代到新中国成立前的两千多种湘籍人士的著作，拟陆续出版，其中特别引人注目的是六大全集，即王船山、魏源、曾国藩、左宗棠、王闿运、王先谦六个人的全部文字。这是六个浩大的文化工程。

我很认同这个出版计划。第一，历经多年劫难后，有许多好书已极难找到了，现在重印，可以为读者提供方便。第二，从古到今，书籍浩如烟海，绝大部分其实没多大价值，亟须人作一番清理。把那些经受了时间考验的有意义的书挑选出来，重新印刷，以便引起读者注意，既造福当代，又可将它们引入人类文化长河中。第三，趁着大劫之后，还有一批宿学老成者健在，给他们创造一个传递文明薪火的平台。总之，这是一桩功德无量的事。我向社领导主动请缨：我愿意来做这件事。

这件事，说起来人人都认为是好事，但是做起来毕竟太枯燥乏味，且极耗时日，许多编辑并不愿意参加。于是我的主动请缨很快便得到批准，而且做的是六大工程中最重要的一项，即做新版《曾国藩全集》的责任编辑。我很感谢社领导对我的器重，把这样一个重担交给我。这个信任，促使我以极为高昂的热情投入工作。

说起我将从事的这个工程，的确非比一般。

首先是曾国藩这个人不一般。他出身一个普通的农民家庭，靠自己的努力一步步走进了朝廷的权力圈，然后又以文职官员的身份，白手起家组建一支军队，平定太平天国，改写历史。他不但立功，而且立德立言。百余年来，他几乎是所有平民子弟的励志榜样，尤其备受政治家的敬重。梁启超认为他不仅是中国有史以来数一数二的大政治家，也是全世界数一数二的大政治家。蒋介石以他为榜样，毛泽东说“愚于近人，独服曾文正”。但同时，也有人说他是汉奸、卖国贼、刽子手，阻挡历史车轮前进的反革命头子。评价上的反差之大，历史上少有人可比。

其次，老版《曾国藩全集》影响很大。曾氏死后不久，由李鸿章兄弟等人组织编辑刻印的《曾文正公全集》即问世，该书可谓近代个人全集中影响最大的一部。蒋介石将它随身携带，走到哪里带到哪里。毛泽东也很喜欢读它，至今韶山故居还保存着四本线装版曾氏家书，每册左下角都有“润之珍藏”四个端正的楷书。梁启超从中摘取数百条语录，编辑成一本《曾文正公嘉言钞》。蔡锷则据此编辑《曾胡治兵语录》，作为他部队的教科书。

最主要的，是我们要编的新版全集，很有传奇性。

曾氏是一个档案意识极强的人，他的所有文字包括家书、日记这种私密文字都留有副本。战争年代，每隔一段时间，他要派专人将他的副本，从前线护送到老家保存。他死后，这些文书档案成了曾氏家族的镇宅之宝，世代典守，秘不外示。新中国成立前夕，他的第四代嫡孙宝荪、约农姐弟将其中的一部分手迹，辗转带到台湾，大量的文件则依旧留在曾氏老家富厚堂内。新中国成立后，曾氏家族的一切财产都被没收，充作公产。房屋、田地、古董以及室内的所有家具摆设都成了抢手货，唯有书籍和那些文书档案无人要，被堆放在富厚堂内的砖坪里。摆了一段时期后，有人建议，干脆一把火将这些反动的材料烧掉了事。正在这时，省里的有关人士知道了，决定将这批东西运到省会长沙来，交给湖南图书馆的前身中山图书馆保管。那时正是激情燃烧的时代，图书馆没把这批东西当回事，随便找了一个不起眼的小屋子堆放着。然后一把锁，将它们紧锁起来，从此无人过问。后来，大家也慢慢将此事给遗忘了。

不料，这种待遇恰恰保护了这批材料。到了“文革”时期，在“破四旧”的狂热中，正是因为被遗忘，这批材料才侥幸逃脱那场劫难，被意外地完整保留。

上个世纪八十年代初，中国重返正途不久，中央便恢复了古籍整理出版规划小组，各省也陆续成立了相应机构。在湖南古籍整理出版规划小组的领导下，学术界和出版界联手，对湖南近代历史文献作了调查清理。于是，尘封湖南图书馆三十年的曾氏旧档得以重见天日。学者们将这些材料与光绪年间的刻本《曾文正公全集》一比较，发觉有很多没有收进来。当时的全集，其实是一部选集。大家都认为，很有必要以这些档案为基础，再将台湾上个世纪六十年代影印的《湘乡曾氏文献》合起来，出一部新版曾氏全集。上报国务院古籍整理出版规划小组，得到批准，于是便有了这样一个项目。

然而，要将这个计划变为现实，却是一件很不容易的事情。首先得组织一个队伍。明明是一件好事，但学者老师们对此积极性不高。主要原因是高校、社科院不将古籍整理视为科研成果，在评职称、晋级、获奖这些方面都不起作用，他们做此事，除一点微薄的整理费之外，没有其他功利性的收获。好不容易从三四个单位组织了二十余人的专家队伍，因为种种原因，又不能产生出一个主编来。于是，所有的联络、协调，甚至包括全集体例的统一等事情，便都落在出版社的身上，具体来说就是落在我这个责任编辑的头上。当时的我，因为无知也便无畏，毫不犹豫地就充当起这个角色来。

再就是繁重的清理复印工作。那时岳麓书社没有汽车，我把社里唯一的复印机搬到板车上，与一个小伙子合作，一路颠颠簸簸地把复印机拖到省图书馆。社里派出另一个同志做复印员。从那以后，我每天进库房，把那些百多年前的曾宅老档都清点出来，因年代久远，保存不当，发黄发霉，脱落，腐烂，虫蛀的文档很多，得一一将它们处理归置，然后交复印员一张张地复印。天天如此，风雨无阻，就这样三个多月下来，将除奏稿外的藏件全部复印下来。幸而当时图书馆没有市场意识，没有专门因此事收费，如果按照后来图书馆的规定，资料费便将是一个天文数字。我们无法筹集到这笔巨款，结果当然是这个事情便不会做了。

为了真实地感受曾集的深浅，我自己先来做曾氏家书的整理校点。我在省图藏件、光绪年间刻本、台湾影本的基础上整理出的曾氏家书近百万字，分为上下两册，为方便读者阅读，我为每封家书写了提要，又在书后附上人名索引和内容主题索引。一九八五年十月，这两册家书作为新版《曾国藩全集》最先推出的部分，由岳麓书社出版了。正当我捧着新书欣赏的时候，一件意想不到的事发生了。一天，《湖南日报》突然在重要版面上登出一篇文章，标题好像（我记不大准确了）是“为谁树碑立传”。这是一篇标准的“文革”文章：居高临下的气势，貌似堂堂正正的大道理，饱含着阶级感情，充满着火药味，语气格外尖刻。文章指责岳麓书社为什么要给一个反革命头子树碑立传，许多革命老前辈都有家书，你们为什么不出？“文革”才过去不到十年，这样的文章令人心惊肉跳。最令人害怕的是，它或者有背景、有来头！当天夜里，我便到了主管出版的一位省委宣传部领导家里询问此事。那位领导说：“这多半是个人意见，不可能有什么背景与来头。出版曾国藩的全集，是经过国务院古籍整理出版规划小组批准的，不要动摇。”

好在接下来并没有后续的文章，也没有听到来自领导部门的所谓打招呼的话，我的心才慢慢安定下来。不久，美国纽约《北美日报》发表了一篇题为《还历史以本来面目》的社论，专门祝贺中国出版《曾国藩全集》，说出版此书是“朝着正确对待历史的方向跨出了可喜的一步”，“是中国文化界人士的思想突破了一大禁区的标志”，“其重要性完全可以和中国发射一枚新的导弹或卫星相比拟”。这事让湖南出版界很兴奋，也让参与整理的学者专家们受到鼓舞。过些日子，我写的《曾国藩对人才的重视与知人善用》一文，被中组部举办的第三梯队培训班选作课外重点参阅论文。此事也成为整理出版曾集的一次正能量贡献。

我的这篇文章，其实是遵省委组织部之命而写的，我实事求是地写了曾国藩在识人用人方面的一些成功经验。这事给我以启发，现在已到了可以客观科学对待历史的时候了，只要是抱着这种态度研究历史，是可以得到社会认可的。在整理校点曾氏家书的过程中，我已经不知不觉地走进了曾氏的世界。说实在话，在先前我对于曾氏并不了解，只是从教科书上知道他是一个大反面人物。这段时期多次仔细阅读他的一千多封写给家人的书信，我发现他信中所讲的许多观念与我的思想相吻合，我很自然地能接受他讲的那些道理。他的有些话甚至让我震撼。比如他对他的儿子说：“若农夫织妇终岁勤动，以成数石之粟数尺之布，而富贵之家终岁逸乐，不营一业，而食必珍羞，衣必锦绣，酣豢高眠，一呼百诺，此天下最不平之事，鬼神所不许也，其能久乎？”曾氏这一段话不是在宣传革命理论吗？身处他的地位，能将世事看得这样通透，说明这个人非比一般。

我决定，向前辈学习，不仅仅只伏案看稿、改正错别字，而且要独立研究，做一个有学问有思想的优秀编辑家。我从此开始一边编辑曾氏全集，一边潜心于近代史与曾氏的研读中。我的编辑工作逼迫我必须一字不漏地啃读曾国藩本人所留下的一千多万字的原始材料。这种笨拙的读书方式，让我看到历史的许多细枝末节。而这，往往被不少以研究为主业的历史学家所忽视。我在学术刊物发表了十多篇研究曾氏的文章，引起了学界的注意。在《曾国藩非汉奸卖国贼辨》这篇文章里，我提出曾氏不是汉奸卖国贼的观点。文章在《求索》杂志上发表后，立即被美国《华侨日报》摘要刊载。文章发表至今已有二十七年，没有见到反驳的观点。可见学界基本上是认同我的这个看法的。在全方位地研究曾氏这个人后，我有一个认识：曾氏既非十恶不赦的反面人物，也不是一代完人式的圣贤，他其实是一个悲情色彩很浓厚的历史人物。他在晚清那个时代身处政治军事的中心旋涡，却一心想做圣贤，一心想在中国重建风俗淳厚的理想社会，这就注定了他的悲剧性。细细品味他留下的文字，可以发现他的内心深处是悲凉的、抑郁的，他的苦多于乐，忧多于喜。这种强烈的悲情氛围，要远远超过他的那些风光荣耀的外在表现。

在一九八六年，也就是我进入四十不惑的年代，我做出了一个在当时看来是很大胆的决定：写一部以曾氏为主人公的长篇历史小说。之所以用小说的形式而不是用评传的形式来写，是基于以下几点：一、借文学元素可以走进人物的精神世界，由此可以将人物写得生动鲜活，尽可能接近我心目中的那个人物原型。二、读者喜欢读文学作品，书的发行量会比较大，我的努力所能够获得的认可面也会大一些。三、我在青少年时代极想做一个作家，我要借此圆我的作家梦。我的这个设想，得到湖南文艺出版社《芙蓉》杂志编辑部朱树诚主任的支持，他鼓励我把书写好，今后就由湖南文艺社来出版。从那以后，我上班时间编《曾国藩全集》，其他时间写曾国藩小说。每天写作到凌晨一两点。我没有星期天，没有节假日，没有任何应酬，除开睡觉外，也没有任何休息的时间。我甚至连天气变化时序推移的感觉都已不存在。为了获取尽量多的时间，我坚决辞掉了副总编辑的职务。我当时已不年轻了，我有一种时间上的紧迫感。

经过三年多的日夜兼程，我写出了百万字的初稿。到了将书稿交给湖南文艺出版社，正式讨论出版事宜时，长期来心中的最大顾虑，便立即成了最大的拦路虎。这个最大的困难不是别的，恰恰就是曾国藩本人。湖南刚刚因为出版了《蒋介石秘录》一书而受到很大的冲击，现在又冒出在很长时期里被主流视为蒋一个系统的大人物来，很多人认为不能冒这个险。选题多次申报不能通过。直到一九八九年底，湖南省出版局换了新局长，我本人向新来的陈满之局长当面陈述两个多小时。局长表态：只要没有政治问题，又不是诲淫诲盗，可以考虑出版。局长要求每个局党组成员都看一遍书稿，并且表达自己的意见。这样慎重地对待一部书稿，过去从来没有过。书稿终于进入正式出版流程。

还在湖南出版界态度不明朗的时候，我请我的父亲与台湾出版部门联系。台湾黎明文化公司很快表示愿意出版。我请人用繁体字誊写一份，托回乡探亲的台胞带去台湾。一九九〇年八月，台湾黎明文化公司出版《曾国藩》的第一部。三个月后，以《血祭》为书名的大陆版《曾国藩》第一部也在湖南文艺出版社出版。没有想到的是，第一部出版后引发的社会反响，大大地出乎人们意料之外。这部书首先在校对室里便招来一片叫好。出版后，来出版社买书、要书的车水马龙。当时印书的新华二厂在邵阳市，因为供电紧张，常常停电。工厂要求供电所供电，所里的人便说，你们拿《曾国藩》来，我们就供电。连文艺社从不读书的门房，都想请责任编辑送他一本书。我听后很感动，立即自己拿出一本来签上名，亲自送给这位工人师傅。

从第二部开始，局党组不再集体审稿了，发稿一事完全由湖南文艺社做主。一九九一年，第二部《野焚》出版，一九九二年第三部

《黑雨》出版。几乎与此同时，台湾也推出了黎明版的第二部、第三部。那几年，社会上广泛流传两句话："从政要读曾国藩，经商要读胡雪岩。"这两句话为小说《曾国藩》做了很好的广告宣传，同时也推动了岳麓书社版的《曾国藩全集》的发行。一九九五年，《全集》第一次整体推出，便印了八千套，半年后又印了五千套。三十本的历史人物的全集，两年内发行一万三千套，这种情况很少见。不但社会喜欢，这部书还得到学界的认可。《辞海》第六版专为岳麓书社版的《曾国藩全集》立了一个词条。

这之后，我策划《胡林翼集》《彭玉麟集》《曾国荃全集》，并担任这几部书的责任编辑。这几个人都是当时湘军中的高级将领。他们的文集，无疑是研究那一段历史的重要史料。作为一个编辑，我不想四路出击，到处开花，我把目光锁定在一个比较小的范围。这个小范围，一是湖南，二是近代。我认为，这样做，无论是对出版社，还是对我个人，都是有利的。编辑虽说是杂家，但也不能太杂，杂中还得有所专。太杂必流于浅薄，有所专才能走向深厚。

在这个过程中，我继续业余时间的历史小说创作，写了《杨度》与《张之洞》两部书。这两部书的时代背景也框在近代。所以，这三部书被人们称之为"晚清三部曲"。

写完《张之洞》后，时间已进入二十一世纪。这时，"曾国藩"这个人和有关他的图书已变得很红火了。有人对我说过，曾国藩成了仅次于毛泽东的近代红人。但是，在看似热热闹闹的图书市场里，却隐藏着两个很突出的问题：一是这些图书绝大部分显得浅薄，互相抄袭；二是这些图书感兴趣的是权谋机巧一类的低层次的"术"，对于曾氏身上所体现的中国传统文化中的"道"，或忽视或淡化或歪曲。作为"曾国藩热"的"始作俑者"，我的心情颇为压抑。我觉得我有责任为曾氏做一些正本清源的事。于是，我从《张之洞》出版后就明确表示，我今后不再写长篇历史小说，而是做点别的事。

这个事中的最主要一部分便是写"评点曾国藩"系列。确切地说，“评点曾国藩”是评点曾国藩的文字。二〇〇二年推出“评点”系列的第一部“评点家书”，以后陆续推出“评点奏折”“评点梁启超辑嘉言钞”。对这三部评点，我的写作宗旨是：以走进曾氏心灵为途径，以触摸中华民族文化的底蕴为目标。作为一个文化人，我认为这才是研究曾国藩的正路子。从二〇〇七年到二〇一一年，我又花了整整四年的时间对十多年前的《曾国藩全集》做了一次全面的修订。为什么要修订？这是基于以下三个主要原因。一、这十多年来又发现了一些曾氏文字，特别是台湾出版的台北故宫博物院所收藏的曾氏奏折，为数不少，很有补充进去的必要。二、上个世纪九十年代所出版的全集存在着不少差错与问题，很有改正改善的必要。三、由湖南省政府出资的《湖湘文库》将《曾集》列入其中，提供了一个全面修订的好机会。

作为《曾集》的重要参与者，这十多年来，我一直为当年因为人员众多、政出多门而造成的不少差错而深存遗憾。现在能有这样一个机会来弥补，且可以增加许多新内容，这是一件太好的事了。我立马中断“评点”系列的写作，全身心投入修订版的工作中去。二〇一一年十一月，在曾氏诞辰二百周年的纪念会上，举行了隆重的修订版首发式。看着用红绸带包扎的三十一册修订版全集，我心里长长地舒了一口气，感觉基本上可以无憾于读者、无憾于子孙了！

去年，“评点曾国藩”系列的第四本“评点日记”问世。第五本“评点书信”、第六本“评点诗文”也会在今年下半年相继推出。明年，我把这六本评点合起来，再作一些增删修改的工作，以《评点曾国藩选集》的书名整体推出，为有兴趣的读者提供一个方便的读本。那时，我已整整七十岁，我将以轻松心情退休，结束三十四年的编辑生涯。

自从上个世纪八十年代进入岳麓书社，我就常常想着这样一个问题，我的职业成就体现在哪里，或者说，什么是我的职业追求？

我认为传承人类优秀文化遗产、积累当代文明成果，应是出版社的最主要的职能，至于获得多高的经济收入，创造多大的利润价值，则是对这个职能履行程度的回报之一，而不是衡量它的最重要的指标。具体到我自己，一个古籍出版社的编辑，其立足点则要落在传承中华民族的优秀文化遗产上，把古代的知识、技能，把古人的感悟、体验传承给今人，其中最为重要的是古人的智慧。一个当代的古籍编辑，要有一种意识，即如何能让今天的读者更方便地接受这一切。所以，我后来慢慢地将这一思想概括为八个字，即传承智慧、打通古今。

智慧，本是人类的高端成果，但其中仍然有低层次与高层次之分。低层次的智慧是可以用文字来表述的。这些年来，我也应邀讲过一些课，其中有一个课程就叫做“曾国藩的人生智慧”。我写曾国藩的评点系列，也是把很大的心血用在挖掘曾氏的处世为人的智慧上，至于我编辑的二曾、胡、彭等人的文集中，自然也蕴含着作者许多的智慧在内。至于高层次的智慧，则不是文字或语言所能表达的。大家都知道轮扁斫轮的故事。出于《庄子》一书的这个寓言，实际上说出了人世间一个最大的真理，即文字与语言本身的局限性，只不过轮扁的“六经乃糟粕”那一些话，说得太过激、太情绪化而已。许多年后，岳飞所说的“运用之妙，存乎一心”，则以平和的心态把这个感悟说得直白而为人们所理解和接受。

那么，高层次的智慧还能传承吗？如果能，它会以什么方式传承呢？我认为，人类的高层次的智慧一定是能够传承的，但不以文字或语言的形式来直接传递，而是隐藏在杰出人物对世事的具体处置上。善于观察和思索的人将此化于自心，心领神会而随机运用。我之所以要倾注自己的几乎全部心血去写三部历史人物的小说，其主要的目的就在这里。我希望借助文学元素来再现历史上那些杰出人士的所作所为，让有心的读者从中去琢磨去感悟那些高层次的智慧。

多年来，我走过一条从文献整理到文学创作，再到文本解读的道路，看起来扮演了编辑、作家、学人三个角色，其实我一直立足在编辑这个岗位上。上个世纪八十年代，出版界提倡做作家型编辑、学者型编辑，我很认同这个倡导。这些年来，我的一切努力，实际上不过是朝着作家型编辑或学者型编辑的方向奋进罢了。

富厚堂的藏书楼

我已记不清多少次去过富厚堂了。富厚堂位于衡山余脉高嵋山旁，清亮的涓水从它的身边流过，呈一字形的主体建筑横卧在偏僻的湘中农田间，尽管只是两三层高的砖木结构，朴素得没有任何雕梁画栋，但布局讲究，庄重大方，加之仪门上方的“毅勇侯第”金字竖匾，于是便有一股威严宏阔的气象，显示出不同凡俗的器宇。人们习惯地将富厚堂称为曾国藩故居。

其实，同治五年由其弟督造的这座楼房，曾国藩本人连面都没见过，甚至对它的兴建，他也不赞同。曾氏一向以俭朴持身治家，虽然贵为一等侯，官拜大学士两江总督，却一再告诫家人要保持寒士家风。得知建富厚堂花去七千串钱，他“深为骇叹”，“何颜见人”！七千串钱折合银子不到六千两，不及他年底养廉费的一半。他竟然如此不安，可见俭朴确为他的本性。而今正门上的“富厚堂”三个字是照他的日记摹写的，看来，他未给楼房正式题过字。这说明在他的心里，始终没有接受这座让他的乡人引以为荣的侯府。

然而，曾国藩是真真切切地存在于富厚堂的。他存在于富厚堂的里里外外，存在于它的每一间房子每一个角落，乃至于庭院里的每一丛花草每一片竹叶。这里的确是曾国藩的故居，是他永久的栖息之所，因为这里安顿的是他的灵魂。

他的灵魂，不是伴随着躯体，而是伴随着他晚年亲自检点过的毕生所写的奏章、书信、诗文和日记，伴随着他终生喜爱的书籍，在同治十一年那个草长莺飞的暮春，由南京启程，由轻舟托载，从长江进入洞庭湖，从洞庭湖进入湘江，从湘江进入涓水，然后稳稳当当地进了富厚堂。从那一刻起，曾氏灵魂便安息在富厚堂里，日日夜夜陪伴着他的子孙后人。

他的家人深知这一点，将这批文档和书籍视为镇宅之宝，专门修建正宅北端的藏书楼。藏书楼高三层，翘檐凌空，颇有几分巍峨之姿。又礼聘专人管理，世代典守。后人见之如见祖宗，恭敬有加。曾家的文档和书籍，后来不断增加，于是又在南端兴造一座藏书楼。据其曾孙宝荪回忆：北端藏书楼名曰公记、朴记。公记收藏的是曾国藩的文档、书籍。朴记收藏的是其长子纪泽的文档、书籍，其中还有纪泽从国外带回的英文法文书，以及显微镜、望远镜等。南端藏书楼名曰芳记，收藏的是其次子纪鸿夫妇喜读的天文历算、星卜医相、小说等图书。曾宝荪说，这两大藏书楼“乃富厚堂的精华所在”。在这个寓居台湾的著名教育家晚年的回忆中，她童年时期最大的乐趣便是躲在藏书楼里读书。

每次来到富厚堂，我都会在藏书楼畔肃立良久，对它充满着无限景仰之情，心里想：曾氏家族人才辈出，连续五代都有杰出人物，是历史上少有的五世不斩的官宦之家。其长盛奥妙或许就在这两座藏书楼里。黄庭坚说得好：万卷藏书宜子弟。年年月月，这两座藏书楼里所散发出的书香，汇聚一股气场，形成一个氛围，好比杏花村、茅台镇上空数百年来积累的酒菌层使得该地酿出的酒特别好一样，曾氏子孙在书香的气场与氛围中长大，也自然就非同寻常。

但后来，这些藏书连同曾氏父子的文档，在富厚堂里都看不到了。上个世纪四十年代末，富厚堂变为公产。房屋和各种器具都是有用的，藏书楼的物件却没有人要。富厚堂的新主人打算烧掉省事。此事被省里知道了，发下话来：将文档和书籍运到长沙来。不久，这批文书被运到省图书馆。那个年代，从富厚堂里出来的东西理所当然地受到冷遇：书籍被闲置，曾氏的文档则被锁进一间不起眼的小屋子里，从此以后无人过问。“文革”期间“破四旧”，这批文档因被遗忘而侥幸没有被烧。到了八十年代，国家走入正途，抢救近世史料成为学界要务，有年长的学人记起这桩旧案。人们这才发现，这批档案的文字数量竟然是当年刻本《曾文正公全集》的三倍，便决定予以整理出版，于是乎有了一千五百万字的《曾国藩全集》。

每次肃立在藏书楼畔，我心里总不免有一点遗憾：若当年这里的书籍和文档都原封不动地保留下来有多好！然而，当我随同看娄底的全国各地作家，再次来到富厚堂时，面对着往来如织的参观者、即将大兴土木的荷叶山水以及文正书店里陈列的众多曾氏研究专著，心里忽然有一番新认识：以曾氏的身份，富厚堂藏书楼中的藏件能躲过两次劫难，已经是奇迹了。它们走出富厚堂，进入公众图书馆，所发挥的作用应该更大。尤其是那批百年老档居然还能得以全部整理出版，轰动海内外（美国报纸称之为“其重要性完全可以和中国发射一枚新的导弹或卫星相比拟”），从而引发一场方兴未艾的曾氏热潮，更是难逢难遇的文化幸事。如今的局面，岂不比藏于私宅秘不示人好过千倍万倍！富厚堂的藏书楼应无遗憾。

父亲的两次流泪

父亲突然间就永远离开了我们，我的心情沉重而悲痛。父亲享寿八十有五，我也过了知天命之年，然而从我出生到如今，我们父子相聚一起的时间不会超过一年，天底下这样的情形并不多见。最近十年间我虽数度来台，却因为各种原因，停留台湾的时间也不长。父亲在我的心目中有着崇高的地位，我却不能说对他有深切的了解。在与父亲短暂的相处中，有一个深刻的印象留在我的脑子里，那便是父亲的两次流泪。

有一次在台湾，晚餐过后，全家坐在餐桌边，父亲跟我们谈起他的童年。父亲在他四岁的时候，祖父便去世了。祖母带着六个年幼的子女，守着几亩薄田艰难度日。就在如此困厄的环境中，祖母依然咬紧牙关不让幼子辍学。祖母的博大母爱和刚强性格，是父亲清贫求学生涯中的巨大动力。后来又得到一位亲属的资助，父亲终于完成了大学学业。

人们通常都把父母对儿女的恩德喻为三春之晖，而祖母对父亲的恩德，又远过三春。父亲真想好好地报答祖母天高地厚的恩情，却不料就在父亲刚大学毕业还未工作时，祖母便撒手走了。父亲呼天抢地，悲痛欲绝，却不能使他的慈母再睁开眼睛。五十多年后，父亲已是年逾八旬的老人了，谈起这段往事来，依然热泪涔涔，泣不成声。看着父亲这一番母子真情，我也忍不住悄悄地流下泪水。

又一次在台湾，我和父亲随意谈论起我的小说《曾国藩》。父亲一生不读小说，读我的小说算是例外，除开作者是他的儿子外，还因为曾国藩是他心中的偶像。我们谈得很愉快，父亲脸上不时露出开心的微笑。后来，我谈到湘军打下南京后，曾国藩从安庆前往南京看望前线总指挥、他的弟弟曾国荃。大胜之后的曾氏兄弟会面，与常人不同。大哥叫九弟撩起衣服，背上露出处处伤疤。大哥一面抚摸疤痕，一边问如何负的伤，何时痊愈，现在还痛不痛。十多处伤疤，一一问到，不厌其烦，终于把九弟问得号啕大哭。大哥安慰说：哭吧，哭吧，当着哥的面，你把这些年的辛劳、委屈、痛苦都哭出来吧！我万万没有料到，就在我兴致勃勃大声说话的时候，对面的父亲已是老泪纵横，情不能已了。我赶紧停了下来。

父亲可能又想起了他的过去，想起他的母亲、兄姊，想起他与儿女的长久分离，想起那些他常常觉得应该回报而无法回报的有恩于他的人。

父亲供职政界，身处高位，又一向少言寡语，庄敬自持，情感不外露，常给人以淡于情的感觉，但从这两次流泪中，我看出深藏于父亲心中的绵绵亲情和知恩报恩的善良天性。

铁画银钩忆秦孝仪

搬进新家时，我将秦孝仪先生送给我的一幅字，悬挂在二楼正对着楼梯的墙上。在长一尺六宽一尺三的纸面上，他书写十个大字：风规弘既往，器识导将来。字体为小篆：削瘦刚挺，结构谨严，铁画银钩中一派古艳古韵。大字的左边，是一段长达一百九十二个字的跋文。跋文用的是他自成一格的“秦体”：苍劲而不失清雅，端厚而时露朴拙。正文跋文组合成大小互补、动静得宜的画面，是一件精美的书法作品。

正文是对我的勉励和希冀，跋文说的则是题字的由来，记录了两岸文化交流史上的一段往事。

那是在一九九三年，时任台北故宫博物院院长的秦孝仪先生，决定在当年十一月举办一次曾国藩逝世双甲子纪念活动。台北故宫博物院之所以要举办这次活动，除开曾氏是中国近代名人外，还因为其藏有曾氏奏折副本，更重要的是收存着曾氏的遗物。上个世纪四十年代末，曾氏后人曾宝荪、曾约农姐弟携带部分曾国藩、曾纪泽父子的手迹离开家乡，辗转定居台湾。十多年后，两姐弟将所携祖上遗物无偿捐献给台北故宫博物院。为此，这次活动安排三个内容：一是向公众展出院内妥为收藏的曾氏父子遗物；二是印行该院所典藏的曾氏文字，题名曰《先正曾国藩文献汇编》，共八大册；三是召开一场大型曾国藩学术研讨会，邀请四位专家演讲。这四人，一个是台湾“中研院”院士张玉法，一个是台湾“中研院”近史所前所长吕实强，一个是台湾“中研院”院士、美国普林斯顿大学教授余英时，还有一个就是我。我写的长篇历史小说《曾国藩》，虽然最早是与湖南文艺出版社商定的，但因种种缘故，首先推出的却是台湾黎明文化公司。书出版后，在岛内反响热烈。不久，又发生某公司盗版被报刊披露的事件，从而使得此书在岛内更受关注。

研讨会一连开了两天，很隆重，规格很高，台湾的要员名流陈立夫、李元簇、孔德成、李焕等人都出席了，听众有四百多人。每个演讲者讲一百分钟。我的讲题是《曾国藩的生平与事功》。我可能是这几十年来公开对台湾大众演讲的第一人，因而颇受与会者的欢迎。

就这样，我得以认识秦孝仪先生。在台湾，政界、文化界都称他为秦孝老。在此之前，我知道秦孝老是湖南衡山人，一九二〇年出生在一个耕读之家，早年就读于上海法政大学，一九四九年随国民党政府来到台湾，曾担任蒋介石的秘书达二十五年之久。蒋的遗嘱即出自他的手。这篇遗嘱还刊印在台湾汉语辞典的最后一页上，上面有当时政界大员的签名，还有一行字：秦孝仪谨记。于是，“秦孝仪”三字也便为岛内家喻户晓老幼皆知了，他本人也由此而涂上一层传奇色彩。但出现在我眼前的秦孝老，却是极平凡的普通老人：中等偏低的个子，单单瘦瘦的，满头白发已经稀疏，戴一副高度近视眼镜，讲一口原汁原味的衡山话，待人礼数周到，和蔼可亲。

研讨会结束的那天下午，他亲自陪来宾参观台北故宫博物院。参观过程中，他常常在讲解员讲完后，作一些补充。他的补充，不仅使来宾更清晰地认识面前的奇珍异宝，更让大家看到这位行政长官精湛的考古专业知识和深厚的文化素养。

时值岁末，我想在台湾陪年迈父母过年，秦孝老知道后，又为我办好了延期手续。就在离台前夕，他让工作人员给我送来已经装裱好的这幅字。我很珍惜它，不仅仅因为书法好，还因为这段文字能常常唤起我的温馨回忆。

从那以后，我每次到台湾，都要去看望他。每次他都亲自走到大门口迎接，亲自端茶递果点，十分热情。他很善于引出各种话题，然后兴致勃勃地说着，使得谈话气氛欢快融洽。他告诉我们，他从小在一个清贫的家中长大。他的父亲晚年失明，未到天亮就醒来了。醒后即督促他背书。天亮后，起床洗漱完毕，就教他读新书。夜晚时分仍要他读书。若听不到书声，则用棍子打他。母亲以孩子小为由说情，父亲则说，趁着我还在，让他多读点书，以后我死了，想读书都难。秦孝老说，他那时虽小，也能理解父亲的苦心。若这一天他的书读得好，父亲则抱他坐在腿上，剥瓜子仁给他吃。他十岁时，父亲去世，家境更艰难，读书果然不易。他说，这一辈子的好学习惯，还是那些年养成的，长大后做事写文章，也会常常想起父亲当年的木棍和瓜子仁，从而不敢懈怠，努力争取最好，能得“瓜子仁”而不是“木棍”。

有一天他谈起家乡的豆腐干，他说衡山豆腐干是最好吃的东西。他的这番话引起了夫人的兴趣。湘乡籍的秦夫人则说她家乡的寒菌油才是最好的东西。说到这里，老夫妻俩几乎异口同声地说，几十年没有吃到这些地道的湖南土产了。

还有一次，他拿出一件曾国藩文物来，和我们一道欣赏。这是曾氏亲笔书写的联语原件：著书许氏九千字，插架邺侯三万签。秦孝老说，当年，这件文物的主人开价要十万元（台币），别人减价减不下来。他就说：曾文正公自己已定了三万九千元的价格，你为何要涨？那人一时懵懂不解。他指着下联的“三万”和上联的“九千”说：这不明写在这里吗？那人大笑起来，佩服秦孝老的机敏，同意以三万九千元成交。我们当时听了，也佩服不已。

在台北故宫博物院附近的安静小院落内，在那间中国文化氛围浓郁的客厅里，听秦孝老慢慢地风趣地叙谈点点滴滴的陈年旧事，赏玩他每次必赠的以台北故宫博物院藏品及他题字为元素所制成的小礼品，真正是一种回味无尽的享受。在台湾，除秦孝老外，还有一大批这样的四十年代由大陆迁移的眼下已是风烛残年的老人。他们的身上贯注着中国文化的气脉，在孤悬的海岛上，顽强地保持纯粹的中国传统。我有时想，他们这样做，固然是一种个人兴趣，或者提高一点来说，是一种文化坚守。但我更愿意认为，其背后所包藏的，是对故土故园的深沉悠长的思念和依恋，甚至可以说是在为飘荡的魂魄觅寻永久的归宿。

秦孝老的胸腔里积蓄的便是这种炽烈的故土情结。在一次会面时，他送给我一幅斗方，上面写着他的近作五言诗一首："海曙云偏晦，年余爆竹稀。心寒冬自暖，世变日争驰。仁泽令垂泯，缁尘胡不归。衰迟趋欲蹶，犹自恋春晖。"诗中流露的是一位八旬老人对岛内政局演变的不安，对往昔对家园的深深眷恋。秦孝老晚年多次回大陆探亲访友。他将在大陆的所见所思，汇集在他的诗文创作中。他曾经花费很大的精力，将这些诗文，一丝不苟地用蝇头"秦楷"写在长篇条幅上。二〇〇五年十月，正是三湘大地的金秋季节，秦孝老在湖南省博物馆举办他的名曰"笔力诗心"书法作品及个人收藏展。展览美轮美奂而气势恢宏，一时间轰动星城。借这个展览，秦孝老让家乡知道他寓居台湾五十多年来所走过的历程，而伴随这个历程的，是金石翰墨，是衡岳湘水，是永远的中华情结。不久，他便病逝台北。"笔力诗心"展仿佛在再次印证湖南一个古老的习俗：漂泊在外的游子，是一定要在离开人世前，回到家乡来向父老乡亲告别的。

秦孝仪先生主持台北故宫博物院长达十八年。在他的努力下，该院被提升到世界级博物馆的地位。他还通过这座博物院，向台湾各界大力普及源远流长的中华文化。近二十多年来，该院又成为两岸文化交流的一座重要桥梁。我曾经在心里默默地想着，秦孝老所做的这些事，应该受到海峡两岸中华民族共同的尊敬。令人欣慰的是，央视在有关故宫文物的大型纪录片中，用充满感情的肯定语言，叙说秦孝仪先生掌管台北故宫博物院时期，为中华文化的保存、弘扬所作出的重大贡献。我的心为此感动，想必秦孝老亦会为此而含笑九泉。

《曾国藩》的三个抄稿人

这是上个世纪八十年代末的事了。当时，小说《曾国藩》在选题报批多次受阻后，我托人与台湾一家出版公司联系。该公司负责人说可以出，但书稿必须是繁体字。我的书稿用的是简体字，只得请人用繁体再誊抄一遍。这种抄稿人不大好找。

有人给我推荐了一个被称为陈三爹的老先生。我一见陈三爹写的字，心里便叫起绝来：这字真是写得太好了！不仅结体匀称端庄，极合楷书章法，且笔势韵致盎然，让人觉得此中兴味无穷，远比时下书店里卖的那些硬笔书帖要好。这样的人愿意为我抄稿，真是我的幸运！

陈三爹的家很简陋，不多的家具全是过时了的旧东西。三爹大约六十五六岁，头发全白了，满脸皱纹，身材瘦削，背有点弯，披在身上的棉衣也老旧。看来，他的家境和他的身体都不太好。面对着其字与其人的如此不协调，我不禁暗自感叹：这世上“才”和“命”真是一对很难说清楚的字眼。按理说，应该是有才干有能力然后才会有好命运，但现实中又多不这样。许多混得极好的人，却无半点实用之才；而不少有真才实学的人，恰又境遇潦倒。这中间，到底还有什么别的因素在起着更为重要的制约作用呢？

过一段时期，我与三爹熟了。有次他对我说，他的曾祖父陈岱云是曾国藩的同年兼亲家。我很惊喜。陈岱云是湖南茶陵人，道光十八年与曾国藩同时中的进士，又同时进的翰林院。两人是很要好的朋友。陈的次子远济刚满月，太太便去世了。曾氏将远济抱回自家抚养，直到陈的妾进京后远济才回家。后来，曾氏又将二女纪耀嫁给远济，两家结了儿女亲家。他正是二房远济的孙子，但他的祖母不是曾纪耀。纪耀终生未育，三十九岁时病逝法国。他的祖母是陈远济的继室。三爹说，读我的书，于他有一种亲切感。听他这么说，我也有一种与他接近了许多的感觉。三爹告诉我，他们陈家并不风光，爷爷做了一段时期的小官后便长期赋闲，父亲一生没做过正经事，他自己一辈子在邮局服务，两个儿子也很普通。家里早先还保存着一些曾国藩的信函联语，“文革”时他自己烧掉了。三爹对他当时的胆小怕事颇为内疚。

陈三爹一个人抄不过来，我又找了一位退休的邹老师，她曾经给我们出版社的其他编辑抄过稿。邹老师一见我就说：“我的高祖邹墨林替曾国藩治过病，你应该知道。”我说知道知道。曾氏的家书里多次提到过邹墨林，说他是个笃诚君子，吃了他开的药方后癣疾好多了。邹老师听了很高兴，说祖上的医术世代都继承了，她的父亲便是乡间的一位名医，曾经治好不少濒危病人，但晚年贫困，自己生病都无钱买药。邹老师的话令我诧异。

邹老师的字不算好，但笔画规矩，且有这样一层关系，让她为《曾国藩》誊抄繁体字版，自是我很乐意的。但没有多久，她的女儿要生孩子，她不能抄了，我只好又找人。

我想起一个认识多年的老先生来。他退休无事，字也写得好。老先生欣然答应。半个月后，他有次笑眯眯地对我说：“我家里有你一个忠实读者，我边抄她边读，读得津津有味。”他的老伴杨竢驰，平时连报纸都很少看，居然会对我的长篇历史小说感兴趣，我有点奇怪。老先生告诉我，他老伴的五世祖，就是书中的湘军水师统领杨岳斌。杨娭毑是杨岳斌的后人？这是我根本不可能想到的事。那位叱咤风云的水师提督，与眼下这个弯腰驼背的和善老太太，任你怎么看，也看不出一丝半点血缘上的联系。我当面问杨娭毑。她笑着说一点不假，她是杨岳斌的嫡亲玄孙女。我又问她祖上后来的情况如何。她叹口气说，因为家里有钱，子孙都不务正业，赌钱打牌抽鸦片，坐吃山空，到第三代，家业就全败光了。杨家这百把年里，就没有一个提得出名字的人来。这话让我心里充满了苍凉感。

一部《曾国藩》的三个抄稿人，居然就有两个半是书中人物的后人，这真是一件有趣的事。我忽然意识到，我写的那段历史虽然离今天有一百多年了，但在精神上似乎与现在关联很紧。在三湘四水，在大江南北，不知有多少与书中人物关系密切的人，与我共同生活在一片蓝天下，他们无疑会对这部书有着一层天然的感情；其他的千千万万读者，也会因为各种缘故，与那个逝去的时代有着千丝万缕的联系，他们也一定会有兴趣读它。若提升一步来看，这正是我们常说的民族感情。因为我们同血脉同民族，所以才有共同的历史，共同的文化，共同的价值取向。想到这里，我顿觉手中的书稿变得沉重起来。它虽然是小说，但也不能随意编造，作为该书的作者，我要对千百万读者负责，对历史负责。心里随之作出一个决定：暂缓交付出版，我还得将它再来一番打磨。

政敌与亲家

五六年前的一天，我收到一封来自北京大学的读者来信。信的开头写道：我是杨度的孙子。我的心有点紧张起来：是不是小说《杨度》有冒犯之处而引来后人的抗议？我一目数行地扫射过后，慢慢安宁下来。写信的杨先生是一位有着教授头衔的化工部高级专家，杨氏家族的长房次孙。他说读了我的小说很高兴，说我对他祖父的了解比他还要多，还要深刻，要以杨度后人的身份感谢我。信上还说，他的太太是梁启超的外孙女，书中有关梁启超的情节，也让她感到亲切。他们欢迎我到北京时去他北大家中做客。

杨度与梁启超居然成了孙儿女亲家，这太有趣了，实在可算得上一段学界佳话！从开卷的公车上书时杨梁在京师结识，到结尾部分杨梁政治上的分道扬镳，《杨度》这部小说，写了不少有关两人交往的情节。中国近代史册上记录了他们交往中的两件大事。

一是一九〇三年，身为留日学生会总干事的杨度写了一首《湖南少年歌》。这首长达二百四十六句的歌行巨制曾经在中国知识界产生了很大的影响，以至于今天还有人乐于引用其中的名句：“若道中华国果亡，除是湖南人尽死。”这首《湖南少年歌》最先发表在东京出版的《新民丛报》上，而该刊的主编正是亡命日本的梁启超。梁在发表时，还加了一段热情洋溢的赞语，说“欲见纯粹之湖南人，请视杨皙子”。 二是一九一六年，杨度作为筹安会六君子之首拼命为袁世凯登基出谋划策奔走效力。他竭力拉拢梁，想借梁的政治声望为袁撑门面。梁不为所动，并公开发表声明：即便全体国人都赞成，他一人也断不能赞成袁世凯复辟帝制的倒行逆施。

这两件事构成了鲜明的对比：前者说明他们曾是志趣相投的战友，后者说明他们是势不两立的政敌。

一九二九年、一九三一年，梁启超、杨度先后以五十多岁的壮盛之年辞别人世。在他们的生命晚年，未见有二人和好的记载，也未见他们的家人有什么交往。他们的孙辈是怎么结成姻缘的？这位杨教授的长相像不像照片上的杨度？我真想去一趟北大拜访他们。

不久，一个绝好的机会来到了。中央电视台《读书时间》栏目邀我进京做一期关于《杨度》的节目。我提到了这件事，他们也很兴奋，欣然跟我一道走进北大蔚秀园杨宅。主人原来是一个很体面的男子汉。他有近一米八的个头，国字脸，五官端正，不戴眼镜，六十出头的人，腰板笔挺，举止言谈跟一个五十岁的中年人差不多。我问他，您的祖父有您高吗？他说听父亲讲比我还高。我说湖南人的个子都不高，老一辈的更矮些，您的祖父在当时可谓是鹤立鸡群，怪不得惹不少女性喜欢。我原先不知道，若早知道的话，杨度的风流故事还可多写点。我的话引来杨教授哈哈大笑。

杨教授的太太吴教授个子较矮，但匀称，虽不事打扮，却气质清秀文雅。人们常说男才女貌是天作之合，他们这两位可谓男是有才又有貌，女是有貌又有才，真是天造地设。他们是在一次优秀中学生集会上认识的，后来再相知相爱。认识不久，杨教授就知道吴教授的不凡身世。因为吴教授的母亲梁思庄是北大图书馆馆长，人人都知道她是梁启超的女儿。但吴教授却一直不知道杨教授的祖父是什么人，直到结婚前夕才得知实情。杨教授笑着说，她的外祖父是个了不起的人，我的祖父名声很不好，我若早告诉了她，她们家里一定会嫌弃的，这门婚事就成不了。

杨教授告诉我，杨度的共产党员身份公开前，尽管社会对他持否定态度，但毛主席关心他。一九四九年春天，毛主席会见了时为国民党和谈代表的章士钊，闲聊时谈到杨度，并问到杨的子女情况。章说代表团中有一个随员就是杨的儿子。毛主席对章说，你问他愿不愿为共产党做事，若愿意，可以留在北京。杨度的这个儿子，便是杨教授的父亲、从德国回国不久的机械专家杨公庶。杨公庶因此而留在了北京。这是一桩至今不为外界所知的史事。

杨教授的一家是幸福的。他们的独子在人民大学做教授，孙子已上幼儿园。我端详着放在客厅钢琴架上的那个小家伙的照片：健康、活泼，一副聪颖模样，尤其是那对大眼睛，很有高祖的余韵，只是高祖的眼睛里流露的是凝重忧郁的目光，而玄孙的双眸则充溢着欢快无边的神采。倘若真的地下有知的话，杨度、梁启超这对政见不同的亲家，看到他们后人今天的幸福生活，该有多么高兴！

事业与胸襟

人们都很看重事业，渴望事业有成，因为事业太重要了。于社会而言，各行各业支撑着人世大厦，丰富了人间万象。社会需要三百六十行，更需要在各自行业中爱岗敬业、干出成绩来的人。从个人来说，事业是安身立命之所，是内心充实的最重要依据，也是实现人生价值的一条最好途径。人，是不能没有事业的。

但事业也给人带来劳累和烦心。许多人一年到头忙碌奔波，仿佛一只被人抽打的陀螺，身不由己地高速运转着；也有许多人，常常会被工作中的困难、挫折、诸多不顺弄得烦躁、苦恼、怨尤、郁闷、不平甚至愤恨，这些“横气”却不知如何消解；还有不少人，为自己的事业立下一个又一个目标，为了实现这些目标，年复一年疲于奔命身心交瘁，虽然成绩可观，却没有多少乐趣和兴味可言。但现实生活中，亦有许多人是事业有成，活得也有滋有味。如此差别，此中原因自然很多，其中一个不可忽视的因素那就是胸襟。曾国藩说人生办事全仗胸襟。他是一个做出大事业的人，这句话应是他本人的切身体会。

胸襟是胸怀、襟抱，或者还可以说得更具体些，是一个人的内心对外部世界的吐纳。面对着千姿百态、复杂纷繁的世界，你的胸腔里能容纳什么，舍弃什么，接受什么，拒绝什么，喜好什么，排斥什么，追求什么，厌恶什么，如此等等，都是胸襟的表现。

胸襟有大小的不同。阔大的胸襟，大到世间无任何物体可与之比拟，故而雨果说："比大地宽广的是海洋，比海洋宽广的是天空，比天空宽广的是人的心胸。"佛寺中有一个弥勒佛殿。弥勒佛与其他佛爷相比有两个显著的特点，一是咧开嘴巴大笑，一是腆着大肚子。弥勒佛的两旁还有一副联语：大肚能容，容天下难容之事；开口便笑，笑世间可笑之人。这是一尊胸襟宽阔的佛。秦国宰相范雎是另外一种态度。《史记》上说他是"一饭之德必偿，睚眦之仇必报"。看来，此人是一位胸襟狭窄的高级官员。

胸襟也有品性上的差异。有的人胸襟光明磊落，表里如一，有关爱之心，无害人之意。有的人则阴暗卑浊，一天到晚算计着别人，心里琢磨的多为损人利己。《宋史》载司马光襟怀坦白，平生无不可对人说的话，无不可见人的事。《唐史》载李林甫当面好话说尽，背地里坏事做绝，被称为口蜜腹剑。这两人是胸襟品性差异上的两个极端。

具弥勒佛那等胸襟，凡人难以做到，但可以向"豁达大度"的方向去努力；同样，如司马光那样的通体透明，普通人也不易为，但用功于"淡泊洒脱"却是可行的。当拥有一个豁达大度又淡泊洒脱的胸襟时，我们的生活状态就会有另一番面貌了。

豁达大度使我们在与人打交道中不去斤斤计较，也不会对嫌隙耿耿于怀。鸡虫得失，尺寸过节，一笑置之。豁达大度让我们视困难与挫折为必不可少的人生经历，将苦难化为财富，将痛苦变为激励。豁达大度会让我们明白，人生苦短，最长亦不过百年，你对这个世界其实所需不多，故而不要有太多的索求。

淡泊洒脱让我们淡化与人的争斗之心。事业上的竞争固然不可免，但每个人的能力不同、境遇不同，不要过分攀比，强己所难。淡泊洒脱也可以使人在竞争中消弭害人之心。其实，在和平年代里的各类竞争，凭的都是自我实力，少有靠害人而取胜者。淡泊洒脱还可以帮助我们看透名利权位，知道这些闪光的诱惑，最终是虚幻短暂的，人生最重要的是心灵上的愉悦、自我价值的实现。有名利权位固然好，但若以牺牲心灵愉悦、自我价值去换取，则大可不必。电视连续剧《我爱我家》主题歌中有一句唱得好："当明天成为昨天，昨天成为记忆的片段，内心的平安那才是永远。"这"内心的平安"就是淡泊洒脱的心境。它会逐渐教会你欣赏创立事业的过程，在过程中品味人生百味，苦中作乐、忙中偷闲。究其实，生命最可宝贵的是它的过程，而不是其结果。我们民族的文化一向看重的是结果，而不是过程。可过分强调结果，往往容易导致不择手段的实用主义，而以成败论英雄等相关观念也便由此派生。这应该是传统文化的一个不足之处。

人生不能没有事业，人生更不能没有良好的胸襟，事业带来的是属于身外的成就，胸襟带来的是属于生命本身的乐趣。孔子说："君子坦荡荡，小人长戚戚。"孔子这里所说的，实际上是一个胸襟的区别。有了磊落坦荡的胸襟，即便一箪食一壶浆，也乐在其中；反之，则虽轩车驷马，亦易患得患失，长年在戚戚中度过。成功的事业与豁达淡泊的胸襟相结合，人生将会进入一个新境界。

符号与本体

眼下，深秋的阳光正从岳麓山方向照射过来，慷慨地注满办公室。我坐在写字台边，望着窗前那两株葱绿的阔叶藤，心里有一股融融暖意。我在等待一个约好的朋友。他该到未到的这段时间，却意外地成了今天下午我的一段空闲。我一时不知做什么，随手翻开名曰《九色鹿》的读书笔记本，目光落在一段话上："我们已经习惯把'符号'看作'真实'，如金钱、买卖、交易、利率和国民生产毛额等，用中古世纪逻辑学家的话来说，整个社会的认知就是：符号取代了实质，而所代表的物体却成了影子。"这是三年前，我在旅居台湾时，从所读的一本书上摘抄下来的。书名和作者名都已记不起了，只记得是一本外国人写的书。

我抄下这段话，是因为它引起我的共鸣。这种感觉我早就有了，只是没有写出一段话来表述罢了。当然，我若要写，绝对写不出这等准确而透彻——用理论文字来表达思想认识，向来非我所长。

用符号来代表物体，毫无疑问是人类的一个伟大发明，是文明发展史上的一个重大突破。就拿交易来说，倘若没有货币，人类一直沿袭着最古老的以物易物的交换方式，一个以生产农作物为主的国家，要想以粮食来换取一架飞机，这笔生意真的不知如何来完成。但符号一旦用得久了，它与所代表的物体之间的区别就变得越来越模糊，甚至于那个本体倒反而不存在了，符号成了一切。这种现象随处随时都存在，但人们一般不会去多想，也不会去细究，只有到了某个特殊的时候，此中差别才会明显地表露出来。

有一个小故事，说的是一场洪水突然降临，一个富人不假思索地便带着一包银子逃出家门，一个穷人无银子可带，只好背一袋红薯出逃。两人都跑到一座山头上。不料，洪水一直不退，到了第二天两人都饿了。穷人有红薯吃，富人不能吃银子，只得干饿。第三天，洪水依旧不退，富人便提出用银子来买穷人的红薯。穷人说，可以，但一个红薯要卖一两银子。富人舍不得，不愿买。熬到下午，实在饿得不行了，富人同意做这笔买卖，但穷人涨价了，要二两银子才能买一个红薯。富人认为穷人是在敲诈，于是放弃。到了第四天，富人咬着牙关，终于同意用二两银子买一只红薯，而穷人却不卖了，说过两天你饿死了，所有的银子都是我的，这笔买卖就用不着做了。

符号与物体的区别，只有在这种时候，才鲜明地表现出来。不过，自古以来，哲人倒是一直在不停地观察思索这种现象。佛学大概是研究这类世相的最博大精深的学问。它的“色”与“空”的内涵，比起中国传统语境中的“真”与“幻”来，更显得丰富而深刻。

文字或许是所有符号中最为重要的符号。我学习文字、痴迷文字几近一生。这二十多年来，又用文字构筑自己的写作事业。但文字毕竟只是符号，它不是它所代表的那个物体的本身。今天，再次翻阅这段摘录，我不禁心中悚然：我是从文字中认识一百多年前的那个时代和人物的，彼“符号”与彼“物体”之间，到底相差多远呢？我又借助于文字来向读者展现一百多年前的那个时代和人物，此“符号”与此“物体”之间，又会相差多远呢？这样说来，二十多年间，一直被自己视为极有意义的这项写作事业，它的意义究竟何在呢？越往深处想，我越困惑，也越惶恐。幸而，约定的朋友此时已到了，我立即中止这个怪诞的想法。

跋：孤冷是一种意境

静谧的夜晚，窗外一弯冷月，室内一盏孤灯，有一个人在伏案写作。三十多年来，我仿佛定格在这样的时空中。

世人都喜欢热闹，不喜欢孤冷。其实，孤冷也未必不好。孤，让人心思专注；冷，使人精神凝聚。这种氛围，特别适宜于思考与创作。我读太史公《报任安书》：文王拘而演《周易》，仲尼厄而作《春秋》，屈原放逐乃赋《离骚》，韩非囚秦《说难》《孤愤》……中华民族那些不朽的典籍，岂不都产生在孤冷之中？至于冷月孤灯，则更是一种美好的意境。望着冷月，我常常会想起阿拉伯世界对月亮的特殊感情，那里面有着穆斯林的圣洁追求。凝视孤灯，我又会想起佛像前的燃供，那跳跃的灯火，是在传递善男信女心中的觉悟与智慧。我自己则更多的是在冷月孤灯中感悟到淡泊宁静与幽远深沉。

冷月孤灯便这样长年伴随我审视、聆听离我们并不太遥远的那一段历史。我经常隐隐约约地有已经深入那个时代的感觉，有时甚至恍恍惚惚地觉得已经摸到了那一根根跳动的脉搏。但每当真的要与它对话，为它把脉时，我又发现，一切都似乎在缥缈中。

我把这种时刻中所得的那些零零碎碎的感悟写进小说，写进评点，有时也会写点小文章，慢慢累积，居然有了一两百篇，这次将其中的四十多篇汇集成册。这些文章大体上分为三个部分。第一部分是对曾国藩的专题解读，这些专题大都是对曾氏爱好者的演讲题目。第二部分是对传统文化和古人的阅读。第三部分是与历史有关联的散碎之文。

这些小文章，我过去一直没有想到要把它们结集出版，原因是自己较为满意的不多。这次结集，得感谢老朋友向继东兄。继东兄退休后受聘于广东人民出版社，他想在广东给我出一套作品集，又很愿意亲自去搜集我过去发表过的文章与演讲稿。我为他的盛情所感，不揣浅陋，也就有了这本《冷月孤灯·静远楼读史》。

唐浩明

丙申初夏于长沙静远楼